人民共和國文化與文學叢書

初　編

李　怡　主編

第 11 冊

文革新詩編年史（上）

劉福春　著

花木蘭文化出版社

國家圖書館出版品預行編目資料

文革新詩編年史（上）／劉福春 著 -- 初版 -- 新北市：花木蘭
文化出版社，2014〔民 103〕
目 2+262 面；19×26 公分
（人民共和國文化與文學叢書 初編：第 11 冊）
ISBN 978-986-322-765-6（精裝）
1. 新詩 2. 編年史
820.8   103012663

特邀編委（以姓氏筆畫為序）：

吳義勤　孟繁華　張 檸
張志忠　張清華　陳思和
陳曉明　程光煒　劉福春
（臺灣）宋如珊
（日本）岩佐昌暲
（新西蘭）王一燕
（澳大利亞）鄭 怡

人民共和國文化與文學叢書
初　編　第十一冊　　　　　　　ISBN：978-986-322-765-6

文革新詩編年史（上）

作　　者　劉福春
主　　編　李 怡
企　　劃　北京師範大學民國歷史文化與文學研究中心
　　　　　四川大學現代中國文化與文學研究中心
總 編 輯　杜潔祥
副總編輯　楊嘉樂
編　　輯　許郁翎
印　　刷　普羅文化出版廣告事業
出　　版　花木蘭文化出版社
社　　長　高小娟
聯絡地址　235 新北市中和區中安街七二號十三樓
　　　　　電話：02-2923-1455 ／傳眞：02-2923-1452
網　　址　http://www.huamulan.tw 信箱 hml 810518@gmail.com
初　　版　2014 年 9 月
定　　價　初編 17 冊（精裝）新台幣 30,000 元
版權所有・請勿翻印

文革新詩編年史（上）

劉福春　著

作者簡介

劉福春，1956 年生於吉林省前郭縣。1980 年畢業於吉林大學中文系，同年到中國社會科學院文學研究所工作。現任中國社會科學院文學研究所研究員和中國社會科學院研究生院教授。中華文學史料學學會副會長，北京大學中國新詩研究所研究員，首都師範大學中國詩歌研究中心兼職研究員。出版有《20 世紀中國文藝圖文志‧新詩卷》、《中國新詩書刊總目》、《尋詩散錄》、《中國新詩編年史》等學術著作，編有《中國現代詩論》、《新詩名家手稿》、《紅衛兵詩選》、《牛漢詩文集》、《謝冕編年文集》、《曹辛之集》等。

提　　要

　　《文革新詩編年史》用編年體的形式詳細地紀錄了一九六六年一月至一九七六年十二月在中國大陸發生的有關新詩寫作、評論、出版、活動及詩人境遇等史事。著者依據既要忠實於歷史，又要有新的發現，還原其原本的豐富與複雜的原則，用翔實的資料梳理出這一特殊年代新詩寫作的特殊形態，並爲較爲薄弱的文革詩歌研究提供了可資借鑒的研究資源，是一部研究文革詩歌的必備著作。該書突出問題意識，力求更多地包含和揭示這一時期新詩艱難歷程中的問題，因此在資料的取捨方面與其他新詩史有了很大的不同。著作敘述客觀，不作主觀判斷之語，所用多爲著者在原始文獻中搜集的第一手資料，並逐一注明出處。文獻引徵豐富，除當時出版的正式出版物，還對現今不易查到的紅衛兵所印詩集、小報等上面的紅衛兵詩歌和後來被稱之爲「地下寫作」的詩歌進行了較爲廣泛地發掘，而所引用的大量當事人當時的日記、書信和後來的回憶等文獻，既呈現了歷史的細節，從而讓所述的歷史顯得豐滿，也增加了此類著作的有趣和可讀性。著者自上世紀八十年代初開始收集整理新詩文獻，該書的完成源自其三十餘年的學術積累。

《人民共和國文化與文學叢書》總序

李　怡

　　中國當代文學是與「中國現代文學」相對的一個概念，指的是中華人民共和國建立之後的文學。追溯這一概念的起源，大約可以直達 1959 年新中國十週年之際，當時的華中師院中文系著手編著《中國當代文學史稿》，這是大陸中國最早編寫的「中國當代文學史」教材。從此以後，「當代文學」就與「現代文學」區分開來。與中國現代文學研究比較，中國的當代文學研究是一個相對年輕的學科，所以直到 1985 年，在一些「現代文學」的作家和學者的眼中，年輕的「當代文學」甚至都沒有「寫史」的必要。〔註1〕

　　但歷史究竟是在不斷發展的，從新中國建立的「十七年」到「文化大革命」十年再到改革開放的「新時期」，而後又有「後新時期」的 1990 年代以及今天的「新世紀」，所謂「中國當代文學」的歷史已達六十餘年，是「中國現代文學三十年」的整整一倍！儘管純粹的時間計量也不足說明一切，但「六十甲子」的光陰，畢竟與「史」有關。時至今日，我們大約很難聽到關於「當代文學不宜寫史」的勸誡了，因為，這當下的文學早已如此的豐富、活躍，而且當代史家已經開始了更為自覺的學科建設與史學探討，這包括洪子誠的《中國當代文學史》，孟繁華、程光煒的《中國當代文學發展史》，張健及其北京師範大學團隊的《中國當代文學編年史》等等。

　　中國當代文學研究的活躍性有目共睹，除了對當下文學現象（新世紀文學現象）的緊密追蹤外，其關於歷史敘述的諸多話題也常常引起整個文學史

〔註1〕　見唐弢：《當代文學不宜寫史》，《文藝百家》1985 年 10 月 29 日「爭鳴欄」（見
　　　　《唐弢文集》第九卷，社科文獻出版社 1995 年），及施蟄存：《關於「當代文
　　　　學史」》（見《施蟄存七十年文選》，上海文藝出版社 1996 年）。

學界的關注和討論，形成對「當代文學」之外的學術領域（例如現代文學）的衝擊甚至挑戰。例如最近一些年出現的「十七年文學研究熱」。我覺得，透過這一研究熱，我們大約可以看到中國當代文學研究的某些癥結以及我們未來的努力方向。

我曾經提出，「十七年文學研究熱」的出現有多種多樣的原因，包括新的文學文獻的發掘和使用，歷史「否定之否定」演進中的心理補償；「現代性」反思的推動；「新左派」思維的影響等等。〔註 2〕尤其是最後兩個方面的因素值得我們細細推敲。在進入 1990 年代以後，隨著西方後現代主義對「現代性」理想的批判和質疑，中國當代的學術理念也發生了重要的改變。按照西方後現代主義的批判邏輯，現代性是西方在自己工業化過程中形成的一套社會文化理想和價值標準，後來又通過資本主義的全球擴張向東方「輸入」，而「後發達」的東方國家雖然沒有完全被西方所殖民，但卻無一例外地將這一套價值觀念當作了自己的追求，可謂是「被現代」了，從根本上說，也就是被置於一個「文化殖民」的過程中。顯然，這樣的判斷是相當嚴厲的，它迫使我們不得不重新思考我們以「現代化」為標誌的精神大旗，不得不重新定位我們的文化理想。就是在質疑資本主義文化的「現代性反思」中，我們開始重新尋覓自己的精神傳統，而在百年社會文化的發展歷史中，能夠清理出來的區別於西方資本主義理念的傳統也就是「十七年」了，於是，在「反思西方現代性」的目標下，十七年文學的精神魅力又似乎多了一層。

1990 年代出現在中國的「新左派」思潮在相當大的程度上強化著我們對「十七年」精神文化傳統的這種「發現」和挖掘。與一般的「現代性反思」理論不同，新左派更突出了自「十七年」開始的中國社會主義理想的獨特性——一種反西方資本主義現代性的現代性，換句話說，十七年中國文學的包含了許多屬於中國現代精神探索的獨特的元素，值得我們認真加以總結和梳理。在他們看來，再像 1980 年代那樣，將這個時代的文學以「封建」、「保守」、「落後」、「僵化」等等唾棄之顯然就太過簡單了。

「反思現代性」與新左派理論家的這些見解不僅開闢了中國當代文學史寫作的新路，而且對中國現代文學的基本價值方向也形成了很大的衝擊。如果百年來的中國文學與文化都存在一個清算「西方殖民」的問題，如果這樣

〔註 2〕參見李怡：《十七年文學研究「熱」的幾個問題》，《重慶大學學報》2011 年 1 期。

的清算又是以延安—十七年的道路爲成功榜樣的話，那麼，又該如何評價開啓現代文化發展機制的五四？如何認識包括延安，包括十七年文化的整個「左翼陣營」的複雜構成？對此，提出這樣的批評是輕而易舉的：「那種忽略了具體歷史語境中強大的以封建專制主義文化意識爲主體的特殊性，忽略了那時文學作品巨大的政治社會屬性與人文精神被顛覆、現代化追求被阻斷的歷史內涵，而只把文本當作一個脫離了社會時空的、僅僅只有自然意義的單細胞來進行所謂審美解剖，這顯然不是歷史主義的客觀審美態度。」〔註3〕

利用文學介入當代社會政治這本身沒有錯，只不過，在我看來，越是在離開「文學」的領域，越需要保持我們立場的警覺性，因爲那很可能是我們都相當陌生的所在。每當這個時候，我們恰恰應該對我們自己的「立場」有一個批判性的反思，在匆忙進入「左」與「右」之前，更需要對歷史事實的最充分的尊重和把握，否則，我們的論爭都可能建立在一系列主觀的概念分歧上，而這樣的概念本身卻是如此的「名不副實」，這樣的令人生疑。在這裡，在無數令人眼花繚亂的當代文學批評的背後，顯然存在值得警惕的「僞感受」與「僞問題」的現實。

只要不刻意的文過飾非，我們都可以發現，近「三十年」特別是 1990 年代以來中國當代文學及其批評雖然取得了很大的發展。但是也存在許多的問題，值得我們警惕。特別需要注意的是 1990 年代以後中國文學現象的某種空虛化、空洞化，一些問題成爲了「僞問題」。

眞與假與僞、或者充實與空虛的對立由來已久。1980 年代的現代主義文學也曾經被稱爲「僞現代派」，有過一場論爭。的確，我們甚至可以輕而易舉地指出如北島的啓蒙意識與社會關懷，舒婷的古代情致，顧城的唯美之夢，這都與詩歌的「現代主義」無關，要證明他們在藝術史的角度如何背離「現代派」並不困難，然而這是不是藝術的「作僞」呢？討論其中的「現代主義詩藝」算不算詩歌批評的「僞問題」呢？我覺得分明不能這樣定義，因爲我們誰也不能否認這些詩歌創作的眞誠動人的一面，而且所謂「現代派」的定義，本身就來自西方藝術史。我們永遠沒有理由證明文學藝術的發展是以西方藝術爲最高標準的，也沒有根據證明中國的詩歌藝術不能產生屬於自己的現代主義。也就是說，討論一部分中國新詩是否屬於眞正西方「現代派」，以

〔註3〕 董健、丁帆、王彬彬：《我們應該怎樣重寫當代文學史》，《江蘇行政學院學報》2003 年第 1 期。

「更像」西方作為「非偽」，以區別於西方為「偽」，這本身就是荒謬的思維！如果說 1980 年代的中國詩壇還有什麼「偽問題」的話，那麼當時對所謂「偽現代派」的反思和批評本身恰恰就是最大的「偽問題」！

不過，即便是這樣的「偽」，其實也沒有多麼的可怕，因為思維邏輯上的某種偏向並不能掩飾這些理論探求求真求實的根本追求，我們曾經有過推崇西方文學動向的時代，在推崇的背後還有我們主動尋求生命價值與藝術價值的更強大的願望，這樣的願望和努力已經足以抵消我們當時思維的某種模糊。

文學問題的空虛化、空洞化或者說「偽問題」的出現，之所以在今天如此的觸目驚心在我看來已經不是什麼思維的失誤了，在根本的意義上說，是我們已經陷入了某種難以解決的混沌不明的生存狀態：在重大社會歷史問題上的躲閃、迴避甚至失語——這種狀態足以令我們看不清我們生存的真相，足以讓我們的思想與我們的表述發生奇異的錯位，甚至，我們還會以某種方式掩飾或扭曲我們的真實感受，這個意義上的「偽」徹底得無可救藥了！1990年代以降是中國文學「偽問題」獲得豐厚土壤的年代，「偽問題」之所以能夠充分地「偽」起來，乃是我們自己的生存出現了大量不真實的成分，這樣的生存可以稱之為「偽生存」。

近 20 年來，中國文學批評之「偽」在數量上創歷史新高。我們完全可以一一檢查其中的「問題」，在所有問題當中，最大的「偽」恐怕在於文學之外的生存需要被轉化成為文學之內的「藝術」問題而堂皇登堂入室了！這不是哪一個具體的藝術問題，而是滲透了許多 1990 年代的文學論爭問題，從中，我們可以見出生存的現實策略是如何借助「文學藝術」的方式不斷地表達自己，打扮自己，裝飾自己。《詩江湖》是 1990 年代有影響的網站和印刷文本，就是這個名字非常具有時代特徵：中國詩歌的問題終於成為了「江湖世界」的問題！原來的社會分層是明確的，文學、詩歌都屬於知識分子圈的事情，而「江湖世界」則是由武夫、俠客、黑社會所盤踞的，與藝術沒有什麼關係。但是按照今天的生存「潛規則」，江湖已經無處不在了，即便是藝術的發展，也得按照江湖的規矩進行！何況對於今天的許多文學家、批評家而言，新時期結束所造成的「歷史虛無主義」儼然已經成了揮之不去的陰影，在歷史的虛無景象當中，藝術本身其實已經成了一個相當可疑的活動，當然，這又是不能言明的事實，不僅不能言明，而且還需要巧妙地迴避它。在這個時候，生存已經在「市場經濟」的熱烈氛圍中扮演了我們追求的主體角色，兩廂比

照，不是生存滋養了文學藝術的發展，而是文學藝術的「言說方式」滋養了我們生存的諸多現實目標。

於是，在 1990 年代，中國文學繼續產生不少的需要爭論的「問題」，但是這些問題的背後常常都不是（至少也「不單是」）藝術的邏輯所能夠解釋的，其主要的根據還在人情世故，還在現實人倫，還在人們最基本的生存謀生之道，對於文學藝術本身而言，其中提出的諸多「問題」以及這些問題的討論、展開方式都充滿了不真實性，例如「個人寫作」在 20 世紀中國新詩「主體」建設中的實際意義，「知識分子寫作」與「民間寫作」的分歧究竟有多大，這樣的討論意義在哪裏？層出不窮的自我「代際」劃分是中國新詩不斷「進化」的現實還是佔領詩壇版圖的需要？「詩體建設」的現實依據和歷史創新如何定位？「草根」與「底層」的真實性究竟有多少？誰有權力成為「草根」與「底層」的的代言人？詩學理論的背後還充滿了各種會議、評獎、各種組織、頭銜的推杯換盞、觥籌交錯的影像，近 20 年的中國交際場與名利場中，文學與詩歌交際充當著相當活躍的角色，在這樣一個無中心無準則的中國式「後現代」，有多少人在苦心孤詣地經營著文學藝術的種種的觀念呢？可能是鳳毛麟角的。

在這個意義上，中國當代文學的研究與批評應該如何走出困境，盡可能地發現「真問題」呢？我覺得，一個值得期待的選擇就是：讓我們的研究更多地置身於國家歷史情態之中，形成當代文學史與當代中國史的密切對話。

國家歷史情態，這是我在反思百年來中國文學敘述範式之時提出來的概念，它是百年來中國文學生長的背景，也是文學中國作家與中國讀者需要文學的「理由」，只有深深地嵌入歷史的場景，文學的意味才可能有效呈現。對於中國現代文學研究而言，這樣的歷史場景就是「民國」，對於中國當代文學而言，這樣的歷史場景就是「人民共和國」。

感謝花木蘭文化出版社，使得我們對百年來中國文學的研究有了兩大厚重的背景——民國與人民共和國，這兩套大型叢書將可能慢慢架構起百年中國文學闡述的新的框架，由此出發，或許我們就能夠發現更多的真問題，一步一步推進我們的學術走上堅實的道路。

2014 年馬年春節於江安花園

目

次

例　言

一、本書主要記述 1966 年 1 月至 1976 年 12 月在中國大陸發生的有關新詩創
　　作、出版、活動等史事。

二、本書按有關史事發生的時間編次，日不詳編入當月，月不詳編入當年；
　　有些時間使用爲春夏秋冬者，則分別列於 3、6、9、12 月之後。

三、本書盡量採用第一手文獻資料以保證記述的可靠性。所用資料多爲筆者
　　查閱原始報刊、書籍所得，但也有少部分原始資料因一時無法見到參考
　　利用了一些已出版的有關資料成果。

四、本書以記述作品的發表和出版爲主，資料取捨的原則是既要忠實於歷史
　　又要有新的發現，盡可能地展現當時的歷史的狀況，還原其原本的豐富
　　與複雜。

五、本書力求客觀敘述，不做主觀評價。記述均依照當時的用字用語和作者
　　的署名，除一些作者使用不同的用名在後面用括號注出該作者的常用名
　　和明顯的錯漏用方括號注出外，不做任何改動。作品發表和出版的時間，
　　均以所刊載的報刊標明的出刊時間和所著書籍的版權頁的紀錄爲準。所
　　用引文均於文後注明出處。

六、除新詩史事，本書也記述了一些有關政治、文化背景材料及人物簡介。

七、本書書後附有人名（作者）索引。索引按人名首字漢語拼音音序排列，
　　檢索數碼爲人名出現的時間，如：19660101 即 1966 年 1 月 1 日，196601
　　即 1966 年 1 月。

1966 年

1966 年 1 月

1 日　《工人日報》刊出王喜錦等《永遠跟著毛主席——大慶工人詩歌選之一》。

1 日　《文匯報》刊出滬東造船廠居有松的詩《新的任務咱拿下》。

1 日　《長春》1966 年 1 月號刊出拖拉機製造廠工人劉喜廷《火熱的心》、第一機床廠工人郭照海《機床工人歌》等詩。

1 日　《長江文藝》1966 年 1 月號刊出黃聲孝《英雄王杰站得高》、習久蘭《萬首山歌擠破喉》等詩。

1 日　《甘肅文藝》1966 年 1 月號刊出《板報詩》，刊有魏接天《陡坡坡修成了平臺臺》、音亢《支書帶頭修梯田》等詩。

1 日　《解放軍文藝》1966 年第 1 期以《〈毛主席語錄〉發到連》為總題刊出張傳富《授「槍」》、陳秀庭《一盞明燈照眼前》等詩 13 首。

1 日　《鴨綠江》1966 年 1 月號刊出海城南臺人民公社社員霍滿生《歌唱王杰學王杰》、瀋陽重型機器廠工人曉凡《眼望著紅旗心向著黨》、瀋陽黎明機械廠劉湛秋《敬愛的黨，下令吧！》等詩。

1 日　《延河》1966 年 1 月號刊出《牆頭詩選》和陝西機械廠齊振業《車間就是殺敵前線》、工人徐劍銘《戰鬥的車間》等詩及高陵縣文化館《工農喜愛牆頭詩——「牆頭詩選」座談記要》。

2 日　《解放日報》以《旗手就是毛澤東》為總題刊出福建龍溪縣西洋公社張家鸞《毛主席著作是紅燈》等詩。

2日　《文匯報》刊出滿銳的詩《怒火在燃燒……》。

4日　《北京文藝》1966 年 1 月號「工農兵業餘作者新作」欄刊出北京第一機床廠工人溫承訓《號角向著頂峰吹》、房山縣琉璃河中學趙日升《訪南韓繼》等詩。

5日　《北方文學》1966 年 1 月號刊出呼蘭縣社員韋尚田《王杰永遠和我們在一起》、戰士季在春《王杰在成長》等詩。

5日　《廣西文藝》1966 年 1 月號刊出莎紅《苗家山鷹飛出林》、林起《深夜，在工人宿舍裏》等詩。

5日　《萌芽》1966 年第 1 期刊出上海滬東造船廠工人居有松《一手揮錘一手寫詩》等文和肖崗《千萬個王杰在戰鬥》、赤葉《三個話務員》等詩。

5日　《青海湖》1966 年第 1 期刊出楊植霖《一片紅心》、齊星明《建設人類的新天》、王綬青《耕讀學校贊》等詩。

8日　《人民日報》刊出滬東造船廠工人居有松《焊花怒放報春光》、大慶油田採油工人王成俊《採油工人忠於黨》等詩。

10日　《江西文藝》1966 年 1 月號刊出戰士馮火順《時代的光榮——頌王杰》、朱昌勤《進軍放歌》、呂雲松《竹林春雨》等詩。

10日　《山東文藝》1966 年 1 月號刊出袁忠岳《螞蟻照樣搬大山》、王耀東《尖刀連人物》、戈振纓《革命良種到處播——頌王杰》、宮璽《田野上》等詩。

14日　《人民日報》刊出《千軍萬馬戰海河——海河工地詩抄》，刊有劉小放《鐵腳站在最前排》等詩。

15日　《解放日報》刊出《大慶人詩抄》，刊有王喜錦《毛主席著作是航標》等詩。

16日　《人民日報》刊出《大慶工人詩選》，刊有孫家祥《毛主席著作閃金光》等詩。

19日　《文匯報》刊出顧工的詩《草原上的雄鷹——記一位藏族解放軍排長》。

21日　《解放日報》刊出《大慶人詩抄》，刊有王進喜《石油工人一聲吼》等詩。

21日　《文匯報》刊出上海汽輪機廠胡永槐的詩輯《汽輪機工人戰歌》。

25日　《收穫》1966 年第 1 期刊出《「猛虎艇」戰士詩歌選》和居有松《攀高峰》、陶然《天安門連著咱校園》等詩。

26 日 《人民日報》刊出田間的詩《七彩筆——爲迎接第三個五年計劃作》。

27 日 《人民日報》刊出戰士姚成友的詩《哨所春歌》。

30 日 《解放日報》以《農民歌頌毛主席》爲總題刊出安徽樅陽縣東風公社社員吳仕蘭《幸福樹呀黨來栽》等詩。

1 月 《邊疆文藝》1966 年 1 月號刊出《參加全國青年業餘文學創作積極分子大會雲南作者作品特輯》，刊有彝族工人普福才《茶山頂上望北京》、納西族農民和執仁《不要忘記階級鬥爭》等詩。

1 月 雁翼的詩集《激浪集》由百花文藝出版社出版。作品分爲《故鄉詩抄》、《沸騰的山鄉》2 輯，收《山城，我就要出發》、《我去參加支部會》、《寫在記分簿上》、《紅色的文憑》等詩 40 首。

> 雁翼，原名顏鴻林，1927 年生，河北館陶人。1942 年參軍，1953 年轉到鐵路工程局工作，1957 年開始專業寫作，曾任《星星》詩刊、《四川文學》主編。出版的詩集還有《大巴山的早晨》（1955）、《白楊頌》（1963）、《白楊林風情》（1981）、《女性的十四行詩》（1991）、《愛的旗幟》（2007）等。2009 年 10 月 3 日在成都逝世。

1966 年 2 月

1 日 《長春》1966 年 2 月號刊出《永遠跟著毛主席》新民歌 11 首，有機車工人劉忠義《主席著作放紅光》、公社社員康紹東《書記社員學「毛選」》等。

1 日 《長江文藝》1966 年 2 月號刊出管用和《公社人》、于元盛《進山蹲點》等詩。

1 日 《甘肅文藝》1966 年 2 月號《板報詩》刊出郝在崗《公社春早》、彭波《播種》2 首。

1 日 《火花》1966 年 2 月號刊出朱兆雪《戰歌更響旗更紅》、李耘《戰天鬥地組歌》等詩。

1 日 《鴨綠江》1966 年 2 月號刊出蓋縣旺興仁人民公社社員湯和偉《趕超大寨歌聲響》、瀋陽第三機床廠工人劉鎮《早練》等詩。

1 日 《延河》1966 年 2 月號刊出雁翼《寄越南》、峭石《德浪河谷的槍聲》、農民李強華《風雪戰歌》等詩。

　　2〜20日　　江青根據林彪的委託,「在上海邀請部隊的一些同志,就部隊文藝工作的若干問題進行了座談」。「會議紀要」經毛澤東修改後名爲《林彪同志委託江青同志召開的部隊文藝工作座談會紀要》4月10日以中共中央名義批發全黨,1967年5月29日《人民日報》刊出。《紀要》說:「文藝界在建國以來……被一條與毛主席思想相對立的反黨反社會主義的黑線專了我們的政,這條黑線就是資產階級的文藝思想、現代修正主義的文藝思想和所謂三十年代文藝的結合。……在這股資產階級、現代修正主義文藝思想逆流的影響或控制下,十幾年來,眞正歌頌工農兵的英雄人物,爲工農兵服務的好的或者基本上好的作品也有,但是不多;不少是中間狀態的作品;還有一批是反黨反社會主義的毒草。我們一定要根據黨中央的指示,堅決進行一場文化戰線上的社會主義大革命,徹底搞掉這條黑線。搞掉這條黑線之後,還會有將來的黑線,還得再鬥爭。所以,這是一場艱巨、複雜、長期的鬥爭,要經過幾十年甚至幾百年的努力。這是關係到我國革命前途的大事,也是關係到世界革命前途的大事。」「近三年來,社會主義的文化大革命已經出現了新的形勢,革命現代京劇的興起就是最突出的代表。從事京劇革命的文藝工作者,在以毛主席爲首的黨中央的領導下,以馬克思列寧主義和毛澤東思想爲武器,向封建階級、資產階級和現代修正主義文藝展開了英勇頑強的進攻,鋒芒所向,使京劇這個最頑固的堡壘,從思想到形式,都發生了極大的革命,並且帶動文藝界發生著革命性的變化。革命現代京劇《紅燈記》《沙家浜》《智取威虎山》《奇襲白虎團》等和芭蕾舞劇《紅色娘子軍》、交響音樂《沙家浜》、泥塑《收租院》等,已經得到廣大工農兵群眾的批准,在國內外觀眾中,受到了極大的歡迎。這是一個創舉,它將會對社會主義文化革命產生深遠的影響。」「近三年來,社會主義文化革命的另一個突出表現,就是工農兵在思想、文藝戰線上的廣泛的群眾活動。從工農兵群眾中,不斷地出現了許多優秀的、善於從實際出發表達毛澤東思想的哲學文章;同時,還不斷地出現了許多優秀的、歌頌我國社會主義革命的偉大勝利,歌頌社會主義建設各個戰線上的大躍進,歌頌我們的新英雄人物,歌頌我們偉大的黨,偉大的領袖英明領導的文藝作品,特別是工農兵發表在牆報、黑板報上的大量詩歌,無論內容和形式都劃出了一個完全嶄新的時代。」

　　3日　　《人民日報》刊出李瑛的詩《打雙草鞋走千里》。

　　4日　　《解放日報》刊出陳文和《姑娘學醫回山莊》、賀羨泉《犁手》等詩。

4 日　《北京文藝》1966 年 2 月號「新人新作」欄刊出京西長溝峪煤礦工人李春明《〈毛主席語錄〉之歌》、石景山發電廠工人王貴彬《風雨夜演習》等詩。

5 日　《人民日報》刊出《戰士詩選》，刊有徐子芳《軍號曲》、張興禮《征服獅子山》等詩。

5 日　《北方文學》1966 年 2 月號刊出王書懷《硬隊長》、滿銳《一本賬》、陳國屏《治山記》等詩。

5 日　《廣西文藝》1966 年 2 月號刊出《要爲革命唱新歌——出席全國青年業餘文學創作積極分子大會廣西代表詩歌選》，刊有上林縣公社社員黃壽才《會議歸來》、邕寧縣插隊知識青年陳敦德《扎根農村永革命》等詩。

5 日　《萌芽》1966 年第 2 期刊出新疆生產建設兵團農八師濱之《戈壁水利兵》、東海艦隊朱鷺《東海凱歌》等詩。

7 日　《人民日報》發表通訊《縣委書記的榜樣——焦裕祿》和社論《向毛澤東同志的好學生——焦裕祿同志學習》。

9 日　《人民日報》刊出陳國屏的詩《鄂倫春人之歌》。

10 日　《江西文藝》1966 年 2 月號刊出俞樹紅的詩《新的一課》和工人謝能、王枚成的快板詩《華林山之歌》。

10 日　《山東文藝》1966 年 2 月號刊出邢書第《新兵李火山》、陳顯榮《我們早已準備好》等詩和定陶縣南王店公社立文的文章《幹起活來詩就有》。文章講：「『要編詩，不用愁，扛起大鑊上山頭，山頭頂上猛翻地，幹起活來詩就有。』萊陽前發坊大隊社員們寫的這首詩，看起來很簡單，但卻道出了勞動和創作的辯證關係。」

12 日　《人民文學》1966 年 2 月號「嚴陣以待　來者必殲」欄刊出邢書第《爆破手》、麻俊華《雪原輕騎》、王也《戰士的馬》、李健葆《哨所十枝槍》、吳修文《刺殺歌》等詩。

13 日　《解放日報》刊出陳晏的詩《沙丘上的腳印——贊焦裕祿同志》。

14 日　《文學評論》1966 年第 1 期刊出中國科學院文學研究所安徽壽縣九里公社勞動實習隊的《安徽壽縣九里公社社員閱讀和評論文學作品情況的調查》和湖南新化游家公社社員楊善書《我們喜歡這樣的詩》、丁洋《革命的頌歌，革命的戰歌——讀〈北京青年業餘作者詩選〉》等文。調查講：「我們從一九六五年十月十三日到十月三十日，在安徽壽縣九里公社花園、九里、周

寨和陡潤四個大隊，分別找了一部分社員調查有關文學作品的閱讀和評論情況。」其中「我們對十八個人進行了詩歌方面的調查（全部是知識青年）。他們之中除了耕讀小學教師嚴賀然一人讀過一本《中國新詩選》以外，其他人都說沒有讀過詩集。一次，我們在調查會上，讀了十四首詩，耕讀小學教師劉永良說他只聽懂了其中《歌唱毛澤東》等三首。耕讀小學教師李繼娟（女）說：『我們一般都喜歡看小說，因爲詩看不懂，不懂就不感興趣。』民兵張克強說：『我們讀詩沒有什麼勁頭。』」「從調查來看，儘管他們直接讀詩的機會較少，但他們一看到、一聽到歌頌革命領袖和那些以他們所熟悉的所熱愛的革命鬥爭、階級鬥爭和當前農村生活爲題材的詩歌，就說這事『說到了俺心裏』，十分喜歡，議論也最多。」「我們在一次調查會上，讀了嚴陣的《雙堆集頌》，很多人說聽不懂，有人對詩中『你發言吧：我的飽經炮火的村壘！』這一句提出疑問，說：『我不明白，這「圩子」（即「村壘」）怎麼能說話呢？』還有人對『和平只不過是彈坑裏生長的一朵玫瑰』的詩句，也提出了類似的疑問。看來，這既不是屬於詩歌體裁本身的問題，也不是屬於題材的問題。這大概是詩人的思維和表達形式與這些讀者的欣賞習慣有了距離的緣故。」

16 日　《文匯報》刊出肖木的詩《毛主席的好學生——焦裕祿》。

20 日　《文匯報》刊出任彥芳的詩《改天換地錄——焦裕祿之歌》。

23 日　《人民日報》刊出李瑛的詩《一個純粹的人的頌歌——獻給焦裕祿同志》。

25、27 日　湖北省文聯、武漢市文聯主辦學習焦裕祿、王杰、麥賢得詩歌朗誦會音樂會。《長江文藝》1966 年 4 月號消息：「《縣委書記的榜樣——焦裕祿》等有關報導發表以後，我省文藝界的同志們無不反覆閱讀學習，極爲感動，一個學焦裕祿、寫焦裕祿、演焦裕祿的活動正在開展。從二月二十七日起一星期內，我省作家、詩人、音樂家、文藝院校、文藝團體和廣大工農兵業餘作者，以深厚的階級感情，創作了一批歌頌焦裕祿同志的詩歌、散文、曲藝和音樂作品。湖北省文聯、武漢市文聯於二月二十五日、二十七日主辦了學習焦裕祿、王杰、麥賢得詩歌朗誦會音樂會，工人、演員和文藝院校師生都積極熱情地參加朗誦演出。」

27 日　《解放日報》刊出《豪言壯語新風貌——工廠黑板報、牆報詩畫選刊》。

27 日　《人民日報》刊出張永枚、韋丘等的詩《是什麼力量這樣強大》和《喝令地球獻石油——大慶工人詩選》。

2 月　《邊疆文藝》1966 年 2 月號刊出農民李洪仁《毛主席著作在農村》、鄧耀澤《喜迎春》等詩。

2 月　那沙的詩集《你早啊　群山》由安徽人民出版社出版。收《高歌吧，英雄的祖國！》、《你早啊，群山》、《用生命織染的紅旗》、《美國，會永遠沉睡麼》等詩 21 首。

> 那沙，原名林澄思，1918 年生，廣東博羅人。先後就讀於延安抗日軍政大學和魯迅藝術文學院文學系。1939 年參加八路軍，歷任文藝教員，文工團藝術指導，山東省文化協會執行委員兼《文藝叢書》主編，解放軍東北軍區文藝科長兼文工團團長，安徽省文聯副主席、黨組副書記，《安徽文學》、《戲劇界》雜誌主編。安徽省文聯名譽主席，省作協、省音協名譽主席。1960 年出版詩集《英雄巖》。2000 年出版《那沙文集》，同年逝世。

1966 年 3 月

1 日　《長春》1966 年 3 月號刊出黎靖《頌焦裕祿》、社員郝玉芳《旗》、工人徐治義《報捷》等詩。

1 日　《長江文藝》1966 年 3 月號刊出駱文《頌歌》、保衛大隊文化室《手拿「毛選」田邊學》、楊小峰《「毛選」勝過紅太陽》等詩。

1 日　《甘肅文藝》1966 年 3 月號刊出辛耀午《戰士的宣言》、秦川牛《不朽的詩篇》、師日新《腳印——路標》等詩。

1 日　《河北文學》1966 年 3 月號刊出肖平安《雨露滋潤禾苗壯》等詩。

1 日　《鴨綠江》1966 年 3 月號刊出《北鎮群眾詩歌選》和林火《歌唱焦裕祿》等詩。

1 日　《延河》1966 年 3 月號刊出張波《好領導呵，焦書記》、雁翼《戰鬥的新春》、陳策賢《縣委書記蹲點來》等詩。

4 日　《北京文藝》1966 年 3 月號刊出浩然《焦裕祿同志，我看到了你》、李學鰲《永遠當好頂樑柱——爲北京市貧農下中農協會成立而歌》、殷波《當年的「山丫」回來了》等詩。

5 日　《北方文學》1966 年 3 月號以《頌鋼鐵戰士——麥賢得》爲總題刊出王書懷《偉大一兵》、劉暢園《寄英雄》等詩，以《鬥天歌》爲總題刊出李鳳清《音河河套鬧春圖》、于希敏《十八姐妹》等詩。

5日 《廣西文藝》1966年3月號刊出《讀毛主席的書聽毛主席的話——壯族新民歌專輯》和黃青《犁山》等詩。

5日 《湖南文學》1966年3月號刊出戰士文哲安《焦裕祿頌》、汪承棟《木匠姑娘》等詩。

5日 《萌芽》1966年第3期刊出南京部隊任紅舉《春雷萬里出彩虹》、廣東部隊瞿琮《想起毛主席》等詩。

6日 《解放日報》以《毛主席教導我幹革命》為總題刊出陳文和《授「槍」》、上海矽鋼片廠史玉新《越讀思想越亮堂》等詩。

8日 河北省邢臺地區發生強烈地震。

9日 《人民日報》刊出陳兵等的文章《錘底風雷譜戰歌——讀〈加熱爐之歌〉和〈紅色的鉚釘〉》。

10日 《江西文藝》1966年3月號刊出郭蔚球《不朽的共產黨人——獻給焦裕祿同志》、工人殷庭佳《閃光的紅旗》、肖貞福《雛鳳展翅落山村》等詩。

10日 《山東文藝》1966年3月號刊出宋協周《贊焦裕祿同志》、莫西芬《做大自然的主人》、工人郭廓《「金剛鑽」》等詩。

11日 《人民日報》刊出河北興隆縣溝門子公社劉章的詩《寫在北京唱給黨》。

12日 《人民文學》1966年3月號刊出陳清波、趙煥亭的詩《焦裕祿之歌》和李瑛《刺刀進行曲》、陳山《穀雨篇》、章明《青松下》、劉章《革命調》等詩。

13日 《解放日報》刊出松江山陽公社張玉林《老貧農》等詩。

14日 《人民日報》刊出武漢鋼鐵公司工人蔣育德的詩《澆鑄工人歌》。

16日 《人民日報》刊出宮璽的詩《阿松伯進城去開會》。

20日 《人民日報》刊出馬鞍山鋼鐵公司軋鋼工陳玉林《我的軋機》、馬鞍山鋼鐵公司工人邢開山《爐前》等詩。

20日 《文匯報》刊出黃秉榮的詩輯《邊防軍讚歌》。

25日 《人民日報》刊出李瑛的詩《咱們的購銷站》。

25日 《收穫》1966年第2期刊出嚴辰《油香千里》、王書懷《山間紅梅花枝俏》等詩。

27日 《解放日報》刊出滬東造船廠工人居有松的詩《滿天紅霞照機艙》。

3月 《邊疆文藝》1966年3月號刊出《昆明機床廠黑板報詩選》，刊有

李雲祥、任代清、朱文玫《毛澤東思想是指路明燈》和歐陽國斌《大慶人是好榜樣》等詩。

1966 年 4 月

1 日　《奔流》1966 年 4 月號刊出紀鵬《不熄的火把》、趙宗憲《焦裕祿愛唱「南泥灣」》等詩。

1 日　《長江文藝》1966 年 4 月號以《幹革命靠的是毛澤東思想》為總題刊出許東想《毛主席著作寶中寶》、邱宏祁《永遠聽毛主席的話》等詩。該刊編者按：「這是從湖北省第二次貧下中農代表大會舉行賽詩活動中選輯的一組詩歌。中華人民共和國副主席董必武為大會寫了賀詞，中共湖北省委第一書記王任重也給代表們的詩歌寫了序曲。」「我們編輯這一組詩歌的時候，心情是喜悅而振奮的。因為這不是一組一般的詩歌，它們是真正出自貧農下中農內心深處的詩，對毛主席表達了無比純真的崇敬和愛戴，對毛主席的著作表達了最深厚的革命的階級感情，決心認真地學，狠狠地用；要這一代學，下一代學，子孫萬代把毛澤東思想偉大紅旗永遠傳下去！」「當前，學習毛主席著作的群眾運動，正在波瀾壯闊地發展。這組詩歌，就是在這個運動中產生的《紅旗歌謠》。它們是我省農業戰線高舉毛澤東思想偉大紅旗，把社會主義革命推向前進的詩歌，它們是我省農業戰線迎接第三個五年計劃，發揚大寨精神，掀起社會主義建設生產高潮的信號。」

1 日　《甘肅文藝》1966 年 4 月號刊出永登縣社員張國宏《春訊》、蘭州部隊張鳳和《老貧農的話》等詩。

1 日　《河北文學》1966 年 4 月號刊出何小庭、王惠雲的文章《提倡寫說唱詩》。文章講：「目前，在詩歌創作中有兩個特別值得注意的問題：一個是越來越多的詩人用詩的形式寫歌劇。田間同志前幾年曾經和其他同志合作把《趕車傳》改為詩劇，並且有過關於這種活動的倡導，我省創作的《園林曲》歌劇，部隊中的張永枚同志寫的《紅松店》歌劇，在南方和首都上演，都獲得好評。這些作品的特點是：語言凝煉，形象感強，朗朗上口。詩人寫歌劇，這未嘗不可以看作是詩歌創作的又一新天地。這對於歌劇的繁榮，會有積極的影響。另一個值得注意的問題是：大量的說唱詩出現了。這是詩歌創作向著民族化、群眾化、革命化邁進的新探索，新成績。我們覺得，這種說唱詩，打開了革命詩歌的又一新天地。」

　　1 日　《火花》1966 年 4 月號刊出李晴林《榜樣的力量是無窮的》、潘笛《焦裕祿來了俺村中》等詩。

　　1 日　《江蘇文藝》1966 年 4 月號刊出「青年業餘作者作品特輯」，刊有淮安縣城郊公社富強大隊俱樂部創作組《學「毛選」》、蔣寶香《鋤棉花》等牆頭詩。

　　1 日　《鴨綠江》1966 年 4 月號以《毛澤東思想是我們心中的紅太陽》為總題刊出瀋陽部隊戰士胡世宗《〈毛主席語錄〉隨身帶》、瀋陽市友誼公司吳一勇《語錄板》等詩；以《突出政治　練為戰》為總題刊出瀋陽部隊戰士劉福林《精神刺刀》、瀋陽部隊戰士朱清江《小小手榴彈》等詩。

　　1 日　《延河》1966 年 4 月號刊出峭石《王杰日記》、汪承棟《巡迴醫療隊》、曹谷溪《送行之夜》等詩。

　　4 日　《北京文藝》1966 年 4 月號刊出中國人民大學王紹瑛《在烈士墓前》、石景山鋼鐵公司工人趙鳳成《四個梳辮子的姑娘》等詩。

　　5 日　《北方文學》1966 年 4 月號以《縣委書記的榜樣——焦裕祿頌歌》為總題刊出余弘達《緬懷焦裕祿　誓作後來人》、韓福林《學習焦裕祿同志》等詩；是期後該刊停刊。

　　5 日　《廣西文藝》1966 年 4 月號刊出陳禎偉《革命闖將焦裕祿》、解放軍空軍某部飛行員于鳳倫《我愛祖國的藍天》等詩。

　　5 日　《湖南文學》1966 年 4 月號刊出何紀光《永遠戰鬥在紅旗下》、戰士黃粲兮《槍尖上的鋒刃——頌麥賢得》等詩。

　　5 日　《萌芽》1966 年第 4 期刊出劉章《二大寨》、肖玲《東海邊上閃明珠》等詩。

　　5 日　《青海湖》1966 年第 4 期刊出方存弟《英雄贊——獻給焦裕祿同志》、工人秦介龍《懷念你呵，焦書記》等詩。

　　6 日　《解放日報》刊出謝其規的詩《紅旗下面英雄多》。

　　8 日　《人民日報》刊出《工農兵黑板報、牆報詩畫選》，刊有海軍副觀通長任海鷹《海上炊事班》等詩。

　　10 日　《江西文藝》1966 年 4 月號以《大寨紅花遍地開》為總題刊出潘行受《林業戰線大寨旗》、徐萬明《十三把鋤頭鬧革命》等詩。

　　10 日　《山東文藝》1966 年 4 月號刊出王耀東《戰士思想有支槍》、戰士欒紀曾《行軍路》、符加雷《一把土》等詩。

14 日　郭沫若在人大常委會第三十次會議上發言，發言題爲《向工農兵群眾學習　爲工農兵群眾服務——郭沫若副委員長在四月十四日人大常委會第三十次會議上的發言》在 1966 年 5 月 5 日《人民日報》刊出。發言講:「石西民同志的報告（按：指石西民同志在人大常委會第三十次會議上所作的關於社會主義文化革命的報告），對我來說，是有切身的感受。說得沉痛一點，是有切膚之痛。因爲在一般的朋友們、同志們看來，我是一個文化人，甚至於好些人都說我是一個作家，還是一個詩人，又是一個什麼歷史家。幾十年來，一直拿著筆桿子在寫東西，也翻譯了一些東西。按字數來講，恐怕有幾百萬字了。但是，拿今天的標準來講，我以前所寫的東西，嚴格地說，應該全部把它燒掉，沒有一點價值。」「主要的原因是什麼呢？就是沒有學好毛主席思想，沒有用毛主席思想來武裝自己，所以，階級觀點有的時候很模糊。」「文史方面，近來在報紙上開展著深入的批評，這是很好的，我差不多都看了。我是聯繫到自我改造來看的，並不是隔岸觀火。每一篇文章，每一個批評，差不多都要革到我自己的『命』上來。我不是在此地隨便說，的確是這樣，我自己就是沒有把毛主席思想學好，沒有把自己改造好。」「當然，我確實是一個文藝工作者，而且我還是文聯的主席。文藝界上的一些歪風邪氣，我不能說沒有責任。毛主席《在延安文藝座談會上的講話》發表以來，已經二十幾年了，我讀過多少遍，有的時候也能拿到口頭上來講，要爲工農兵服務啦，要向工農兵學習啦，但是，只是停留在口頭上。口頭上的馬克思列寧主義，紙頭上的馬克思列寧主義，就是沒有切實地做到，沒有實踐，沒有眞正照著毛主席的指示辦事，沒有把毛主席思想學好。」「慚愧得很。毛主席在二十多年前就教導我們，要我們爲工農兵服務。今天不是我們在爲工農兵服務，而是工農兵在爲我們服務了。現在工農兵學習毛主席著作，寫的東西比我們好。特別是我們拿筆桿子的人，搞文藝、搞歷史、搞哲學的人，必須要深刻地反省。我自己感到很難受，實在沒有改造好。」

郭沫若，原名郭開貞。1892 年 11 月 16 日生於四川樂山。早年受家塾教育。1906 年入樂山縣高等小學讀書，次年升入嘉定府中學堂。1910 年入成都高等學堂。1913 年去日本留學，先後在東京第一高等學校預科、岡山第六高等學校、九州帝國大學醫科學習。1919年開始發表新詩，1921 年結集爲《女神》出版。1921 年與郁達夫等組織創造社，編輯《創造》季刊。1923 年畢業回國，在上海編輯《創

造周報》，從事新文學活動。同年出版詩文合集《星空》。1926 年到廣州任廣東大學文科學長。同年隨國民革命軍北伐，先後任政治部宣傳科長、總政治部副主任等職。1927 年出版詩集《瓶》。1928 年出版詩集《前茅》、《恢復》。同年去日本，主要致力於歷史學、考古學、古文字學的研究。1937 年抗戰爆發後回國，在上海從事抗日文化宣傳工作，籌辦《救亡日報》。1938 年出版詩集《戰聲》，同年到武漢，任國民政府軍事委員會政治部第三廳廳長，年底去重慶。1940 年改任政治部文化工作委員會主任。1944 年出版詩集《鳳凰》。1946 年到上海，次年去香港。1948 年出版詩集《蜩螗集》。1949 年 2 月到北平，同年當選全國文聯主席。此後曾任中央人民政府委員、政務院副總理、中國科學院院長、中國科技大學校長、全國人民代表大會常務委員會副委員長等職。又出版詩集《新華頌》（1953）、《百花齊放》（1958）、《長春集》（1959）、《駱駝集》（1959）等。1978 年 6 月 12 日在北京逝世。出版的著作除詩集外，還有大量的戲劇集、小說集、文論集、歷史研究以及翻譯作品等。1957 至 1963 年人民文學出版社出版《沫若文集》17 卷。1982 年起，該社又出版《郭沫若全集》文學編 20 卷。

14 日　《文學評論》1966 年第 2 期刊出《工農兵談文學·學習毛澤東思想，爲革命而創作》。

17 日　《人民日報》刊出黨永庵的詩《社員愛讀毛主席的書》。

18 日　《解放軍報》發表社論《高舉毛澤東思想偉大紅旗，積極參加社會主義文化大革命》。

26 日　《人民日報》刊出紀鵬《風雪遠航》、工人陶世綿《革命永向前》等詩。

27 日　《解放日報》刊出《工農兵詩歌選》，刊有《毛澤東思想永掛帥》、《大慶精神大發揚》、《高唱戰歌趕大寨》等詩輯。

27 日　《文匯報》刊出石太瑞的詩輯《苗山詩抄》。

4 月　《邊疆文藝》1966 年 4 月號刊出傣族社員康朗景《永遠跟著共產黨》、傣族社員岩三滿《上北京》等詩。

4 月　《新疆文學》1966 年第 4 期刊出田先瑤、李瑜《開著我的解放車》和東虹《新城》等詩。

4月　《鴨綠江》1966年4月號刊出《毛澤東思想是我們心中的紅太陽》民歌11首和《突出政治練爲戰》戰士詩歌11首。

4月　丁力的長詩《踏天曲——登上珠穆朗瑪峰頌歌》由人民體育出版社出版。作品共13章，有《引子》和《後記·登上一個高峰又一個高峰》。《後記》說：「四年前的五月呀，／北京城裏百花紅，／萬千楊柳舞春風，／聽到我們的登山隊／從北坡登上了珠穆朗瑪峰；／我日日夜夜思潮湧，／奮寫長歌頌英雄。／／長歌寫了兩年整，／修修改改難成功；／可歌可頌的英雄事跡唱不盡，／恨我無才只能粗略寫幾宗。／詩雖不好情意重，但願各個戰線都能攀高峰。」

> 丁力，原名丁明哲。1920年11月生於湖北洪湖。曾參加編輯《平民詩歌叢刊》等，1948年出版詩集《招喚》。1950年入中央文學研究所學習，1953年畢業留所助教。後曾任《文藝學習》和《詩刊》編輯、編輯部主任。1959年出版詩集《北京的早晨》。1977年調至北京電影學院，後又調入中國音樂學院文學系任教授。1983年出版詩論集《詩歌創作與欣賞》。1992出版詩集《愛，永遠年輕》。1993年6月23日在北京病逝。

1966 年 5 月

1日　《解放日報》以《毛澤東思想是我們心中的紅太陽》爲總題刊出鄭成義《突出政治頭一條》、徐州韓橋煤礦孫友田《煤山煤海齊歡騰》等詩。

1日　《長江文藝》1966年5月號刊出黃聲孝的詩《站起來了的長江主人》。該刊編者按：「碼頭工人黃聲孝同志的長詩《站起來了的長江主人》，本刊於一九六二年八、十月號發表了第一部（一九六三年由中國青年出版社出版），曾受到廣大讀者的歡迎和好評。現在，長詩的第二部又和大家見面了。這部長詩通過何鐵牛等先進工人形象，反映了解放初期碼頭工人在黨的領導下，起來當家作主，同封建把頭進行英勇鬥爭的事跡。長詩具有強烈的階級愛憎，濃厚的生活氣息，樸實的生活語言，是我省工人作者寫的一部較好的作品。」

> 黃聲孝，又名黃聲笑，1918年農曆9月9日生於湖北宜昌。讀私塾三個月。1949年後，在宜昌搬運公司當碼頭工人。1950年開始創作，1960年加入中國作家協會。曾任宜昌港裝卸總支書記、武漢

市文聯副主席。1994 年 12 月 18 日在湖北宜昌病逝。出版的詩集有《黃聲孝詩選》（1958）、《站起來了的長江主人》（1962）、《挑山擔海跟黨走》（1975）、《搭肩一抖春風來》（1979）等。

1 日　《甘肅文藝》1966 年 5 月號刊出白有林《鐵鍬就是咱的槍》、工人孫景瑞《我是紅鍛工》等詩；是期後該刊停刊。

1 日　《河北文學》1966 年 5 月號以《震不倒的英雄人民》爲總題刊出堯山壁《毛主席就在我們身邊》、李中賢《黨啊，災區社員向您保證》等詩。

1 日　《解放軍文藝》1966 年第 5 期以《戰士最愛毛主席的書》爲總題刊出薛治本《戰士最愛毛主席的書》、馬慶傳《革命幹勁書中來》等詩。

1 日　《鴨綠江》1966 年 5 月號刊出鞍山市文聯王荊岩《英雄像掛在平爐旁》、撫順礦務局司機李代生《晨鐘當當響四下》、遼中老達坊人民公社社員齊鳳林《我管溫室愛溫室》等詩。

3 日　《文匯報》刊出鄭成義的詩《巡迴》。

4 日　《解放軍報》發表社論《千萬不要忘記階級鬥爭》。

4 日　《文匯報》刊出寧宇的詩《接過父輩的紅旗》。

4 日　《北京文藝》1966 年 5 月號刊出第一機床廠工人溫承訓《把牛鬼蛇神一個一個揪出來》、北京開關廠工人王光林《永遠戰鬥在文化革命最前哨》等詩；是期後該刊停刊。

4～26 日　中共中央政治局在北京召開擴大會議。16 日會議通過《中國共產黨中央委員會通知》（即《五一六通知》）。

5 日　《廣西文藝》1966 年 5 月號刊出桂林機修廠工人詩選《「鞋子」裏面鬧革命　大慶精神開紅花》。

5 日　《萌芽》1966 年第 5 期刊出上海輪船公司業餘演出隊《戰海浪》、上海玻璃廠王森《女青年技術員》、韓北萍《春雷》等詩。

5 日　《青海湖》1966 年第 5 期以《紅五月之歌》爲總題刊出工人陳延林《在生產高潮中》、王佩山《老鍛工》等詩。

7 日　毛澤東看了軍委總後勤部《關於進一步搞好部隊農副業生產的報告》後給林彪寫信，此信後被稱爲「五七指示」。

8 日　《解放軍報》發表高炬的文章《向反黨反社會主義的黑線開火》。

9 日　《人民日報》刊出《工農兵詩畫選》，刊有河北省興隆縣溝門子公社社員劉章《公社春光比金貴》、海軍某部副觀通長任海鷹《扛炮彈》等詩。

10 日　《解放日報》、《文匯報》發表姚文元的文章《評「三家村」──〈燕山夜話〉、〈三家村札記〉的反動本質》。

10 日　《江西文藝》1966 年 5 月號以《「毛選」勝過紅太陽》為總題刊出農民肖萬件《昨夜讀了毛主席的書》等山歌；以《工人詩選》為總題刊出涂樹貴《為祖國揮汗如雨》等詩。

12 日　《人民文學》1966 年 5 月號刊出《工農兵牆報詩文選》，刊有《天下何處是難關》、《萬人齊頌毛澤東》等詩。該刊《編者按》：「少數知識分子壟斷文化的局面打破了，廣大工農兵掌握文化的大時代開始了。這是社會主義文化大革命的一個偉大勝利。廣大勞動人民將沿著這條道路，乘勝前進，創造出嶄新的社會主義新文化。從本期起，本刊特闢『工農兵牆報詩文選』一欄，專門發表全國各地工農兵牆報、黑板報上的作品。」是期後該刊停刊。

15 日　《解放日報》刊出中國人民解放軍上海警備區陳忠幹《革命人唱革命歌》等詩。

25 日　北京大學哲學系聶元梓等七人在校內貼出題為《宋碩、陸平、彭珮雲在文化大革命中究竟幹了些什麼？》的大字報，毛澤東譽之為「全國第一張馬列主義的大字報」，並批准 6 月 1 日向全國廣播，6 月 2 日《人民日報》全文刊登並發表評論員文章《歡呼北大的一張大字報》。

25 日　《人民日報》刊出《工農兵詩畫選》，刊有戰士邢書第《俱樂部裏擺戰場》等詩。

28 日　中共中央發佈《關於中央文化革命小組名單的通知》。名單為：組長陳伯達，顧問康生，副組長江青、王任重、劉志堅、張春橋，組員謝鐺忠、尹達、王力、關鋒、戚本禹、穆欣、姚文元。

28 日　《工人日報》刊出《毛澤東思想光芒萬丈──廠礦報刊工人詩歌選》。

29 日　清華大學附屬中學的學生集會，決定像蘇聯衛國戰爭時期的青年近衛軍那樣組織起來，並取名為「紅衛兵」。7 月 28 日清華大學附屬中學的「紅衛兵」寫信給毛澤東，8 月 1 日毛澤東復信表示支持。

5 月　流沙河作詩《故鄉》。此詩收《流沙河詩集》，上海文藝出版社 1982 年 12 月出版。

5 月　《湖南文學》1966 年 5 月號刊出沅江農民高雪華《致橡膠工人》、安江工人馬盛乾《車間掛起毛主席語錄牌》等詩。

5月　《新疆文學》1966 年第 5 期刊出王祖德等《3225 鑽井隊工人牆報詩選》和楊豐《鑽井工人之歌》等詩。

1966 年 6 月

1 日　《人民日報》發表社論《橫掃一切牛鬼蛇神》。

1 日　《奔流》1966 年 6 月號刊出《紅旗渠詩歌選》，刊有社員牛團全《手捧「毛選」學起來》、社員秦易《渠水流得歡》等詩；是期後該刊停刊。

1 日　《長春》1966 年 6 月號刊出劉泗川《毛主席給咱掌舵》、王方武《語錄板之歌》等詩。

1 日　《長江文藝》1966 年 6 月號刊出《毛主席站在天安門》、《毛主席搭起幸福臺》等「社員短歌」14 首；是期後該刊停刊。

1 日　《廣西文藝》1966 年 6 月號出刊後停刊。

1 日　《河北文學》1966 年 6 月號刊出解放軍某部戰士胡廣嶺《鋼鐵戰士——賀相魁》、何樹岩《想起賀相魁》等詩；是期後該刊停刊。

1 日　《火花》1966 年 6 月號刊出李希文《縣縣都有焦裕祿》等詩。

2 日　《光明日報》刊出《毛主席著作是明燈——工農兵群眾詩歌選》。

5 日　《人民日報》發表社論《做無產階級革命派，還是做資產階級保皇派？》。

5 日　《萌芽》1966 年第 6 期刊出《鐵路工地詩選》。該刊編者按：「隨著轟轟烈烈的社會主義文化大革命新形勢的出現，群眾業餘文藝創作活動也蓬勃地發展起來，特別是工農兵發表在牆報、黑板報上的大量詩歌，更是光彩照人，充滿著戰鬥的氣氛；他們滿腔激情地歌頌我們偉大的黨和偉大的領袖毛主席的英明領導，歌頌我國社會主義革命的偉大勝利，歌頌社會主義建設各個戰線上的大躍進，歌頌我們的新的英雄人物，無論內容和形式都劃出了一個完全嶄新的時代。這裡選刊的僅僅是革命烈焰中的幾朵火花，然而同樣顯示了對黨和毛主席的無限熱愛；抒發了工人階級的革命豪情。這些火紅的詩句是寫在工地的牆報上，宣傳燈上，嚴壁上的……真是一句一個鼓點，鼓舞著我們在社會主義大道上邁進！鼓舞著我們在文化革命這個偉大的鬥爭中勇往直前，徹底搞掉反黨反社會主義這根黑線！」

10 日　《解放日報》刊出《毛澤東思想是我們心中的紅太陽——工農兵詩歌選》，刊有工人李國勳《把文化大革命紅旗舉起來》、滬東造船廠工人居有松《越讀渾身越有勁》等詩。

10 日　《江西文藝》1966 年 6 月號以《高舉毛澤東思想偉大紅旗，向反黨反社會主義黑線開火——工農兵、學生、幹部、業餘文藝戰士聲討鄧拓黑幫》為總題刊出駐軍某部戰士孫炳根《磨刀上陣鬥黑幫》、南昌縣協成公社社員肖萬件《鄧拓，哪裡逃！》、南昌八一配件廠工人殷庭佳《工農兵奮起斬毒蛇》、南昌通用機械廠工人李根生《把鄧拓的黑話砸碎》等詩文；是期後該刊停刊。

10 日　《山東文藝》1966 年 5～6 月號刊出徂徠公社小河西大隊民兵連長宗傳惠《要把毒草連根拔》、徂徠公社杜家莊大隊社員時元風《文化陣地工農兵要佔領》、徂徠公社杜家莊大隊社員王金才《決不讓鄧拓黑幫偷過關》等詩。

12 日　《解放日報》刊出上海玻璃廠王森《照到那裡那裡紅》、上鋼三廠孫建華《一定要打倒黑幫》等詩。

12 日　《文匯報》刊出《工農兵詩畫選》，刊有空軍某部五好戰士楊志安《文化革命當闖將》、上鋼一廠谷亨利《鋼鐵工人最聽毛主席的話》等詩。

18 日　《中國青年報》刊出詩輯《敬愛的毛主席，您是我們心中的紅太陽——工農兵青年歌頌偉大領袖毛主席》。

26 日　《解放日報》刊出安徽安鳳公社女社員吳仕蘭《毛主席著作手中捧》、國棉十九廠工人殷銀珠《對準黑線來開炮》等詩。

30 日　《文匯報》刊出《歌唱共產黨　歌唱毛主席——工農兵紀念「七一」詩畫選》，刊有上海汽輪機廠胡永槐《歌頌中國共產黨》、上海警備區陳忠幹《毛主席來過非洲》等詩。

6 月　《邊疆文藝》1966 年 5～6 月合刊號刊出《昆鋼黑板報詩選》，刊有工人徐國新《時刻不忘毛主席的話》、工人桃林《老工人參加青年突擊隊》等詩；是期後該刊停刊。

6 月　《延河》1966 年 5～6 月號刊出工人關本滿《扛起文化大革命的旗》、戰士唐世敬《筆鋒作刺刀》等詩。

1966 年 7 月

1 日　《解放日報》刊出《毛澤東思想是我們心中的紅太陽——工農兵歌唱黨和毛主席》，刊有大灃造紙廠工人周銀寶《山歌齊唱給黨聽》、滬東造船廠工人居有松《人人要做革命派》等詩。

1 日　《長春》1966 年 7 月號刊出梁海暄等《永遠跟著毛主席》新民歌 5 首並刊出《停刊啟事》：「為了全力投入無產階級文化大革命運動，我刊從一九六六年八月停刊。」

　1日　《火花》1966年7月號出刊後停刊。

　1日　《解放軍文藝》1966年第7期以《毛主席，我們心中的紅太陽——各族人民歌頌毛主席民歌選》爲總題刊出《旗手就是毛主席》等民歌20首；以《最高指示記心懷——戰士學習毛主席著作詩選》爲總題刊出張伯印《毛澤東思想是明燈》、師東升《毛主席咋指咱咋走》等詩18首。

　1日　《鴨綠江》1966年7月號刊出《毛澤東思想是我們心中的紅太陽》民歌28首；是期後該刊停刊。

　1日　《延河》1966年7月號刊出柴油機廠李振國《毛主席著作隨身帶》、西安某廠張波《向黑線猛烈開火》等詩；是期後該刊停刊。

　5日　《青海湖》1966年第7期刊出《各族人民高聲唱　毛主席是我們心中紅太陽》頌歌23首；是期後該刊停刊。

　7日　《文匯報》刊出《工農兵詩選》，刊有嘉定縣徐行公社張瑞生《毛主席著作無價寶》、上海汽輪機廠張呈富《讀了毛主席的書》等詩。

　8日　《人民日報》刊出《毛主席的關懷記心間——邢臺地震災區社員詩選》，刊有社員王巧花《毛主席處處關心咱》等詩。

　10日　《山東文藝》1966年7月號刊出《工農兵詩歌創作選》，刊有解放軍邢書第《黨的恩情唱不盡》、濟南汽車製造廠工人任春遠《車間語錄板》、歷城縣牛旺公社志遠大隊社員李學忠《文化革命號角響》等詩；是期後該刊停刊。

　19日　《雲南日報》刊出《我省無產階級文化大革命的又一重大勝利，雲南大學揪出反黨反社會主義分子李廣田》。

　20日　《雲南日報》刊出《雲大革命師生昨舉行聲討集會，誓把反黨分子李廣田徹底鬥臭鬥垮》和《高舉毛澤東思想偉大紅旗徹底打倒一切牛鬼蛇神，各大專院校革命師生紛紛舉行集會，同仇敵愾怒斥反黨反社會主義分子李廣田》。

　21日　《雲南日報》刊出《堅決捍衛毛澤東文藝思想，徹底剷除修正主義文藝黑線，我省革命文藝工作者憤怒聲討反黨反社會主義分子李廣田的罪行》。

　24日　《文匯報》刊出《堅決支持越南人民抗美救國正義鬥爭》詩畫專頁，刊有江南造船廠池再生《堅決擁護劉主席聲明》、上海警備區陳忠幹《永遠戰鬥在一道》等詩。

25 日　《萌芽》1966 年第 7 期刊出《上海工農兵詩選》和北京部隊王石祥的詩《抄語錄》；是期後該刊停刊。

27 日　《解放日報》刊出上海汽輪機廠何啓棠《劉主席聲明到工廠》、鄭成義《誓做越南兄弟的後盾》等詩。

1966 年 8 月

1 日　《解放軍文藝》1966 年第 8 期刊出韓笑《毛主席，我們祝您萬壽無疆》、韓瑞亭《永遠跟著毛主席，前進——喜頌毛主席暢遊長江》詩 2 首；並以《援越抗美戰歌高》為總題刊出邢書第《準備好》、李瑛《讓我們合寫新詩篇》等詩 9 首；以《掏盡紅心為人民——戰士學習毛主席著作詩選》為總題刊出于宗信《毛主席的話是真理》、楊德祥《毛澤東思想的大學校》等詩 15 首。

1～12 日　中共中央八屆十一中全會在北京召開。5 日毛澤東寫出《炮打司令部——我的一張大字報》，8 日會議通過《關於無產階級文化大革命的決定》（即「十六條」）。

2 日　《解放日報》刊出中國人民解放軍福州部隊某部班長陳飛《〈毛主席語錄〉威力大》、中國人民解放軍海軍東海艦隊某部田永昌《傳寶書》等詩。

2 日　《人民日報》刊出戰士郭振清等整理的《戰士的紅心永向毛主席——解放軍某部賽詩會詩選》。

2 日　《雲南日報》刊出黎頌紅的文章《李廣田是周揚修正主義文藝綱領最忠實的執行者》。

3 日　吳興華在北京逝世。謝蔚英講：「文化大革命時，舊案重提，大字報貼滿家門。他感到大禍臨頭，日夜擔憂，寢食不安。但他還在對我說，要相信黨，相信群眾，要盡一切努力改造，爭取重新做人，絕不能自殺，否則我和孩子將更受到株連。在他去世前三天，他將他平日愛不釋手的《四部叢刊》重新核對整理了一遍，告訴我將來日子過不下去時可以變賣。誰料到次日他被勒令勞改，在勞改時因體力不支，又被紅衛兵灌下污水後又踢又打，當場暈迷，又耽誤了送醫院的時間，終於在 1966 年 8 月 3 日晨含冤離開了人世。」（《憶興華》，1986 年 6 月《中國現代文學研究叢刊》1986 年第 2 期）

　　吳興華，1921 年 8 月 18 日生，浙江杭州人。1937 年入燕京大學西語系讀書，1941 年畢業留校任教。後曾離校，以翻譯為生，抗

戰勝利後返燕京大學西語系。1952 年後歷任北京大學西語系副教授、英語教研室主任、副系主任。1957 年劃爲右派，1962 年摘除。1937 年開始發表新詩，作品多刊於《小雅》、《新詩》、《輔仁文苑》、《朔風月刊》、《中國文藝》、《燕京文學》、《文藝時代》等刊物。2005 年《吳興華詩文集》出版。

13 日　《人民日報》刊出廣州部隊海上文化工作隊韓笑的詩《萬歲！萬歲！偉大的毛主席！》。

15 日　《人民日報》刊出解放軍工程兵某部喻曉《黨中央公報振奮人心》、北京第一機床廠王恩宇《紅心向著中南海》等詩。

16 日　《解放日報》刊出上海汽輪機廠胡永槐《上海工人讀公報》、中國人民解放軍南京部隊某部朱文虎《黨中央的決定最英明》等詩。

18 日　北京百萬人在天安門廣場舉行「慶祝無產階級文化大革命」群眾大會，毛澤東首次接見來自全國各地的紅衛兵和師生。至 11 月 26 日，毛澤東在北京先後八次共接見 1100 多萬人。

20 日　《解放日報》刊出上海警備區陳忠幹《毛主席，我們心中最紅最紅的太陽》、上海中學高一（2）全體同學《毛主席登上天安門城樓》等詩。

21 日　《紅旗》雜誌發表評論員文章《向革命的青少年致敬》。

21 日　《人民日報》刊出北京工業學院一一六一一第二戰鬥組《天安門上昇起了紅太陽》等詩。

21 日　《文匯報》刊出駐滬空軍某部楊志安《毛主席穿上綠軍裝》、上海警備區陳忠幹《百萬顆紅心向太陽》等詩。

22 日　《解放日報》刊出駐滬空軍部隊楊志安《萬歲！萬歲！敬愛的領袖毛主席》、東海艦隊政治部田永昌《手捧公報細細瞧》等詩。

22 日　北京大學文化革命委員會《新北大》報創刊號刊出中文系王英志的詩《最高統帥一揮手》。

23 日　《人民日報》發表社論《工農兵要堅決支持革命學生》。

23 日　流沙河作詩《七夕結婚》。此詩收《流沙河詩集》，上海文藝出版社 1982 年 12 月出版。

23 日　《解放日報》刊出鄭成義《七億人民在歡呼聲中勝利進軍》等詩。

23 日　《文匯報》刊出上海化工廠沈炳龍《舵手頌》、鄭成義《紅衛兵之歌》等詩。

24 日　《人民日報》刊出解放軍某部白水《無比英勇小闖將》、陳濤《歌唱「紅衛兵」》等詩。

25 日　《人民日報》刊出解放軍某部繼英等的詩《贊紅衛兵》。

25 日　《文匯報》刊出駐滬空軍某部五好戰士萬良順《戰士支持紅衛兵》等詩。

26 日　《解放日報》刊出上海警備區陳忠幹的詩《「紅衛兵」贊》。

26 日　北京大學文化革命委員會《新北大》報第 2 期刊出聞兵的詩《戰歌向著太陽唱——歡呼主席題字〈新北大〉》。

27 日　《解放日報》刊出駐滬空軍部隊楊志安《紅衛兵讚歌》、上海汽輪機廠黃世益《革命造反精神就是好》等詩。

27 日　《文匯報》刊出駐滬空軍某部楊志安《紅衛兵讚歌》、曹忠德《紅衛兵上街去戰鬥》等詩。

28 日　《光明日報》刊出戰士翟玉堂的詩《紅衛兵，支持你們造反》。

28 日　《解放日報》刊出空軍某部張獻隆《紅衛兵，向你致敬！》、空軍某部張長和《遙寄首都紅衛兵》等詩。

28 日　《文匯報》刊出上海鐵路局南站李鴻福《紅色列車運金書》、上海新華印刷廠曲延順《決心印好主席書》等詩。

29 日　《人民日報》發表社論《向我們紅衛兵致敬》。

29 日　《人民日報》刊出王繼榮的詩《七贊紅衛兵》。

30 日　《解放日報》刊出上海市工人業餘文藝宣傳隊《紅色小將心向黨》等詩。

30 日　《人民日報》刊出通信兵部隊余光烈《歌唱英勇小將紅衛兵》、通信兵部隊王雄《紅衛兵幹得好》詩 2 首。

31 日　《解放日報》刊出上海航海儀器廠朱賢明《紅衛兵心最紅》等詩。

31 日　《雲南日報》刊出雲文兵的文章《李廣田通過〈一滴蜜〉這首黑詩惡毒攻擊偉大的反右派鬥爭》。

1966 年 9 月

1 日　《人民日報》發表北京紅衛兵戰校（原清華大學附中）紅衛兵的文章《打碎舊世界，創立新世界——無產階級革命造反精神萬歲》。

1 日　《解放日報》刊出上海汽輪機廠胡永槐的詩《紅衛兵學習解放軍》。

1日　《人民日報》刊出北京語言學院閻純德的詩《顆顆紅心向著毛主席》。

1日　《文匯報》刊出上海汽輪機廠蔣漢光《革命小將幹得好》等詩。

1日　《解放軍文藝》1966年第9期以《東風浩蕩凱歌高——歡慶無產階級文化大革命戰士詩選》為總題刊出張如意《毛主席來到群眾中》、張志勝《聽林彪同志講話》等詩7首；以《戰士笑談紙老虎——紀念毛主席〈和美國記者安娜‧路易斯‧斯特朗的談話〉發表二十週年詩選》為總題刊出麥賢得《打靶》、馮永傑《美國佬，算個啥》等詩7首；以《偉大號召天下傳——把我軍辦成毛澤東思想的大學校戰士詩選》為總題刊出丁鋒《毛主席的號召到軍營》、葉文藝《軍工紅旗手》等詩17首；此外還刊有繼英、周森、志毅、振江的詩《贊「紅衛兵」》。

3日　詩人陳夢家逝世。「陳夢家在8月24日夜裏寫下遺書，服大量安眠藥片自殺。由於安眠藥量不足以致死，他沒有死。1966年8月24日是陰曆七月初九，是有『新月』的時候。不知道那一夜他是否看到了新月，也不知道他對月思考了什麼。他20歲的時候作詩說『新月張開一片風帆』，這是一個美麗的隱喻：新月形如風帆，送他走向理想。但是那時新月伴他走向死亡。」「十天以後，陳夢家又一次自殺。陳夢家自縊，死於1966年9月3日。」（王友琴《詩人和考古學家陳夢家之死》）

> 陳夢家，1911年生，浙江上虞人。1927年入南京中央大學學習法律，開始新詩寫作。1931年出版《夢家詩集》和編選的《新月詩選》。1932年去青島大學任助教，出版詩集《在前線》。同年到北平，入燕京大學宗教學院學習，1933年曾短期在蕪湖中學任教。1934年出版詩集《鐵馬集》。同年進燕京大學研究生班，攻讀古文字學。此後主要致力於古史與古文字的研究。1936年畢業，留校任助教。同年出版詩集《夢家存詩》，1937年抗戰爆發後到長沙清華大學任教，次年遷昆明，併入西南聯合大學。1944年去美國芝加哥大學教授古文字學。1947年回國，繼續在清華大學執教。1952年到中國科學院考古所任研究員。

4日　《解放日報》刊出戰士倪志良的詩《革命小將紅衛兵》。

4日　《人民日報》刊出趙金福《紅衛兵歌》等詩。

5日　中共中央、國務院發佈《關於組織外地高等學校革命師生、中等學校革命師生代表和革命教職工來京參觀文化大革命運動的通知》。

6 日　《文匯報》刊出華東師範大學紅衛兵曹忠德《毛主席萬歲》、駐滬空軍某部張生民《頌紅衛兵》、上海汽輪機廠胡永槐《毛澤東思想紅旗舉得高》等詩。

7 日　《解放日報》刊出鄭成義的詩《紅衛兵詩傳單》。

7 日　《人民日報》刊出新華社的報導《小將揮起千鈞棒　敢教日月換新天——記空軍某部五連指戰員讚頌紅衛兵詩歌晚會》。報導講：「在偉大領袖毛主席的英明領導下，紅衛兵小將們勇敢地向舊世界發起猛烈衝擊，所向披靡，捷報頻傳。紅衛兵小將們破『四舊』、立『四新』的偉大功勳，鼓舞著人民解放軍廣大幹部戰士。」「空軍某部五連在最近召開的詩歌晚會上，指戰員們懷著高昂的革命激情，用最美好的詩句，高歌歡唱：戰鬥吧，英雄的紅衛兵！」

11 日　《解放日報》刊出東海艦隊某部尹和雲《毛澤東思想放光芒》、上海市工人業餘文藝宣傳隊《毛主席，最偉大》等詩。

11 日　《文匯報》刊出上海化工廠沈炳龍《紅衛兵的歌》、鄭成義《紅衛兵詩傳單》等詩。

14 日　《文匯報》刊出上海汽輪機廠胡永槐《心花怒放去報喜》、空軍戰士萬良順《毛主席向著咱們笑》等詩。

15 日　　陳白塵日記：「今日天安門有大會，主席再次接見紅衛兵，東單一帶戒嚴。而作協在青年藝術劇院開鬥爭張天翼的大會，我們只得持通行證通過。會場黯淡無光，臺上只開一工作燈，陰森森的。臺前地板上豎斗大黃紙黑字，張的名字被打上紅××，尤覺鬼氣。我等後於群眾入場，坐前排。張則最後由主席 R 宣佈『押上來』後，才徐步走上臺去，在被審席上就坐（但他基本上站著）。張交代不數分鐘，即被喝止，而由群眾揭發。在揭發中插以追問，有的又插以小揭發，追問中則又口號迭起。會開得井井有條，但也顯得做作，R 更像是演戲。追問中我數度登臺『陪綁』，吳組緗、陳翔鶴等人也上了臺。」「最後是群眾喝令全體黑幫登臺『示眾』，於是二十餘人魚貫而上，自報家門。劉白羽自稱『黑幫大將』，於是嚴文井等都是『干將』之流了，我自然也未能免俗。但張僖遲疑之後，卻自稱『黑幫爪牙』；陳翔鶴是川腔十足，抑揚頓挫，令人忍俊不禁；白薇老太太身軀臃腫，滿臺亂轉；臧克家衣衫瘦小，聳肩駝背，都可笑亦復可憐。只可惜沒有穿衣鏡，不自知是副什麼怪狀了。」（《牛棚日記》，生活‧讀書‧新知三聯書店 1995 年 5 月出版）

　　臧克家，1905 年 10 月 8 日生於山東諸城。1923 年考入濟南山東省立第一師範讀書。1926 年去武漢，次年入中央軍事政治學校，不久該校改編爲中央獨立師開赴前線。同年部隊被繳械，回到山東，後逃亡東北、上海。1929 年考入青島大學補習班，同年開始新詩寫作。1930 年入青島大學英文系，後轉中文系。1933 年出版詩集《烙印》。次年出版詩集《罪惡的黑手》。同年大學畢業，到山東臨清中學任教。1936 年出版長詩《自己的寫照》和詩集《運河》。1937 年抗戰爆發後，輾轉濟南、徐州、西安等地。1938 年加入徐州第五戰區的青年軍團，隨軍轉戰河南、安徽、湖北等地，從事抗敵救亡宣傳工作，並寫下不少鼓舞抗戰的詩歌，先後出版詩集《從軍行》（1938）、《泥淖集》（1939）、《鳴咽的雲煙》（1940）和長詩《淮上吟》（1940）。1942 年到重慶，參加中華全國文藝界抗敵協會活動，後當選爲該會候補理事。又出版詩集《泥土的歌》（1943）、《國旗飄在雅雀尖》（1943）、《生命的秋天》（1945）和長詩《古樹的花朵》（1942）、《感情的野馬》（1943）等。1945 年開始政治諷刺詩寫作，結集爲《寶貝兒》次年出版。1946 年到上海，曾主編《文訊》月刊。1947 年與曹辛之等組織星群出版公司，創辦《詩創造》月刊，編輯《創造詩叢》，又出版詩集《生命的零度》（1947）、《冬天》（1948）。1948 年底去香港，次年初到北平，先任華北大學三部文學創作研究室研究員，後主編《新華月報》文藝欄。1956 年到中國作家協會任書記處書記。1957 年《詩刊》創刊，任主編，又出版詩集《一顆新星》（1958）、《春風集》（1959）、《歡呼集》（1959）、《凱旋》（1962）及長詩《李大釗》（1959）等。1969 年到湖北咸寧文化部幹校勞動，1972 年回北京。1976 年《詩刊》復刊，任顧問兼編委。後又出版詩集《憶向陽》（1978）、《今昔吟》（1979）、《臧克家長詩選》（1982）、《落照紅》（1984）、《放歌新歲月》（1991）等。出版的著作除詩集外，還有文論集、小說集、散文集等多種。2002 年出版《臧克家全集》。2004 年 2 月 5 日在北京逝世。

　　16 日　《解放日報》刊出王建國《紅色上海出新貌》、張景琢《家家升起紅太陽》等詩。

　　16 日　《人民日報》刊出黑龍江工學院一紅衛兵的詩《祝毛主席萬壽無疆》。

18 日　《解放日報》刊出鄭成義《挺進！文化革命的大軍》等詩。

21 日　《文匯報》刊出華東師範大學紅衛兵王月梅《我見到了毛主席》、上鋼三廠孫建華《毛主席接見新一代》等詩。

27 日　北京大學文化革命委員會《新北大》報第 10 期刊出技術物理系工人紅衛兵董寬的詩《把反黨黑幫打個稀巴爛》。

28 日　《解放日報》刊出上海音樂學院附中紅衛兵王海珍《毛主席接見我們紅小兵》、中國人民解放軍某部王金海《戰士最愛讀毛主席的書》等詩。

29 日　北京礦業學院《紅衛兵戰報》第 6 期刊出李懷堂的詩《毛主席就是我們心中的紅太陽》。

30 日　北京大學文化革命委員會《新北大》報第 12 期刊出圖二馬無繮《我在毛主席身邊戰鬥》、文四（3）楊東明《永遠跟著毛主席》等詩。

秋　　流沙河作詩《情詩六首》。此詩收《流沙河詩集》，上海文藝出版社 1982 年 12 月出版。流沙河講：「一九六六年春天，黑茫茫的長夜來臨了，我被押解回故鄉金堂縣城廂鎮監督勞動改造，此後全靠體力勞動計件收入糊口了。」「我在故鄉勞動十二年，前六年拉大鋸，後六年釘包裝箱，失去任何庇蔭，全靠出賣體力勞動換回口糧維繫生命，兩次大病，差點嗚呼哀哉。後六年間，壓迫稍鬆，勞動之餘暇，溫習英語，為小兒子編寫英語課本十冊，譯美國中篇小說《混血兒》，通讀《史記》三遍，寫長詩《秦火》，一千行，此稿自毀了。在那十二年的長夜中，只留下《情詩六首》、《故園九詠》兩組小詩和《喚兒起床》、《故鄉吟》等幾首小詩，實在慚愧！」（《流沙河自傳》，《流沙河詩集》，上海文藝出版社 1982 年 12 月出版）

　　流沙河，原名余勳坦。祖籍四川金堂，1931 年 11 月 11 日生於成都。1949 年考入四川大學農業化學系。1950 年到《川西農民報》編副刊版與時事版。1952 年調到四川省文聯創作組，從事專業寫作。1956 年出版詩集《農村夜曲》。同年參加《星星》詩刊籌備工作。1957 年《星星》詩刊創刊，在上面發表了組詩《草木篇》，很快遇到批判，並被錯劃為右派。「文化大革命」開始後，遣送回金堂。1978 年到金堂縣文化館工作。次年秋錯案平反，調回四川省文聯，任《星星》詩刊編輯。1982 年出版《流沙河詩選》，次年出版《遊蹤》、《故園別》。1984 年開始從事專職創作，曾任中國作家協會四川分會副主席。出版的著作還有詩論集《隔海說詩》（1985）、《流沙河詩話》（1995）等。

1966 年 10 月

1 日　《解放日報》刊出滬東造船廠工人居有松《毛主席萬歲！萬萬歲！》、上海重型機器廠沈金生《全靠領袖毛澤東》等詩。

1 日　《文匯報》刊出復旦大學蔡祖泉《萬歲萬歲毛澤東！》、松江縣新五公社戚永芳《紅天紅地紅江山》等詩。

1 日　《解放軍文藝》1966 年第 10 期以《工農兵活學活用毛主席著作詩歌選》爲總題刊出孫建華《毛主席著作揣在懷》、居有松《人人要做革命派》等詩 37 首；以《向紅衛兵歡呼　向紅衛兵致敬》爲總題刊出李守義《紅衛兵小將顯神威》、闞士英《革命的闖將紅衛兵》等詩 9 首（組）。

2 日　《解放日報》刊出華東師範大學紅衛兵曹陽《毛主席！我們歌頌您！》、鄭成義《國慶獻詩》等詩。

4 日　《解放日報》刊出復旦大學紅衛兵余華《紅衛兵隊伍向太陽》等詩。

8 日　《人民日報》刊出解放軍某部廖代謙的詩《高原戰士來到毛主席身旁》。

9 日　《解放日報》刊出上海吳涇熱電廠王克智《一曲毛澤東思想的凱歌》、駐滬空軍部隊楊帆《戰士心貼紅衛兵》等詩。

10 日　《文匯報》刊出駐滬空軍某部萬良順《一曲凱歌震長天》、上海市黃浦區公安分局廣東路派出所沈其昌《火海英雄贊》等詩。

11 日　《解放日報》刊出《一輪紅日出東方，毛澤東思想放光芒——上海工農兵詩文選摘》。

13 日　《解放日報》刊出毛炳甫《千年萬年跟您走》等詩。

15 日　《解放日報》刊出上海供電局毛震郁《毛主席像處處掛》等詩。

15 日　《文匯報》刊出解放軍五好戰士瞿遠雲《堅決響應林彪同志號召》、華東師範大學紅衛兵王詠梅《歡呼我國三次核試驗成功》等詩。

17 日　《人民日報》刊出解放軍某部焦海臣、趙友國的詩《革命小將紅衛兵》。

22 日　《人民日報》發表社論《紅衛兵不怕遠征難》。

22 日　《解放日報》刊出滬東造船廠居有松《毛主席身邊住下來》等詩。

23 日　《文匯報》刊出滬東造船廠居有松《紅太陽讚歌》等詩。

26 日　《光明日報》刊出開封師範學院革命造反隊紅衛兵的詩《紅衛兵唱給魯迅的歌》。

29 日　中共中央、國務院發佈《關於北京大中學校革命師生暫緩外出串聯的緊急通知》。

30 日　《解放日報》刊出東海艦隊某部陸振聲《戰鷹身旁聽喜訊》、上海美術印刷廠熊鳳鳴《車間成了歡騰的海》等詩。

1966 年 11 月

1 日　《解放軍文藝》1966 年第 11 期刊出孫永良《我的心飛向北京》、紅兵《歌唱心中不落的紅太陽》等朗誦詩 4 首；並以《向 32111 鑽井隊的英雄們致敬》爲總題刊出胡賓《毛澤東思想育英雄》、樊發稼《歌唱血戰火海的英雄》等詩 12 首。

3 日　《解放日報》刊出仇學寶《偉大舵手萬萬歲》、華東師範大學一紅衛兵《我又看見毛主席啦》等詩。

3 日　《文匯報》刊出上海警備區孫家雲《世界革命的旗手》等詩。

6 日　《解放日報》刊出復旦大學一紅衛兵《萬朵葵花向太陽》等詩。

6 日　《人民日報》刊出西北大學一紅衛兵的詩《毛主席啊，延安人民想念您》。

6 日　《文匯報》刊出東海艦隊蔡國柱《無產階級大民主精神萬歲！》等詩。

8 日　《光明日報》刊出湖南師範學院一個紅衛兵的詩《金色的紀念章》。

12 日　《文匯報》刊出上海工具廠蔡杏春《毛澤東思想的威力無窮盡》等詩。

14 日　《解放日報》刊出夏連榮《緊跟毛主席去戰鬥》等詩。

20 日　《人民日報》刊出北京外國語學院紅旗戰鬥大隊一隊員《蔡永祥，紅衛兵學習的榜樣》、李瑛《英雄歐陽海——蔡永祥頌歌》等詩。

21 日　遼寧大學八・三一紅衛兵紅色造反兵團總部《八・三一戰報》創刊號刊出曹木的詩《紅衛兵最愛毛主席》。

21 日　《文匯報》刊出國營上海第二紡織機械廠吳治國《兩個戰場顯威風》、上海市印刷五廠張元才《革命生產雙豐收》等詩。

23 日　《解放日報》刊出石佃坤《「老三篇」是座右銘》等詩。

23 日　《人民日報》刊出姚成友《長征路上新一代》等詩。

25 日　陳白塵日記：「今日主席又接見，提前出發到文聯大樓。洗刷四樓

全部，累極。坐下寫材料，疲乏無力，眼力亦不佳，似將失明矣。」「晚回宿舍，爲冰心換煤爐升火，成功。她年近七旬，離家獨居於此，頗狼狽。其夫吳文藻當年在日本秘密起義，她成爲團結對象。歸國後寫了不少散文，出國多次也做了不少工作，不無微功吧。但她在民族學院（吳在該院任教授）被鬥甚慘，衣服都被沒收，手錶等貴重物品更不用說，而且公開展覽，標其出國皮大衣爲 6000 元云。如今她到作協後已很滿意了，不再每天揪鬥也。」（《牛棚日記》，生活・讀書・新知三聯書店 1995 年 5 月出版）

　　　　冰心，女，原名謝婉瑩。1900 年 10 月 5 日生於福建福州。童年在山東煙臺度過。1911 年隨家歸福州，次年入福州女子師範預科讀書。1913 年到北京，翌年進入貝滿女子中學。1918 年考入協和女子大學，次年以冰心筆名發表小說。1921 年參加文學研究會。1923 年出版《繁星》和《春水》。1923 年去美國留學。1926 年出版散文集《寄小讀者》。同年回國，先後在燕京大學、清華大學和北京女子文理學院任教。1932 年出版《冰心詩集》。1936 年去歐美遊歷一年。1938 年到昆明，次年到重慶，曾任國民黨政府參政會議參政員。1943 年用男士筆名出版散文集《關於女人》。1945 年回北平。次年去日本，曾在東京大學任教。1951 年回國，此後定居北京。1960 年出版散文集《小桔燈》，同年當選爲中國作家協會理事。1979 年任中國文聯副主席。1981 年出版散文集《三寄小讀者》。1983 年起《冰心全集》6 卷出版。1999 年 2 月 28 日在北京逝世。

　　25 日　《人民日報》刊出山東郵電學校長征紅衛隊《困難面前煉出英雄漢》等詩。

　　28 日　北京召開「文藝界無產階級文化大革命大會」，北京和來自全國各地的兩萬多名革命文藝戰士參加。中共中央政治局常委、國務院總理周恩來，中共中央政治局常委、中共中央文化革命小組組長陳伯達，中共中央文化革命第一副組長、中國人民解放軍文化工作顧問江青出席並講話。江青在講話中說：「帝國主義是垂死的、寄生的、腐朽的資本主義。現代修正主義是帝國主義政策的產物，是資本主義的變種。他們什麼好作品都搞不出來了。資本主義已經有幾百年了，他們的所謂『經典』作品，也不過那麼一點。他們有一些是模仿所謂的『經典』作品，死板了，不能吸引人了，因此完全衰落了；另一些則是大量泛濫，毒害麻痹人民的阿飛舞，爵士樂，脫衣舞，印象派，

象徵派，抽象派，野獸派，現代派，……等等，名堂多了。一句話：腐朽下流，毒害和麻痺人民。」

29 日　《文匯報》刊出東海艦隊某部陸振聲《靈魂深處擺戰場》等詩。

30 日　《解放日報》刊出陳忠幹《毛主席給我們撐腰》、原大興中學一紅衛兵《統帥和小兵心相連》等詩。

11 月　雲南人民出版社編的詩集《毛主席，我們心中的紅太陽》由該出版社出版。收麥賢得《掏盡紅心爲人民》、于宗信《毛主席的話是眞理》、姚成友《毛主席的光輝照萬代》、田章夫《篝火》等詩 48 首。該書《內容提要》講：「這本民歌集是無產階級文化大革命以來，全國各地（包括雲南地區）工農兵歌唱黨和毛主席的民歌。」「這些民歌充滿對黨和毛主席無比崇敬，無比熱愛，表達出用毛澤東思想武裝起來的工農兵群眾胸懷廣闊，意氣風發，敢於批判舊世界，創造新世界的英雄氣概。」「這些民歌出自工農兵之口，感情眞摯，流利順口，便於歌唱。」

1966 年 12 月

1 日　《解放軍文藝》1966 年第 12 期以《毛主席是世界革命人民心中的紅太陽》爲總題刊出[越南]素友《毛主席啊，我看見了您巍峨的形象》等「國際友人歌頌毛主席」詩 22 首；以《紅衛兵歌頌蔡永祥》爲總題刊出江西吉安第二中學一紅衛兵《光輝的榜樣》等詩 8 首；此外還刊有大連海運學院長征紅衛兵的詩《長征》。

1 日　中國人民大學戰地文藝社《戰地文藝》報第 4 期刊出《贊造反者》、安徽省含山縣長岡農業中學紅衛兵長征隊《長征歌》、北京標準機件廠工人李文漢《長征隊贊》、北京四季青公社社員郭德貴《毛主席的客人來咱家》等詩。

3 日　《解放日報》刊出江蘇江陰河塘公社周信禮《毛主席說啥我幹啥》、社員于書恒《「老三篇」是無價寶》等詩。

4 日　《人民日報》《「老三篇」照心中，戰天鬥地力無窮》欄刊出黨花、書亭《「老三篇」篇篇紅》等詩。

5 日　《解放日報》刊出駐滬空軍某部戰士朱壽鵬《學習蔡永祥，歌唱蔡永祥》等詩。

5 日　《文匯報》刊出東海艦隊蘇逢湘《血海深仇記心間》等詩。

10 日　《解放日報》刊出中國人民解放軍駐浙部隊某部演出隊《偉大的共產主義戰士——蔡永祥》等詩。

12 日　　全國紅衛兵樹立毛澤東思想絕對權威徹底打倒孔家店聯絡委員會《討孔戰報》第 6 期刊出岳家村大隊貧下中農的詩《歌贊紅衛兵》。

20 日　　《文匯報》刊出東海艦隊戰士徐效忠的詩《語錄歌聲響軍營》。

20 日　　中國人民大學戰地文藝社《戰地文藝》報第 5 期刊出甘肅省靖遠師範紅衛兵王鵝羽的詩《造反歌》。

23 日　　重慶紅衛兵革命造反司令部《山城紅衛兵》報第 7 期刊出革命工人造反軍李亮的詩《血之歌——致全市革命群眾》。

26 日　　《光明日報》刊出《放聲歌唱我們心中的紅太陽》，刊有程秋榮《東方升起了紅太陽》、大慶油田工人《油工想念毛主席》等詩。

26 日　　《解放日報》刊出邢臺人民《一心信仰毛主席》、戰士韋榮久《〈毛主席語錄〉放光彩》等詩。

26 日　　《人民日報》刊出廖代謙《毛主席是世界革命的旗手》等詩。

26 日　　北京外國語學院紅旗戰鬥大隊等主辦的《紅衛報》第 8 期刊出毛澤東主義紅衛兵東方瀾《紅太陽的故鄉》、顧炯《光輝的起點——訪中國共產黨第一次全國代表大會會址》、北京公社紅衛兵趙向東《學了老三篇》、吉林通化衛生學校長征隊霍紅等《毛主席，我們見到了您》詩 4 首。

1966 年　　蔡其矯作詩《無題三首》。此詩收《蔡其矯詩選》，人民文學出版社 1997 年 7 月出版。

1967 年

1967 年 1 月

1 日　《人民日報》、《紅旗》雜誌發表社論《把無產階級文化大革命進行到底》。

1 日　《人民日報》刊出社員殷光蘭《毛主席鋪出長征路》、紅衛兵顧炯《太陽從這裡升起——訪韶山》等詩。

1 日　《解放軍報》刊出孫寶山《心上的紅太陽永不落》、王本善《無限熱愛毛主席》等詩。

1 日　《解放軍文藝》1967 年第 1 期以《金光閃閃的「老三篇」》爲總題刊出魯水泊《頌「老三篇」》、楊海滿《「老三篇」是座右銘》等詩 15 首；以《金色的太陽照心頭——部隊生活短詩》爲總題刊出馬連華《金色的太陽照心頭》、胡世宗《夜宿》、葉曉山《團長》等詩 11 首。

1 日　北京大學文化革命委員會《新北大》報第 24 期刊出中文系祁念東的詩《永遠跟著毛主席》。

1 日　清華大學井岡山報編輯部《井岡山》報第 6～7 期刊出詩配畫《抓扒手——大扒手王光美在清華》。

1 日　河南省紅衛兵革命造反司令部《河南紅衛兵》報第 9 號刊出向東的詩《我來到了毛主席身旁》。

1 日　北京航空學院紅旗戰鬥隊《紅旗》報第 3 期刊出宣傳隊的詩《永遠革命向前進》。

3 日　《人民日報》轉載《紅旗》雜誌 1967 年第 1 期姚文元的文章《評

反革命兩面派周揚》。文章講：「當我們回顧解放以來文藝鬥爭的歷史時，可以清楚地看到兩條路線的尖銳鬥爭：一條毛澤東文藝路線，是紅線，是毛澤東同志親自領導了歷次重大的鬥爭，把文化革命一步步推向前進，作了長時間的準備，直到發動了轟轟烈烈的、向資產階級全面進攻的、億萬人民參加的無產階級文化大革命，一直挖進周揚一夥的老巢。一條反黨反社會主義的資產階級文藝路線，是黑線。它的總頭目，就是周揚。周揚背後是最近被粉碎的那個陰謀篡黨、篡軍、篡政的反革命集團。胡風，馮雪峰，丁玲，艾青，秦兆陽，林默涵，田漢，夏衍，陽翰笙，齊燕銘，陳荒煤，邵荃麟等等，都是這條黑線之內的人物。他們內部不同集團之間儘管會發生各種爭吵和排斥，但在有一點上是一致的：就是他們反對馬克思列寧主義、毛澤東思想，反對工農兵群眾、反黨反社會主義的資產階級反動政治立場。」「這條黑線控制了文化界，控制了各個協會，又伸展到各地，用所謂『會員』制度和重重疊疊的『協會』組織，養了一批資產階級作家，排斥打擊工農兵，搞了大大小小一批『裴多菲俱樂部』。這條黑線是為資本主義復辟服務的。今天，我們一定要砸爛他們一切『裴多菲俱樂部』，搗毀他們修正主義的閻王殿！我們一定要把所有文藝單位的領導權從資產階級手中奪過來，徹底奪過來！要把那些腐朽的資本主義關係和封建關係，堅決地加以摧毀！」

4日　首都大專院校紅衛兵革命造反聯絡站《東方紅》報第13號刊出衛東的詩《學習「老三篇」》。

6日　上海市委機關革命造反聯絡站等組織召開「打倒上海市委大會」，奪了上海市的黨政大權。史稱「一月風暴」。11日《人民日報》發表中共中央、國務院、中央軍委、中央文革小組的《給上海市各革命造反團體的賀電》。2月5日「上海市人民公社」成立，14日根據毛澤東的建議改名為「上海市革命委員會」。

6日　首都大專院校紅衛兵第一司令部宣傳部《紅衛兵》報第16期刊出向陽的詩《炮轟劉鄧陶》。

6日　《文匯報》刊出紅革會新師大一戰士的詩《戰鼓迎春》。

8日　《解放日報》刊出解放軍某部許力行《心心永向毛主席》、解放軍某部戰士邢書第《〈毛主席語錄〉懷中揣》等詩。

10日　陳白塵日記：「文聯大樓貼出了打倒劉白羽、張光年、張天翼的大標語，路人注目。」（《牛棚日記》，生活・讀書・新知三聯書店1995年5月出版）

　　張光年，筆名光未然。1913 年 11 月 1 日生於湖北光化。1927
年參加大革命，革命失敗後到錢莊當學徒，到書店當店員。1931 年
入武昌中華大學中文系讀書。1933 年參加秋聲劇社任社長。1935
年退學到武昌安徽中學任教。1936 年去上海從事抗日救亡文藝活
動。抗戰爆發後到武漢、鄂北等地宣傳抗日。1939 年率抗敵演劇隊
第三隊由晉西到延安。同年創作組詩《黃河大合唱》。不久去重慶從
事文藝活動。1942 年到昆明，任北門出版社和《民主增刊》編輯。
1944 年出版詩集《雷》，次年出版搜集整理的彝族民間敘事長詩《阿
細的先雞》（後改名爲《阿細的先基》）。1946 年到華北，先後任北
方大學藝術學院主任，華北大學第三部副主任。1949 年後，先後任
《劇本》主編，中國作家協會書記處書記、副主席，《文藝報》主編，
《人民文學》主編等職。出版詩集《五月花》（1960）、《惜春時》
（1988）、《光未然歌詩選》（1990）、《光未然詩存》（1998）。2002
年 1 月 28 日在北京病逝。同年《張光年文集》出版。

　11 日　清華大學井岡山報編輯部《井岡山》報第 9～10 期刊出井岡山兵
團「老實話」戰鬥組的詩《看，劉少奇的黑心》。

　11 日　《文匯報》刊出上海鐵道紅色文藝造反隊的詩傳單《在毛澤東旗幟
下奮勇前進》和上海汽輪機廠工人革命造反總隊宣傳組《革命生產一肩擔》、
同濟大學東方紅兵團戰上海二支隊《毛主席啊，我們心中最紅最紅的紅太陽》
等詩。

　12 日　首都大專院校紅衛兵第一司令部宣傳部《紅衛兵》報第 17 號刊出
詩配畫《赤膊上陣》。

　14 日　《光明日報》刊出紅衛兵顧炯的詩《號角》。

　14 日　《解放軍報》刊出上海鐵道紅色文藝造反隊《在毛澤東旗幟下奮勇
前進》、余光烈《歡呼革命造反派幹得好》等詩。

　14 日　《解放日報》以《徹底粉碎資產階級反動路線的新反撲》爲總題刊
出姚克明《警告》、市印刷二廠工人李錦修《我們是工人革命造反派》等詩。

　16 日　《文匯報》刊出上海貨車製造廠工人革命造反隊《手捧賀電心歡
喜》、上海警備區倪梅林《革命造反派幹得好》等詩。

　17 日　《解放日報》刊出萬良順《毛主席支持革命造反派》等詩。

　19 日　《光明日報》刊出上海一工人的詩《致革命戰友》。

19日　紅衛兵復旦大學革命委員會《新復旦》報第 2 期刊出詩《革命造反派就是有骨氣》。

21日　《光明日報》刊出毛澤東思想宣傳隊的詩《造反派的脾氣》。

21日　《人民日報》刊出河南鄭州電纜廠六個工人《紅衛兵來到俺車間》等詩。

22日　《人民日報》發表社論《無產階級革命派大聯合，奪走資本主義道路當權派的權》。

23日　中共中央、國務院、中央軍委、中央文革小組發佈《關於人民解放軍堅決支持革命左派群眾的決定》。

23日　《解放軍報》刊出余光烈的詩《爲革命造反派奪權歡呼》。

24日　《文匯報》刊出駐滬空軍某部戰士吳振標的詩《無產階級革命派大聯合萬歲》。

24日　北京大學文化革命委員會《新北大》報第 30 期刊出一團一連念東的詩《歡唱最新指示》。

25日　《解放軍報》刊出于宗信的詩《無產階級革命派聯合起來》。

26日　首都科研設計單位革命造反聯合委員會《科技紅旗》報第 4 期刊出詩《奪取革命生產雙勝利》。

27日　中國人民解放軍藝術學院星火燎原革命造反隊星火燎原報編輯室《星火燎原》報第 4 期刊出軍藝無產者聯合造反隊供稿的詩配畫《看劉鄧資產階級反動路線在軍內的代表人物劉志堅的罪行》。

28日　《解放日報》刊出解放軍某部姚炳南的詩《敵人不投降，就叫他滅亡》。

28日　《人民日報》刊出解放軍海軍某部世新《毛主席的戰士支持革命造反派》、戰士余志安《勝利永遠屬於革命造反派》等詩。

28日　北京礦業學院東方紅公社《東方紅》報第 5 期刊出參加軍訓的解放軍戰士鄭彥平的詩《堅決支持革命造反派》。

29日　《解放日報》刊出東海艦隊朱志剛《造反派掌權好得很！》等詩。

30日　北京鐵道學院紅旗公社《鐵道紅旗》編輯部《鐵道紅旗》報第 2 號刊出紅纓槍爲街頭革命漫畫《送瘟神》所配的同題詩。

30日　鬥爭彭、陸、羅、楊反革命修正主義集團籌備處《戰報》第 4 期刊出劉時葉的詩《嗚呼，我的烏紗帽！——斥走資本主義道路的當權派》。

31 日　《人民日報》刊出解放軍某部戰士黃武力《贊革命造反派》等詩。

31 日　首都職工紅色造反總聯絡站第七（西城）分站《燎原》編委會《燎原》報第 6～7 期刊出紅色造反者一戰士的詩《奪權》。

1967 年 2 月

1 日　清華大學井岡山報編輯部《井岡山》報第 13～14 期刊出清華軍政訓練第三指揮部八團四連的詩《造反！造反！》。

2 日　《解放日報》刊出駐滬空軍某部孫鳳鳴《箭上弦，刀出鞘》等詩。

4 日　《人民日報》刊出北京第一機床廠紅色造反者《向反修戰士致敬——歡迎留歐學生從莫斯科歸國》、解放軍海軍某部世新《熱烈歡迎英雄的反修戰士》詩 2 首。

4 日　北京工農兵體育學院毛澤東主義兵團《體育戰線》報第 7 期刊出詩《打倒賀龍》。

5 日　空軍技術學院紅色造反縱隊《紅色造反報》第 7 期刊出一兵《革命造反派聯合起來》、一卒《革命造反派大聯合大奪權》詩 2 首。

5 日　《解放日報》刊出上海汽輪機廠工人革命造反縱隊紅藝兵《左派奪權好好好》等詩。

5 日　《文匯報》刊出嘉定縣農民革命造反總司令部搜集的《農民革命造反歌謠》，有長征公社眞北大隊冀四泉《奪大權》、嘉定縣農民革命造反總司令部李再儉《革命風暴卷農村》等。

7 日　《光明日報》刊出衛東兵的詩《讓暴風雨來得更猛烈些吧》。

7 日　《解放日報》刊出上海汽輪機廠工人革命造反縱隊紅藝兵《歡呼上海人民公社誕生》、海防戰士左軍《革命造反派掌權就是好》等詩。

7 日　《人民日報》刊出鐵道兵文工團紅色造反者「追窮寇」炮臺《抗議的吼聲震宇宙》、紀鵬《憤怒的雷聲——最堅決最強烈地抗議蘇修反華新罪行》等詩。

7 日　《文匯報》刊出印刷二廠一工人《上海人民公社讚歌》、同濟大學東方紅兵團一戰士《我們不當權，誰當權？》等詩。

8 日　北京外國語學院紅旗戰鬥大隊等主辦的《紅衛報》第 12～13 期刊出顧炯《敬祝毛主席萬壽無疆——熱烈歡呼毛主席關於派解放軍支持左派廣大群眾的偉大號召》、法二紅旗紅芒《打倒蘇修》詩 2 首。

8日　首都大專院校紅衛兵革命造反總司令部（首都第三司令部）《首都紅衛兵》報第 28 號刊出北京部隊紅兵的詩《好！──奪權贊》。

9日　外交學院革命造反團《紅衛戰報》第 7 號刊出反修專刊，刊有革命造反兵團陳汝海《致反修戰士──獻給從莫斯科歸國的我留歐學生》、革命造反紅衛兵童曉《蘇修混蛋們，等著瞧吧！》詩 2 首。

9日　《解放日報》刊出上海鐵路紅色工人造反總部《毛主席革命路線新勝利》、上海革命文工團「一月風暴」戰鬥隊螺絲釘《上海人民公社，好！！！》等詩。

9日　北京工農兵體育學院毛澤東主義兵團《體育戰線》報第 8 期刊出《漫畫專刊》，配有《劉氏馴狗》、《打倒賀龍》等詩。

9日　《文匯報》刊出戰士馬勝泉《大聯合大奪權就是好！》、紅上司一戰士《歡呼上海人民公社成立》等詩。

10日　北京地質學院東方紅公社《東方紅報》第 11 期刊出尹業新的詩《奪權贊》。

10日　北京航空學院紅旗戰鬥隊《紅旗》報第 10～11 期刊出內蒙古工人朱兵的詩《致北航紅旗》。

10日　首都紅衛兵造反大隊《燎原》報第 12 期刊出紅浪的詩《好一個「造反有理」》。

11日　陳白塵日記：「今日臧克家寫材料時，誤造反團爲『造犯團』，大受申斥，繼以鬥爭，荒唐可笑。」（《牛棚日記》，生活・讀書・新知三聯書店 1995 年 5 月出版）

14日　《解放軍報》刊出胡世宗的詩《七億神州響驚雷》。

14日　《人民日報》刊出明明《紅色革命造反派讚歌》、解放軍某部毛澤東思想宣傳隊《革命派大聯合、大奪權好得很》等詩。

15日　北京礦業學院東方紅公社《東方紅》報第 8 期刊出解放軍戰士鄭風雷的詩《嚴正警告蘇修混蛋》。

15日　北京地質學院東方紅報編輯部《東方紅報》第 12 期刊出北京地質學院東方紅公社反修的詩《已是懸崖百丈冰，猶有花枝俏──獻給英雄的中國留學生》。

15日　中國人民解放軍技術工程學院紅旗報編輯部《紅旗報》第 2 期刊出高歌的詩《歡呼東方的新曙光》。

15 日　《解放日報》刊出范良《警告蘇修混蛋》、上海警備區孫家雲《砸爛勃列日涅夫、柯西金的狗頭》等詩。

16 日　首都職工紅色造反總聯絡站第七（西城）分站《燎原》編委會《燎原》報第 9 期刊出長纓的詩《大聯合》。

17 日　中共中央發佈《關於文藝團體無產階級文化大革命的規定》。

17 日　北京地質學院東方紅報編輯部《東方紅報》第 13 期刊出社員很想動《要動歌》、重醫一革命造反派《心中只有毛澤東》詩 2 首。

18 日　首都大專院校紅衛兵革命造反總司令部（首都第三司令部）《首都紅衛兵》報第 30 號刊出北京地院東方紅公社反修的詩《猶有花枝俏——獻給英雄的中國留學生》。

18 日　首都大專院校紅衛兵第一司令部宣傳部《紅衛兵》報第 22 號刊出解放軍戰士于宗信的詩《無產階級革命派聯合起來！》。

19 日　《文匯報》刊出松江縣新五公社革命文化造反隊趙政《貧下中農最革命》等詩。

21 日　北京外國語學院紅旗戰鬥大隊等主辦的《紅衛報》第 14 期刊出反修專刊，刊有紅旗紅衛兵赤潮的詩《願以鮮血染乾坤——頌反修戰士》。

21 日　河南省會毛澤東思想紅衛兵總部《紅衛兵》報第 35～36 期刊出叢中笑的詩《政治扒手與劉建勳》。

21 日　《人民日報》刊出解放軍某部向東《革命造反的春天來了》、喻曉《春雷頌》詩 2 首。

21 日　北京大學文化革命委員會《新北大》編輯部《新北大》報第 42 期刊出王英志的詩《活雷鋒》。

22 日　首都大專院校紅衛兵革命造反總司令部（首都第三司令部）《首都紅衛兵》報第 31～32 號刊出北京部隊紅兵的詩《我為左派把崗站》。

23 日　外交學院革命造反兵團《紅衛戰報》第 8 號刊出革命造反兵團革命造反紅衛兵闖戰鬥隊《蘇修混蛋的自白》、革命造反紅衛兵雷屬《叛徒的咀臉——柯西金倫敦出醜記》詩 2 首。

23 日　北京革命造反公社通縣聯絡站《通縣風暴》報第 2 期刊出紅松的詩《一個老貧農的話》。

24 日　《人民日報》以《無產階級革命派顆顆紅心向陽開》為總題刊出五好戰士鄭志和《一聲春雷震天響》等詩。

25日　北京農業機械化學院東方紅公社《東方紅戰報》第30期刊出八三一公社永紅戰鬥隊的詩《贊「左派」——致極少數》。

25日　《解放日報》刊出戰號《「一月革命」的頌歌》、趙正達《毛主席號召「三結合」》等詩。

2月　《解放軍文藝》1967年第2期以《「老三篇」萬歲》為總題刊出葉文福《「老三篇」哺育的戰士心最紅》、姚成友《戰士最愛「老三篇」》等詩10首；以《戰鬥詩傳單》為總題刊出于宗信《革命的硬骨頭》等詩3首。

1967年3月

2日　《人民日報》發表社論《革命的「三結合」是奪權鬥爭勝利的保證》。

2日　外交學院革命造反兵團《紅衛戰報》第9號刊出革命造反兵團風行的詩《劉少奇　壞東西》。

4日　北京大學文化革命委員會《新北大》報第47期刊出文二（4）「迎春」戰鬥隊的詩《葵花朵朵向太陽——歡呼首都紅代會誕生》。

7日　《人民日報》發表社論《中小學復課鬧革命》。

8日　《文匯報》刊出金山縣金衛公社紅色革命造反聯合委員會《收到毛主席的信》、南匯縣農民革命造反總司令部顧亞華《頭腦裏裝進整個天下》等詩。

10日　陳白塵日記：「近下班時，《文藝報》的幾個『黑幫』，包括臧克家、劉白羽、葛洛等八人由『黑窩』中遷出，交本單位群眾直接管理了。」（《牛棚日記》，生活‧讀書‧新知三聯書店1995年5月出版）

11日　陳白塵日記：「《人民文學》和行政部門的『黑幫』也準備遷移。但9時突然宣佈開會，至401室門外，見有『砸爛舊作協』、『打倒劉、鄧、彭、安反動組織路線』等等大字報。入室，兩大標語赫然：『打倒叛徒杜麥青』、『砸爛東風戰鬥組』。即為大會的兩個主題了。其實，二者即為一——打倒這個東風戰鬥組。因為杜是這個組織的主要成員，借『揪叛徒』的東風以打倒這個『東風』耳。臧克家、王眞和我都出列站前排，作為『叛徒』陪鬥；涂光群和劉劍青亦出列，前者是其成員，後者大概是其後臺。大會由Y主持，H雖稱為第一把手，但未終席即去他處開會了。會開到下午1時，未及午餐，極疲勞。」（《牛棚日記》，生活‧讀書‧新知三聯書店1995年5月出版）

11日　北京師範大學井岡山公社《井岡山》編輯部《井岡山》報第17期

刊出軍訓一團解放軍《歌頌紅衛兵，高唱東方紅》、北師大井岡山戰士《賀紅代會》詩 2 首。

11 日　《人民日報》刊出崇華《一排排人馬鬧春耕》等詩。

14 日　《解放日報》刊出上海警備區施德華《億萬軍民齊響應》等詩。

14 日　《人民日報》刊出舒衡的詩輯《春潮》。

15 日　北京市城建系統革命造反聯絡總部《城建戰報》第 3 期刊出市政水泥製品廠革命造反公社一小兵的詩《革命——我們抓　生產——我們幹》。

17 日　詩人阿壠在獄中服刑期間病逝於天津新生醫院。「1966 年 2 月，在監禁了近十一年之後，總算對阿壠正式開庭審判了……最後，阿壠作爲『胡風集團骨幹分子』，以『歷史反革命罪』和『現行反革命罪』被判處有期徒刑 12 年。」「在判刑半年多後的 1966 年 8 月，天津市法院宣佈了對他『予以提前釋放』，可並未執行。這時，他身患骨髓炎已病重，疼痛難忍。知道自己將不久於人世，他曾給唯一的兒子寫信，希望能見上最後一面。由於可以想見的原因，兒子終於沒有去見他。1967 年 3 月 17 日，在病痛和悲憤的折磨下，阿壠帶著極大的遺憾在天津新生醫院（想必是公安部門的醫院）病逝，死時正當年富力強的六十歲。遺體火化時只有號碼沒留姓名，也不讓留骨灰。多虧了一位好心人，將骨灰裝在一個破木箱裏埋到了火葬場的牆角下，這才得以保留了下來，不致死無葬身之地。」（曉風《丹心白花鐵骨錚錚》，2001 年 5 月 22 日《新文學史料》2001 年第 2 期）

阿壠，原名陳守梅，又名陳亦門，1907 年 2 月生於浙江杭州。1930 年考入上海工業專科學校，1934 年畢業後入中央黃埔軍官學校。1935 年開始發表新詩。1936 年畢業在軍隊服役，1937 年曾在上海戰鬥中負傷。1938 年到延安，入抗日軍政大學學習。1939 年在野戰演習中眼球受傷去西安治療。1941 年傷癒返延安因路被封鎖而去重慶，考入陸軍大學。1942 年出版詩集《無弦琴》。1946 年到成都軍校任戰術教官，編輯《呼吸》，後去南京、杭州等地。1949 年到天津，任天津文學工作者協會編輯部主任，先後出版詩論集《詩與現實》等。1955 年因「胡風反革命集團」案入獄。1986 年詩集《無題》出版，2007 年《阿壠詩文集》出版。

17 日　《光明日報》刊出時陽《〈毛主席語錄〉在世界飛翔》、郝北林《隊長，咱們的隊長》等詩。

19日　《解放日報》刊出戰士左軍《一路歌聲迎朝陽》、海防戰士文革《千軍萬馬下田莊》等詩。

21日　《人民日報》刊出王恩宇的詩《黨中央和咱心連心》。

23日　中國作家協會革命造反團《文學戰報》編輯部《文學戰報》創刊號刊出《簡訊》:「反革命修正主義分子劉白羽、邵荃麟長期盤據的作協黑黨組,在作協執行了一條徹頭徹尾的招降納叛、結黨營私的反革命修正主義組織路線。作協革命群眾自文化大革命以來,對他們的這條路線進行了猛烈衝擊,已揪出叛徒、前《人民文學》副主編陳白塵和叛徒、前《詩刊》主編臧克家」。

25日　《光明日報》刊出劉德耀《革命志不移》、郭李榮《黨的信件閃光輝》等詩。

25日　《解放軍文藝》1967年第3期以《戰士齊頌紅太陽》爲總題刊出薛錫祥《永遠跟隨毛主席》、札布《戰士想念毛主席》等詩11首。

26日　紅衛兵成都部隊政治部《紅衛兵》報第19期刊出詩《我們大聲爲您叫好!——獻給成都工學院臨時革命委員會》。

28日　北京航空學院紅旗戰鬥隊《紅旗》報第21～22期刊出向天紅的詩《毛主席帶我們奔前程》。

28日　《解放日報》刊出市印刷二廠工人季錦修《字字句句指方向》、福建武平城關公社社員鍾尚坤《〈毛主席語錄〉兜裏裝》等詩。

28日　天津大專院校紅代會《天津紅衛兵》報紅3期刊出詩《砸爛萬張反黨集團》。

28日　北京大學文化革命委員會《新北大》編輯部《新北大》報第56期刊出明竹的詩《懷念英雄郭嘉宏》。

29日　《文匯報》刊出東海艦隊張斤夫《毛主席給咱來了信》、上鋼三廠孫祥《北京又傳大喜報》等詩。

30日　紅代會北航紅旗戰鬥隊《紅旗》報第23期刊出紅山石的詩《歡呼「三‧七」批示》。

3月　中央戲劇學院毛澤東思想戰鬥團《毛澤東主義戰報》第3期刊出中央戲劇學院革命造反委員會演出隊的槍桿詩《人民解放軍堅決支持革命造反派》。

1967 年 4 月

1 日　《人民日報》發表戚本禹的文章《愛國主義還是賣國主義？──評反動影片〈清宮秘史〉》。

2 日　詩人饒孟侃在北京病逝。「逝世前曾囑咐家屬，將多年珍藏古董（各代銅鏡）及書畫等捐獻故宮博物院。英國文學書籍贈送北京圖書館及外交學院英語教研室。」（《簡譜》，王錦厚、陳麗莉編《饒孟侃詩文集》，四川大學出版社 1997 年 1 月出版）

　　　　饒孟侃，字子離，1902 年 3 月 24 日生於江西南昌。1916 年入北京清華學堂讀書，參加清華文學社。1924 年於清華大學畢業，曾任《京報副刊》編輯。1928 年參與編輯《新月》月刊。1930 年去安徽大學教書。1932 年任浙江大學文理學院教授，次年任河南大學英語系教授。1938 年任西北聯合大學英語系主任，次年去四川大學任外文系教授。1954 年調到北京，任中國人民大學英語教授。1956 年外交學院成立，任該院英語教授。1997 年《饒孟侃詩文集》出版。

2 日　南開大學衛東紅衛兵「批判劉鄧陶聯絡站」《衛東》報第 11 期刊出批判劉鄧陶辦公室美工組的詩配畫《王光美桃園現原形》。

3 日　《光明日報》刊出戰士孔令洲、趙潤志的詩《不落的太陽照山莊》。

4 日　西藏自治區無產階級革命派大聯合造反總指揮部《風雷激戰報》第 42 期刊出林芝縣人委財糧科朗傑、艾學勤的詩《毛主席呀，翻身農奴想念您》。

6 日　紅代會北航紅旗戰鬥隊《紅旗》報第 25 期刊出詩《如此「修養」》。

6 日　《文匯報》刊出松江縣城西公社毛澤東思想宣傳隊《堅決把他拉下馬》、一文藝戰士《向中國的赫魯曉夫開炮》等詩。

8 日　紅代會清華井岡山報編輯部《井岡山》報特刊刊出井岡山兵團「井岡畫戟」戰鬥組的詩配畫《打倒扒手王光美！》。

9 日　《解放日報》刊出寶山縣浩華《把中國的赫魯曉夫拉下馬》等詩。

10 日　《文匯報》刊出上海工人革命造反總司令部姜延良的詩《革命的同志們，聯合起來戰鬥！》。

10 日　《解放軍文藝》1967 年第 4 期以《在工農業戰線上立新功》為總題刊出陳秀庭《毛主席來信貼牆上》、明大勝《深夜修車》等詩 12 首。

11 日　紅代會清華大學井岡山報編輯部、北京航空學院紅旗報編輯部《井

岡山‧紅旗》報聯合版刊出清華井岡山紅映宇、北航紅旗湘天宏的詩《首都革命委員會成立了！》。

13日　《光明日報》刊出曉笛《同志們，勇敢戰鬥》等詩。

14日　紅代會北京外國語學院紅旗戰鬥大隊《紅衛報》第20期刊出英教紅旗的詩《〈論修養〉是黑貨》。

18日　北京文藝界革命造反派召開「打倒劉少奇，徹底摧毀反革命修正主義文藝黑線進軍大會」。

18日　北京「無產階級文化大革命史詩」編排籌備處《首都文藝》報第2期刊出王瑞萍的詩《奪私字的權》。

20日　中國人民大學新人大公社毛澤東思想紅衛兵《新人大》報第12期刊出新人大公社迎春戰鬥隊《歡呼你，首都革命委員會》、新人大公社江濤《熱烈歡呼北京市革命委員會成立》詩2首。

20日　七機部916革命造反兵團宣傳勤務部《造反有理》報第11期刊出小兵吶喊的詩《革命造反派的脾氣》。

22日　《人民日報》刊出鄭軍華《在時代的前列——歡呼北京市革命委員會誕生》等詩。

23日　《解放日報》刊出復旦大學洪軍《向中國的赫魯曉夫開炮》、寧宇《斥「馴服工具論」》等詩。

24日　《文匯報》刊出解放軍某部王振亞的詩《砸爛黑〈修養〉》。

25日　《解放軍文藝》1967年第5期刊出紀鵬《太陽頌》等詩；並以《毛澤東思想育新人》為總題刊發楊金書《看戰友》等詩6首。

27日　《文匯報》刊出東海艦隊陸振聲的詩《毛主席掌舵咱劃槳》。

1967年5月

1日　首都紅代會北京礦業學院東方紅、中國人民大學三紅聯合主辦的《礦院東方紅‧人大三紅》報五一專刊刊出礦院東方紅「東風勁」戰鬥組的詩《獻給紅「五一」的戰歌》。

1日　北京大學文化革命委員會《新北大》報第69期刊出新北大公社紅衛兵文步彪（文武斌）的詩《毛主席的紅衛兵向你們致敬——遙寄英雄的越南人民》。

1日　中國人民大學新人大公社毛澤東思想紅衛兵《新人大》報第15期刊出黨史系大隊春生的詩《祝福毛主席萬壽無疆》。

1 日　七機部 916 革命造反兵團宣傳勤務部《造反有理》報第 15 期刊出向東《毛主席，916 戰士永遠跟著您》、星星之火戰鬥隊劉文楷《咱工人最聽毛主席的話》詩 2 首。

2 日　北京大學文化革命委員會《新北大》報第 70 期刊出楊儒鵬的詩《永恒的光芒》。

2 日　天津戰鼓編委會《戰鼓》報創刊號刊出天津業餘作者造反總部雲水怒的詩《讚歌唱給毛主席》。

3 日　紅衛兵上海市大專院校革命委員會紅衛兵上海司令部《紅衛戰報》第 36 期刊出上海汽輪機廠工人胡永槐《毛主席的〈講話〉紅日照》等詩。

6 日　周作人在北京病逝。文潔若講：「一九六七年五月六日早晨，張菼芳照例給公公倒了馬桶，為他準備了一暖瓶開水，就上班去了。紅衛兵規定，周作人這間小屋平素是不許人進的。屋裏，只有過去做廚房用時裝的自來水管以及洗碗槽、竈頭等等，連把椅子也沒有。那幾個月，周作人基本上是躺在鋪板上過的。那天中午，照例只有老保姆和周作人在家吃飯。老保姆在自己屋的房檐下熬好玉米麵糊糊後，給周作人盛來一碗而已。他吃得乾乾淨淨，保姆並未發現他有什麼異常徵候。」「這一天下午兩點多鐘，住在同院後罩房西端那兩間屋裏的鄰居，偶然隔著玻璃窗往裏看了看。只見老人趴在鋪板上一動也不動，姿勢很不自然。他感到不妙，便趕緊打電話給張菼芳，把她從學校喊了回來。」「張菼芳奔回家後，發現老公公渾身早已冰涼了。看光景，周作人是正要下地來解手時猝然發病的，連鞋都沒來得及穿就溘然長逝了。」「在當時的情形下，家屬不可能把遺體送到醫院去查明死因，只好匆匆銷了戶口，送到八寶山去火化了事。甚至骨灰匣他們也沒敢拿回來，就寄存在八寶山。但那裡只肯保管三年，過期不取，就照規章予以處理。然而，不出三年，這一家人或插隊，或去五七幹校，早已各奔東西了，哪裡還顧得上老人的骨灰！」（《晚年的周作人》，《讀書》1990 年第 6 期）

周作人，原名周櫆壽，1885 年 1 月 16 日生於浙江紹興。1901 年考入江南水師學堂。1906 年去日本留學，1911 年回國，曾任中學英語教員。1917 年到北京，任北京大學文科教授。1918 年起在《新青年》等刊物發表文章，提倡人的文學。1920 年參加新潮社，次年參與發起成立文學研究會。創作以散文為主，出版了大量散文集。1919 年開始發表新詩，作品後結集為《過去的生命》於 1929 年出版。1928 年任北平大學文學院國文系主任及日本文學系主任。1937

年「七七」事變後，北大南遷，周作人仍留居北平，曾任「華北政務委員會委員」兼「教育總署督辦」及「東亞文化協會會長」等偽職。1945 年因漢奸罪被國民黨政府逮捕，判有期徒刑 10 年。1949 年 1 月保釋出獄，後定居北京。

6 日　《解放日報》刊出王翔蔚的詩《金水橋畔迎太陽》。

6 日　紅代會清華井岡山報編輯部《井岡山》報第 41～42 期刊出井岡山兵團「倚天劍」《毛主席啊，井岡山人的紅司令！》、麥地《毛主席站在井岡山上》等詩。

7 日　《人民日報》發表社論《一定要把全國辦成毛澤東思想的大學校》。

8 日　《人民日報》發表紅旗雜誌編輯部、人民日報編輯部的文章《〈修養〉的要害是背叛無產階級專政》。

8 日　《紅旗》1967 年第 6 期發表江青的《談京劇革命——一九六四年七月在京劇現代戲觀摩演出人員的座談會上的講話》和社論《歡呼京劇革命的偉大勝利》。

9 日　陳白塵日記：「今天又是一場嚴重考驗。上午 10 時，H 來召集我等開會，讓各人自己並相互定類。對白羽、荃麟、光年、天翼，大家都認為是四類，他們自己也自認四類。大多數認為我是四類，但也有未明確者。我自己從南京出發時即認自己是三類；來此後，對自己的錯誤有較深的認識，但我推行周揚的反動路線不是自覺的，所以還不應是四類。會上我卻不得不自承是四類，這完全是受到環境壓力的結果。我相信天翼、光年都應該是三類，而他們都自承是四類了，我如何說得出口？這種試定雖然不會算數，但是自問，這種態度還是自欺欺人的。其他人如文井、金鏡、秋耘、李季等，有的定四類，有的未表態。冰心，克家都自承是反動權威，也是過了頭的，並非真心。再以下就多含糊其詞了。」（《牛棚日記》，生活·讀書·新知三聯書店 1995 年 5 月出版）

李季，原名李振鵬，1922 年 8 月 16 日生於河南唐河。1937 年入河南南陽敬業初級中學讀書。1938 年去陝北，進中國人民抗日軍政大學學習。次年到太行山，先後在游擊隊和八路軍總部特務團工作。1940 年任中共中央北方局黨校教育幹事。1942 年到陝北靖邊縣靖鎮完全小學教書。1944 年調三邊行政公署教育科編寫教材，1945 年到鹽池縣政府任政務秘書。1946 年出版長篇敘事詩《王貴與李香香》。1947 年回延安，任《群眾日報》副刊編輯。1949 年到武漢，

任中南行政區文聯編輯出版部部長，次年任《長江文藝》主編。1952
年出版《短詩十七首》。同年去玉門油礦深入生活，任礦黨委宣傳部
部長。1955 年調任中國作家協會創作委員會副主任。1958 年再次去
蘭州、玉門，曾任中國作家協會蘭州分會主席。1961 年調回北京，
任《人民文學》副主編。先後又出版詩集《玉門詩抄》（1955）、《心
愛的柴達木》（1959）、《石油詩》（1965）等。1969 年去湖北咸寧幹
校勞動。1972 年回北京，次年任石油勘探開發規劃研究院副院長。
1975 年任《詩刊》主編。1979 年任中國作家協會副主席、書記處常
務書記。1980 年 3 月 8 日在北京病逝。同年出版《李季詩選》，1982
年起《李季文集》4 卷出版。

10 日　《解放軍文藝》1967 年第 6 期以《心中的太陽紅又紅——歡呼毛主
席像章發到部隊》為總題刊出田永昌《紅光萬道照大海》、于宗信《毛主席永
在我身旁》等詩 8 首；以《革命的城　戰鬥的城　勝利的城——在北京市革
命委員會成立的日子裏》為總題刊出馮紅《北京城裏旗最紅》等詩 5 首。

11 日　中國科學院紅衛兵革命造反司令部紅衛兵報編輯部《紅衛兵報》第
18 期刊出自動化所高歌的詩《紅衛兵，時代的雄鷹！》。

17 日　紅代會北京工業大學東方紅公社東方紅報編輯部《東方紅》報第
12 期刊出東方紅公社「英特納雄耐爾」的詩《在戰火中得到永生》。

17 日　132 廠 11.19 革命造反派《11.19 戰報》新 2 期刊出 11.19 派戰士的
詩《烈士的血——獻給「五‧六」慘案犧牲的戰友》。

20 日　陳白塵日記：「9 時開紀念主席《講話》發表 25 週年大會，劉白羽、
邵荃麟、張光年、嚴文井及我共九人出席被鬥。11 時 40 分休息，下午繼續開
到 5 時。」（《牛棚日記》，生活‧讀書‧新知三聯書店 1995 年 5 月出版）

20 日　首都文藝界紅色造反總部《紅色文藝》報第 2～3 期刊出延歌的詩
《社會主義文藝萬代鮮紅——紀念《講話》發表二十五週年》。

21 日　北京市革命職工代表會議常設委員會《北京工人》報第 5 期刊出
工代會北京輕工業品進出口公司紅旗兵團金樹良的詩《沿著毛主席的文藝路
線勝利前進》。

23 日　《紅旗》1967 年第 8 期發表社論《為捍衛無產階級專政而鬥爭——
紀念〈在延安文藝座談會上的講話〉發表二十五週年》。

23 日　東北人民大學紅色造反大軍毛澤東思想紅衛兵、吉林師範大學革

命造反大軍八一八紅衛兵《反修報‧革命造反軍報》第 25 期刊出東北人大毛澤東思想紅衛兵庭葵《手捧〈講話〉心澎湃——紀念毛主席〈在延安文藝座談會上的講話〉》、東北人大法律系八卅一支隊戰士曹積三《萬歲，毛主席！萬歲，紅太陽！》詩 2 首。

23 日　北京師範大學革命委員會、紅代會北師大井岡山公社《井岡山》第 41 期刊出「過大江」戰鬥隊的詩《偉大的著作　光輝的思想》。

23 日　《首都紅衛兵》報紅 26～27 期刊出新北大紅衛兵文步彪（文武斌）的詩《毛主席的紅衛兵向你們致敬——遙寄英雄的越南人民》。

23 日　中國人民解放軍軍樂團革命造反隊《新軍樂》編輯部《新軍樂》報第 4 期刊出革命造反隊戰士向陽的詩《偉大的里程碑——歡呼中共中央「五一六」通知公開發表》。

25 日　紅旗報編輯部《紅旗報》第 10 期刊出女民歌手殷光蘭的詩《毛澤東思想紅旗天下揚——紀念毛主席〈講話〉發表二十五週年》。

29 日　紅旗報編輯部《紅旗報》第 11 期刊出解放軍駐肥某部謝世法、白笠筠的詩《〈講話〉威力無限大》。

29 日　中央統戰、民委系統徹底摧毀反革命修正主義路線革命聯合委員會《八‧八戰報》第 22 期刊出中央民族歌舞團毛澤東思想紅衛兵的詩《沿著毛主席革命文藝路線前進》。

30 日　中國科學院紅衛兵革命造反司令部《紅衛兵報》第 21 期刊出詩《造反派的脾氣》。

30 日　北京大學文化革命委員會《新北大》報第 79 期刊出子弟兵的詩《百花盛開的時節》。

31 日　《人民日報》發表社論《革命文藝的優秀樣板》。社論講：「為了紀念毛主席《在延安文藝座談會上的講話》發表二十五週年，首都舞臺上正在上演八個革命樣板戲：京劇《智取威虎山》、《海港》、《紅燈記》、《沙家浜》、《奇襲白虎團》，芭蕾舞劇《紅色娘子軍》、《白毛女》，交響音樂《沙家浜》。」「這八個革命樣板戲，突出地宣傳了光焰無際的毛澤東思想，突出地歌頌了歷史主人翁工農兵。」

31 日　毛澤東思想哲學社會科學部向資產階級反動路線猛烈開火聯絡委員會紅衛兵聯隊《進軍報》第 22～23 期刊出工農兵文學所敢字當頭戰鬥隊的文章《聲討何其芳篡改〈講話〉的滔天罪行》。文章講：「何其芳是前文學研

究所所長、作家協會書記處書記、《文學評論》主編、反革命修正主義分子。他是文藝界黑頭目周揚手下的親信和得力干將，長期以來，追隨陸定一、周揚之流執行反革命修正主義文藝路線，是文學理論界的一個『東霸天』。」「何其芳一貫打著『紅旗』反紅旗，以宣傳《講話》爲名，行篡改和反對《講話》之實，犯下了滔天的罪行。」

何其芳，原名何永芳，1912 年 2 月 5 日生於四川萬縣。1929 年考入上海中國公學預科，開始新詩寫作。1931 年入北京大學哲學系學習，1935 年畢業，先後到天津、山東任教。1936 年與卞之琳、李廣田合出詩集《漢園集》。1938 年到延安，曾任魯迅藝術學院文學系主任。1944 年後兩次去重慶，任《新華日報》社副社長等職。1945 年出版詩集《預言》、《夜歌》。1948 年調入中央馬列學院。1953 年起，一直在中國科學院文學研究所（今屬中國社會科學院）工作，歷任副所長、所長，主要致力於文學評論和文學研究的組織工作，出版有詩論集《關於寫詩和讀詩》（1956）、《詩歌欣賞》（1962）。1977 年 7 月 24 日在北京病逝。後又出版《何其芳詩稿》（1979）、《何其芳詩全編》（1995）等。1982 年起《何其芳文集》6 卷出版，2000 年《何其芳全集》8 卷出版。

1967 年 6 月

1 日　長春公社報編輯部《長春公社》報「6.1」專號刊出東北人大紅旗野戰軍鴻耶的詩《獻給戰友的一支歌——紀念全國第一張馬列主義大字報發表一週年》。

2 日　國家科委系統革命造反派《科技戰報》編輯部《科技戰報》第 15 期刊出全國科協毛澤東思想宣傳隊的詩《毛主席來到了我們身旁》。

6 日　詩人袁勃逝世。

袁勃，原名何風文，1911 年生，河北廣宗人。1937 年到延安，歷任八路軍西北戰地服務團通訊員、《新華日報》助理編輯、《人民日報》副總編、《解放報》總編等職。1949 年後曾任雲南省新聞出版處處長、雲南省委宣傳部部長、雲南日報社社長。1981 年《袁勃詩文選》出版。

7 日　紅旗報編輯部《紅旗報》第 14 期刊出定遠駐軍戰士時紅軍的詩《朝陽路上飄紅旗》。

8日　北京師範大學革命委員會、紅代會北師大井岡山公社《井岡山》報第 44 期刊出北京軍區峭石的詩《猛烈轟擊！》。

8日　紅衛兵長沙市高等院校革命造反軍《警報》第 2 期刊出詩《如此「武工隊員」》。

10日　毛澤東思想貴州大學革命委員會《貴州大學》報第 8 期刊出世宇的詩《六六放歌》。

10日　首都大專院校紅衛兵代表大會《首都紅衛兵》報紅 38～39 號刊出解放軍支農工作隊張亞南、安靖禎的詩《工農兵昂首上舞臺》。

14日　《解放軍報》刊出于宗信的詩《陽光灑滿了車間》。

14日　毛澤東思想哲學社會科學部向資產階級反動路線猛烈開火聯絡委員會紅衛兵聯隊《進軍報》第 24 期刊出雲水怒的詩《致阿拉伯兄弟》。

14日　北京人民藝術劇院毛澤東思想紅衛兵、紅旗紅衛兵《文藝批判》編輯部《文藝批判》報第 5 期刊出《文藝界鬥批動態》。動態講：「田間，這個披著共產黨員外衣的反動詩人，出身於地主家庭，早在大學時就開始寫反動詩，被胡風、馮雪峰等人吹捧爲『戰鬥的詩人』，加入過丁鈴[玲]的『西戰團』，是丁陳反黨集團的成員，解放後，在歷次運動中，均被周揚等保護過關。現在把這條毒蛇揪出來，眞是大快人心。」「黑詩人戈壁舟、前四川省文聯黨組副書記，在蘇期間，大寫黑詩。吹捧蘇修、攻擊我們偉大的領袖毛主席，戈是一個大叛徒。」

　　田間，原名童天鑒，1916 年 5 月 14 日生於安徽無爲。1933 年到上海光華大學外語系讀書。次年加入中國左翼作家聯盟，並參加編輯《新詩歌》，先後出版詩集《未明集》（1935）、《中國牧歌》（1936）和長詩《中國・農村底故事》（1936）。1937 年春去日本，抗戰爆發後回國。1938 年到西北戰地服務團當記者，出版詩集《呈在大風沙裏奔走的崗衛們》。同年去延安，年底到晉察冀邊區，先後任戰地記者、邊區文學藝術工作者協會副主任、盂平縣委宣傳部長、《新群眾》雜誌社長兼主編，出版詩集《給戰鬥者》（1943）、《盂平英雄歌》（1946）、《戎冠秀》（1946）、長詩《她也要殺人》（1947）等。1948 年任張家口市委宣傳部長。次年出版長詩《趕車傳》。1950 年到北京，歷任全國文聯研究室主任，中國作家協會創作部副部長、文學講習所主任，河北省文聯主席等職，出版詩集《抗戰詩抄》（1950）、

《誓辭》（1953）、《芒市見聞》（1957）、《馬頭琴歌集》（1957）、《非洲遊記》（1964）、《清明》（1978）、《青春中國》（1985）等。1985年 8 月 30 日在北京病逝。1989 年起花山文藝出版社出版《田間詩文集》。

戈壁舟，原名廖耐難，1916 年農曆二月十六日生於四川成都。1939 年到中共安吳堡青訓班學習。1941 年考入魯迅藝術文學院，1945 年到伊克昭盟中央民族學院任教。1946 年任陝甘寧邊區文協創作組組長。1947 年到新華社前線分社做記者。1950 至 1957 年任西北文聯創作室主任，西安作協秘書長，《延河》月刊主編。1958 年到四川文聯工作。「文革」後調西安工作。1986 年 3 月 5 日在成都病逝。出版的詩集有《把路修上天》（1950）、《別延安》（1951）、《延河照樣流》（1956）、《黑海讚歌》（1958）、《我迎著陽光》（1959）、《登臨集》（1963）、《延安詩抄》（1978）等。

14 日　首都紅代會國際關係學院《五洲風雷》編輯部《五洲風雷》報第 3 期刊出戈西的詩《前進，港九愛國同胞！》。

15 日　《解放軍文藝》1967 年第 8～9 期以《響徹雲霄的毛澤東思想的凱歌——熱烈歡呼我國第一顆氫彈爆炸成功》為總題刊出胡世宗《特大的喜訊來自北京》等詩 8 首。

16 日　《文匯報》刊出松江新五公社向陽紅《豐收》等詩。

19 日　《解放軍報》刊出廖代謙的詩《萬歲，萬歲，毛主席！》。

20 日　《工人文藝》編輯部編輯的《工人文藝》1967 年第 2 期刊出朝華《咱們是紅色宣傳隊》、五一中學馬榕勤《紅舞臺之歌》、解放軍某部戰士陳茂根《風雷激處現英雄》、國棉九廠周美華《布機聲聲唱新歌》等詩。

22 日　紅代會清華大學井岡山報編輯部《井岡山》報第 59～60 期刊出追窮寇的詩《將帝修反統統埋葬》。

22 日　重慶紅衛兵革命造反司令部《山城紅衛兵》報第 43 期刊出李鵬輝的詩《向舊世界宣戰》。

24 日　遼寧大學八三一紅衛兵紅色造反兵團總部《八三一戰報》第 34 期刊出范培瑾的詩《胸中萬杆紅旗飄》。

24 日　廣州三司華南工學院《紅旗報》編輯部、華南工學院紅旗造反團東方紅公社《紅旗報》第 29 期刊出東方紅人郭銳、紅旗戰士鳴節《高舉紅旗邁大步——為紀念「六·二四」而作》等詩。

29日　紅代會北京工業學院東方紅公社《北工東方紅》報編輯部《北工東方紅》報第42期刊出二支隊險峰的詩《萬歲中國共產黨　萬歲領袖毛主席——紀念「七一」四十六週年》。

29日　紅旗報編輯部《紅旗報》第21期刊出詩《把捍衛〈九條〉的鬥爭進行到底》。

30日　北京地質學院《東方紅報》編輯部《東方紅報》刊出新愚公戰鬥隊的詩《祝福毛主席萬壽無疆》。

1967年7月

1日　遼寧大學八三一總部《八三一戰報》第36期刊出遼大八三一紅衛兵三軍的詩《暴徒歌》。

1日　紅旗報編輯部《紅旗報》第22期刊出解放軍某部戰士謝世法、職工白笠筠的詩《革命路上跟黨走》和《把一生交給黨安排》。

1日　《人民日報》刊出解放軍某部戰士鄭明東的詩《手捧金書讀起來》。

1日　外貿部井岡山公社等主辦的《外貿戰報》新3號刊出井岡山公社一局反修戰鬥隊的詩《歌唱偉大領袖毛澤東》。

1日　《文匯報》刊出駐滬空軍萬良順《光輝的太陽啊毛主席，祝您萬壽無疆！》、上海滬東造船廠居有松《跟著毛主席往前闖》、同濟大學東方紅兵團二戰士《我們是毛主席的紅小兵》等詩。

3日　紅代會北京師範學院東方紅公社等編的《東方紅》報刊出紅代會北師院東方紅公社魯迅兵團新愚公的詩《滿懷豪情頌「七·三」》。

5日　天津戰鼓編委會《戰鼓》報第2期刊出天津業餘作者革命造反總部胡書千的詩《高舉戰旗》。

10日　《解放軍文藝》1967年第10期以《毛主席是世界革命人民心中的紅太陽》為總題刊出[越南]紅南《偉大的毛澤東》等詩12首；以《軍民骨肉親》為總題刊出高益泉《火紅的車間》等詩5首。

12日　毛澤東思想紅衛兵瀋陽總部《紅衛報》第53期刊出聾啞人總部火炬革命造反隊的詩《血》。

14日　西藏民族學院《農奴戟戰報》第24期刊出「農奴戟」紅衛兵次旦的詩《毛澤東思想照亮了西藏高原》。

18日　天津大學《八·一三紅衛兵報》編輯部《八·一三紅衛兵》報第94期刊出詩《嗚呼！薄老狗……》。

20 日　武漢發生「七二〇事件」。

21 日　中國作家協會革命造反團《文學戰報》編輯部《文學戰報》第 20 ～21 號《文藝動態》消息：「西安文藝界革命造反派揭發了反黨分子、叛徒柯仲平為了吹捧反黨野心家高崗、習仲勳，大寫長詩《劉志丹》的陰謀活動。」

柯仲平，原名柯維翰，1902 年 1 月 25 日生於雲南廣南。1924 年入法政大學法律系學習，同年創作抒情長詩《海夜歌聲》1927 年出版。1926 年到上海，加入創造社出版部。1929 年參加狂飆社出版部工作。1930 年任《紅旗報》採訪記者。1935 年去日本。1937 年回國不久到延安，任邊區文協主任。1938 發起成立戰歌社並任社長，同年創作長篇敘事詩《邊區自衛軍》與《平漢路工人破壞大隊》。1942 年延安平劇院成立，任副院長。1949 到北京，任中國文學工作者協會副主席，1950 年出版詩集《從延安到北京》，同年任西北文學藝術界聯合會主席。1956 年任中國作家協會西安分會主席。1964 年 10 月 20 日在西安病逝。1984 年《柯仲平詩文集》出版。

23 日　《文匯報》刊出上海工人革命造反總司令部姜延良《齊心協力痛打落水狗》、東海艦隊田永昌《六月天兵征腐惡》等詩。

25 日　《解放軍文藝》1967 年 11 期以《北航紅旗飄》為總題刊出北京航空學院遠征《探索者之歌》等詩 3 首；以《在毛澤東思想的大學校裏》為總題刊出馬緒英《哨所聲討》、張慶功《地頭批判會》等詩 13 首。

25 日　毛澤東思想紅衛兵武漢地區革命造反司令部與天津紅代會南開大學衛東紅衛兵《衛東》編輯部合編的《武漢鋼二司・衛東》聯合版刊出武漢鋼二司紅後代的詩《放開我，媽媽！》。

28 日　《人民日報》發表社論《向武漢的廣大革命群眾致敬》。

30 日　紅旗報編輯部《紅旗報》第 28 期刊出合肥晚報 P 派作戰部供稿的《牆頭詩選輯》，刊有《誓死保衛毛主席》、《楊明狗嘴巴》、《背後有個嚴司令》、《百貨大樓》、《媽姨淚滔滔》、《G 派頭頭挑武鬥》、《見了 P 老大字報》、《大殺回馬槍》、《過街鼠》9 首。

1967 年 8 月

3 日　紅二司新疆大學星火燎原兵團宣傳部《星火燎原》報第 7 期刊出詩《老子就是紅二司的》。

　　4日　　北京地質學院東方紅報編輯部《東方紅報》第61期刊出師院東方紅韌兵的詩《革命的大批判勝利萬歲》。

　　6日　　浙江省徹底摧毀反革命修正主義文藝黑線聯絡站、杭州大學東方紅兵團紅三縱隊政宣組編的《文藝簡訊》第 12 期《消息窗》消息:「人民文學出版社揪出叛徒、變節分子、國民黨特務等十八名。大右派馮雪峰（原社長），一九四一年二月在浙江義烏被捕後，投敵叛黨，一九四四年三月在《東南日報》上刊登《脫離共產黨宣言》。」「孟超（原戲劇出版社社長，人民文學出版社戲編室主任），反黨鬼戲《李慧娘》的作者。一九三二年在上海被捕，後轉蘇州反省院。在反省院內供認了黨員身份，賣身投敵，並接受特務驅使，在『犯人』面前發表『講演』，得到了敵人『思想純正』的評語，因而保全狗命，獲得釋放。」

　　　　馮雪峰，原名馮福春。1903 年生，浙江義烏人。1921 年考入杭州浙江省立第一師範，參加晨光社，開始新詩創作。1922 年與潘漠華等結成湖畔詩社，出版《湖畔》等詩集。1925 年到北京，在北京大學旁聽。1926 年開始翻譯日本、蘇聯的文學作品及文藝理論。1929 年底參加左翼作家聯盟的籌備工作，1931 年任左聯黨團書記。1933 年去江西瑞金，任黨校副校長。次年參加長征。1936 年到上海，任中共上海辦事處副主任。1941 年被捕，囚於江西上饒集中營，在獄中寫作詩歌，後結集為《真實之歌》1943 年出版。1942 年出獄後去重慶，從事統戰和文化工作。1946 年到上海，同年出版詩集《靈山歌》。1949 年後歷任上海市文學工作者協會主席、中國作家協會副主席、人民文學出版社社長兼總編輯、《文藝報》主編。1957 年被錯劃為「右派」，停止公開文學活動。1976 年 1 月 31 日病逝。1979 年錯案平反。1981 年人民文學出版社出版《雪峰文集》4 卷。

　　　　孟超，1902 年生，山東諸城人。1925 年參加共產主義青年團，翌年參加中國共產黨，北伐戰爭時期任上海大學區分部執行委員、上海市特別黨部宣傳幹事。「四·一二」後，去武漢。1927 年回上海在江蘇省委組織部工作，期間與蔣光慈、阿英等組織「太陽社」，出版《太陽月刊》，出版詩集《候》（1927）、《殘夢》（1928）。後參加創辦藝術劇社工作和籌組左翼作家聯盟工作。為「左聯」發起人之一。1932 年 3 月在組織滬西紗廠工人罷工中被捕，翌年出獄。1940

年與夏衍等創辦《野草》雜誌，並在桂林、貴陽、昆明、重慶等地任教。1949 年後，歷任出版總署科長、圖書館副館長，人民美術出版社研究室副主任。1957 年任中國戲劇出版社副總編輯。1961 年任人民文學出版社副總編輯兼戲劇編輯室主任。1976 年 5 月 6 日逝世。

8 日　吉林省紅色造反者砸爛文藝黑線聯絡站文藝批判辦公室、省紅革會紅藝兵吉林省文聯革命造反大軍《文藝批判》報創刊號刊出駐軍某部何有斌的詩《「毛主席萬歲！」》。

10 日　《解放軍文藝》1967 年第 12 期刊出《武漢地區無產階級革命派歌謠選》，刊有《革命不怕死》、《爲「鋼工總」翻案》等歌謠 12 首。

10 日　清華大學井岡山兵團《井岡山》報第 72 期刊出迅雷的詩《滾蛋吧，日修小丑——爲日修砂間等送行》。

12 日　紅旗報編輯部《紅旗報》第 33～34 期刊出《牆頭詩》。

22 日　紅旗報編輯部《紅旗報》第 38 期刊出《歡迎親人六四零八——牆頭詩選》，刊有《六四零八進了城》、《將軍腳上穿草鞋》、《又遇當年子弟兵》詩 3 首。

25 日　北京市工代會城建組城建戰報編輯部《城建戰報》第 9 期刊出詩配畫《打倒劉少奇》。

25 日　毛澤東思想紅衛兵瀋陽總部《紅衛報》第 60 期刊出毛澤東思想紅衛兵敬置的詩《送八三一工人戰友》。

26 日　人民文學出版社革命聯合總部《文藝戰鼓》編輯部《文藝戰鼓》報第 7 期刊出王杰生前所在部隊戰士董鐵棒的詩《永保紅日當空照》。

27 日　《解放日報》刊出上海建築機械製造廠張鴻喜《高師傅》等詩。

8 月　武漢鋼工總宣傳部、紅司（新華工）宣傳部、新湖大紅八月公社編印的白樺詩集《迎著鐵矛散發的傳單》印行。收《我也曾有過你們這樣的青春》、《一個解放軍戰士的公開答話》、《孩子，去吧！》、《「七·二〇」記實》等詩 19 首，有編者《序》和一個忠於毛主席的解放軍戰士《後記》。《序》說：「這一束『迎著鐵矛散發的傳單』不是一集尋常的詩歌。」「她是由一個飽受帶槍的劉、鄧路線摧殘的解放軍戰士，在江城最嚴峻的日子裏，冒著生命危險，衝破重重封鎖，用一顆忠於毛主席、忠於毛主席革命路線的赤誠之心所寫下的激昂戰歌。」「她，是一枚枚投向陳再道的炸彈，是一面面在黑夜中迎接黎明的紅旗，是一張張宣告敵人死亡的通牒！」「這一切，從作者白樺同志

的詩歌本身已經得到了充分的說明。」「震驚世界的無產階級文化大革命一開始，陳再道之流就以反革命的敏感性，預料到他們『小王朝』的覆滅。因而在軍內頑固地執行了劉、鄧資產階級反動路線，他們以『打擊一大片』的救命術來轉移鬥爭的大方向，妄圖達到『保護一小撮』，挽回自己垂危命運的目的。他們以『寫過一些不好文章，不好作品』為罪狀，把許多一般創作幹部打成了『黑幫』，進行了駭人聽聞的殘酷迫害。如白樺同志就被關押了九個月之久，剝奪了一切政治權利和人身自由……，直至今年三月，他們才得到可以外出和閱讀中央文件的自由。從此，作者就用他的詩，在關鍵的鬥爭時刻鮮明地表了態——堅定不移地站在革命左派一邊，與陳再道血戰到底！」「然而戰鬥是艱難的，在陳再道爪牙的嚴密控制下，在那些少數不許別人革命的『假洋鬼子』和『幫閒』們的圍攻中，作者不得不採取地下方式。這些作品大多是利用休息時間，在蚊帳內以代用符號為文字寫成，然後輾轉而出的。」「這些詩的出現，使敵人大為驚慌。他們以反革命的嗅覺，猜測到詩作者可能是白樺同志，於是就加緊了對作者的圍攻、『警告』和監視。七月的一天，當作者和另一同志去營救一個在百匪屠刀下將遭殺害的革命幹部時，被百匪綁架了。陳再道的爪牙乘機唆使百匪對他們進行毆打和污辱，在匕首長矛下進行了九小時的非法審訊。審訊的主要內容就是：寫了些什麼『黑詩』？放了些什麼『毒』？……然而，百匪在這兩個『解放軍叛徒』身上終無一獲。」《後記》講：「這些詩歌是在武漢最困難的時候、在軍內一小撮反革命修正主義分子嚴密封鎖下寫出的。當時不能保留手稿，而且沒有辦法複印，轉抄。全是那些不相識的英勇的小將迎著鐵矛把這些詩張貼和散發出去的。有些詩稿剛剛遞給小將，他就被百匪捕殺了，大約有三分之一的詩稿湮沒在小將的血泊中。但大部分詩歌都通過他們敏捷的手散發在烏雲密佈的武漢三鎮。」「這些詩不是藝術品，是當時急迫間用來打擊敵人的武器，必然很粗糙。紅司（新華工）和鋼工總的戰友們認為可以收集起來複印一下，可能是由於這些詩從某些側面記錄了武漢革命造反派戰士艱苦戰鬥的歷程。同時，也是廣大指戰員忠於毛主席、堅決支持左派革命群眾的佐證。」白樺講：「我在文革時還年輕，三十多歲。雖然是 57 年右派，盲從之心未改。的確，那些時候我忘記了一切。當然，其中主要是人道主義在我心裏起作用，我恨暴力！為學生的熱情感染。文革是暴力維持到底的！」（2005 年 6 月 27 日致劉福春信）

　　白樺，原名陳祐華，1930 年 11 月 20 日生於河南信陽。1947 年參加中國人民解放軍，歷任昆明軍區、武漢軍區政治部創作員。1958

年錯劃為「右派」，20 年後改正。先後出版詩集《金沙江的懷念》
（1955）、《鷹群》（1956）、《熱芭人的歌》（1957）、《悲歌與歡歌》
（1978）、《情思》（1980）、《白樺的詩》（1982）等。1985 年轉業到
上海，從事專業創作，又出版詩集《我在愛和被愛時的歌》（1987）、
《白樺十四行抒情詩》（1992）。1999 年出版《白樺文集》。

8 月　　解放軍文藝社編的《毛主席萬歲──戰士詩歌一百首》由中國人
民解放軍戰士出版社出版。作品分為 3 輯，收戰士金旭升《戰士心向毛主席》、
維吾爾族戰士克里《歌頌毛主席的歌》、戰士田永昌《紅光萬道照大海》、戰
士胡世宗《火紅的太陽暖心間》、戰士于宗信《毛主席的話是真理》、戰士時
永福《「老三篇」哺育的戰士心兒最紅》、馬緒英《哨所聲討》等詩 100 首。

1967 年 9 月

2 日　　北航革命委員會、紅代會北航紅旗主辦的《紅旗》報第 65～66 期
刊出紅旗戰士張烈的詩《紅旗英雄頌》。

4 日　　廢名（馮文炳）在長春病逝。馮思純講：「1967 年 8 月底，接到母
親發來的父親病危的電報，我立即乘飛機回家，因當時東北四平、長春武鬥
很厲害，火車不通，只得改乘飛機了。到家後，見父親躺在床上，面黃肌瘦，
腹部已化膿、潰爛。1967 年 9 月 4 日中午 1 時多，父親去世。我把父親病逝
的消息報告給學校，學校沒人管。我和我的中學同學張鶴松（當時是吉大法
律系的學生）雇了一個地排車，把父親放在車上，車夫推著，我和鶴松在後
面跟著，送父親到十餘里外的東郊火葬場火化。沿路都是武鬥者的關卡，得
經幾道檢查才到達。」（《為人父，止於慈──紀念父親廢名誕辰 100 週年》，
2001 年 11 月 22 日《新文學史料》2001 年第 4 期）

　　　　廢名，原名馮文炳，1901 年生，湖北黃梅人。1929 年北京大學
　　畢業後留校任教。1939 年回湖北黃梅，在小學、中學任教師。1944
　　年與開元合出詩集《水邊》並出版詩論集《談新詩》。1946 年重新
　　任教於北京大學。1952 年調至東北人民大學（現吉林大學）任教授。
　　1985 年《馮文炳選集》出版，2009 年《廢名集》出版。

5 日　　首都出版界革命造反總部、工代會人民文學出版社革命造反團《風
雷》報文學批判專刊第 3 期刊出工代會人民文學出版社革命造反團的文章《「紅
學權威」俞平伯為什麼批而不倒？》。

　　　　俞平伯，原名俞銘衡，字平伯。祖籍浙江德清，1900 年 1 月 8
日生於江蘇蘇州。1915 年考入北京大學讀書。1918 年加入新潮社。
1920 年畢業後，到杭州第一師範學校任教。1921 年參加文學研究
會。1922 年與葉紹鈞等創辦《詩》月刊。同年出版詩集《冬夜》。
1923 年起，先後在上海大學、燕京大學、清華學校大學部任教，出
版詩集《西還》（1924）、《憶》（1925）等。1936 年開始主要致力於
古典文學研究。1938 年任中國大學國學系教授。1945 年到北平臨時
大學任教，次年轉北京大學任教授。1952 年調到北京大學文學研究
所任研究員，擔任《紅樓夢》八十回本的整理校勘工作。次年文學
研究所歸屬中國科學院，此後一直任中國科學院文學研究所（後為
中國社會科學院文學研究所）研究員。1990 年 10 月 15 日在北京病
逝。1992 年《俞平伯詩全編》出版，後又有《俞平伯全集》出版。

　　6 日　　首都出版界革命造反總部、工代會人民文學出版社革命造反團《風
雷》報文學批判專刊第 4 期《文藝戰線簡訊》刊有《河北貧下中農批鬥田間》，
講：「今年六月下旬，河北饒陽縣五公大隊民兵營、創作組和河北省文聯的革
命群眾，在五公大隊聯合舉行了批鬥原河北省文聯主席、反動詩人田間大會。
貧下中農以大量事實，深刻地揭露了這個被反革命分子胡風吹捧起來的『戰
鬥詩人』、黨內最大的走資派劉少奇的忠實爪牙的醜惡嘴臉。田間被批鬥得醜
態百出，狼狽不堪。」

　　10 日　　《解放軍文藝》1967 年第 13～14 期以《永遠跟著毛主席，從勝利
走向新勝利》為總題刊出姚成友《讚歌唱給毛主席》、于宗信《戰士來到天安
門》等詩 6 首。

　　16 日　　清華大學井岡山兵團、光明日報革命造反總部《井岡山·光明戰
報》合刊刊出李華嵐的散文詩《獻給披荊斬棘的人》和該報評論員文章《熱
情歌頌文化革命的闖將》。文章說：「本版上面發表的《獻給披荊斬棘的人》
是一篇很好的散文詩，它以純樸而飽滿的熱情，由衷地歌頌了文化大革命的
開路先鋒——江青同志，它表達了千百萬工農兵和革命小將對我們敬愛的江
青同志的崇高敬意。」「但是，就是這樣一篇很好的散文詩，卻被《光明日報》
社頭號走資派穆欣活活地扼殺了！」「這篇散文詩是在今年五月份為紀念毛主
席《在延安文藝座談會上的講話》發表二十五週年時，由作者從遙遠的揚子
江畔寄給《光明日報》文藝部的。當時，文藝部的有關同志都覺得這篇散文

詩很好，值得刊登。五月底，文藝部的有關同志編了一期讚揚革命樣板戲的《東風》副刊，把這篇散文詩放在頭條地位。拼出版後，把大樣給穆欣看，可是，老特務穆欣卻別有用心地把這期《東風》壓下了。」「時隔半月，到了六月中旬，文藝部的同志又編排了一期《東風》，又把這篇《獻給披荊斬棘的人》用上，再送樣子給穆欣看，老特務穆欣再一次把這篇散文詩別有用心地壓下了。」「到了六月二十五日夜裏，穆欣召集編輯業務小組開會時，說：『《東風》上讚揚江青的那篇文章不要用了。我曾託人（什麼人？待查）看過，他也不贊成見報，因爲江青同志不贊成人家恭維她。』」「穆欣的話一語道破了天機！」「請同志們想一想：過去閻王殿的老爺們不也是揮舞『毛主席不贊成對他的歌頌』、『不要個人崇拜』等大棒，大砍大殺廣大工農兵由衷地熱情歌頌我們心中最紅最紅的紅太陽毛主席的詩文嗎？聯想到六四年京劇現代戲觀摩演出時，穆欣破口辱罵我們敬愛的江青同志，以及整黑材料的特務活動，豈不令人深省嗎！？」

20 日　《解放日報》刊出上海第一紡織機械廠工人姜慶申的詩《擂起大聯合歡騰的響鼓》。

25 日　《解放日報》刊出空軍部隊宮璽《毛主席萬萬歲！》等詩。

25 日　《解放軍文藝》1967 年第 15 期刊出《武漢地區無產階級革命派詩選》，刊有《望北方》、《收下吧，解放軍同志》、《放開我，媽媽！》、《孩子，去吧！》詩 4 首。

26 日　陳白塵日記：「昨日郭小川受『遭遇戰』，被鬥約半小時。」（《牛棚日記》，生活・讀書・新知三聯書店 1995 年 5 月出版）

　　　　郭小川，原名郭恩大，1919 年 9 月 2 日生於河北豐寧。1937年參加八路軍。1941 年到延安馬列學院文藝理論研究室學習。抗日戰爭勝利後，曾任豐寧縣縣長、《群眾日報》副總編輯。1949 年後，曾任中共中央宣傳部文藝處副處長、中國作家協會書記處書記、秘書長。出版的詩集有《平原老人》（1950）、《投入火熱的鬥爭》（1956）、《致青年公民》（1957）、《月下集》（1959）、《甘蔗林——青紗帳》（1963）等。「文化大革命」中下放到湖北「五七幹校」勞動，1976年 10 月 18 日在安陽不幸去世。後又出版《郭小川詩選》（1977）、《談詩》（1978）等。2000 年《郭小川全集》出版。

27 日　《人民日報》刊出戰士楊志和的詩《毛主席視察回北京》。

28日　北京市革命職工代表會議常設委員會《北京工人》報第24期刊出紅鐵匠《歡呼革命大聯合風暴》、居松《毛主席在革命風暴中走全國》詩2首。

30日　呼和浩特大中院校紅衛兵革命造反司令部《呼三司》報第29期刊出劍青的詩《革命方知北京近》。

1967年10月

1日　《解放日報》刊出空軍部隊宮璽《跟著毛主席，前進！》、上海玻璃廠王森《一輪太陽舉世頌》、汽車工業公司上海分公司陳晏《紅光照亮亞非拉》等詩。

1日　紅代會清華大學井岡山報編輯部《井岡山》報第88期刊出麥地《走向天安門》、鋼《迎賓曲》詩2首。

1日　蘭州大學紅三司《新蘭大》報第103期刊出紅衛兵的詩《毛主席啊，紅衛兵向您表決心》。

4日　《人民日報》刊出廖代謙的詩《放聲高唱〈東方紅〉》。

6日　《人民日報》發表社論《「鬥私，批修」是無產階級文化大革命的根本方針》。

10日　北京師範大學革命委員會、紅代會師大井岡山公社《井岡山》報第71期刊出朗誦詩《到工農兵中去「鬥私批修」》。

10日　《解放軍文藝》1967年第16期以《紅太陽照亮山山水水──熱烈歡呼偉大領袖毛主席視察歸來》為總題刊出胡世宗《毛主席萬歲！萬萬歲！》、葉明山《歡呼毛主席視察歸來》等詩5首；以《歡呼毛主席最新指示的偉大勝利──為無產階級革命派大聯合放歌》為總題刊出李瑛《天安門前凱歌高》等詩2首。

12日　《人民日報》發表社論《全國都來辦毛澤東思想學習班》。

14日　中共中央、國務院、中央軍委、中央文革發佈《關於大、中、小學校復課鬧革命的通知》。

14日　石家莊工人聯合革命造反司令部《風雷激》報第16期刊出文藝魯迅公社歌頌四八〇〇部隊《贊萬歲軍》、張河石《「狂人怒火」贊》詩2首。

17日　中共中央、國務院、中央軍委、中央文革發佈《關於按照系統實行革命大聯合的通知》。

20日　河南二七公社鄭大聯委革命造反報編輯部《革命造反報》第39期刊出號兵的詩《不要忘記……》。

25 日　《解放軍文藝》1967 年第 17 期以《喜傳毛主席的動員令——革命群眾「鬥私，批修」短詩選》爲總題刊出工人孫棟《偉大的號令》、紅衛兵白鳳昆《「鬥私，批修」風暴起》等詩 8 首。

29 日　北京大學文化革命委員會《新北大》報第 129 期刊出 4602 部隊政治部馬榮惠、王新濤的詩《毛主席最新指示傳下來——歡呼毛主席視察華北、中南和華東地區所作的最新最高指示》。

30 日　中國作家協會革命造反兵團《文學戰報》第 27～28 號刊出蔣士枚、石灣的詩《毛主席視察走天下》。

10 月　紅衛兵廣州總部編的《紅闖將》第 2 期刊出毛澤東主義紅衛兵小兵公社剷除教育黑線戰團《十七年仇與恨，化爲纓槍搗修根》、中國人民解放軍紅色戰士《戰士紅心向工農》等詩。

10 月　鋼二司武漢水利電力學院、鋼工總新人印東方紅兵團編印的詩集《江城壯歌》印行。作品分爲五部分，收有《三鋼頌》、《大旗頌歌——爲工總成立半週年而作》、《我愛鋼二司的袖章》、《放開我，媽媽！》、《孩子，去吧！》、《再見，媽媽！》等詩，有編者《編後》。《編後》講：「《江城壯歌》，這不是一本普通的詩集。她是江城英雄浴血奮戰的紅色履歷，她是無數革命闖將用鮮血譜成的壯麗篇章。」「這些詩詞的作者，大多數不是詩人。但是，他們都是毛澤東思想武裝起來的無產階級革命造反派！尤其是爲捍衛毛主席的革命路線而英勇獻身的烈士們，他們本身，就是一篇閃灼著毛澤東思想光輝的壯麗詩章，就是一曲足以驚天地而動鬼神的英雄讚歌。」「在那些嚴峻的日子裏，武漢三鎮，惡魔狂舞，江漢側畔，群醜跳梁。而我們時代的英雄——以『三鋼』、『三新』、『三司革聯』爲代表的革命造反派，卻橫眉冷對魑魅魍魎，刀筆齊伐劉鄧陶王。文攻武衛，用鮮血和生命捍衛了毛主席的革命路線。」「這些詩詞，是投向劉、鄧資產階級黑司令部的烈性炸彈！」「這些詩詞，是戳向王、陳之流的心臟的匕首投槍！」「這些詩詞，是宣判敵人死刑的判決書！」「這些詩詞，是迎接黎明曙光的紅旗！」「這些詩詞，在取得『刹黑風，頂逆流，抗暴揪陳』鬥爭勝利後的今天，仍將以其光彩奪目的毛澤東思想的光輝，以其鮮明的階級立場和尖銳潑辣的戰鬥風格，激勵我們：繼承烈士遺志，不忘戰友忠告，緊握筆和槍，窮追猛打，爲奪取文化革命的徹底勝利英勇奮鬥。」「因此，我們把這些詩詞彙集整理，編印成了這本《江城壯歌》。」

10月　武漢鋼二司宣傳部編印的《武漢戰歌——抗暴詩選》印行。收《「雞毛上了天」——武漢抗暴歌謠選》25首和丁晞《戰鬥吧，二司的戰友》、新華農東方紅戰士吳克強《放開我，媽媽！》、鋼二司戰士呂涼《請鬆一鬆手》、武漢部隊白樺《孩子，去吧》等詩35首，有編者《序言》和《編後》。《序言》講：「滿懷革命激情，我們收集選編了這一集烈火般的抗暴詩篇。這些日子，每當我們從戰友的手裏接過一首首革命詩稿的時候，每當我們從『紅旗大樓』、從『人民文化園』、從大街小巷的牆壁上抄錄這些豪言壯語的時候，我們總是抑制不住內心的激動。每一行，每一句，都會把我們帶到武漢的昨天，那些革命與反革命生死搏鬥的日子裏去……」「二月黑風，三月逆流，六月屠殺……一次又一次反覆，一次又一次較量，但我們武漢的革命造反派從來就沒有屈服過！我們一遍又一遍揮動著《毛主席語錄》，用自己犀利的筆和鮮紅的血，寫下了這些戰鬥的詩章。」「這是前進的號角，這是發自每個戰士心底的最強音，這是鼓舞我們奔出戰壕、迎著槍林彈雨、衝鋒陷陣的聲聲鼓點，這是殺向劉、鄧、陶、王、陳的匕首和投槍，這是毛主席革命路線一曲又一曲勝利的凱歌！」「每一首，都是一團熾烈的火，每一首，都是火中通紅的鐵和鋼；每一首，都是武漢革命造反派在腥風血雨的艱難歲月裏，向毛主席和中央文革立下的斬釘截鐵的誓言！」

1967 年 11 月

7日　武漢紅色革命敢死隊、《戰地黃花》編輯部、紅司（新華工）中總彙編的《十月的烈火——反修詩選》印行。收何帆《克里姆林宮的鐘聲》、夏里《蘇維埃人，戰鬥！》、燕峰《造反吧，布爾什維克！》、楊帆《到蘇聯串聯去》、毅然《1917——毛澤東時代》等詩24首，有編者序《前奏》。序說：「偉大的十月社會主義革命，已經整整半個世紀了。」「每當我們回想起那扭轉世界命運的空前偉大的創舉；回想起那人類歷史新紀元的早晨，我們就禁不住要放聲謳歌十月革命的那桿鮮紅鮮紅的，留下槍眼彈洞的；被敵人和叛徒詛咒的，為全世界無產者頌讚的社會主義大旗；就禁不住要放聲謳歌無產階級英勇的旗手——馬克思，恩格斯，列寧，斯大林及他們天才的繼承發揚者毛澤東！」「這一束誕生在無產階級文化大革命勝利凱歌聲中的詩歌，就是億萬支頌歌和戰歌中的幾個跳動的音符。」

10日　《解放軍文藝》1967年第18期以《獻給十月革命的詩》為總題刊出陶嘉善《光輝的節日》等詩2首。

10 日　中國人民解放軍獸醫大學紅色造反團編印的《革命造反詩選——建團一週年紀念》印行。作品分爲《革命方知北京近，造反更覺毛主席親》、《紅旗捲起農奴戟，黑手高懸霸主鞭》等 6 輯，收紅團：希明‧紅青《萬歲！毛主席》、紅團：紅尖兵《紅衛兵讚歌》、紅團：進軍號《同志，可不能再受蒙蔽——致春城的武鬥士》、紅團：銘心《爲了不忘記這「可紀念」的日子——憶「三、四」行動》等詩 70 首，有《革命造反詩選》編輯部《致讀者》和《編後》。《編後》講：「爲了熱烈慶祝毛主席革命路線的偉大勝利，爲了紀念紅色造反團成立一週年，我們特出版此《詩選》。」「《詩選》高度熱情地歌頌了我們心中最紅最紅的紅太陽毛主席，歌頌了無產階級文化大革命的偉大勝利，歌頌了革命小將的大無畏的革命造反精神以及英勇鬥爭的烽火里程，歌頌了光焰無際的偉大的毛澤東思想。」「《詩選》以激昂的戰鬥姿態向黨內一小撮走資本主義道路當權派猛烈開火。字字像匕首，句句似排炮，齊射中國赫魯曉夫劉鄧陶的黑心。將資產階級舊世界殺得個人仰馬翻，片甲不留。」「《詩選》是千百萬革命小將生活的真實寫照。」「《詩選》是千百萬革命小將革命造反精神的集中體現。」

12 日　西北大學紅衛兵總部《新西大》報第 58 期刊出戶縣農民李強華的詩《歡迎學生下鄉來》。

18 日　陳白塵日記：「連續數日均按照布置進行面對面的揭發。前天是郭小川對張光年發起進攻；昨天由我談光年在 52 年全國會演中的作用，兼及對京劇本《宋景詩》的評價問題（其演出時遭到冷遇），反映強烈；今天則先是陳默發言，涉及光年對海瑞問題的態度；繼而侯金鏡對××揭發，說其在文化大革命初期雖被關進『黑窩』，卻說是『我來這裡是爲了揭發你們的』，聞者譁然。××卻推說，忘了說過這樣的話了。」「這種面對面的鬥爭實比群眾大會有內容，但是否合適？惘然。」（《牛棚日記》，生活‧讀書‧新知三聯書店 1995 年 5 月出版）

24 日　陳白塵日記：「昨天上午在四樓電梯旁揪鬥丁力，今天果然打進『黑幫』來了；上午大樓中又貼出有關楊子敏問題的大字報，大概也不免於入『幫』了。」（《牛棚日記》，生活‧讀書‧新知三聯書店 1995 年 5 月出版）

25 日　《解放軍文藝》1967 年第 19 期以《歡呼革命形勢大好》爲總題刊出王者誠《戰士最愛毛主席》、馮永傑《流動書店到軍營》等詩 10 首。

1967 年 12 月

1 日　北京市革命職工代表會議常設委員會《北京工人》報第 31 期刊出北京印染廠革命委員會宣傳隊的詩《緊跟毛主席的最新指示》。

1 日　《解放日報》刊出東海艦隊某部常有青、黎德強的詩《熱烈歡呼林副主席最新題詞》。

4 日　《文匯報》刊出東海艦隊朱志剛《紅水兵永遠忠於毛主席》等詩。

5 日　《解放日報》刊出東海艦隊某部常有青、黎德強《水兵的紅心永向紅太陽》等詩。

12 日　《解放日報》刊出上海工人革命文藝創作隊劉希濤、張鴻喜《大江寫滿「公」字篇》等詩。

13 日　陳白塵日記：「今天《文藝報》鬥張光年。」（《牛棚日記》，生活‧讀書‧新知三聯書店 1995 年 5 月出版）

14 日　陳白塵日記：「下午鬥李季，約二小時。」「大樓門口貼出賀敬之自我亮相的大字報，其旁並有柯岩及其子女弟妹等人支持其革命行動的聲明，是新的做法，但怕要遭人反擊。」（《牛棚日記》，生活‧讀書‧新知三聯書店 1995 年 5 月出版）

> 賀敬之，1924 年 11 月 5 日生於山東嶧縣。1937 年考入山東省立第四鄉村師範。抗戰爆發後到湖北、四川，繼續讀書，並開始詩歌寫作。1940 年到延安，入魯迅藝術學院文學系第三期學習。期間創作的新詩、歌詞結集為《並沒有冬天》、《笑》1951 年出版。1946 任華北聯合大學文藝學院教員。1949 年到北京，在中央戲劇學院創作室工作，出版詩集《朝陽花開》（1954）、《鄉村的夜》（1957）、《放歌集》（1961）等。1964 年任人民日報社文藝部副主任。1976 年調文化部工作，後曾出任文化部副部長、代部長，中共中央宣傳部副部長。又出版詩集《賀敬之詩選》（1979）、《回答今日的世界》（1990）。

18 日　《文匯報》刊出金瑞華、肖孔的詩《「一月革命」頌》。

19 日　北師大革命委員會、紅代會北師大井岡山公社《井岡山》報第 82 期刊出數革朝陽的詩《分，分，大毒藥，考，考，殺人刀》。

25 日　《文匯報》刊出空軍部隊宮璽《億萬人民齊歌頌》、東方紅造船廠工人錢國梁《毛主席巨像掛船臺》等詩。

25 日　《解放軍文藝》1967 年第 20～21 期以《各族戰士齊頌紅太陽》為

總題刊出時永福《祝毛主席萬萬歲》、王炎欣《把決心獻給毛主席》等詩 20 首。

26 日　北航《紅旗》報編輯部、清華《井岡山》報編輯部出版的《紅旗‧井岡山》報刊出清華井岡山仰澤的詩《抒不盡熱愛毛主席的情》。

26 日　《解放日報》刊出宮璽的詩輯《毛主席萬歲！萬萬歲！》。

26 日　寧夏大中專毛澤東思想紅衛兵總指揮部《毛澤東思想紅衛兵》報第 6 期刊出井孝全的詩《永做毛主席的紅小兵》。

26 日　北京大學革命委員會《新北大》報第 145 期刊出新北大公社紅衛兵向日葵的詩《紅太陽頌》。

28 日　戲劇戰報編輯部《戲劇戰報》第 24～25 期刊出中國人民解放軍某部張劍華、何念選的朗誦詩《軍民齊頌紅太陽》。

29 日　北京市革命職工代表會議常設委員會《北京工人》報第 35 期刊出北京證章廠包爾木的詩《世界人民熱愛毛澤東思想》和北京針織總廠張方欽、馬長林的詩《紅太陽照亮了北京針織總廠》。

30 日　新興批陶聯《新興紅司》編輯部《新興紅司》報第 31 期刊出勞大紅司「紅詩兵」的詩《齊贊支左解放軍》。

1967 年末　郭路生（食指）作詩《魚群三部曲》。此詩初刊 1979 年 4 月 1 日《今天》第 3 期，收詩集《相信未來》（灕江出版社 1988 年 3 月出版）改題《魚兒三部曲》。食指講：「那是 1967 年末 1968 年初的冰封雪凍之際，有一回我去農大附中途經一片農田，旁邊有一條溝不叫溝，河不像河的水流，兩岸已凍了冰，只有中間一條瘦瘦的流水，一下子觸動了我的心靈。因當時紅衛兵運動受挫，大家心情都十分不好，這一景象使我聯想到在見不到陽光的冰層之下，魚兒（即我們）是在怎樣地生活。於是有了《魚兒三部曲》的第一部。」「之後，我的朋友李平分給我講了他的老家白洋淀冬天捕魚的情景，加上當時一些政治背景，一經聯繫起來便有了第二部。」「第三部是寫『解凍』，『解凍』一詞來自赫魯曉夫時代初期。『文化大革命』中提『解凍』是非常危險的，況且當時我就被定為『右派學生』準備後期處理的。的確我曾有過考慮，但是我認為第三部構思發自我的內心，我是熱愛黨，熱愛祖國，熱愛毛主席的（即陽光的形象）。再加上詩一發已至不可收了，這就是第三部的背景。」「記得有個朋友曾私下對我講，這三部曲他曾經給一個國民黨軍官的太太看過，被連聲稱讚是好詩。嚇得我及時收斂，但已在許多人中傳抄、傳誦。」「這

三部曲曾發在民辦雜誌上。當時我只能記起第一部，第二、第三部是由振開給我找到的，當時我對此曾感謝再三。」(《〈四點零八分的北京〉和〈魚兒三部曲〉寫作點滴》，1994 年 5 月《詩探索》1994 年 2 輯)

> 郭路生，筆名食指，祖籍山東魚臺，1948 年 11 月 21 日生於山東朝城。1961 年考入北京五十六中學，1965 年開始詩歌寫作。1969 年到山西杏花村插隊。1971 年在山東濟寧參加中國人民解放軍。1972 年患精神分裂症，1973 年退伍，到北京光電技術研究所工作。1988 年出版詩集《相信未來》。1990 年後一直在北京第三福利院醫病。1993 年出版《食指 黑大春現代抒情詩合集》。1998 年《詩探索金庫‧食指卷》出版。

1967 年 蔡其矯作詩《寂寞》。此詩收《蔡其矯詩選》，人民文學出版社 1997 年 7 月出版。

1967 年 郭路生（食指）作詩《命運》、《海洋三部曲》的第二首《再也掀不起波浪的海》、《期望》、《書簡（二）》。《命運》初刊 1979 年 2 月 26 日《今天》第 2 期；前三首均收詩集《相信未來》，漓江出版社 1988 年 3 月出版；《書簡（二）》收《詩探索金庫‧食指卷》，作家出版社 1998 年 6 月出版。

1968 年

1968 年 1 月

1 日　瀋陽《八·三一》報刊出慧英的詩《回頭吧，哥哥！——給在遼革站武鬥隊的「哥哥」》。

1 日　《人民日報》刊出劉希濤《改天換地四卷書》、滬東造船廠工人居有松《焊花飛濺報春來》、解放軍某部戰士欒紀曾《喜看大好形勢》等詩。

2 日　紅代會北航紅旗戰鬥隊《紅旗》報第 83 期刊出向天紅的詩《火紅的太陽心中升》。

3 日　《解放日報》刊出紅衛電影院劉希濤的詩《歡呼毛主席身體非常健康》。

8 日　陳白塵日記：「大樓又出現大批大字報，林元、王光、謝永旺、陳敬容都被批，並勒令王光即日進『黑窩』。汪靜之等三人亦被點名。『洪洞縣』裏真無好人歟？」（《牛棚日記》，生活·讀書·新知三聯書店 1995 年 5 月出版）

　　　　陳敬容，女。原名陳懿範，1917 年 9 月 2 日生於四川樂山。1935年到北京求學，開始在《晨報副刊》等報刊上發表詩文。1937 年抗戰爆發後到成都，參加中華全國文藝界抗敵協會。1940 年去西北，四年後回重慶，從事編輯和教學工作。1946 年到上海，專事創作和翻譯。1947 年參加《詩創造》的編輯工作。1948 年與曹辛之等創編《中國新詩》，同年出版詩集《交響集》和《盈盈集》。1949 年到北京，進華北大學正定分校學習，當年到最高人民檢察署工作。1956

年任《世界文學》編輯。1965 年調到《人民文學》編輯部。「文革」中被迫退休。1981 年與辛笛等合出詩集《九葉集》，1983 年出版詩集《老去的是時間》。出版的著作還有《陳敬容選集》（1983）等。1989 年 11 月 8 日在北京病逝。2008 年《陳敬容詩文集》出版。

汪靜之，1902 年 7 月 20 日生於安徽績溪。1919 年到安徽第一茶務學校讀書，開始白話詩寫作。1920 年入浙江第一師範學校。次年發表作品，與潘漠華等組織晨光社。1922 年與應修人等成立湖畔詩社，出版詩集《蕙的風》。1924 年起，先後到武漢、保定、蕪湖等地中學任教。1926 年去武漢，任北伐軍總政治部宣傳科編纂。1927年任《革命軍日報》副刊編輯，同年出版詩集《寂寞的國》。1928年後，在上海、南京、安慶、汕頭、杭州、青島等地教書，曾任建設大學、安徽大學、暨南大學等校中文系教授。1938 年到廣州，任中央軍校廣州分校國文教官。1944 年到重慶。1946 年起，在白沙大學先修班、徐州江蘇學院中文系、上海復旦大學中文系任教授。1952年任人民文學出版社編輯。1955 年離職，定居杭州。1958 年出版詩集《詩二十一首》。1996 年出版詩集《六美緣》。同年 10 月 10 日在杭州逝世。2006 年《汪靜之文集》出版。

8 日　《文匯報》刊出上海金星金筆廠工人卞永泉的詩《革命造反派的紅旗手》。

10 日　《解放軍文藝》1968 年第 1 期刊出萬里浪的詩《李文忠之歌》。

12 日　北京市革命職工代表會議常設委員會《北京工人》報第 37 期刊出北京內燃機總廠高平《在光榮的崗位上》、建築系統毛澤東思想宣傳隊《我們要把毛澤東思想熱情讚頌》詩 2 首。

15 日　北京政法學院革命委員會《討瞿戰報》編輯部《討瞿戰報》第 22 期刊出蘇州閶門廠紅鐵錘的詩《斥叛徒瞿秋白》。

15 日　北京廣播學院《戰鬥報》第 62 期刊出（廣院）北京公社一戰士的詩《媽媽，我不回家》。

25 日　《解放軍文藝》1968 年第 2 期刊出《北京針織總廠擁軍愛民詩歌選》，刊有工人張才欽《支左部隊到我廠》、工人王瑞堯《解放軍送我「老三篇」》、戰士王德福《軍民「一對紅」》等詩。

26 日　陳白塵日記：「群眾上下午召開大會鬥爭丁力。」（《牛棚日記》，生活・讀書・新知三聯書店 1995 年 5 月出版）

30 日　四川大學革命委員會、東方紅八‧二六戰鬥團、紅三司紅衛兵川大支隊《八‧二六炮聲》報第 60 號刊出解放軍戰士童嘉通的詩《太陽升起的地方》。

31 日　《解放日報》刊出上海建築機械製造廠張鴻喜《汽笛歡呼大聯合》、中國汽車工業公司上海分公司陳晏《鍛出萬張紅喜報》等詩。

1 月　伍立憲（啞默）作詩《鴿子》。此詩收詩文集《鄉野的禮物》，貴州民族出版社 1990 年 12 月出版。啞默講：「上小學念書時，我就養過許多鴿子，後來鴿子與海鷗一樣，飛進了我的心靈中。60 年代，我狂熱地讀泰戈爾、惠特曼、普希金、萊蒙托夫、海涅、拜倫、雪萊……覺得他們的詩的精靈就像海鷗、鴿子一樣。普希金們的思想和句式在我的詩中出現很多，我淳樸地嚮往著他們的嚮往。」（《當代「潛在寫作」史料：關於啞默〈眞與美〉的史料（一）》，《現代中國文化與文學》第 1 輯，巴蜀書社 2005 年 4 月出版）

　　　　伍立憲，筆名啞默，1942 年 8 月 1 日生於貴州貴陽。1963 年高中畢業後到貴陽野鴨小學、野鴨塘中學任教。1984 年到貴陽廣告裝飾公司供職，1991 年返野鴨塘中學任教。1965 年開始新詩寫作，出版詩文集《鄉野的禮物》（1990）《牆裏化石》（1999）。

1 月　鋼九‧一三武鋼分團《武鋼戰報》、鋼二司紅武測總部、鋼工總青印兵團編印的詩集《狂飆曲》印行。收河北狂人公社紅兵《旗頌》、鋼二司新華師一兵《穿過夜空望北方》、三司硬革聯新華師一兵《給革命造反派戰友》、鋼二司新華農《放開我，媽媽》、中國人民解放軍革命造反派鬥羅籌備處赴漢調查團《怒吼吧，江城！》等詩 87 首和《抗暴歌謠》14 首，有編者《序》。《序》講：「偉大的無產階級文化大革命震撼著世界，蕩滌著中國土地上的一切污泥濁水。她不僅爲無產階級專政下繼續進行革命開闢了光輝的道路，而且還在歷史的史頁上留下了一首首壯麗的詩篇。」「我們收編的這集詩歌只是無數壯麗詩篇中的滄海一粟。她不是一般的寫景舒[抒]情，而是戰鬥的衝鋒號角。」「她充分表現了革命造反派對黨、對毛主席的無限熱愛、無限敬仰、無限崇拜的眞摯感情，她充分表現了革命造反派誓死捍衛毛澤東思想、誓死捍衛毛主席革命路線的堅韌不拔的戰鬥意志，同時也充分表現了革命造反派那種『只要中國不變色，死了也值得』的革命英雄主義和革命樂觀主義精神。」「她表現了革命造反派對資產階級反動路線和黨內一小撮走資本主義道路當權派的刻骨仇恨。」「她飽含著無產階級革命派的階級感情，激勵著革命造反派勇敢

地戰鬥。她也喚醒了受蒙蔽的同志反戈一擊，回到毛主席的革命路線上來，同我們一道戰鬥。」

　　1月　　北京圖書館無產階級革命派《毒草圖書批判提要》編輯小組、揭發中國赫魯曉夫破壞毛主席著作出版發行罪行展覽會辦公室編印的《毒草及有嚴重錯誤圖書批判提要》（三百五十種）印行，其中新詩集有嚴慰冰《于立鶴》、田間《趕車傳》、田間《非洲遊記》、方紀《大江東去》、方紀《訪蘇詩文集》、白樺《鷹群》、白樺《金沙江的懷念》等。《前言》講：「偉大的無產階級文化大革命開始以來，全國的無產階級革命派和紅衛兵小將對反動的毒草書刊和有嚴重錯誤的文章，進行了無情的揭發和批判，寫出了許多優秀的批判文章。為了進一步從政治上、思想上、組織上批倒、批臭黨內最大的一小撮走資本主義道路當權派，徹底挖掉以中國赫魯曉夫劉少奇為總後臺的反革命修正主義文藝黑線，我們將全國各大報紙以及北京、上海等地紅衛兵和革命群眾組織小報發表的批判文章，連同出版界革命同志提供的革命批判大字報文章摘錄彙編成這份《毒草及有嚴重錯誤圖書批判提要》，供同志們參考。由於我們接觸到的資料有限，還有一些應收入的書，未能編入。以後，我們將繼續彙編，並增補修改，使它日臻完善。」

　　毒草及有嚴重錯誤圖書批判提要（新詩集部分）

　　《于立鶴》（長詩）嚴慰冰　1962年11月　作家出版社

　　這是反革命分子嚴慰冰為其地主家族樹碑立傳的大毒草。作者以極其惡毒的手法污蔑和醜化農民革命運動，而對大地主家的大少爺，卻百般美化，吹捧為江南貧苦農民的救星，永記不忘的恩主。

　　《趕車傳》（長詩）田間　1958年　人民文學出版社

　　這首長詩明目張膽地與毛澤東思想相對抗、嚴重地歪曲階級鬥爭，否認黨的領導，醜化貧下中農，美化階級敵人，為地主階級樹碑立傳。

　　《非洲遊記》（詩集）田間　1964年　作家出版社

　　這是一部反對一切戰爭，渲染戰爭的恐怖的苦難，販賣和平主義，反對毛主席的偉大人民戰爭思想的毒草。

　　《大江東去》（長詩）方紀　1961年12月　作家出版社

　　這是在建國十週年時發表的長詩，它以古代周穆王駕著八匹駿

馬在天空奔馳，來比喻我們偉大領袖毛主席和大躍進，對毛主席的偉大形象和大躍進大肆醜化歪曲，真是無比荒謬和惡劣，令人難以容忍。

《訪蘇詩文集》方紀　1956 年 9 月　中國青年出版社

本書完全抹煞了社會主義國家內的階級、階級矛盾和階級鬥爭，大肆宣揚資產階級「人性論」和「階級鬥爭熄滅論」，對洋人古人頂禮膜拜，毫無批判地歌頌，甚至對有的作家叛黨自殺也表示無限原諒和同情，對修正主義作家大肆吹捧和美化，並極力鼓吹所謂「干預生活」「揭露陰暗面」的修正主義文藝謬論。

《鷹群》（長詩）白樺　1956 年　中國青年出版社

這是一篇為賀龍表功，為賀龍樹碑立傳的大毒草，把賀龍吹捧為「帶領人民前進」，人民「一直跟在他身邊戰鬥」的「慈父」和「領袖」。

《金沙江的懷念》白樺　1955 年　中國青年出版社

作者極力渲染、胡說什麼好像雲彩與花朵都在與金沙江畔的人民一道懷念著賀龍。把賀龍比為「一朵金色的雲」、「一座威嚴的雪山」，瘋狂地把這個野心家吹捧為「鬍子親過藏族娃娃的嘴唇」的「一位可親的將軍」，是一位「指揮著紅色戰士前進」的，給藏族人民帶來「融雪的春天」的「金沙江的主人」。

1968 年 2 月

1 日　郭路生（食指）作詩《海洋三部曲》的第三首《給朋友們》。此詩收《詩探索金庫・食指卷》，作家出版社 1998 年 6 月出版。

1 日　《人民日報》以《同聲歌唱毛主席》為總題刊出北京電子管廠顧順章《架線工之歌》等詩。

8 日　北京大學新北大公社《新北大》報第 152 期刊出西藏山新兵的詩《送寶書的戰士》。

10 日　《解放軍文藝》1968 年第 3 期刊出戰士陳兆爾的朗誦詩《我們為毛主席站崗》，並以《新春祝捷歌》為總題刊出余光烈《越南戰友打得好》、戰士蘇文河《勝利的新春寄戰友》等詩。

12 日　北京師大井岡山公社《井岡山》報第 90 期刊出中文系「井岡曙光」《「鬥私批修」會》、張德芳《主席著作像太陽》詩 2 首。

25 日　《解放軍文藝》1968 年第 4 期以《首首兵歌唱新風》為總題刊出唐大賢《邊防戰士想北京》、戰士欒紀曾《過海》、戰士黃榮基《憶苦餐》等詩。

1968 年 3 月

6 日　《人民日報》刊出易和元的詩《十唱毛澤東思想學習班》。

9 日　陳白塵日記:「下午學習會上,張光年就『文藝十條』問題作交代,原原本本,頗為精彩。有許多事至此才恍然大悟。」(《牛棚日記》,生活·讀書·新知三聯書店 1995 年 5 月出版)

10 日　《解放軍文藝》1968 年第 5 期以《戰士心中太陽紅》為總題刊出費洪智《毛主席萬歲!萬萬歲!》、楊澤明《向毛主席問安》、姚成友《南海前哨十八年》等詩。

12 日　《解放日報》刊出上海工人革命文藝創作隊劉希濤《「窮棒子」精神傳萬代》等詩。

22 日　陳白塵日記:「大樓有關於方紀的大字報,說他是胡風分子,劉白羽、郭小川均包庇之云云,不解。然而郭之被隔離即由於此?」(《牛棚日記》,生活·讀書·新知三聯書店 1995 年 5 月出版)

30 日　《人民日報》發表《人民日報》、《紅旗》雜誌、《解放軍報》社論《革命委員會好》。

春　郭路生(食指)作詩《相信未來》。此詩初刊 1979 年 2 月 26 日《今天》第 2 期,收詩集《相信未來》,灕江出版社 1988 年 3 月出版。李恒久講:「1968 年初春的一個早上,我和郭路生相約在北海見面。見面後,他興致勃勃地告訴我他昨天夜裏又寫了一首詩。在早春的寒風中,我有幸作為第一個聽眾聽他用那沙啞而低沉的嗓音緩慢地背誦了後來曾在一代人中廣為傳頌的《相信未來》那首詩。我被詩中的激情、詩人對未來的期待、憧憬以及他那優美的詩句和深深的內涵所感染、所震懾。直覺告訴我,這首詩一定會成為傳世之作。我請他馬上給我寫出這首詩,而他自己卻覺得詩中的某些詞句和段落還欠推敲。直到兩天以後,我才拿到了他已經修改過的、工工整整抄錄的《相信未來》。」(《路生與我》,《華人世界》1997 年第 4 期)

春　南京大學《八二七戰報》編印的《鍾山風雨——江蘇省無產階級

革命派詩選》印行。收江蘇省工農兵革命文藝公社《毛主席微笑著向我們走來》、南京汽車製造廠葉永生《我們是革命造反派》、洪兵《造反派的脾氣》、上海作家協會革命造反兵團寧宇《向大橋工人致敬》等詩 75 首，有編者《前言》。《前言》講：「我們寫詩……不，我們是在戰鬥！因為我們的詩，不是遺老遺少月下花前的無病呻吟；不是公子哥兒茶前飯後的消遣珍品；不是才子佳人談情說愛的竊竊私語；更不是那些個人野心家華麗的大衣和桂冠。我們的詩，永遠是歌唱偉大領袖毛主席的讚歌，永遠是投向敵人的匕首和炸彈，永遠是激勵戰友的號角和戰鼓。詩行裏，回蕩著天安門廣場上春雷般的吼鳴，閃耀著工廠車間裏飛濺的鋼花，沸騰著造反派戰友的熱血，呼嘯著殺向舊省市委的戰旗……」「當我們寫每個字的時候，想到的不是自己，而是整個無產階級；當我們審閱詩行時，我們清楚地看到一列無畏的戰士，正勇敢地向敵人發起攻擊……」「不要說我們的詩句『火藥味太濃』，我們就是要在炮火中殺出個毛澤東思想的新天地！」「不要說我們的詩句『千篇一律』，我們就是要讓每首詩都閃耀著毛澤東思想的光輝！」「不要說我們沒有『才華』，我們是文化藝術的當然主人！」

1968 年 4 月

18 日　《解放日報》刊出上海工人革命文藝創作隊陳晏、張鴻喜、王建國的詩《毛主席支持黑人兄弟》。

18 日　山東省大中學校紅代會《山東紅衛兵》報紅 54 號刊出下鄉青年楊學義的詩《做迎風破浪的海燕》。

19 日　北京市革命職工代表會議常設委員會《北京工人》報第 48 期刊出北京光華織布廠林紅的詩《工人愛讀「老三篇」》。

25 日　《解放軍文藝》1968 年第 7～8 期以《毛主席聲明傳天下——聲援美國黑人抗暴鬥爭戰士詩選》為總題刊出戰士茅山《毛主席聲明刻心裏》、戰士崔合美《夜，在華盛頓一間窩鋪裏》等詩；以《革命委員會好》為總題刊出黎徵《好啊，紅色政權》、戰士胡世宗《堅守在反帝反修前哨》等詩。

26 日　陳白塵日記：「《文藝報》上午鬥陳默，下午鬥臧克家，聲聞於外。」（《牛棚日記》，生活‧讀書‧新知三聯書店 1995 年 5 月出版）

27 日　《光明日報》刊出張化《革命委員會好》、鍾其偉《咱為革命委員會站第一班崗》詩 2 首。

1968 年 5 月

1 日 《人民日報》刊出解放軍戰士楊志和《我向領袖表決心》、安徽省肥東縣店埠公社社員殷光蘭《社員歌唱紅太陽》等詩。

1 日 《文匯報》刊出《萬朵紅花向陽開 無限忠於毛主席──上海工農兵向心中最紅最紅的紅太陽毛主席獻詩》，刊有上鋼三廠孫建華《獻給領袖毛澤東》、駐滬空軍馮永傑《毛主席給我鐵翅膀》等詩。

4 日 陳白塵日記：「下午果然轉爲開鬥爭『叛徒』的大會，計有臧克家、杜麥青、王眞和我；黨組成員及張僖陪鬥。這顯然是暗示，我的問題劃在了敵我矛盾的範圍裏了。文化大革命原是揪走資派和反動權威的，如今則以『叛、特、頑』三者並列，而且揪叛徒成爲最主要的內容，實在不解。專案組在外調材料的後面每每注上我是『叛徒』云云。這難道就算定案了麼？結論產生於調查研究的結尾，而不是開始，這樣定案是不符合於毛澤東思想的！鬥爭會上思潮起伏，一再隱忍。當有人指著我的鼻子發問：『你混進黨內來想幹什麼？』我竟脫口而出：『想幹壞事唄！』事後頗覺得這樣回答未免可恥，但又怎麼能否認『叛徒』的頭銜呢？我至今還是堅決相信群眾，相信黨，但現在置身於群眾的圍攻之中，究竟應該何以自處呢？」（《牛棚日記》，生活・讀書・新知三聯書店 1995 年 5 月出版）

5 日 詩人邵洵美在上海病逝。盛佩玉講：「『文化大革命』開始沒有書譯了，經濟來源也就沒有了。家中書物均被抄去，洵美明白困苦不只是他，有誰來援助？感到絕望。我當然不能坐視不管，每月將女兒們寄給我的錢悉數寄給了洵美，然而洵美貧病交迫，喘病加劇，終於病倒了。咳嗽、氣喘，吃藥、打針都無效，身不能動彈，氣透不過來，哼聲日以繼夜，睡不安席，靠在床上，連床也被震動，痛苦萬分。」「後來終於休克了。送他到上海徐匯區中心醫院急診就醫，檢查結果是『肺原性心臟病』，要住院、用氧氣。用氧氣急救的是重病號，重病號都住在一起，看到進來時能走能說的病人，過一天卻走了，這隻床空了又換來新病人。洵美親眼看到，死神就在他身邊徘徊，他驚惶極了，好像自己被判處了死刑，他要回家。洵美住院兩個月，也休克過兩次，經打針活過來，卻不見好轉，洵美心中的痛苦、悲傷、憂急，是可想而知的，他怕活過來了又會死，又怕死過去了不會活過來。我們感到他在醫院只會加劇精神上的痛苦和驚悸，只好答應他回家。特地買了氧氣枕，醫生爲他灌好一枕氧氣，以備到家急用。回到家總算過了新年，又挨了三個多

月。他對進出醫院感慨萬千，作詩一首：天堂有路隨便走，地獄日夜不關門；小別居然非永訣，回家已是隔世人。過了五一國際勞動節，他的病情有所加劇、惡化，他嘔吐、胃出血，逐漸昏迷，打針、氧氣都無效。這次他再也沒有醒來，於 1968 年 5 月 5 日晚上 8 時 28 分永別了人間，享年 62 周歲。」（《盛氏家族・邵洵美與我》，人民文學出版社 2004 年 6 月出版）

　　　　邵洵美，原名邵雲龍，1906 年 6 月 27 日生，浙江餘姚人。1923 年上海南洋路礦學校畢業後去英國留學，入劍橋大學攻讀英國文學。期間嘗試各種詩格的新詩寫作，結集爲《天堂與五月》1927 年出版。同年回國後，創辦金屋書店，出版《金屋》月刊。1928 年出版詩集《花一般的罪惡》。30 年代又辦時代圖書公司，並與人合辦《論語》、《人言》等刊物。1936 年出版詩集《詩二十五首》。抗戰勝利後，重開時代書店。1949 年後，居家從事外國詩歌翻譯。

8 日　　詩人張志民因反江青罪名被捕入秦城監獄，1971 年 8 月 10 日出獄。

　　　　張志民，1926 年 5 月 21 日生於河北宛平。1940 年參加八路軍，從事文化宣傳工作。1947 年參加華北地區土地改革運動。1949 年出版詩集《天晴了》。同年到華北軍區文化部創作組。1950 年出版詩集《死不著》。1953 年到中央文學研究所學習。1956 年轉業到群眾出版社工作，先後出版《家鄉的春天》(1956)、《社裏的人物》(1958)、《村風》(1961)、《西行剪影》(1963) 等詩集。1976 年繼續從事專業創作工作，1986 年任《詩刊》主編，又出版的詩集《邊區的山》(1980)、《祖國　我對你說》(1981)、《「死不著」的後代們》(1986)、《夢的自白》(1989) 等。1998 年 4 月 3 日在北京病逝。

10 日　　《解放軍文藝》1968 年第 9 期以《「五・七」指示金光閃　大學校裏盡朝暉》爲總題刊出戰士高東勝《向毛主席彙報》、戰士欒紀曾《我的誓言》、姚成友《海上「南泥灣」》等詩。

21 日　　紅代會北航紅旗戰鬥隊《紅旗》報第 104 期刊出張烈的詩《紅五月頌》。

25 日　　《文匯報》刊出上海戲劇學院「革命樓」一戰士《浦江洪流通四海》、東海艦隊馮景元《法國工人兄弟，你們幹得好！》等詩。

25 日　　《解放軍文藝》1968 年第 10 期刊出總後勤部「塞外紅」寫作組《毛澤東思想普天照——歡呼〈通知〉發表兩週年》、胸懷忠《偉大的勝利——

歡呼〈通知〉發表兩週年》、總後勤部「五・七」寫作組《五月的榴花比火紅——歡呼〈通知〉發表兩週年》等詩。是期後該刊休刊。

28日　安徽大學革命大聯合委員會《安徽大學》報紅17號刊出李思法的詩《贊江青同志》。

31日　《解放日報》刊出上海工人革命文藝創作隊東方哨的詩《革命烈火鑄丹心——贊門合同志》。

31日　《人民日報》刊出時輝《門合和我們在一起》、解放軍戰士鍾永華《毛澤東思想育英雄》等詩。

31日　《文匯報》刊出上海工人革命文藝創作隊劉希濤的詩《英雄化作崑崙山——獻給門合同志的歌》。

1968年6月

2日　《光明日報》刊出喻曉的詩《高唱讚歌頌英雄》。

23日　陳白塵日記：「下午文聯各協會與生產隊聯合舉行鬥爭大會，第一次被施以『噴氣式』且挨敲打。每人都汗流如雨，滴水成汪。冰心年近70，亦不免。文井撐持不住，要求跪下，以代『噴氣式』，雖被允，又拳足交加。但令人難忍者，是與生產隊中四類分子同被鬥，其中且有扒灰公公，頗感侮辱。Z於中途喝令我和光年退出會場，實是讓我等至樹下休息，但已兩個半小時了。會上有說我等是『沒有土地的地主、沒有資本的資本家』，頗妙。」（《牛棚日記》，生活・讀書・新知三聯書店1995年5月出版）

30日　《光明日報》刊出潘任《紅心向陽緊跟黨》、郭浩《萬遍高唱〈東方紅〉》等詩。

6月　《紅衛兵文藝》第9期刊出雨石《從韶山唱到天安門——敬獻給偉大領袖毛主席》、夏春華《不死的雄鷹》、武漢鋼二司一戰士《您胸前像章閃著紅太陽的光輝》詩3首和《紅衛兵文藝》編輯部《紅衛兵詩選》編輯小組的《〈紅衛兵詩選〉徵稿啓事》。《徵稿啓事》說：「爲了歌頌偉大的毛澤東思想，爲了反映史無前例的無產階級文化大革命的偉大風貌，反映震驚中外的紅衛兵運動波瀾壯闊的雄偉圖景，本刊編輯部準備編選出版《紅衛兵詩選》。當前，編選工作正在進行之中，我們熱誠希望全國各地的紅衛兵戰友們踴躍來稿、提供資料；衷心歡迎一切革命同志積極提出各種建議和要求。世界是我們的，辦事大家來。在廣大群眾的支持和關心下，《紅衛兵詩選》必將早日問世。」

6月　北京師範學院革委會《教改通訊》編輯部編輯出版的《教改通訊》刊出毛主席論詩詞專刊。

6月　《文藝革命》編輯部《文藝革命》第 3 期刊出解放軍 3154 部隊政治處姜鳳臣《「忠」字化的典型》、五好戰士陳雄《「忠」字的最強音》等詩。

夏　郭路生（食指）作詩《多希望》、《寒風》。詩均收詩集《相信未來》，灕江出版社 1988 年 3 月出版；《多希望》收《詩探索金庫‧食指卷》（作家出版社 1998 年 6 月出版）改題《希望》。

1968 年 7 月

1 日　油畫《毛主席去安源》在《人民日報》、《解放軍報》同時刊出。

1 日　南京大學紅色造反兵團《新南大》報第 22 號刊出法專首屆畢業生江天、錘紅的詩《畢業生之歌》。

5 日　北京大學文化革命委員會《新北大》報第 190～191 期刊出新北大公社勝利團的詩《鮮花和園丁——贊江青同志》。

7 日　《解放日報》刊出駐滬空軍某醫院左家發《毛主席寶像貼心間》等詩。

7 日　《文匯報》以《千遍萬遍歌唱毛主席》為總題刊出奉賢縣金匯公社沈吉明《毛澤東思想放異彩》、陳晏《紅日高照安源峰》等詩。

10 日　廣州工革聯《廣州工人》編輯部《廣州工人》報工 37 期刊出工革聯文化系統委員會的詩《舉紅旗　悼周勝》。

16 日　《文匯報》以《一曲「紅燈」從天落　百萬工農齊鼓掌》為總題刊出上海建築機械製造廠張鴻喜、陳學新《毛澤東思想點紅燈》等詩。

20 日　上海《新師大戰報》刊出二附中忠於毛主席大軍赴黑龍江戰鬥隊的詩《造反派的脾氣》。

21 日　毛澤東在調查報告《從上海機床廠看培養技術人員的道路》上批示：「大學還是要辦的，我這裡主要說的是理工科大學還要辦，但學制要縮短，教育要革命，要無產階級政治掛帥，走上海機床廠從工人中培養技術人員的道路。要從有實踐經驗的工人農民中間選拔學生，到學校學幾年後，又回到生產實踐中去。」此批示後稱「七‧二一指示」，此後各地紛紛辦起「七‧二一大學」。

29 日　《人民日報》刊出空軍某部孫瑞卿《頌歌唱給毛主席》等詩。

31日　《光明日報》刊出李維承《七億人民七億兵》、羅銘恩《解放軍同志下鄉來》等詩。

1968年8月

8日　《人民日報》刊出北京針織總廠工人張才欽、馬長林《顆顆芒果金光閃》等詩。

10日　陳白塵日記：「昨今均有鬥爭會。昨天鬥嚴文井、李季、林元和侯金鏡，今天又加上張僖、黃秋耘、陳默，但無林元，不知其內容。」（《牛棚日記》，生活‧讀書‧新知三聯書店1995年5月出版）

10日　《人民日報》刊出北海艦隊紅海城《贊首都工農毛澤東思想宣傳隊》、海軍某部丁福合《喜訊飛到軍艦上》等詩和德華、家銘的詩表演《向工農毛澤東思想宣傳隊學習》。

14日　《光明日報》刊出王又安《手捧芒果情滿懷》、陶嘉善《紅心鑄就鐵長城》等詩。

18日　北京地質學院東方紅公社《東方紅報》第149期刊出劍華、念選的詩《祝毛主席萬壽無疆》。

18日　《光明日報》刊出岳效良《向毛主席表忠心》、魯海《誓作毛主席的好工人》等詩。

18日　《人民日報》刊出金寶、辛紅、旭峰的詩《向陽紅花遍地開》。

25日　中共中央、國務院、中央軍委、中央文革發佈《關於派工人宣傳隊進駐學校的通知》。

27日　《人民日報》刊出北京第二機床廠工人李連玉《紅心永向金太陽》、北京第一機床廠工人王恩宇《滿懷豪情挑重擔》等詩。

28日　《人民日報》刊出紅頌東的詩《車間向陽曲》。

30日　《光明日報》刊出宋士軍、李晉《工人階級掌大權》等詩。

8月　北京大學文化革命委員會《文化批判》編輯部編輯的《文化批判》1968年第8期刊出人民文學出版社紅鷹戰鬥隊的文章《向舊人民文學出版社的國民黨餘孽猛烈開炮》。文章說：「舊人民文學出版社的一小撮走資派，一直推行著一條招降納叛的反革命修正主義的組織路線。十五年中，他們所網羅的各種牛鬼蛇神，竟達百人以上。其中有大叛徒、自首變節分子馮雪峰、王任叔、樓適夷、孟超、蔣天佐、金人、孫繩武、方殷等；特務、密探高長

榮、劉嵐山、吳啓元等；大漢奸周作人、錢稻蓀、趙少侯等；臭名昭著的胡風分子、右派分子綠原、舒蕪、牛汀、呂熒、肖乾、傅雷、聶紺弩、金滿城、顧學頡、王利器、張友鸞等；罪惡累累的國民黨反動軍官、反動政客，如國民黨中央候補執行委員高宗禹，國民黨少將、僞上海社會局長麥朝樞，國民黨少將陳北鷗，僞縣郵政局長孫用等；漏網右派韋君宜、曲六乙等；反革命知識分子如 C.C 特務報紙《大剛報》代總編輯歐陽柏等；各種各樣的反革命分子黃愛、王壽彭、潘漪、于明等；壞分子文懷沙等，反動學術『權威』王士菁、周汝昌、汝龍、陳邇冬等；資本家、地主周紹良等；叛國投敵分子黃星圻等。在這一百多人中，除已被專政機關逮捕及調職、退職、退休和編外人員外，已被社內革命群眾揪出者，即有五十多人。革命群眾正在審查的政治歷史嚴重不清者尚未計入。這些牛鬼蛇神，構成了劉鄧反革命修正主義文藝黑線專政的社會基礎。」

8月　北京師範學院革命委員會《文藝革命》編輯部編輯的《文藝革命》第 4 期刊出四季青公社郭頌東《縱情歌唱「東方紅」》、4699 部隊唐遠鈺《毛主席步行去安源》等詩。

8月　吉林師大革命造反大軍、八一八紅衛兵《革命造反軍報》編輯部編印的《戰地黃花——八一八詩選》印行。作品分為《偉大統帥毛主席啊　八一八戰士永遠忠於您》、《革命方知北京城近　造反倍覺毛主席親》等 6 輯，收王紅《毛主席啊，您老人家好》、高帆《長城頌》、「叢中笑」戰鬥隊《同仇敵愾批〈修養〉》、岫峰《八一八紅衛兵贊》等詩 73 題及對口詞 1 篇、春聯 1組，有《難忘的八一八》詩 1 首代序和《戰地黃花分外香》文 1 篇代跋。編者《代跋》說：「拂去戰鬥的風塵，翻開紅色的詩集。可以看見『革命樓』的星星之火，『八一八禮堂』的殊死論戰；可以看到火燒省市委、炮打東北局的猛烈炮火；可以記起那最最幸福的時刻——毛主席的親切接見；可以瞥見八一八戰士征腐惡、衛長城，用鮮血和生命迎來了『紅日高照長白山』……。那一字字啊，就是我們戰鬥的足跡，那一行行啊，就是我們鬥爭的歷程，那一篇篇啊，就是我們為保衛毛主席而戰的光輝史詩。在這本詩集裏，它散發著史無前例的無產階級文化大革命的戰鬥的硝煙，你如果真的是親身參加了這場雄偉鬥爭的一位無愧的戰士，就一定會覺得，這本詩的油墨味分外香。她比什麼《望星空》、《月下集》不知強上幾千倍。因為，她根本沒有什麼『風花雪月』，她根本沒有纏綿緋惻的兒女情，有的只是雄偉的無產階級文化大革

命的戰場，有的是無限忠於毛主席、無限忠於毛澤東思想、無限忠於毛主席無產階級革命路線的深厚的無產階級感情。所以，我們可以說，這本書的字裏行間，都充滿的八一八戰士對毛主席無限忠誠的無產階級感情，這株戰地黃花就是『忠』字的紅花。」

1968 年 9 月

7 日　《人民日報》發表《人民日報》、《解放軍報》社論《無產階級文化大革命的全面勝利萬歲！——熱烈歡呼全國（除臺灣省外）各省、市、自治區革命委員會全部成立》。

7 日　《光明日報》刊出吳國生《緊跟毛主席向前進》、楊志和《毛澤東思想滿天紅》等詩。

7 日　北京師範大學《井岡山》報刊出閆純德的詩《毛澤東思想照亮了山和水》。

8 日　《人民日報》刊出海軍某部楊渡《歡呼全國山河一片紅》、上海滬東造船廠工人居有松《「喜報」》等詩。

9 日　《光明日報》刊出陶嘉善《為捍衛紅色政權出航》等詩。

18 日　《人民日報》刊出《紅太陽照亮安源山——上海工農兵詩選》，刊有工人作者李根寶《安源頌》、東海艦隊田永昌《東方亮起啓明星》、紅衛電影院劉希濤《毛主席登上安源峰》等詩。《編者按》：「我們懷著十分激動的心情，向大家推薦上海工農兵創作的詩歌《紅太陽照亮安源山》。」「偉大的時代，產生偉大的藝術。在奪取無產階級文化大革命全面勝利的凱歌聲中，光輝奪目的革命油畫《毛主席去安源》誕生了。在那激動人心的日子裏，上海廣大工農兵，懷著對偉大領袖毛主席的無限熱愛，懷著對大工賊、大叛徒中國赫魯曉夫的刻骨仇恨，創作了大量充滿革命豪情的詩歌。今天本報發表的，就是其中的一部分。這些詩，一首首都是對偉大領袖毛主席的壯麗頌歌，一篇篇都是聲討中國赫魯曉夫的戰鬥檄文。」「《林彪同志委託江青同志召開的部隊文藝工作座談會紀要》這個偉大的歷史文件指出：『工農兵發表在牆報、黑板報上的大量詩歌，無論內容和形式都劃出了一個完全嶄新的時代。』上海工農兵創作的這些詩歌，又一次雄辯地證實了這一點。這些詩，愛憎分明，雄壯豪邁，充分顯示了工農兵崇高的精神境界和革命的戰鬥風格。那些輕視工農兵、自以為了不起的『作家』能寫出這樣美好的詩篇來嗎？那些脫離實

際、關在書齋裏苦吟的『詩人』能寫出這樣戰鬥的樂章來嗎？」「現在世界正在進入一個以毛澤東思想爲偉大旗幟的新時代。由毛澤東思想武裝起來的工農兵，一定要而且也完全有能力成爲文藝的主人。」

22 日　陳白塵日記：「中午聽良種場的廣播，今晚似開鬥爭大會。5 時許果提前收工，提前吃飯，8 時半進鬥爭會場。文聯以張雷爲首，作協以嚴文井爲首，共 10 餘人，我在其列。另外 20 來人兩廂侍立。文聯的陽翰笙、劉芝明，作協的邵荃麟、劉白羽都未來勞動，於是『廖化作先鋒』，張雷打頭陣了，冤哉！文井還是很規矩，張雷則以嘻皮笑臉對付之，於是又對他搞『噴氣式』。張仍用開玩笑的口氣說：『別、別、別！我有病。』忍俊不禁。其次對冰心、天翼、克家、金鏡批判較多，我和李季、杜麥青等也出列一次。至 11 時始休。」（《牛棚日記》，生活・讀書・新知三聯書店 1995 年 5 月出版）

23 日　《人民日報》刊出解放軍戰士毛世英、鄭德銘的詩《紅太陽頌》。

25 日　《文匯報》刊出社論《贊工農兵詩歌集〈紅太陽照亮安源山〉》和《毛主席來到安源山太陽光輝映紅天——上海工農兵詩選》，刊有上鋼三廠孫建華《站在鋼城望安源》、鐵路局南翔機務段朱珊珊《安源路上戰歌高》等詩。

27 日　《光明日報》刊出徐長林《工人階級上講臺》、勤頌東《縱情歌頌紅太陽》等詩。

28 日　《文匯報》刊出駐滬空軍趙正達的詩《咱送班長參加工人宣傳隊》。

30 日　復旦大學八・一八紅衛兵師《復旦戰報》第 88 期刊出工宣隊金節廉《嶄新世界我們造》、工宣隊一連常友寬《工人小將心連心》詩 2 首。

9 月　顧城作詩《星月的來由》、《煙囪》。《星月的來由》初刊《星星》詩刊 1980 年第 3 期；均收詩集《黑眼睛》，人民文學出版社 1986 年 3 月出版。

9 月　「原中國文聯批黑線小組」編的《送瘟神——全國 111 個文藝黑線人物示眾》由北京師範學院《文藝革命》編輯部出版，其中詩人有何其芳、袁水拍、臧克家、田間、柯仲平、李廣田、徐遲、納・賽音朝克圖等。《前言》說：「劉少奇及其在文藝界的代理人周揚之流，爲了推行這樣一條罪惡的反革命修正主義文藝黑線，在文藝界大搞招降納叛，結黨營私，千方百計地把一批叛徒、特務、漢奸、國民黨殘渣餘孽、反革命修正主義分子、資產階級反動『權威』、牛鬼蛇神、社會渣滓以及反革命分子，統統搜羅在他們的大黑傘之下，組成許多大大小小的『匈牙利裴多菲俱樂部』，把持文權，發號施令，橫行霸道，飛揚跋扈，實行資產階級專政。這裡所『示眾』的 111 個文藝黑線人物，僅僅是其中比較典型的一批資產階級代表人物。」

臧克家

反動學術「權威」、《詩刊》黑主編臧克家，早在二十年代就是一個變節自首、叛黨投敵、出賣革命同志、從敵人狗洞裏爬出來的大叛徒。這個無恥的叛徒，解放後在周揚黑幫的包庇下，先後竊踞了中央出版總署和人民出版社編輯、編審、全國文聯委員、中國作家協會書記處書記、《詩刊》主編、及全國人大代表等要職，打著「紅旗」反紅旗，幹盡反黨反社會主義反毛澤東思想的罪惡勾當。

臧克家是一個不折不扣的漏網大右派，一個反黨反社會主義的急先鋒。1957 年資產階級右派分子向黨進攻時，他認爲時機已到，跳了出來，瘋狂反對黨的領導，惡毒地攻擊社會主義制度。他污蔑革命群眾聽黨的話，是「沒有頭腦」，「沒有自由」，「只能『以耳代目』」；咒罵人與人的關係「冷若冰霜」，「六親不認」；叫嚷黨「不要給作家出題目」，並煽動反動「詩人」以「憤怒的感情揭露認爲不平的事件」。三年困難期間，他又一次赤膊上陣，惡毒攻擊黨的領導，咒罵我們偉大領袖毛主席；反對革命的正義戰爭，宣揚同帝、修、反「和平共處」的反動謬論。

臧克家還狗膽包天地利用職權，妄圖壟斷毛主席詩詞的發表權、解釋權，大撈政治資本。他攻擊毛主席文藝思想，胡說什麼「『政治第一』的說法是不完全的」，「『古爲今用』不能簡單地理解成爲政治思想教育服務」等等。並竭力宣揚「反題材決定」論。鼓吹復古主義，不遺餘力地推行周揚黑幫反革命修正主義文藝黑線。臧克家還網羅大批牛鬼蛇神社會渣滓，把《詩刊》辦成三十年代的「同人刊物」和反革命的裴多菲俱樂部，爲劉少奇復辟資本主義大造反革命輿論。

打倒臧克家！

田　間

臭名昭著的反動詩人田間，出身於安徽的一個大地主家庭，原名童天鑒，是劉少奇在文藝界代理人周揚的死黨，漏網的胡風分子，丁陳反黨集團的得力干將。

遠在三十年代，他就追隨胡風，大幹反對毛主席無產階級革命

路線的罪惡勾當。一九三三年他入上海光華大學後，就開始寫反動詩。他為了出名，自己出錢印詩集並認識了反革命分子胡風。所謂「戰爭詩人」，就是由胡風、馮雪峰等人吹捧起來的。抗戰前夕，他害怕白色恐怖，逃亡日本。一九三八年回國後，在西安參加了丁玲的「西戰團」，是丁陳反黨集團的成員。後來又懷著不可告人的目的混進解放區，與丁玲打得火熱，合夥販賣胡風的極端反動的「化大眾」論，狗膽包天地與毛主席提出的「大眾化」的英明論斷唱反調。

解放後，田間在歷次運動中，一貫採用裝瘋賣傻和假自殺等手段，在周揚、丁玲等保護下過了關，並且騙取了全國人民代表大會代表和河北省文聯主席的要職。

田間一貫打著「和平」、「自由」的旗號，調和階級矛盾，反對革命戰爭，販賣修正主義貨色。他瘋狂叫嚷什麼「在大陸上，在海洋上，和平法則是信仰。」「要把自由的旗號，高高掛在自由樹上，再也不能被撕毀，再也不能被降下去。」「戰爭一來，我就沒法子，我就自殺。」等等。是帝國主義、修正主義的十足的應聲蟲。

田間憑他反革命的本性，極力美化讚揚地富反壞，污蔑醜化工農兵。在臭名昭著的《趕車傳》中，他把老貧農石不爛醜化成為毫無革命性，把自己親生女兒蘭妮送給地主做小老婆的麻木無知的軟骨頭，同時卻竭力宣揚地主還鄉團的「骨氣」「英雄」，為其樹碑立傳。在《宋村記事》裏，他把農會主席宋老小寫得糊裏糊塗，不敢鬥爭，自私自利，目光短淺。在《一杆紅旗》中他大力歌頌地主武裝。他在五九年拋出的《火花集》中，專門醜化誣衊勞動模範，配合右傾機會主義分子向黨猖狂進攻。

田間是老牌反革命劉少奇的忠實信徒。一九四六年，在他的臭名昭著的《趕車傳》裏，就為劉賊大唱頌歌，什麼「少奇同志告訴他，樂園不在天上，樂園在地面」。把毛主席領導的土改運動歸功於劉少奇。在長詩中，他還拼命鼓吹劉修的假共產主義。

……

文化革命開始以來，他拼命地進行頑抗，妄圖為他的黑主子劉少奇、周揚等一小撮國民黨反動派的代理人翻案。一九六七年，他

又與王亢之、方紀、孫振等人，互相勾結，密謀策劃了天津反革命文藝黑會，再一次暴露了他一貫堅持反動立場，死心踏地的為劉少奇、周揚之流賣命的醜惡咀臉。

打倒反動詩人田間！

柯仲平

柯仲平是一個血債累累的大叛徒、政治騙子。在劉、鄧黑司令部和彭德懷、高崗、習仲勳反黨集團的包庇、重用之下，先後曾竊據西北文委副主任、西北文聯主席、中國作家協會副主席和作協西安分會主席等要職。在歷次路線鬥爭中，都頑固地站在以劉少奇為首的資產階級反動路線一邊。反對以毛主席為首的黨中央，反對光焰無際的毛澤東思想和我們最最敬愛的偉大領袖毛主席。

一九三〇年，柯仲平混入中國共產黨。同年冬在上海被捕，向敵人屈膝投降，出賣了柯孟雄、林育南等。一九三二年轉到蘇州反省院，又向國民黨寫了「悔過書」，並在敵人組織的反省人員大會上講演，破口大罵共產黨，再一次向敵人出賣了當時在押的革命同志。此後中統特務頭子陳立夫曾登門拜訪柯仲平，結為「莫逆之交」，並贈以鉅款，表彰其反共有功。

一九三七年，柯仲平隱瞞了這一段叛徒歷史，在延安又一次混入黨內。在劉少奇和反黨集團頭目高崗指示、支持下開始炮製反黨長詩《劉志丹》，曾四次易稿，達二十七年之久。在這部黑詩中，柯仲平喪心病狂，狗膽包天，惡毒地誣衊我們偉大領袖毛主席。相反卻把劉少奇及其狐群狗黨高崗、習仲勳之流捧上了天，千方百計地往這些叛徒、工賊、野心家、陰謀家的醜惡嘴臉上貼金，別有用心地吹噓他們是革命人民的「領袖」、「救星」、「旗手」。像這樣一部毒汁橫溢的黑詩，像這樣一個十惡不赦的大叛徒，在劉少奇、大陰謀家高崗、習仲勳、大土匪賀龍和大叛徒劉瀾濤以及陝西省委內的一小撮走資派庇護之下一直沒有受到徹底批判、揭發和鬥爭。解放十幾年來柯仲平高官厚祿，騎馬坐轎，煽陰風，點鬼火、要陰謀、放暗箭，以十倍的瘋狂，百倍的仇恨反對以毛主席為首的無產階級司令部，為劉、鄧在中國復辟資本主義大造反革命輿論。一九六四年，

柯仲平暴病身死，西北局和陝西省委走資派還賜以「革命烈士」稱號，把這個大流氓的臭骨灰放在烈士陵園，直到文化大革命開始以後，廣大革命群眾才戳穿了他二十七年炮製反黨長詩的黑幕，揭露了這個資產階級司令部「蓋棺論定」的御用詩人的真面目。

9 月　上海工人革命文藝創作隊編的《紅太陽照亮安源山──上海工農兵獻詩選》由上海文化出版社出版。收李根寶《安源頌》、劉希濤《毛主席登上安源峰》、孫一廣《老工人送寶像到連隊》、周美華《安源走的「忠」字路》等詩 46 首，有編者《編後記》。《編後記》說：「革命油畫《毛主席去安源》的誕生，讓我們幸福地見到了我們最最敬愛的偉大領袖毛主席青年時代的光輝形象，使我們進一步瞭解了毛主席的偉大革命實踐。在那激動人心的日子裏，我們廣大革命工農兵業餘作者，在上海市革命委員會的支持下，滿懷對偉大領袖無限敬仰的激情，燃燒著對中國赫魯曉夫的無比仇恨，聚集一堂，舉行了『歡呼紅太陽照亮安源山獻詩大會』。……會場上，詩篇如潮，歌聲激昂，在短短的兩個多小時內，就湧現了近六百首詩篇。這些詩篇，一首首都是我們工農兵獻給偉大領袖毛主席的紅心；這些詩句，一字字都是射向中國赫魯曉夫的鋼鐵子彈！這些詩篇，表達了我們工農兵對偉大領袖毛主席的無限熱愛和耿耿忠心。這些詩篇，也顯示了我們工農兵完全能夠掌好毛主席給我們的筆桿子，能夠做好文藝的主人。」

秋　郭路生（食指）作詩《我這樣說》。此詩收詩集《相信未來》，灕江出版社 1988 年 3 月出版。

1968 年 10 月

1 日　《人民日報》刊出瑤族鄧友銘《毛主席啊，瑤族兒女忠於您》、河北饒陽縣五公大隊社員李惠琴《毛主席給咱把路引》等詩。

1 日　《文匯報》刊出上海工人革命文藝創作隊《紅太陽頌》創作組《紅太陽頌》、中國汽車工業公司上海分公司修配廠陳晏《毛主席請咱上北京》等詩。

4 日　《文匯報》刊出鄭成義《長江橋頭魚水情》等詩。

5 日　《人民日報》發表通訊《柳河「五‧七」幹校為機關革命化提供了新的經驗》。此後全國各地相繼辦起「五七幹校」。

　　5日　《光明日報》刊出郭紅兵《毛澤東思想照萬家》、李建忠《定教世界紅彤彤》等詩。

　　7日　《人民日報》刊出福州工人鄭榮知《毛主席揮巨手》、空軍部隊孫瑞卿《紅十月之歌》等詩。

　　8日　紅代會北京師大井岡山公社《井岡山》報第141期刊出學工農《主席指示是方向》、工人毛澤東思想宣傳隊三排二班《毛主席和我們工人心連心》等詩。

　　9日　《人民日報》刊出《南京長江大橋工地詩選》和《守橋戰士唱大橋——南京長江大橋守橋戰士詩選》。

　　12日　《光明日報》刊出于厚清、韓明波《最新指示傳下來》和秦紅《我用鋤頭挖「修」根》等詩。

　　12日　《文匯報》刊出《喜報紅心獻給毛主席——上海工人抓革命、促生產詩選》，刊有中國汽車工業公司上海分公司修配廠陳晏《向著高峰飛跨》、滬東造船廠居有松《大錘掀起萬里浪》等詩。

　　17日　《光明日報》刊出郭德貴《最新指示到咱村》、峭岩《又一陣春雷響天外》等詩。

　　18日　復旦大學八·一八紅衛兵師《復旦戰報》第95期刊出言志的詩《拉一拉毛主席握過的手》。

　　22日　首都工人、解放軍駐新北大毛澤東思想宣傳隊政宣組《新北大戰報》第4期刊出中文系趙石保的詩《乘風破浪萬里行——獻給敬愛的江青同志》。

　　29日　《光明日報》刊出齊頌東《「大老粗」登講臺》、王森《師傅送我三件寶》等詩。

1968年11月

　　2日　詩人李廣田在昆明逝世。李岫講：「我走後，父親很快被監禁、拷問、批鬥、罰跪、拳打腳踢，失去了人身自由，失去了說話的權力。在那些『紅色恐怖』籠罩全國的日子裏，父親曾對母親說：『要活下去，一定要活下去！』但是萬萬沒有想到，在經過長時間的迫害與折磨後，父親這個硬漢子卻突然死去了。一九六八年十一月二日夜，蓮花池周圍的村民們聽到不斷的狗吠聲，後半夜平息下去了。次日有村民在蓮花池裏發現了父親。他滿臉是

血，腹中無水，頭部被擊傷，脖子上有繩索的痕跡。撈上以後，即送去火化，他那一身勞改時穿的補丁衣褲還是濕漉漉的。」（《悼念我的父親李廣田》，1980年 11 月 22 日《新文學史料》1980 年第 4 期）

李廣田，1906 年生，山東鄒平人。1923 年到濟南山東第一師範學校讀書。1929 年考入北京大學預科，次年開始發表詩歌、散文。1931 年入北京大學外語系，1935 年畢業回濟南教書。1936 年與卞之琳、何其芳合出詩集《漢園集》，同年還出版散文集《畫廊集》、《銀狐集》。1937 年抗戰爆發後，經河南、湖北至四川，任國立六中國文教員。1941 年到昆明西南聯合大學任教。1944 年出版詩論集《詩的藝術》。1946 年到天津南開大學任教。1947 年出版長篇小說《引力》，次年出版文學評論集《文學枝葉》、《創作論》。1949 年任清華大學中文系主任，後任該校副教務長。同年參加中華全國文藝工作者第一次代表大會，當選爲全國文聯委員、理事。1952 年調至雲南大學，任副校長、校長。1958 年出版詩集《春城集》。1982 年《李廣田詩選》出版。1983 年起《李廣田文集》出版。

3 日　《光明日報》刊出蔣國田《無產階級政權傳萬代》、吳濤聲《打倒工賊劉少奇》等詩。

6 日　《人民日報》刊出北京永定機械廠工人張寶申、楊俊青《手捧公報心潮湧》和韓笑《巨浪滾滾，凱歌陣陣》詩 2 首。

13 日　《文匯報》以《拿起筆桿作刀槍　直搗劉賊黑心腸——上海工人狠批大叛徒、大內奸、大工賊劉少奇》爲總題刊出《船臺班組批判會》、上海航海儀器廠朱賢明《萬炮齊轟劉少奇》等詩。

28 日　《光明日報》刊出峭岩《革命的航船乘風破浪》等詩。

11 月　伍立憲（啞默）作詩《晨雞》。此詩收詩集《鄉野的禮物》，貴州民族出版社 1990 年 12 月出版。

1968 年 12 月

9 日　郭小川日記：「今天天氣很好，我的感覺也好，沒有穿大衣、戴口罩，七時半多到了文聯大樓。」「昨夜，夢自己被敵人打死，心中想到：『我們爲人民而死，就是死得其所。』醒後猶有所感。」「我多次地考慮了自己應該採取的態度，最重要的就[是]相信毛主席，相信群眾，相信黨，自己認眞地

進行改造，在鬥爭中和勞動中認真改造自己。」（《郭小川全集》第 10 卷，廣西師範大學出版社 2000 年 1 月出版）

20 日　郭路生（食指）從北京乘火車去山西杏花村插隊，在車上開始創作《這是四點零八分的北京》一詩。此詩初刊於 1979 年 6 月 20 日《今天》第 4 期。郭路生說：「1968 年底，上山下鄉的高潮興起。在去山西插隊的火車上（火車四點零八分開），我開始寫這首詩。當時去山西的人和送行的人都很多。再有，火車開動前先『咣噹』一下，我的心也跟著一顫，然後就看到車窗外的手臂一片。一切都明白了，『這是我的最後的北京』（因為戶口也跟著落在山西）。」「還有一點，小時候我有一個極深刻的印象，媽媽給我綴扣子時，我們總是穿著衣服。一針一線地縫好了扣子，媽媽就把頭俯在我的胸前，把線咬斷。」「我就是抓住了這幾個細節，在到山西不幾天之後，寫成了《四點零八分的北京》。原來還長一些，幾番刪改之後，就成了現在這樣。」（〈《四點零八分的北京》和〈魚兒三部曲〉寫作點滴〉，1994 年 5 月《詩探索》1994 年 2 輯）戈小麗說：「大家最感興趣的事是聽郭路生念詩。詩人朗誦詩歌的場地是我們那破舊的磚砌廚房；廚房左側是一個大竈和用木架支起的長條案板，大竈上方的窗戶早就沒了窗紙，右側是一口大水缸及一副扁擔和兩個水桶。朗誦會都是在晚飯後，郭路生總是站在大竈旁，身著褪了色的布衣褲，背對窗外的黑夜，竈臺上小油燈的微光映出詩人瘦長的身影。燒粥的大鍋仍有餘熱，不斷升騰出蒸汽。觀眾席在水缸和案板之間，座位是水桶、扁擔和南瓜。郭路生通常選一些自己的舊詩來朗誦，有時也發表新作。我們最愛聽並一遍又一遍要求郭路生朗誦的總是《這是四點零八分的北京》和《相信未來》，因為它們不僅是我們生活的真實寫照，還表達了我們的感情……郭路生是唯一念詩能把我們念哭的人。一次他朗誦《這是四點零八分的北京》……當時的兩個女生還沒聽完就跑出廚房，站在黑夜中放聲大哭。」（〈郭路生在杏花村〉，《華人世界》1997 年第 4 期）

22 日　《人民日報》發表毛澤東指示：「知識青年到農村去，接受貧下中農的再教育，很有必要。」從此全國掀起知識青年上山下鄉運動，先後上山下鄉的知識青年達 1600 多萬。

22 日　詩人伍禾逝世。

　　　伍禾，原名胡德輝，1913 年 10 月 11 日生於湖北武昌。早年在湖北省立師範學校讀書。1937 年抗日戰爭爆發後，參加中華全國文

藝界抗敵協會，並在《新華日報》營業部工作。1938 年參加抗敵演劇宣傳隊第二隊。1940 年到桂林，先在廣西省立藝術館工作，後又在中學教書。1942 年出版詩集《蕭》、《寒傖的歌》。1944 年到重慶，1946 年回武漢，接編《新湖北日報》副刊。1950 年起，任湖北省文聯副主席、湖北省文化局副局長。1955 年和 1957 年兩次運動中被錯劃，下放農場勞動改造。1962 年調回湖北省圖書館。1984 年詩集《行列》出版。

24 日　復旦大學八·一八紅衛兵師《復旦戰報》第 114 期刊出工宣隊一連顧金祥的詩《工人階級上講臺》。

26 日　郭小川日記：「今天是偉大領袖毛主席七十五歲壽誕。早起，六時半即出發，坐九路車到王府井看了一下極爲壯觀的場面，大約有幾千人在新華書店等處門口等著買毛主席像章或毛主席的著作。」「七時四十多分鐘到了大樓。八時，舉行了儀式，向毛主席致敬，向毛主席請罪。朗讀了林彪同志寫的《〈毛主席語錄〉再版前言》。」「我是要永遠向毛主席請罪的。」「我特別大聲地朗誦了『敬祝毛主席萬壽無疆，萬壽無疆，萬壽無疆』。」「今天的心情萬分激動。」「中午，去王府井買了一些桌上擺的毛主席像，上面寫著『偉大的導師，偉大的領袖，偉大的統帥，偉大的統帥[舵手]毛主席萬歲！』真是高興極了，這是毛主席七十五歲誕辰的珍貴紀念。」（《郭小川全集》第 10 卷，廣西師範大學出版社 2000 年 1 月出版）

26 日　《文匯報》刊出駐上海外國語學院工宣隊、上海汽車電機廠工人趙國華《我們對毛主席最最忠》和松江縣城東公社朱雪仁《永遠緊跟毛主席》、東方紅造船廠錢國梁《紅太陽照亮造船臺》等詩。

26 日　上海工人革命造反總司令部《工人造反報》第 195 期以《韶山升起紅太陽》爲總題刊出寶山噴漆廠陳志超《萬歲萬歲毛主席》、上海無線電二廠楊俊逸《晴空萬里東方紅》、上海交電站袁軍《紅心繡出紅太陽》、滬東造船廠李文成《紅太陽照亮造船廠》、齊順東《萬里江河總有源》、閘北服裝鞋帽公司陳肇雲《毛澤東思想印腦裏》、上海第二印染廠馬開元《寶書映得爐火熊》等詩；以《四海同歌毛主席》爲總題刊出第一石油機械廠章書生《爐前升起紅太陽》、滬東紡織機械廠龔詠燕《毛主席的陽光照大道》、上海製皂廠晏克和《毛主席萬歲萬萬歲》、上海耐火材料廠鄭士達《毛澤東思想放光彩》、金星金筆廠卞永泉《車頭飛旋賽風雷》詩 5 首。

29日　南京長江大橋建成並通車。

29日　《文匯報》刊出上海汽輪機廠工人黃世益《喜訊掀起浦江潮》、警備區某部謝國順《喜報飛舞迎「九大」》等詩。

30日　上海大專院校紅代會、上海中等學校紅代會聯合主辦的《上海紅衛戰報》忠 52 期刊出復旦大學陳曉華《韶山頌》、淮海中學紅衛兵《迎著東升的太陽》等詩。

12月　首都大專院校紅代會《紅衛兵文藝》編輯部編的《寫在火紅的戰旗上──紅衛兵詩選》由該編輯部出版。作品分為《紅太陽頌》、《紅衛兵歌謠》、《在那戰火紛飛的日子裏》、《奪權風暴》等 8 輯，收北京向日葵《紅太陽頌》、江蘇言子清《舵手頌》、武漢丁晞《戰鬥吧，革命的戰友！》、武漢呂涼《請鬆一鬆手──獻給抗暴鬥爭中英勇犧牲的戰友》、武漢吳克強《放開我，媽媽！》、山東紀宇《奪權風雷──「一月革命」之歌》等詩 98 題，有編者《序》和《後記》。《序》說：「這不是一冊普通的詩選。」「收集在這裡的詩章，幾乎都寫自年輕的中國紅衛兵戰士之手。」「它們是用碧血丹心寫成的。」「它們是紅衛兵戰士在毛主席和中央文革的帶領下搗毀劉鄧王朝勝利前進的戰歌。」「它們有著和國際歌同樣的內容和旋律。」「它們寫在文化大革命戰火紛飛的日子裏，寫在紅衛兵火紅的戰旗上。」

冬　郭路生（食指）作詩《冬夜月臺送別》。此詩收詩集《相信未來》，灕江出版社 1988 年 3 月出版。

1968 年　蔡其矯作詩《詩品》。此詩收《蔡其矯詩選》，人民文學出版社 1997 年 7 月出版。

1968 年　郭路生（食指）作詩《煙》、《酒》、《還是乾脆忘掉她吧》、《你們相愛》、《送去北大荒的戰友》、《靈魂》、《難道愛神是……》、《黃昏》、《在你出發的時候》、《勝利者的詩章》。《煙》初刊 1979 年 9 月《今天》第 5 期；《酒》、《還是乾脆忘掉她吧》初刊 1980 年 4 月《今天》第 8 期；前六首均收詩集《相信未來》，灕江出版社 1988 年 3 月出版；第七至九首均收《詩探索金庫‧食指卷》，作家出版社 1998 年 6 月出版；最後一首收《食指的詩》，人民文學出版社 2000 年 12 月出版。《還是乾脆忘掉她吧》收入《相信未來》（灕江出版社 1988 年 3 月出版）改題《愛人》；收入《食指　黑大春現代抒情詩合集》（成都科技大學出版社 1993 年 5 月出版）改回原題。

1968 年　黃翔作詩《野獸》。此詩收詩集《狂飲不醉的獸形》，1986 年 7 月油印。

　　1968 年　　　北京師範學院中文系「爲工農兵」戰鬥隊編的詩集《紅太陽頌歌》由《首都紅小兵》編輯部出版。作品分爲《萬壽無疆紅太陽》、《戰無不勝的毛澤東思想光芒萬丈》、《永遠忠於毛主席，誓死保衛毛主席》等 7 輯，收哈薩克族戰士《萬歲，人類的救星毛主席》、戰士《「老三篇」哺育的戰士心最紅》、工人《日夜想念毛主席》、社員《歌唱毛主席語錄牌》、苦聰族戰士《一輩子忠於毛主席》等詩 200 首。有編者《說明》。《說明》說：「在史無前例的無產階級文化大革命運動中，出現了更多的，歌頌毛主席，歌頌毛澤東思想，歌頌毛主席的革命路線的好詩。」「《紅太陽頌歌》就是近幾年工農兵群眾歌頌偉大領袖毛主席的專題詩歌選集。」「懷著對偉大領袖毛主席的無限熱愛、無限忠誠、無限崇拜、無限信仰的心情，在廣大無產階級革命派的熱情支持下，用一年多的時間終於完成了本書的編輯工作。工農兵要登上文藝舞臺，工農兵要成爲文藝主人。讓我們舉起雙手歡呼，被顛倒了的歷史又顛倒過來了！爲工農兵文藝立傳，用工農兵自己的創作打倒大洋古、封資修，這是我們的目的。」「這個集子力圖比較全面地反映近幾年來，我國七億人民活學活用毛澤東思想，用毛澤東思想改造主觀世界、客觀世界的精神面貌和時代特色。選編時首先著眼於詩歌的思想內容，其次看藝術性高低。」「本集選詩二百餘首，除幾首歌詞外，全部是工農兵群眾的作品；從時間上看，除六三年以前的十首民歌外，全部是文化革命中的詩。」

1969 年

1969 年 1 月

　　1 日　上海工人革命造反總司令部《工人造反報》第 197 期刊出滬東造船廠創作組《毛主席親手指航向》、上海鋼絲廠趙鍾鈴《鋼花滿天迎九大》等詩。

　　1 日　《光明日報》刊出韓靜霆《第一堂課》、祁念東《出征曲》等詩。

　　2 日　《人民日報》刊出《南京長江大橋工地詩選》，刊有工人魏則玉《橋工見到了毛主席》等詩。

　　8 日　郭小川日記：「今天沒有看病，因為我想抓緊在本周學習最新指示和元旦社論中好好解決一下自己的態度問題，從下周起就集中精力日夜趕寫檢查材料和揭發材料。」「上午，勞動了近兩小時，又幫助校對了大家抄的最新指示。」「中午回家吃了飯。下午剛開會不久，又通知去勞動——收拾房子，看見標語，工人、解放軍毛澤東思想宣傳隊馬上就要來了。」「約四時半，我正同楊子敏一起背老三篇，毛主席派來的親人來了，樓下敲鑼打鼓。這時，我的心情是激動的，宣傳隊來後，這個機關的運動肯定會搞得更好，我自己也將被改造。今後，我必須抓緊一切時間交代檢查自己的問題，『革面洗心，重新做人』，我相信，我是可以改造的，革命隊伍還是會要我的，黨還是會要我的，我將永遠成為人民的兒子，成為一個勞動者。往日的罪過，將成為我永生永世的教訓。偉大的毛澤東思想將是我的強大武器，偉大領袖毛主席呵，下半生我將永遠忠於您！」「我給大家抄寫毛主席在無產階級文化大革命以來關於民主集中制的最新指示和新發表的有關語錄，一直抄到八時半。」「八時

半，胡德培同志宣佈，現在可以回去，明天照常上班。我到北京車站才吃了飯，回家已九時多，即睡，夜間多次夢見工人宣傳隊。」（《郭小川全集》第10卷，廣西師範大學出版社2000年1月出版）

16日　郭小川日記：「早起，值日，打掃四樓、五樓的大廳。」「學習時間，又準備了發言。」「七時開會，我先發了言，主要談了文化大革命的實質和必要性。李季發了言，僅僅從生活上講到資產階級的腐蝕，根本不上綱，立刻引起大家的批評。這個人，就是不認真學習，理論水平又低。以後又有胡海珠一句一淚的發言，我也陪她哭了一場。在我，並不是因為委屈情緒，實在是覺得自己太對不起毛主席了。」（《郭小川全集》第10卷，廣西師範大學出版社2000年1月出版）

25日　陳白塵日記：「今日9時半由鬥批改委員會召開批鬥大會，我等共去8人：文井、光年、天翼、馮牧、金鏡、克家、北屏及我。荃麟、白羽二人未見，似隔離了。會場為我們特設了座位，入場前Y溫言相慰，說不要緊張，不叫你們不必起立。這顯然是做給工宣隊看的。大會主要從兩條路線鬥爭來批判舊作協的罪惡。會後令寫彙報，只好感恩、認罪。」（《牛棚日記》，生活・讀書・新知三聯書店1995年5月出版）

31日　陳白塵日記：「下午3時20分被叫去《人民文學》編輯部，與天翼一起接受批鬥。發言者各有分工，或對張，或對我，又或為二人的總批判。主要是針對作品中的錯誤思想，未及政治問題。這是上次全機關批鬥大會的繼續和發展。昨日《文藝報》鬥克家、丁力、葛洛，上午《人民文學》鬥王真，都是同一步驟。發言多老生常談，毫無創見。」（《牛棚日記》，生活・讀書・新知三聯書店1995年5月出版）

1969年2月

14日　詩人王老九逝世。

　　王老九，原名王建祿，1894年2月23日生，陝西臨潼人。出版詩集《王老九詩選》（1954）、《東方飛起一巨龍》（1958）等。

15日　《光明日報》刊出陝西省群眾藝術館毛澤東思想學習班《放聲高歌紅太陽》、任桂珍《向陽村永向紅太陽》等詩。

17日　蓬子在上海病逝。

　　蓬子，原名姚夢生。1905年生，浙江諸暨人。1929年出版詩集

《銀鈴》。1930 年參加中國左翼作家聯盟，後曾編輯《文藝生活》、《文學月報》。1938 年在武漢參加中華全國文藝界抗敵協會，後去重慶，創辦作家書屋。抗戰勝利後到上海。1949 年後，在上海大學任文科教授。

17 日　《解放日報》刊出楊德祥的詩《毛主席，您是戰士最親的人》。

22 日　《文匯報》刊出上海玻璃廠王森《躍進潮頭來勢高》、上海建築工程局金德生《山花爛漫永向陽》等詩。

1969 年 3 月

1 日　《文匯報》刊出上海軍墾中學六八屆學生赴吉林插隊落戶青年黃萍《手捧寶像赴吉林》等詩。

11 日　《文匯報》刊出上海建築機械製造廠張鴻喜《打倒新沙皇》等詩。

12 日　《文匯報》刊出東方哨的詩《警告新沙皇》。

14 日　郭小川日記：「小衛生，請示後讀兩篇文件《南京政府向何處去》、《論人民民主專政》。」「九時多，魏隊長來談了幾個問題，下午，革命群眾將叫回一些人到班裏接受群眾的監督、教育、改造、批判。開了會，我做了發言。」「下午，行政第一班，把我、陳樹誠領回，上了第一課。」「八時，聽了廣播《關於總結經驗》的《紅旗》社論，傳達了最新指示。八時半以後，與群眾一起上街遊行，到了天安門，興奮極了，時時都想流淚，我不是認為我已經成為群眾的一員了，不，我現在還不是，我還沒有真正認識錯誤，還沒有真正總結自己的反面經驗，但是，毛主席在挽救我，群眾在挽救我，和群眾在一起遊行，和工人、解放軍毛澤東思想宣傳隊一起遊行，使我非常深切的感到這一點。」「回來後，開了會，落實最新指示。會後，老趙和老翟同志同我談了話。」「回宿舍後，老裴同志又同幾個人談話，一直談到十二時。興奮異常，吃了安眠藥，睡下。」「這是我的歷史中有數的重要時刻之一，我永遠記住這一天。」（《郭小川全集》第 10 卷，廣西師範大學出版社 2000 年 1 月出版）

1969 年 4 月

1～24 日　中國共產黨第九次全國代表大會在北京舉行。

2 日　《文匯報》刊出駐滬空軍萬良順《黨的「九大」召開啦》、松江縣新五公社戚永芳《天大的喜訊北京來》等詩。

3日　《光明日報》刊出杜重光《慶「九大」》、何慶麟《黨的恩情比天大》等詩。

3日　《人民日報》刊出首都鋼鐵公司工人陳洪芝《紅色女工迎「九大」》、安徽省肥東縣店埠公社南頭生產隊社員殷光蘭《紅心獻給毛主席》等詩。

9日　《光明日報》刊出楊洪立《為「九大」站好崗》、任寶常《萬里東風展紅旗》等詩。

9日　《文匯報》刊出中國汽車工業公司上海分公司修配廠陳晏《億萬顆紅心向著太陽唱》等詩。

16日　《文匯報》刊出上海建築機械製造廠張鴻喜《緊跟毛主席就是勝利》、上海玻璃廠王森《東風萬里報春來》等詩。

19日　《光明日報》刊出邵學文《緊跟毛主席就是勝利》、潘俊齡《慶「九大」，獻厚禮》等詩。

19日　《人民日報》刊出解放軍某部王振堂《毛主席登上「九大」主席臺》等詩。

23日　郭小川日記：「上午通知我今天檢查，當即進行準備。」「下午，只檢查了一個問題，即對毛澤東思想的態度問題，講了一小時二十分鐘。然後，小詹同志來參加我們的小會，批評我不相信群眾，別人也反映我沒有講清楚，主要是對《望星空》和『圍攻魯迅』的問題。」「晚上，再做準備。」（《郭小川全集》第10卷，廣西師範大學出版社2000年1月出版）

24日　陳白塵日記：「上午《人民文學》又對李季進行批判，下午毛承志作檢查，據說態度較李為好。行政部門是郭小川檢查，《文藝報》則閻綱檢查，批判時聞口號聲。」（《牛棚日記》，生活・讀書・新知三聯書店1995年5月出版）

26日　《光明日報》刊出王善同《祝毛主席萬壽無疆》、王森《嶄新的征程眼前耀》等詩。

27日　《文匯報》刊出鄭成義《萬歲！中國共產黨》、駐北方區海運管理局工宣隊國棉九廠工人周美華《團結的大會奏凱歌》等詩。

28日　中國科學院革命委員會《革命造反》報第187期刊出詩專版，刊有心理所五七戰士《毛主席啊，我們永遠忠於您》、天文臺五三二戰士路丕業《敬祝毛主席萬壽無疆》等詩。

4月　山東魯迅大學革命委員會宣傳組編印的詩集《忠心獻給毛主席》

印行。收工宣隊王信銀《工人階級永遠忠於毛主席》、侯書良《喜迎九大繡忠心》、光明《放聲歌唱毛主席》、馬恒祥《寫在偉大的日子裏——獻給中國共產黨全國第九次代表大會》等詩 58 首，有編者《寫在前面》。《寫在前面》說：「滾滾春雷，浩蕩東風，傳來了特大喜訊：黨的第九次全國代表大會勝利召開了！『九大』的召開，是國際共產主義運動中，具有劃時代意義的重大事件。它將開闢人類歷史的新紀元，掀開中國革命的新篇章！」「葵花朵朵向太陽，紅心顆顆獻給黨。我們懷著無比激動、興奮的心情，在駐校工宣隊、校革委的領導下，編輯了這本《忠心獻給毛主席》，作為我們向『九大』的獻禮！」「在歡慶『九大』的喧天鑼鼓聲中，進駐魯迅大學的工宣隊員，全校革命師生員工，憶征程，看今朝；獻忠心，抒情懷；放聲把歌唱，揮筆寫詩篇。這些用紅心拼成的詩句，洋溢著強烈的時代精神，充滿著濃鬱的戰鬥氣息。氣魄豪壯，語言鏗鏘，旋律激昂，無限深情地歌頌紅太陽，謳歌共產黨，抒發了歡慶『九大』的豪邁感情。它凝聚了全校革命師生員工的共同的無產階級感情，表達了全體革命同志的心聲！」

1969 年 5 月

　　15 日　　陳白塵日記：「10 時半歸，全機關正在開批判大會，批荃麟、白羽、光年。」（《牛棚日記》，生活・讀書・新知三聯書店 1995 年 5 月出版）

1969 年 6 月

　　5 日　　大會批判郭小川。有批判說：「攻擊肅反，是配合了階級敵人進攻的，出籠的背景，是配合蘇修大合唱。看了毒草，毛骨聳然，國內外很少有這樣惡毒反動的程度，包括蘇修也好，你的名字可以並駕齊驅，蘇聯一作品也如此。」「創作基本傾向，美化叛徒，歌頌動搖，這種傾向上獨一無二的，叛徒文學」。「《深深的山谷》寫了一個叛徒，也充滿了同情。《致大海》寫自己，動搖，怕死。」（《郭小川全集》第 12 卷，廣西師範大學出版社 2000 年 1 月出版）

　　5 日　　《光明日報》刊出劉新華的詩《車向湘西》。

　　12 日　　陳白塵日記：「8 時半召開落實政策、解放幹部大會，李季、沈季平、黃沫、冼寧、湯浩五人解放。」（《牛棚日記》，生活・讀書・新知三聯書店 1995 年 5 月出版）

　　12 日　　郭小川批判會。有批判說：「毒草很多，《一個和八個》已批判，

認識不夠，再批判。」「要害在那兒？叛徒哲學、人性論，要害、實質在於自覺地攻擊無產階級專政、肅反運動，鳴鑼開道。」（《郭小川全集》第 12 卷，廣西師範大學出版社 2000 年 1 月出版）

14 日　陳白塵日記：「上午郭小川作第三次檢查，群眾反映尚可。」（《牛棚日記》，生活・讀書・新知三聯書店 1995 年 5 月出版）

29 日　《文匯報》刊出寧宇的詩《中國橋工頌》。

6 月　郭路生（食指）作詩《等待重逢》。此詩收詩集《相信未來》，灕江出版社 1988 年 3 月出版。

1969 年 7 月

7 月　伍立憲（啞默）作詩《是誰把春天喚醒》。此詩收詩文集《鄉野的禮物》，貴州民族出版社 1990 年 12 月出版。

1969 年 8 月

15 日　黃翔作詩《火炬之歌》。此詩收詩集《狂飲不醉的獸形》，1986 年 7 月油印。黃翔說：「我的房間裏有個窗戶靠著屋頂，我常常獨自坐在屋頂上眺望遠空和街道。燥熱的晴空一碧如洗，往往引起我的青春心靈的騷動和遐想。樓下街道上不時出現頭戴藤帽和肩扛梭鏢的遊行隊伍，他們一邊朝前走一邊高呼口號：『革命無罪，造反有理！』『文攻武衛，針鋒相對！』一看到這情景就使我產生莫名的窒息和憎惡！……我忍不住在心裏大喊大叫，而內心暴烈的呼喊化為狂飆，呼之欲出，它終於從我的口腔裏蹦出來了，使我大吃一驚！屋子裏一片寂靜，只有我一個人。我從窗臺上跳了下來，又跳了上去，一會又從窗臺上跳下往床上一倒。掏出一枝煙，狠狠地吸了幾口。煙頭上掛著長長的煙蒂，快掉下來了，我用中指把它狠狠一彈，突然一顆火星一閃，我的腦子裏刷地一亮，渾身像著了火似的猛地燃燒起來。這股火來勢兇猛，越燒越大，燒得我在屋子裏像頭困獸似的團團直轉，此時的時間是 1969 年 8 月 13 日上午 10 時。窒息中產生詩的靈感。第三天，一種鮮明的詩的形象出現了，清晰了，成熟了。我在白天打開燈，然後用黑布把燈蒙上，讓一圈燈光投射在桌子上。我鋪開了紙，抓起了筆，熱淚縱橫中一口氣寫出了我的《火炬之歌》，時間是 1969 年 8 月 15 日。」（《喧囂與寂寞》，柯捷出版社 2003 年出版）

　　黃翔，1941 年農曆 12 月 26 日生於湖南武岡，祖籍湖南桂東。
1952 年小學畢業後失學。1956 年到貴陽，在一工廠學徒，後曾在茶
場當茶農、貴陽針織廠當工人。1997 年旅居美國。1958 年開始發表
詩作，1986 年自印詩集《狂飲不醉的獸形》。出版的詩集有《黃翔
──狂飲不醉的獸形》（1998）、《黃翔禁燬詩選》（1999）、《狂飲不
醉的獸形‧受禁詩歌系列》（2002～2003）等。

　　8 月　　安源工農兵詩歌編選小組編的《紅日照安源──安源工農兵詩歌
選》由江西省新華書店出版。收有參加安源路礦工人大罷工和秋收起義的老
工人徐勝遠《讚歌獻給毛主席》、革命油畫《毛主席去安源》執筆者劉春華
《紅筆敬繪紅太陽》、編選小組集體創作《紅太陽照亮安源山》等詩，有編
者《編後記》。《編後記》說：「為向全國全世界人民宣傳毛主席在安源的偉
大革命實踐，宣傳毛澤東思想和毛主席無產階級革命路線的偉大勝利，並以
歷史見證人的身份揭露和控訴大叛徒、大內奸、大工賊劉少奇在安源犯下的
滔天罪行，為此，廣大安源工農兵寫下了數以千百計的戰鬥詩篇。這些詩，
一字字，一行行，飽含著對偉大領袖毛主席無限熱愛的深厚階級感情，充滿
了對叛徒、內奸、工賊劉少奇的無比仇恨，表達了安源工人緊跟毛主席，誓
做無產階級專政下繼續革命的堅強戰士，發揚『一不怕苦，二不怕死』的徹
底革命精神，徹底埋葬帝、修、反，敢教世界一片紅的鋼鐵意志和必勝信心！
無產階級文化大革命戰鬥烈火中光榮誕生的紅色政權──安源煤礦革命委
員會、萍鄉鐵路地區革命委員會、毛主席在安源革命活動紀念館領導小組和
安源鎮革命委員會，在人民解放軍的大力支持下，聯合組織了安源工農兵詩
歌編選小組，負責收集和整理工作，編選了《紅日照安源》這本安源工農兵
詩歌選。」

1969 年 9 月

　　6 日　　《文匯報》刊出仇學寶《江山萬里舞紅綢》、錢國梁《站在船臺望
北京》詩 2 首。

　　25 日　　《文匯報》刊出上海冶煉廠工人徐懷堂的詩《給祖國焊上金翅膀》。

　　30 日　　《紅旗》1969 年第 10 期發表哲平的文章《學習革命樣板戲　保衛
革命樣板戲》。

　　30 日　　牛漢到湖北咸寧文化部「五七幹校」勞動，至 1974 年末結束。牛

漢說：「在古雲夢澤勞動了整整五年（1969 年 9 月 30 日到 1974 年 12 月 29 日）。大自然的創傷與痛苦觸動了我的心靈。由於圩湖造田，向陽湖從一九七〇年起就名存實亡，成為一個沒有水的湖。我們在過去的湖底、今天的草澤泥沼裏造田。炎炎似火的陽光下，我看見一個熱透了的小小的湖沼（這是一個方圓幾十里的湖最後一點水域）吐著泡沫，蒸騰著死亡的腐爛氣味，湖面上漂起一層蒼白的死魚，成百的水蛇耐不住悶熱，棕色的頭探出水面，大張著嘴巴喘氣，吸血的螞蟥逃到蘆葦杆上縮成核桃大小的球體。一片嘎嘎的鳴叫聲，千百隻水鳥朝這個剛剛死亡的湖沼飛來，除去人之外，已死的和垂死的生物，都成為它們爭奪的食物。向陽湖最後閉上了眼睛……，十幾年來，我第一次感到詩在心中衝動。」（《對於人生和詩的點滴回顧和斷想》，見《蚯蚓和羽毛》，人民文學出版社 1986 年 4 月出版）

　　　　牛漢，原名史成漢，1922 年 10 月 23 日生於山西定襄。蒙古族。1938 年初到西安，開始習作新詩，1940 年發表作品。1943 年考入城固西北大學外文系學俄文，次年到西安，編輯《流火》等雜誌。1945 年回西北大學從事學生運動。1946 年 4 月被捕入獄，不久出獄輾轉去開封做地下工作。1948 年經上海到華北，在河北正定縣華北大學學習和工作。這期間寫下的部分詩作 1948 年編成詩集《采色的生活》，1951 年出版。1949 年 2 月初到北京。1951 年出版詩集《祖國》和《在祖國的面前》。1953 年到人民文學出版社工作，翌年出版詩集《愛與歌》。1955 年 5 月因「胡風反革命集團」案被拘捕。1958 年恢復工作，降級使用。1980 年錯案平反，重新開始發表詩作，又出版詩集《溫泉》（1984）、《海上蝴蝶》（1985）、《沉默的懸崖》（1986）、《牛漢抒情詩選》（1989）、《牛漢詩選》（1998）、《空曠在遠方》（2005）等，2010 年出版《牛漢詩文集》。1978 年參加創辦《新文學史料》，曾任該刊主編。1985 至 1986 年還曾任文學期刊《中國》副主編。2013 年 9 月 29 日在北京病逝。

　　9 月　　郭路生（食指）作詩《楊家川——寫給為建設大寨縣貢獻力量的女青年》。此詩收《食指的詩》，人民文學出版社 2000 年 12 月出版。

　　秋　　　郭路生（食指）作詩《給朋友》。此詩收詩集《相信未來》，灕江出版社 1988 年 3 月出版。

1969 年 10 月

1 日　《文匯報》刊出松江縣獻詩隊《喜報獻給毛主席》、上海玻璃廠王森《毛澤東思想照爐臺》等詩。

12 日　何其芳致牟決鳴信：「十日下午通知我去學習班，是學部指揮部和所宣傳隊布置我們這些有『問題』的人寫檢查，規定只寫幾千字，我明天上班後即開始寫，因為這幾天要寫檢查，我想晚上又不能請假回家來看家了，要辛卯注意一點，或許星期三或星期四晚上回家來看一看。」（《何其芳全集》第 8 卷，河北人民出版社 2000 年 5 月出版）

21 日　《文匯報》刊出國棉九廠周美華《窮棒子精神永不丟》、滬東紡織機械廠龔詠燕《二十年創業煉紅心》等詩。

21 日　天津市文化系統革命委員會《文藝革命》編輯部《文藝革命》報第 7 號刊出《高舉毛澤東思想偉大紅旗，堅決擊退方紀反革命翻案活動》專號。

28 日　天津市文化系統革命委員會《文藝革命》編輯部《文藝革命》報第 8 號刊出詩《革命樣板戲英雄人物贊》。

10 月　郭路生（食指）作詩《農村「十一」抒情》。此詩收詩集《相信未來》，灕江出版社 1988 年 3 月出版。

1969 年 11 月

4 日　陳白塵日記：「自從第二批群眾去幹校後，我與光年又離群索居了，倒退到近乎隔離的狀況，終日無所事事，精神至苦。」（《牛棚日記》，生活・讀書・新知三聯書店 1995 年 5 月出版）

13 日　天津市文化系統革命委員會《文藝革命》編輯部《文藝革命》報第 10 號刊出天津飲料廠洪宣斌的詩《工農兵最愛看樣板戲》。

19 日　何其芳到河南羅山幹校。何其芳 1969 年 11 月 24 日致牟決鳴信：「十一月十九日下午我們從信陽到羅山丁溪學部五七幹校，此地原為一勞改農場，後為物資部接受。作為農場來說，略有一些基礎，但並不理想，比如房屋雖有一些，都不夠住，我們幾十個人擠在一間又大又長的房子裏，昨天（二十三日）聽說我們有可能搬家到息縣，不知將來到底搬不搬？」「我分配工作在種菜班，這幾天拔蘿蔔、挖菠菜、砍白菜，活是輕活，但我彎腰比較

吃力，仍是相當累，以後鍛鍊久了會好一些。」（《何其芳全集》第 8 卷，河北人民出版社 2000 年 5 月出版）

27 日　陳白塵日記：「晨，突然傳來消息，說我和光年已被批准去咸寧幹校了。8 時半專案組的侯××果然來作正式通知，與第三批群眾同行。一時驚喜交集，不知所措。立即補信給玲，又發麗梅夫婦一信。光年歸家報喜，卻不許留宿，夜 11 時半又返回，實不近人情。」（《牛棚日記》，生活·讀書·新知三聯書店 1995 年 5 月出版）

30 日　臧克家到湖北咸寧幹校。臧克家 1969 年 12 月 1 日致鄭曼信：「我於昨日到咸寧，一路平順，昨下午、今日休息。我們早 6 時半起，7 時早飯，7 時半——8 時半天天讀，8 時半——12 時勞動，下午 1 時半勞動，5 時收工。晚 9 時半熄燈。」「我一切甚好，此次下來，決心在勞動中改造自己。」（《臧克家全集》第 11 卷，時代文藝出版社 2002 年 12 月出版）臧克家後來說：「響應偉大領袖毛主席的號召，我於 1969 年 11 月 30 日到了湖北咸寧幹校。」「這個日子，我永生不能忘。它是我生命史上的一座分界碑。這以前，我把自己局限於一個小天地裏，從家庭到辦公室，便是我的全部活動場所。身體萎弱，精神空虛。上二樓，得開電梯，憑打針吃藥過日子。為了思想改造，為了挽救身心的危機，我下定決心，換個新環境，去嘗試、鍛鍊。」「當一腳踏在大江南岸向陽湖畔的土地上，一個完全不同的新天地展開在我的面前。眼界頓時寬大了，心境也開闊了。乍到，住在貧農社員家裏，他們甘願自己擠一點，把好房子讓給我們。我們推謝，他們一再誠摯地解說：『不是聽毛主席話，請也請不到你們到向陽湖來呵。』從樸素的話裏聽到了赤誠的心。同志們床連床地頂著頭睡，肩並肩地一同勞動，心連心地彼此關懷。一切等級、職位的觀念，統統沒有了，大家共有一個光榮稱號：『五七戰士』。小的個人生活圈子，打破了，把小我統一在大的集體之中。在都會裏，睡軟床，夜夜失眠，而今，身子一沾硬板便鼾聲大作。胃口也開了，淡飯也覺得特別香甜。心，像乾枯的土地得到了及時的雨水一樣滋潤。」（《憶向陽·序》，北京人民出版社 1978 年 3 月出版）

11 月　張建中（林莽）作詩《深秋》。此詩收詩集《我流過這片土地》，新華出版社 1994 年 10 月出版。林莽說：「寫一種日記性的東西，後來認為日記很危險，『文革』的經驗。後來就寫成詩歌。我保存下來最早的一首詩《深秋》，情調基本上還是浪漫主義。還是郭小川、賀敬之、聞捷這些人的東西穿

插在裏邊。和五、六十年代不同在於我寫得有血有肉，是一種真實心靈流露，而不是虛假的寄託。到 1973 年接觸到黃皮書以後，才突然發生轉變。我讀的最早的一本是《帶星星的火車票》。」（廖亦武、陳勇《林莽訪談錄》，見廖亦武主編《沉淪的聖殿》，新疆青少年出版社 1999 年 4 月出版）

　　張建中，筆名林莽，1949 年 11 月 6 日生於河北徐水。上小學時到北京。1969 年去河北白洋淀插隊，開始詩歌寫作。1975 年回北京，在中學任教。1981 年到北京經濟學院工作。1991 年調入中國作家協會中華文學基金會文學部，1998 年到詩刊社工作。出版有詩集《林莽的詩》（1990）、《我流過這片土地》（1994）、《永恒的瞬間》（1995）、《林莽詩選》（2005）、《秋菊的燈盞》（2009）和詩文合集《穿透歲月的光芒》（2001）等。

1969 年 12 月

　　7 日　《文匯報》刊出東方紅造船廠工人仇學寶、錢國梁，上海建築機械廠工人張鴻喜的詩《金訓華之歌》。

　　16 日　何其芳致牟決鳴信：「我下來後，因為對自己要求不嚴，進了羅山城三次，買了一些東西，昨天和今天的會上，都受到工宣隊和革命群眾的批評。這種及時的批評和教育是很好的，使我深思，感到難過，生活習慣都這樣不能改變，還能說到改造整個世界觀嗎？我表示完全接受這種批評教育，堅決改正。」（《何其芳全集》第 8 卷，河北人民出版社 2000 年 5 月出版）

　　21 日　天津市文化系統革命委員會《文藝革命》編輯部《文藝革命》報第 15 號刊出《紅太陽頌》詩專版，刊有天津市海洋捕撈公司趙伏生《敬祝毛主席萬壽無疆》等詩。

　　26 日　《文匯報》刊出金瑞華的詩《毛主席啊，緊跟您就是勝利！》。

　　1969 年　蔡其矯作詩《新葉》、《山雨》。詩均收詩集《生活的歌》，人民文學出版社 1982 年 7 月出版。

　　1969 年　黃翔作詩《我看見一場戰爭》。此詩收詩集《狂飲不醉的獸形》，1986 年 7 月油印。

1970 年

1970 年 1 月

1 日　郭小川日記：「今天已進入七十年代，很想寫一首詩，但一下子結構不成，思想也不成熟，丟生了。」(《郭小川全集》第 10 卷，廣西師範大學出版社 2000 年 1 月出版）

5 日　郭小川去湖北咸寧幹校。郭小川 1970 年 1 月 5 日日記：「中午十時多，運行李，梅梅、小蕙送我，到車站已近十二時。」「一時半開車，開學習班，學習元旦社論。」1 月 6 日，「早到武漢，下去轉了一下。車誤點，又在武漢等了一小時多，二時多到咸寧。」「車愈南下，雪下得愈大。」「住幹校招待所。」(《郭小川全集》第 10 卷，廣西師範大學出版社 2000 年 1 月出版）

13 日　天津市文化系統革命委員會《文藝革命》編輯部《文藝革命》報第 18 號刊出駐海洋捕撈公司軍代表馬國超《只等毛主席一聲召喚》等詩。

29 日　何其芳致车決鳴信：「我現在喂豬，學習勞動時間總在八、九、十小時以上，重不算重，一天忙下來卻也有些累，有時感到腿酸腰痛，頭昏時，連我自己也不知道。」(《何其芳全集》第 8 卷，河北人民出版社 2000 年 5 月出版）

30～31 日　臧克家受批判。郭小川日記：1970 年 1 月 30 日，「上午，篩沙。」「下午，批判臧克家。」「晚上，寫了思想彙報。」1 月 31 日，「上午，批判臧克家。」「下午，裝車，沒有幾個人，勞動力差。我在那裡拼命裝。」(《郭小川全集》第 10 卷，廣西師範大學出版社 2000 年 1 月出版）張光年 1970

年 1 月 30 日日記：「今天全連開大會批判臧克家。上午臧檢查，我隨批鬥對象十餘人到沙場勞動。下午參加大會，聽革命同志批判發言。」（《向陽日記》，上海遠東出版社 2004 年 5 月出版）

1 月　張建中（林莽）作詩《沐浴在晚霞的紫紅裏》。此詩收詩集《我流過這片土地》，新華出版社 1994 年 10 月出版。

1970 年 2 月

4 日　廣州地區大專院校紅代會《廣州紅代會》報第 69 期刊出白雲農場機械廠工爲農《前進，毛主席的紅衛兵》、海南東路農場智青《海鷹之歌——獻給戰鬥在海南島的知識青年》等詩。

13 日　天津市文化系統革命委員會《文藝革命》編輯部《文藝革命》報第 22 號刊出天津市冶金局工人調查組鄒春明《緊緊握筆如握槍》等詩。

20 日　郭小川日記：「上午批判臧克家；下午，發了言。」「晚上，張政委動員，刮十二級颶風，掃除五一六。」（《郭小川全集》第 10 卷，廣西師範大學出版社 2000 年 1 月出版）

2 月　張建中（林莽）作詩《心靈的花》。此詩收詩集《我流過這片土地》，新華出版社 1994 年 10 月出版。

1970 年 3 月

4 日　召開批鬥臧克家的叛徒罪行的大會。郭小川 1970 年 3 月 4 日日記：「上午，開批鬥臧克家的叛徒罪行的大會。」「下午，到甘棠背糧食，路極難走。我背了 50 斤，因爲小陳一記背不動，我一直同他糾纏到張家灣。後被古立高接了過去。」「晚上又下雨，這雨已經下了半個月了。」（《郭小川全集》第 10 卷，廣西師範大學出版社 2000 年 1 月出版）臧克家 1970 年 3 月 6 日致鄭曼信：「昨天全連又對我進行了革命的大鬥爭、大批判（以後在排裏還要經常批判，也許還在連裏批），我的問題嚴重，心情沉重。同志們對我的揭發批判，是對我的教育和挽救。我一定好好檢查，相信群眾相信黨。下午 2 時我檢查完後，又全連到甘棠去運米，我也去了，力氣小，用手提包提了二十多斤，有的同志挑一百斤。」（《臧克家全集》第 11 卷，時代文藝出版社 2002 年 12 月出版）

21 日　天津市文化系統革命委員會《文藝革命》編輯部《文藝革命》報第 27 號刊出大沽化工廠公紅忠《掄錘的手，握緊筆》等詩。

29 日　張光年日記：「因雨不出工，改兩餐。飯前班會學中央辦公廳幹校報導及調查報告。飯後全排會，討論差距。大家對生產安排上提了不少意見和建議。晚飯後繼續討論。湯×發言中揭發我前兩天在麥地鋤草中漏掉半行，經她指出後我拒不承認，態度囂張。臧克家也是這樣。我接著發言，說她講的不合事實。我講時態度惡劣，引起革命同志義憤。陳×、孫××、葛×等同志都先後對我提出尖銳批評，同時批了臧、馮等人的勞動態度，認爲是階級鬥爭的表現。會後葛×找我談話。我承認了錯誤。」（《向陽日記》，上海遠東出版社 2004 年 5 月出版）

3 月　郭路生（食指）作詩《我們這一代》。此詩收《詩探索金庫·食指卷》，作家出版社 1998 年 6 月出版。

1970 年 4 月

10 日　郭路生（食指）作詩《南京長江大橋——寫給工人階級》。此詩收《詩探索金庫·食指卷》，作家出版社 1998 年 6 月出版。

28 日　天津市文化系統革命委員會《文藝革命》編輯部《文藝革命》報第 32 號刊出詩專版，刊有警備區戰士李鈞《頌歌獻給毛主席》等詩。是日該報還刊出「歡呼偉大領袖毛主席的偉大號召實現了，歡呼我國第一顆人造地球衛星發射成功」第 33 號詩畫增刊，刊有人民汽車一廠周永森《熱烈歡呼第一顆人造衛星》、天津警備區戰士李鈞《〈東方紅〉激蕩著滾滾心濤》等詩。

1970 年 5 月

1 日　《紅旗》1970 年第 5 期刊出丁學雷的文章《人民戰爭的壯麗頌歌——評鋼琴協奏曲〈黃河〉》。文章說：「鋼琴協奏曲《黃河》是根據冼星海同志的《黃河大合唱》創作的。《黃河大合唱》產生在抗日戰爭時期，樂曲氣勢雄偉，音調簡明有力，它的某些段落，在廣大的抗日軍民中十分流傳，曾在一定程度上鼓舞了中國人民的抗日鬥志。但是，原歌詞也曾被塞進了叛徒、漢奸、特務王明的右傾機會主義的黑貨。鋼琴協奏曲《黃河》較之《黃河大合唱》，是一次新的創造和飛躍。」「鋼琴協奏曲中的《黃河憤》是用《黃河大合唱》中的《黃水謠》和《黃河怨》作爲素材重新創作的。同《黃水謠》

的歌詞美化國民黨統治區相反，《黃河憤》則一開始就用竹笛吹出了陝北風格的『信天遊』，明確地點明了這是陝北的抗日革命根據地，是延安，是解放區。從而恢復了歷史的眞實面目。《黃河大合唱》中的《黃河怨》，原來表現的是一個被敵寇侮辱過的婦女形象。『怨』，是一個受人凌辱、走投無路、悲切茫然的形象，而今一改舊貌，突出一個『憤』字，『憤』，就是化悲痛爲力量，就是反抗，就是鬥爭！鋼琴協奏曲《黃河》以火熱的無產階級感情，表達了一個階級的憤怒，將個人遭遇提高到一個階級一個民族的高度，集中到階級仇，民族恨，進行階級鬥爭，民族鬥爭的高度。」張光年 1970 年 6 月 15 日日記：「上午隨三排十餘人到向陽區扛晚稻種和化肥。我沒有扛，被分配看管東西，後把大家的東西背到橋頭。在向陽區守候的時候，考慮了《黃河大合唱》歌詞的一些問題，準備在班會上檢查。」張光年後補注說：「看過《紅旗》上的批判文章，這是必須檢查的。」（《向陽日記》，上海遠東出版社 2004 年 5 月出版）

20 日　毛澤東發表聲明《全世界人民團結起來，打敗美國侵略者及其一切走狗！》。21 日北京 50 萬軍民在天安門廣場舉行支持世界人民反對美帝鬥爭大會，毛澤東等出席。

28 日　天津市文化系統革命委員會《文藝革命》編輯部《文藝革命》報第 37 號刊出天津化工廠工人田宗友《熱烈歡呼偉大領袖毛主席發表了莊嚴聲明》等詩。

1970 年 6 月

19 日　張光年日記：「整天小雨不停。早上出工前有中雨，繼續在稻田撬秧，進度較快。……午飯時連部宣佈除少數人留工地外，其他人都回去自學，把濕衣服換下來。我在小雨中沿河邊回來，花了一個半小時。下午五時，班會上討論大批判問題。我未參加，在穿堂裏讀報。晚上應班長要求，寫了個簡短（檢討）材料《關於〈保衛大武漢〉歌詞》。」（《向陽日記》，上海遠東出版社 2004 年 5 月出版）

22 日　張光年日記：「下午在飯廳參加全連大批判會。會上有六個發言，其中五個針對××、×××分子陳白塵的大毒草《石達開的末路》等進行了嚴正的批判。最後孫××同志發言，尖銳批判了《黃河大合唱》歌詞，還有《在綠星旗下》、《保衛大武漢》歌詞，並涉及我的其他罪行，我服服帖帖地誠懇接受對我的批判，認爲是對自己的教育和挽救。」（《向陽日記》，上海遠

東出版社 2004 年 5 月出版）孫一珍說：一天早上，我們正準備出工，連長要我留下。「一會連長走過來對我說：『今天不讓你出工給你個重要任務。上邊批評咱們連，只揪「五一六」，不批走資派。所以我們要組織一次批走資派的全連大會，聲勢要大，發言要有準備、有水平。據北京專案組的消息：陳白塵的叛徒問題大部已查證落實，我們研究這個會主要是批陳白塵，準備組織四個發言；最後還要有一個批判張光年的發言，我就把這個任務交給你。』」我說不行吧，我是外單位來的，不瞭解作協的運動情況，更不瞭解張光年。連長說批什麼人，誰發言，都是經過研究確定的，你不能推，並把一本很厚的有關張光年的大字報彙編交給我。我一個人留在譚家灣女宿舍翻閱這本厚厚的大字報，不知從何處下筆，直到快吃晚飯的時候，才憋出一個提綱。正在犯愁，忽然，腦子裏閃出一個人，那就是馮牧。我找到馮牧「便開門見山地說：『連裏要開大會批走資派，讓我批張光年。我憋了一天，只擬出一個粗綱，可是《黃河大合唱》不知道該不該批？怎麼批？馮牧你看怎麼辦？』馮牧稍稍想了一下說：『這好辦，你就批他的《黃水謠》好了。』他在隨口哼出『麥苗兒肥呀，豆花兒香……』這幾句歌詞後說：『這就是美化國統區的，他寫的國統區呀，不是解放區呀！』他這一點撥，使我茅塞頓開，豁然明朗，急忙回到譚家灣，坐在床上，點上油燈連夜趕寫批張光年的發言稿。次日上午一看，歷史部分還比較空洞，我想再去找連長要些材料，剛出門正巧撞見張光年，張住在我隔壁，他告訴我今天要在家裏寫材料，因此沒出工。我見只有他一個人便走進他的宿舍，乾脆對他說：『連裏要我批你，可我不知道怎麼批你的歷史，你告訴我你歷史上有什麼可批的？』他很從容地對我說：『歷史上你批我追隨王明左傾路線好了。』我感到很新鮮，很有內容，急忙抓住問他：『你追隨王明路線有什麼實際的東西？』我急於要完成發言稿，便認真和他聊起來。他告訴我當時毛主席的正確路線是農村包圍城市，王明的左傾路線則是急於攻打大城市，因此，革命力量傷亡慘重。『在這樣的時代背景下，我寫過《保衛大武漢》的歌詞，豈不是爲王明路線唱讚歌嗎？』關於這首歌和這樣的認識我從來沒聽人說過，便追問下去，『《保衛大武漢》什麼內容，你說說我好記下來。』他順手遞給我圓珠筆和紙，隨即把歌詞復述了一遍。我迅速的記下來，回到我的宿舍，急忙補寫了批張光年歷史部分的內容，然後把草稿又重抄了一遍，晚上交給連長審閱。連長看了當即肯定批判稿內容充實，符合要求，同時也提出修改意見，並強調發言時要感情充沛，不要念

稿子。」（《湖北咸寧幹校散記》，2005 年 2 月 22 日《新文學史料》2005 年第
1 期）陳白塵 1970 年 6 月 22 日日記：「上午仍出工，去向陽工地。中午食堂
內貼出打倒叛徒陳某某、打倒反革命分子陳某某的標語若干張，是開鬥爭我
的大會的模樣了。」「下午 2 時，在食堂前空場上開大會，形式上很文明，讓
我坐而記錄，也不檢討，只簡答一二句問話而已。發言者六人，前五人對我，
後一人則批判張光年的《黃河大合唱》，是『陪綁』。」（《牛棚日記》，生活・
讀書・新知三聯書店 1995 年 5 月出版）

27 日　　中共中央批准《北京大學、清華大學關於招生（試點）的請示報告》。
《報告》規定「實行群眾推薦、領導批准和學校複審相結合的辦法」招收「工
農兵學員」。此後，一些大學陸續恢復自「文革」開始中斷的大學招生工作。

27 日　　臧克家致鄭曼信：「我連大前天晚上開了全連大會，宣佈解放了郭
小川、嚴文井、謝冰心、張僖等五人，他們批判完結已經一年了，得到解放
是意中事。我連，連我在內，問題尚未解決的尚有八人。我看到別人得到解
放，想想自己的問題嚴重，將來能否得到寬大處理，信心越來越不足了。心
情極為沉重！我半年多來，在艱苦勞動中得到鍛鍊，怕髒、怕苦的情況有所
改進，但思想上的收穫就差多了。像我這樣一個人，思想改造是十分艱苦而
遲緩的。」（《臧克家全集》第 11 卷，時代文藝出版社 2002 年 12 月出版）

28 日　　天津市文化系統革命委員會《文藝革命》編輯部《文藝革命》報
第 41 號刊出解放軍駐津某部齊明昌的詩《心中讚歌獻給黨》。

夏　　牛漢作詩《鷹的誕生》。此詩初刊《哈爾濱文藝》1980 年第 5 期；
收詩集《溫泉》，上海文藝出版社 1984 年 5 月出版。

1970 年 7 月

21 日　　天津市文化系統革命委員會《文藝革命》編輯部《文藝革命》報
第 44 號刊出天津化工廠工人田宗友的詩《把美帝國主義趕出亞洲》。

7 月　　張建中（林莽）作詩《獨思》。此詩收詩集《我流過這片土地》，
新華出版社 1994 年 10 月出版。

1970 年 8 月

21 日　　天津市文化系統革命委員會《文藝革命》編輯部《文藝革命》報
第 49 號整版刊出工人萬洲的詩《關成富之歌》。

8 月　仇學寶的長詩《金訓華之歌》由上海市出版革命組出版。全詩共
33 章。該書《內容提要》說：「這是一部敘事長詩。作品以飽滿的革命激情，
歌頌了革命青年的榜樣——金訓華在偉大的毛澤東思想的哺育下成長；歌頌
了金訓華的壯麗青春及其可歌可泣的英雄事跡。在創作方法上，作者作了一
些新的嘗試。」

　　仇學寶，1929 年生，上海人。17 歲進美商電話公司當機務員。
1949 年後在上海電話局、市委交通部工作。1960 年調到上海作協，
曾擔任《萌芽》、《上海文學》編輯。1979 年應上海市總工會聘請籌
辦《工人創作》月刊，任執行編委。1954 年開始詩歌創作。

1970 年 9 月

10 日　張光年日記：「早上學習二中全會公報。上午參加大隊召開的慶祝
大會。中午種菜一小時。下午班會上，我做了思想彙報發言。」「我的發言引
起革命同志們的不滿，指出是對文化大革命受衝擊、受審查的不滿情緒的發
泄，是暴露，是反撲。我在前幾頁記下了大家批判發言的要點。我本想深挖
自己靈魂深處的陰暗反動的東西，但因立場不對頭，結果恰恰暴露了自己的
反動情緒；不是以批判態度對待這些消極東西，必然要引起革命同志的反感。
我接受李震同志的要求，準備第二次發言，進行批判消毒。我要把這件壞事
變成好事，認真批判自己，並接受大家進一步的批判幫助，作為改造自己的
新起點。我此刻不是懊喪，而是覺得今天對我是一次有力的促進，促進自己
清醒頭腦，以積極態度接受教訓。」（《向陽日記》，上海遠東出版社 2004 年 5
月出版）

23 日　《人民日報》刊出山西省昔陽縣學大寨的調查報告並發表社論《農
業學大寨》。

27 日　詩人韓北屏逝世。

　　韓北屏，原名韓立。1914 年生，江蘇揚州人。1932 年任《江都
日報》編輯主任。1936 年與路易士編輯《詩志》雙月刊。抗戰爆發
後，創辦《抗敵日報》，後轉至廣西、雲南，曾任《廣西日報》、《掃
蕩報》編輯主任。1940 年出版詩集《人民之歌》。抗戰勝利後去香
港，先後任《新生日報》編輯主任、新聞學院教授。1950 年到廣州，
任教於華南文學藝術學院。1959 年任中國作家協會廣東分會副主席

兼秘書長，出版詩集《和平的長城》。1961 年到中國作家協會工作，
曾任中國作家協會對外聯絡委員會副主任、代主任，亞非作家會議
中國聯絡委員會副秘書長。1980 年詩集《夜鼓》出版。

9 月　伍立憲（啞默）作詩《啓明星》。此詩收詩文集《鄉野的禮物》，
貴州民族出版社 1990 年 12 月出版。

9 月　張建中（林莽）作詩《明淨的湖水》。此詩收詩集《我流過這片土
地》，新華出版社 1994 年 10 月出版。

9 月　上海市出版革命組編的詩集《頌歌獻給毛主席》由該出版革命組
出版。作品分爲《紅太陽頌》、《革命烈焰》等 5 輯，收上海工程機械廠謝其
規《歡呼「賀電」北京來》、寧宇《中國橋工頌》、上海警備區姜金城《打敗
美帝野心狼——贊楊偉才》、南匯縣農業局排灌所姚海紅《軍民並肩巡海防》
等詩 70 首。該書《出版說明》說：「在波瀾壯闊的無產階級文化大革命中，
上海廣大工農兵革命群眾懷著深厚的階級感情，創作出千萬首詩歌，熱烈歌
頌我們最最敬愛的偉大領袖毛主席，歌頌戰無不勝的毛澤東思想，歌頌毛主
席的無產階級革命路線的偉大勝利，抒發了他們在兩個階級、兩條道路、兩
條路線的激烈搏鬥中高昂激越的革命豪情。」「這本詩歌裏收編的詩，便是從
文化大革命以來上海地區的大量詩歌作品中選出來的。集子分爲五輯：《紅太
陽頌》，是對偉大領袖毛主席的頌歌；《革命烈焰》，抒寫了文化大革命鬥爭風
貌的若干側面；《躍進浪潮》，反映了工人階級、貧下中農狠抓革命、猛促生
產的豪邁氣概和工農業各條戰線蓬勃興起的生產新高潮；《英雄讚歌》，是一
組革命樣板戲主要英雄人物的贊詩；《緊握鋼槍》，表達了全國軍民在毛主席
『提高警惕，保衛祖國』的偉大號召下積極備戰、反帝反修的堅強決心。」

1970 年 10 月

10 月　郭小川作詩《歡樂歌》、《楠竹歌》。《歡樂歌》初刊《安徽文藝》
1977 年第 2 期，《楠竹歌》初刊《詩刊》1977 年 2 月號，均收《郭小川詩選》，
人民文學出版社 1977 年 12 月出版。

1970 年 11 月

16 日　洪爲法在揚州病逝。

洪爲法，1900 年 1 月 30 日生於江蘇揚州。1921 年入武昌師範

大學讀書，後參加創造社。1927 年回揚州，在國民黨省黨部工作。
後到上海、山東等地，抗戰爆發後去江蘇泰州，抗戰勝利後到江蘇
省教育廳和鎮江文化公司工作。1948 年回揚州，先後在揚州中學、
揚州師專、揚州師院任教。出版的詩集有《他，她》（1928）、《這工
頭阿桂》（1933）。

24 日　毛澤東對軍隊作出提倡野營拉練的批示。12 月 10 日中共中央發出
《通知》，要求大、中城市（包括省地屬市）學校在寒暑假進行分期分批野營
拉練。

11 月　張建中（林莽）作詩《訴泣》、《秋天的韻律》。詩均收詩集《我流
過這片土地》，新華出版社 1994 年 10 月出版。

1970 年 12 月

12 月　張建中（林莽）作詩《自然的啓示》。此詩收詩集《我流過這片土
地》，新華出版社 1994 年 10 月出版。

初冬　北京青年精神上的一個早春。「1970 年初冬是北京青年精神上的
一個早春。兩本最時髦的書《麥田裏的守望者》、《帶星星的火車票》向北京
青年吹來一股新風。隨即，一批黃皮書傳遍北京：《娘子谷及其他》、貝克特
的《椅子》、薩特的《厭惡及其他》等，畢汝協的小說《九級浪》、甘恢理的
小說《當芙蓉花重新開放的時候》以及郭路生的《相信未來》。」（多多《被
埋葬的中國詩人》，見廖亦武主編《沉淪的聖殿》，新疆青少年出版社 1999 年
4 月出版）

1970 年　蔡其矯作詩《希望》、《夢》。詩均收《蔡其矯詩選》，人民文學
出版社 1997 年 7 月出版。

1970 年　牛漢作詩《雪峰同志和斗笠》、《關於腳》。詩均初刊《人民文學》
1982 年第 5 期；收詩集《溫泉》，上海文藝出版社 1984 年 5 月出版。

1970 年　曾卓作詩《懸崖邊的樹》。此詩初刊《詩刊》1979 年 9 月號，
題爲《懸巖邊的樹》，收入詩集《懸崖邊的樹》（四川人民出版社 1981 年 9 月
出版）改爲此題。曾卓說：「寫這首詩的時候，我在農村勞動。有一天，我從
我所在的那個小隊到另一個小隊去，經過一座小山的時候，看到了一棵生長
在懸崖邊的彎彎曲曲的樹，它像火一樣點燃了我的內心，使我立刻產生了一
些聯想，一種想像。我覺得它好像要掉入谷中去，又感到它要飛起來。這是

與自己特有的心境，與自己的遭遇聯繫起來才會產生的聯想和想像。不然，我就會毫不注意地從這棵樹邊走過去了。它要掉入谷中與要飛翔，都是我自己內心的感覺。同時，也流露了我內心的要求。在過去的年代中，與我的遭遇相同或相似的大有人在，所以這首詩引起了一些共鳴。」（《和大學生對話》，1986 年 5 月 10 日《中國作家》1986 年第 3 期）

曾卓，原名曾慶冠。祖籍湖北黃陂，1922 年 3 月 5 日生於漢口。1936 年開始發表詩歌。1938 年到重慶，入復旦中學。1941 年與鄒荻帆等創辦詩刊《詩墾地》。1943 年考入重慶中央大學，次年出版詩集《門》。1946 年隨學校復員到南京。1947 年畢業回武漢，先後在私立大江中學、雞公山中學教書，並兼編《大剛報》副刊《大江》。1949 年任《大剛報》（後改名為《新武漢報》，今名《長江日報》）副社長，1953 年兼任武漢市文聯常務副主席。1955 年因「胡風反革命集團案」被捕，保釋後下放農村勞動。1961 年到武漢話劇院任編劇。1979 年錯案平反，回到武漢市文聯，任副主席，1985 年當選中國作家協會湖北分會副主席，先後出版詩集《懸崖邊的樹》（1981）、《老水手的歌》（1983）、《曾卓抒情詩選》（1988）、《給少年們的詩》（1990）等。1994 年出版《曾卓文集》3 卷。2002 年 4 月 10 日在武漢病逝。

1971 年

1971 年 1 月

7 日　郭小川作詩《贈友人》。此詩初刊《詩刊》1977 年 1 月號，收《郭小川詩選》，人民文學出版社 1977 年 12 月出版。

12 日　何其芳致牟決鳴信：「我們幹校根據中央的精神（不知是否有正式文件），決定有些年老有病的人回家休養，第一批十一人，我連就佔了四名，其中有我，這是我沒有想到的。我虛歲才六十，不算怎樣老，病表現雖較重，回來這幾天勞動還是可以，但這是決定，是落實黨的政策，爲了身體養好後，將來還可以更好地勞動、工作，我只有接受這個照顧。」「初步商定，十六日動身，十七或十八日可回京，回京後再給你寫信，希望你能在春節請假回家團聚一下，如你們那裡最近不像月初那樣緊，你可考慮再請十天事假，那就可陪我去看病，一起有兩個星期了，家裏很亂，東西都亂放一起，我這次回家，就是說搬家回去，東西也實在不少，所有這些東西，我都理不了的，我現在一整理東西就頭昏，只有你回來整理了。」（《何其芳全集》第 8 卷，河北人民出版社 2000 年 5 月出版）

13 日　詩人聞捷在上海逝世。戴厚英講：「我萬萬沒有想到這竟是我們的訣別！」「元月十二日，我還是見到過他的。我們坐在一排聽市黨代會的傳達。中間只隔了幾個人。我看著他，他目不斜視地盯著主席臺。他的臉色發紫，嘴唇也是紫的。我擔心他病了。但是，我不敢對他說一句話。我怕『眼睛』！」「整整開了半天會，總算散了。一宣佈散會，他站起來就走，看也不看我。我遠遠地尾隨著他。這是星期六晚上，我無處可去，他家就是我的家啊！他

是步行回家的。我也步行。我不知道身後有沒有眼睛，我只想去問問他是不是病了。」「走到成都路了，他頭也不回地往南京路上轉，根本沒有感覺到我在跟著他。大概離他家還有一百米左右吧，我站住了。因為我感到一陣劇烈的頭痛，更因為我猶豫了。我能嫁給他嗎？不能！那麼我這樣的行動除了使我們永遠不能擺脫痛苦以外，還會有什麼結果呢？不會有結果。我必須斬斷情絲，我必須和自己的感情作鬥爭。我命令自己：回去！回去！熬過這一陣痛苦，你就會麻木了，就不會感到痛了。」「我回來了，慢慢地走了回來……」「第二天，我便聽到了他自殺的消息！」「我好悔啊！我覺得是自己殺了他！我恨自己的怯懦和無情！後來聽小妹告訴我，那天晚上他回到家裏，很早就把小妹打發睡了。他喝了很多酒，但並沒有醉，因為他還能夠用紙條把小妹房門上的縫隙一條條貼起來，免得煤氣透進去。他是用煤氣自殺的。」「親愛的朋友！如果那天晚上我去看了他，這一切不是就不會發生了嗎？然而我回來了！我回來了！」（《我和聞捷——致高雲》，1996 年 9 月 15 日《江南》1996年第 5 期）

聞捷，原名趙文節，1923 年 6 月生，江蘇丹徒人。小學畢業後做過學徒。抗戰爆發後在武漢參加抗日救亡演劇工作。1940 年到延安，經過在陝北公學學習到陝北文工團工作。1944 年開始創作。1945年任《群眾日報》編輯和記者組組長。1949 年隨軍到新疆，在新華社西北總社任採訪部主任。1952 年調任新華通訊社新疆分社社長。1953 年調任文藝報記者、人民日報特約記者。1956 年出版詩集《天山牧歌》。1958 年任作協蘭州分會副主席，次年出版《復仇的火焰》。1961 年任作協上海分會專業作家。後又有詩集《聞捷詩選》（1979）、《長江萬里》（1985）等出版。

1971 年 2 月

2 月　郭路生（食指）作詩《新兵》。此詩收《食指的詩》，人民文學出版社 2000 年 12 月出版。

1971 年 3 月

15 日～7 月 22 日　　國務院召開全國出版工作座談會。

3 月　郭路生（食指）作詩《瀾滄江，湄公河》。此詩收《食指的詩》，人民文學出版社 2000 年 12 月出版。

3 月　工人、解放軍駐北京大學毛澤東思想宣傳隊，北京大學革命委員會政工組編印的《千里野營詩歌選》印行。作品分為《紅心永向紅太陽》、《野營戰士表決心》、《千里野營大課堂》、《廣闊天地煉紅心》、《行軍路上紅旗揚》、《貧下中農親又親》6 輯，收《野營路上望韶山》、《從小不當老爺兵》、《革命戰士鬥志昂》、《為保衛毛主席而戰鬥》等詩 108 首。

1971 年 4 月

12 日　張光年日記：「今天是作協第一批下放咸寧的兩週年紀念日，連部安排了一個很有意義的活動：動員全連人員翻沼澤地邊的八畝生荒地，並進行革命傳統教育。進湖後先在場院開會，請大隊李詳同志講三五九旅當年在南泥灣開荒情況。講得很好，很有教育意義。翻地時候，工地上熱火朝天，幹勁十足。語錄聲、口號聲、歌唱聲此伏彼起。上午休息時還開了賽詩會。」（《向陽日記》，上海遠東出版社 2004 年 5 月出版）

4 月　詩集《祖國，您好！》由江西省新華書店出版。收黎族蘇如光《毛主席的光輝照黎家》、北京化工機修廠何玉鎖《光輝燦爛的節日》、馮永傑《錘聲叮噹唱讚歌》、解放軍某部浩華《毛主席指揮七億兵》等詩 46 首（組）。該書《出版說明》說：「這本詩集裏收編的詩，均是從報紙上發表的詩歌作品中選出來的。在編選過程中，我們作了一些修改和加工。」

1971 年 5 月

9 日　《文匯報》刊出允璜的詩《草房──幹校詩抄之一》。

5 月　龔舒婷（舒婷）作詩《寄杭城》。此詩初刊《福建文藝》1980 年第 1 期；收詩集《雙桅船》，上海文藝出版社 1982 年 2 月出版。舒婷講：「七一年五月我和一位學政治經濟的大學生朋友在上杭大橋散步，他連續三天和我討論詩與政治的問題，他思想言談在當時每一條都夠得上反革命的名冊。他肯定了我有寫詩的可能，同時告誡我沒有思想傾向的東西算不得偉大的作品。」「『那草尖上留存的露珠兒，是否已在空氣中消散；江邊默默的小亭子喲，是否還記得我們的心願和嚮往？』回到小山村之後，我寫了這首詩給他

（《寄杭城》發表在《福建文藝》80.1 期）。」（《生活、書籍與詩》,《福建文學》1981 年第 2 期）

龔舒婷,筆名舒婷,女,1952 年 5 月 18 日生於福建龍海。1967 年廈門第一中學畢業。1969 年到福建上杭縣插隊落戶,期間開始新詩創作。1972 年回廈門,先後做過泥水工、擋紗工、漿洗工、焊錫工、統計員。1980 年調入福建省文聯從事專業創作。1982 年出版詩集《雙桅船》、《舒婷顧城抒情詩選》,後又出有《會唱歌的鳶尾花》（1986）、《始祖鳥》（1992）、《舒婷的詩》（1994）等。1997 年《舒婷文集》3 卷出版。

5 月　張建中（林莽）作詩《色彩》。此詩收詩集《我流過這片土地》,新華出版社 1994 年 10 月出版。

1971 年 6 月

1 日　沈尹默在上海病逝。

沈尹默,原名沈君默,祖籍浙江吳興,1883 年 6 月 11 日生於陝西興安。早年留學日本。1913 年起曾任北京大學、燕京大學、中法大學教授。1918 年參加編輯《新青年》雜誌。1929 年任河北省教育廳廳長。1949 年後,曾任中央文史館副館長。1918 年 1 月開始發表白話新詩作品,多刊於《新青年》雜誌。

6 月　顧城作詩《無名的小花》。此詩收詩集《黑眼睛》,人民文學出版社 1986 年 3 月出版。

6 月　中共長春第一汽車製造廠委員會工人業餘文學創作小組編的詩集《白玉基石頌》由吉林人民出版社出版。作品分為《紅太陽高照汽車城》、《霹靂一聲天地開》、《歌唱親人紅九連》等 6 輯,收戚積廣《祝福毛主席萬壽無疆》、王方武《毛主席坐上咱「紅旗」》、張殿生《車間就是反美戰場》等詩 77 首,有《七月獻歌——代序言》。《代序言》說:「我們一手握鐵鉗、揮鋼釺,一手拿起筆來,登上上層建築領域,佔領文藝陣地。毛主席呵,是您『為工農兵而創作,為工農兵所利用』的偉大教導,給我們指引了前進的方向。我們以江青同志為榜樣,向革命樣板戲學習,用自己的筆參加戰鬥,為創造無產階級新文藝,有熱的發熱,有光的發光。向階級敵人開火,我們把詩的戰鼓擂動;在抓革命促生產的會戰中,我們把詩的號角吹響!為了捍衛毛主席

的無產階級革命路線，爲了鞏固無產階級專政，爲了把社會主義革命進行到底，我們汽車工人的詩，要在衝天爐裏燃燒，要在車刀上閃光，要在發動機裏點火，要在砧子上擂響！」

6月　上海人民出版社編的詩集《千歌萬曲獻給黨》由該出版社出版。作品分爲《頌歌向著太陽唱》、《黨的光輝照千秋》等 5 輯，收駐滬空軍吳金傑《頌歌獻給毛主席》、上海玻璃廠王森《紅色航程這兒起——瞻仰黨的「一大」會址》、上海警備區陳忠幹《夜讀》、寧宇《碑》等詩 72 首。

6月　詩集《延安兒女歌唱毛主席》由陝西人民出版社出版。收城固縣宋文傑《頌歌唱給毛主席》、楊明湘《延安兒女懷念毛主席》、戶縣李強華《牆上掛起毛主席像》、西安王平凡《到延安去——記北京知識青年到延安插隊落戶》等詩 50 首。

夏　姜世偉（芒克）拿來一首詩。多多講：「1971 年夏季的某一天對我來說可能是個重要的日子。芒克拿來一首詩，岳重的反應令我大吃一驚：『那暴風雪藍色的火焰……』他覆誦著芒克的一句詩，像吃了什麼甜東西。顯然，我對詩和岳重之間發生的重大關係一點預感也沒有。我那時的筆記本上是隆美爾的《戰時日記》和加羅諦的《人的遠景》。」「芒克是個自然詩人，我們十六歲同乘一輛馬車來到白洋淀。白洋淀是個藏龍臥虎之地，歷來有強悍人性之稱，我在那裡度過六年，岳重三年，芒克七年，我們沒有預料到這是一個搖籃。當時白洋淀還有不少寫詩的人，如宋海泉、方含。以後北島、江河、甘鐵生等許多詩人也都前往那裡遊歷。芒克正是這個大自然之子，打球、打架、流浪，他詩中的『我』是從不穿衣服的、肉感的、野性的，他所要表達的不是結論而是迷失。迷惘的效應是最經久的，立論只在藝術之外進行支配。芒克的生命力是最令人欣慰的，從不讀書但讀報紙，靠心來歌唱。如果從近期看到芒克詩中產生了『思想』，那一點也不足怪：芒克是我們中學的數學課代表。」（《被埋葬的中國詩人》，見廖亦武主編《沉淪的聖殿》，新疆青少年出版社 1999 年 4 月出版）

　　姜世偉，筆名芒克，1950 年 11 月 16 日生於遼寧瀋陽。1956 年到北京。1967 年畢業於北京三中，1969 年到河北白洋淀插隊。1976 年返京到北京造紙一廠當工人。1978 年與北島創辦《今天》，1980 年《今天》停刊同時被所在工廠除名。出版的詩集有《陽光中的向日葵》（1988）、《芒克詩選》（1989）、《今天是哪一天》（2001）。

夏　　　牛漢作詩《毛竹的根》。此詩初刊《詩刊》1980 年 5 月號；收詩集《溫泉》，上海文藝出版社 1984 年 5 月出版。

1971 年 7 月

7 月　　顧城作詩《生命幻想曲》。此詩初刊 1979 年《蒲公英》第 3 期；收詩集《黑眼睛》，人民文學出版社 1986 年 3 月出版。顧城講：「夏天，又一個夏天。一九七一的夏天，充滿了白熱的陽光。」「我和父親趕著豬走進了河灣。在這裡沒有什麼能躲避太陽的地方。連綿幾里的大沙洲上，閃動著幾百個寶石一樣的小湖，有的墨藍，有的透綠，有的淡黃……我被浸濕，又被迅速烤乾。在我倒下時，那熱風中移動的流沙，便埋住了我的手臂。真燙！在藍天中飄浮的燕鷗，沒有一點聲息。漸漸地，我好像脫離了自己，和這顫動的世界溶成一體……我緩緩站起，在靠近水波的沙地上，寫下了我少年時代最好的習作——《生命幻想曲》。」「這個夏天，我在陽光下收穫了許多小詩。當陽光變得稀疏的時候，我便把它們集成了一束，編寫了一本詩集——《無名的小花》。」（《少年時代的陽光》，《青年詩人談詩》，北京大學五四文學社 1985 年出版）

> 顧城，1956 年 9 月 24 日生於北京。1969 年隨父下放到山東，自習詩畫。1974 年返京，當過木工、翻砂工、油漆工，借調當過報刊編輯。1986 年出版詩集《黑眼睛》。1987 年去歐美進行文化交流、講學活動，1988 年到新西蘭，被聘爲奧克蘭大學亞語系研究員，後辭職隱居激流島。1993 年 10 月 8 日在新西蘭殺妻後自縊。1995 年《顧城詩全編》出版。

1971 年 8 月

8 月　　天津人民出版社編的詩集《滿懷豪情唱讚歌》由該出版社出版。收龔文兵《敬祝毛主席萬壽無疆》、紅陣地《老舵工》、霍平《揮筆批「劉毒」》、李鈞《寄戰鬥的印度支那》等詩 50 首，有編者《編後》。《編後》說：「這本詩集共收編了天津市工農兵作者的詩歌五十首，分爲三輯。」「第一輯《頌歌獻給毛主席》是獻給我們偉大領袖毛主席和偉大、光榮、正確的中國共產黨的頌歌；第二輯《毛澤東思想育英雄》歌頌了在毛澤東思想哺育下成長起來的工農兵英雄人物，反映了七十年代工農業生產的新高潮；第三輯《緊握鋼

槍幹革命》（書內為《緊握手中槍》）表達了中國人民解放軍和廣大民兵積極響應偉大領袖毛主席提出的『提高警惕，保衛祖國』的號召，以『抓革命，促生產，促工作，促戰備』的實際行動，支持世界革命的堅強決心。」

1971 年 9 月

13 日　林彪和葉群等乘飛機出逃，在蒙古溫都爾汗機毀人亡。18 日經毛澤東批准，中共中央發出[1971]57 號文件《關於林彪叛國出逃的通知》。

9 月　杭州市文化局革委會《向著太陽歌唱》編輯組編的詩集《向著太陽歌唱》由浙江人民出版社出版。該書 1972 年 10 月再版，收葉兆雄《紅衛兵見到毛主席》、杭州建築工程公司趙振漢《腳手架上望北京》、駐浙空軍某部創作組《公社幸福歌》、浙江生產建設兵團黃亞洲《畜牧房的早晨》等詩 54 首，增編者《後記》。《後記》說：「經過波瀾壯闊的無產階級文化大革命運動，隨著社會主義革命與建設的飛躍發展，在毛主席《在延安文藝座談會上的講話》指引下，革命樣板戲在廣大工農兵群眾中大普及，群眾性的革命文藝創作活動蓬勃開展，欣欣向榮。廣大工農兵滿懷革命激情，寫下了大量的革命詩歌，歌唱偉大的領袖毛主席和偉大的黨，歌唱了火熱的鬥爭生活，反映了我們偉大時代的新面貌。為了進一步推動和繁榮群眾性的革命詩歌創作，我們在去年編選出版了詩集《向著太陽歌唱》。」「詩集出版後，得到了廣大工農兵讀者的關懷，收到了許多寶貴的意見和建議。根據廣大讀者的要求，我們對部分作品作了一些修改和增刪，重新出版。」

1971 年 10 月

10 月　詩人穆木天在北京逝世。「『史無前例』到來後徹底不讓木天工作了，家被攆出教授樓，搬到一個小房子裏，彭慧 1968 年被揪鬥後急驟病逝後，他孤單一個人。1971 年 10 月的一天，人們想起了他，多日不見了，到他小屋一看，他早已停止了呼吸。因此，他的逝世的日子只知是十月而不知是那一天。」（戴言《穆木天評傳》，春風文藝出版社 1995 年 4 月出版）

　　穆木天，原名穆敬熙，1900 年 3 月 26 日生于吉林伊通。1918 年天津南開中學畢業後去日本留學。1920 年考入日本京都第三高等學校。1921 年加入創造社。1923 入東京帝國大學讀法國文學。1926 年回國，先後在廣州中山大學、北京孔德學院、天津中國學院任教。

1927 年出版詩集《旅心》。1929 年去吉林大學任教。1931 年到上海，加入左翼作家聯盟。1932 年與楊騷等發起成立中國詩歌會。1937 年去武漢，參與創辦《時調》詩歌半月刊，同年出版詩集《流亡者之歌》。1938 年到昆明，次年到中山大學任教，此後主要致力外國文學作品的翻譯。1942 年辭聘。同年出版詩集《新的旅途》，後在桂林師院任教。1947 年到上海，任教於同濟大學。1949 年去東北師大任教。1952 年調至北京師範大學。1957 年錯劃為右派。出版的著作除詩集外，還有大量的翻譯作品。

10 月　北京圖書館根據全國出版工作座談會「關於清理文化大革命前出版的一般圖書的若干意見」，開放「解放後」至「無產階級文化大革命前出版的中文社會科學圖書近萬種（計十五大類）」，其中新詩集有：吉林人民出版社出版《越南兄弟打得好》，北京師大中文系 55 級 5 班學生集體編《毛主席頌歌》，中共鞍山市委宣傳部編《鋼鐵工人之歌》，詩刊社編《工人詩歌一百首》，福庚《工地琵琶》，王方武《紅色的鉚釘》，黃聲孝《站起來了的長江主人（第一部）》，李學鰲《太行爐火》，賀敬之《雷鋒之歌》，雁翼《激浪集》、《白楊頌》、《彩橋》，戚積廣《加熱爐之歌》，孫友田《煤城春早》，嚴陣《紅石》，藍曼《坦克奔馳》，喬林《白蘭花》，劉章《燕山歌》。所編印的《開放圖書目錄》說明講：「本目錄『文學』類圖書經工農兵、革命師生和有關出版社審查，『哲學』、『經濟』、『政治』、『法律』、『歷史』等類圖書經北京大學哲學系，法律系，經濟系，歷史系審查，其餘各類基本上係我館自審。開放前，部分圖書曾作適當處理，目錄中未加說明。其中『文學』類圖書只限在本館閱覽，概不外借（因特殊需要可憑介紹信借出）。」

1971 年 11 月

15 日　張光年日記：「下午二時，我參加了小組會。……我在發言中談到自己對黨犯罪，對不起黨，對不起毛主席，可是黨和革命群眾仍然一而再、再而三地挽救我。文化大革命使我猛醒，五七道路使我認清今後怎麼辦。這次讓我參加整黨學習（原來沒有想到），是對我的繼續審查、教育和挽救。最後表明了決心。我極力抑制自己的激動情緒，談時仍然熱淚盈眶，不斷奪眶而出！是感激又是慚愧！」（《向陽日記》，上海遠東出版社 2004 年 5 月出版）

1971 年 12 月

11 日　張光年日記：「上午大組會，我念了發言稿。念了一小時（全文約一萬二千字）。念後群眾評議。參加會的二十餘人，發言的十三人，有高鏦、張迅達、朱革非、馬季遠、朱行、周明、田野、沈承寬、馮牧、張秋蕊、許翰如、周增勳、石雲山等同志。意見比較集中：一、對檢查本身提不出什麼意見，懷疑是做文章，會檢討，是否深挖自己的思想？二、改造不主動，勞動態度差，老爺架子未放下，說明認罪不足。三、著重談了過去在班會上、全連會上批過的事，沒暴露出新的東西，等等。我認為同志們還是擊中了要害，表示會後消化，以便繼續檢查。」（《向陽日記》，上海遠東出版社 2004 年 5 月出版）

16 日　《人民日報》發表短評《發展社會主義的文藝創作》。

26 日　郭小川作詩《長江邊上「五·七」路》。此詩初刊《北京文藝》1976 年第 12 期，收《郭小川詩選》，人民文學出版社 1977 年 12 月出版。胡德培說：「過了不久，小川同志就創作出了一篇長詩《長江邊上「五七」路》，曾貼在我們五連剛創刊不久的一期牆報上，霎時間引起眾多的關注和議論。可惜，不久卻遭到了嚴厲批評，軍宣隊和大隊領導說他不安心走『五七』道路，一心想著回北京，有一種不正常的情緒。這是使詩人想不通的。他認為，創作是抒發自己遵循毛主席無產階級革命路線，更好地走『五七』道路的革命感情，是很正常的，不應當受到那樣的懷疑和批評。但在當時情況下，他是無法進行說理或辯護的。在屋子裏，他沉默了好幾天，有時夜晚也睡不著覺，一支接著一支地抽煙，而且一次吃幾種不同的安眠藥。有一次，我半夜醒來，還看見對面床上小川同志的煙頭一明一暗地閃爍著。那一夜他幾乎徹夜未眠。」（《一顆年輕的心》，李城外編《向陽情結——文化名人與咸寧（上）》，人民文學出版社 1997 年 12 月出版）

12 月　郭小川作詩《祝詩》。此詩初刊《安徽文藝》1977 年第 7 期，收《郭小川詩選》，人民文學出版社 1977 年 12 月出版。

12 月　《北京新文藝》試刊第 1 期刊出華瑞《紅太陽頌》、李學鰲《烽火臺》、北京永定機械廠工人楊俊青《車燈迎彩霞》、戰士李鈞《軍營短歌》等詩。《編者的話》說：「在毛主席的革命文藝路線指引下，在市委的關懷下，《北京新文藝》試刊第一期出刊了。這期刊登的作品，絕大部分是工農兵的業餘創作，這是十分可喜的；但是，本刊無論在編輯經驗方面或來稿質量方面，還都處在開初的幼芽階段。要使這個刊物又要有大方向，又要新鮮活潑，逐

漸辦得好起來，就必須靠大家來辦，請大家來批評。爲此，我們殷切地希望得到廣大工農兵群眾、革命幹部、革命知識分子以及各有關方面的關心、幫助和支持，積極爲本刊組稿供稿，經常對本刊提出改進方案或批評意見，使這個刊物茁壯成長起來，眞正辦成爲工農兵所利用的一個文藝陣地。」

12 月 《革命文藝》試刊號以《萬歲，萬歲，毛主席》爲總題刊出賈來寬《貧下中農心向黨》等詩以及榆林子公社詩歌輯《戰歌嘹亮》。

1971 年 郭路生（食指）作詩《架設兵之歌》。此詩收《食指的詩》，人民文學出版社 2000 年 12 月出版。

1972 年

1972 年 1 月

1 月　張建中（林莽）作詩《凌花》。此詩收詩集《我流過這片土地》，新華出版社 1994 年 10 月出版。

1 月　《工農兵文藝》1972 年第 1 期刊出肖重聲《英雄鐵道兵》等詩。

1 月　《廣東文藝》試刊之一刊出鍾青《全世界無產階級的歌》、沈岩《我們的朋友遍天下》等詩。

1 月　《廣西文藝》1972 年第 1 期刊出柳州木材廠工人劍文、三江侗族自治縣同樂公社苗紅文、欽州縣那慶大隊社員黃立俊的長詩《韋江歌》和鳳山縣長洲公社班漢隆《紅旗頌》、韋平選《高唱〈國際歌〉向前邁》等詩。該刊1972 年第 2 期刊出河池地區革委會文化局寫作小組的文章《數風流人物還看今朝——喜讀敘事長詩〈韋江歌〉》。文章說：「無產階級文化大革命的偉大勝利，開創了社會主義文藝的嶄新局面。一個群眾性的革命文藝創作運動正在蓬勃興起，越來越多的工農兵業餘作者，登上了無產階級的革命文壇。他們滿懷豪情，揮筆塑造無產階級英雄人物，熱情謳歌偉大的毛澤東思想，熱情謳歌毛主席的革命路線。《廣西文藝》一九七二年第一期發表的敘事長詩《韋江歌》，就是我區群眾業餘創作中一篇比較好的作品。」「長詩以韋江歌這個先進人物的事跡作爲創作的主要依據，但又不完全受眞人眞事的局限，進行了藝術加工和創造。作者把韋江歌的模範行爲，加以提煉、集中和概括，提到路線鬥爭的高度上，從而塑造了無產階級專政下繼續革命先鋒戰士的生動形象。」

1972 年初　岳重（根子）作詩《三月與末日》。此詩收郝海彥主編《中國知青詩抄》，中國文學出版社 1998 年 2 月出版。多多講：「1972 年春節前夕，岳重把他生命受到的頭一次震動帶給我：《三月與末日》，我記得我是坐在馬桶上反覆看了好幾遍，不但不解其文，反而感到這首詩深深地侵犯了我——我對它有氣！我想我說我不知詩為何物恰恰是我對自己的詩品觀念的一種隱瞞：詩，不應當是這樣寫的。在於岳重的詩與我在此之前讀過的一切詩都不一樣（我已讀過艾青，並認為他是中國白話文以來第一詩人），因此我判岳重的詩為：這不是詩。如同對郭路生一樣，也是隨著時間我才越來越感到其獰厲的內心世界，詩品是非人的、磅礴的，十四年後我總結岳重的形象：『叼著腐肉在天空炫耀。』繼《三月與末日》之後，岳重一氣呵成，又作出 8 首長詩。其中有《白洋淀》、《橘紅色的霧》，還有《深淵上的橋》（當時我認為此首最好，現在岳重也認可這首），遺憾的是，至今我僅發現岳重 3 首詩，其餘全部遺失。」（《被埋葬的中國詩人》，見廖亦武主編《沉淪的聖殿》，新疆青少年出版社 1999 年 4 月出版）

　　　　岳重，筆名根子，1967 年畢業於北京三中，1969 年到河北白洋淀插隊。現居美國。

1972 年 2 月

　　2 月　《工農兵文藝》1972 年第 2 期刊出吳樹民《高唱戰歌又出發》、李善餘《千年旱原變良田》等詩。

　　2 月　漢沽鹽場詩歌編輯小組編的詩集《春從鹽工心裏來》由天津人民出版社出版。作品分為《鹽工熱愛毛主席》、《百里鹽灘展宏圖》等 3 輯，收李懷祥《毛主席接見咱鹽工》、韓延功《離不開毛主席的書》、祝潤功《咱是鹽場裝車工》、曲孟祥《革命大批判掀高潮》等詩 72 首，有編者《編後》。《編後》說：「這本詩集的作者，大都是第一次寫詩，其中不少詩篇是在生產勞動中產生的，有的老工人，是先把詩句想好，回家口述給自己的子女，記錄下來；有的隨手記在香煙盒上，再請別人改正錯字。雖然有些詩現在看來還比較粗糙，但他們都是通過親身感受，用樸實的語言來表達自己的革命胸懷和思想感情，這是可貴的。為了進一步推動和繁榮群眾性的革命詩歌創作，我們出版了這本詩集。我們相信經過無產階級文化大革命鍛鍊的廣大鹽場工人，一定會通過學習馬列主義、毛澤東思想，通過三大革命的戰鬥鍛鍊，通

過創作實踐，寫出更多更好的文藝作品。」當時的評論說：「渤海灣上，百里鹽灘。千百年來，鹽工在這裡艱辛地勞動著。在他們的生活裏，沒有春天，也沒有詩。」「『一唱雄雞天下白。』共產黨、毛主席給他們帶來新的生活。現在，擺在我們面前的《春從鹽工心裏來》，就是漢沽鹽工新創作的詩集。長滿老繭的粗手，寫出豪壯的詩篇；舊社會被剝削階級極度歧視的鹽工，出書啦！咱們工人階級，怎能不高興，不自豪呢！？」（大沽化工廠工人評論組《渤海鹽工譜新篇——評詩集〈春從鹽工心裏來〉》，1972 年《天津文藝》試刊第 1 期）

2 月　首鋼五七幹校編輯的《我們走在光輝的五七道路上——五七戰士詩抄》油印發行。作品分為《頌歌獻給毛主席》、《誓叫沙荒變良田》等 8 輯，收《五七指示是燈塔》、《緊跟毛主席向前走》、《咱為革命攢大筐》、《插秧英雄頂風戰》等詩 55 首。

1972 年 3 月

2 日　臧克家致鄭曼信：「從今天到後天，幹校開三天大批判會，你可能去參加，我因值夜班，去不成，丁力去了。周明同志後天探親回京。昨晚開全連大會，宣佈馮牧解放。現在尚未解放的（中央專案的張、陳除外）只有我、丁力和雷奔了。下一個也許輪到丁力了。李季同志在大會上說：最近各報刊載了八篇解放幹部落實政策的文章，我們也一定落實政策。一個一個地落實……由於種種跡象，我對個人的問題更加樂觀。結果有二：一是按內部矛盾處理（性質是敵我）；二是解放。兩種可能均有。我相信群眾相信黨。對歷史問題，我毫無隱瞞。」（《臧克家全集》第 11 卷，時代文藝出版社 2002年 12 月出版）

3 月　《北京新文藝》試刊第 2 期刊出李瑛的詩輯《棗林村集》，有《「紅保管」》、《搖轆轤》、《管天的哨兵》等詩。

3 月　《工農兵文藝》1972 年第 3 期刊出文星《老司機》、肖重聲《軍代表》等詩。

3 月　《廣西文藝》1972 年第 2 期刊出李錦華《劈山開路贊》、上海江灣農機二廠工人馮永傑《老鑽工》、葉子青《沸騰的山村》、解放軍某部張雅歌《藍天警戒》等詩和廣西民族學院學員劉日亮、盧志恒、覃義文《不許抹煞階級鬥爭——批判反動長詩〈元宵夜曲〉》及龍勝各族自治縣龍坪大隊黨支書

吳昌基《美化剝削制度就是妄圖復辟資本主義——批判反動長詩〈元宵夜曲〉》、河池地區革委會文化局寫作小組《數風流人物還看今朝——喜讀敘事長詩〈韋江歌〉》等文。前文說:「反動長詩《元宵夜曲》……以描寫侗族青年羅鐵塔與珍珍反抗地主包城軍破壞他們的婚姻的鬥爭為名,打著『紅旗』反紅旗,極力鼓吹『同民族一家親』,販賣地主資產階級人性論,掩蓋階級矛盾,取消階級鬥爭,為劉少奇一類騙子復辟資本主義鳴鑼開道。必須給予徹底批判。」

> 苗延秀,原名伍延秀,侗族,1918 年 11 月 10 日生,廣西龍勝人。1942 年入延安魯迅藝術學院文學系學習。1946 年至 1949 年任《晉察冀日報》、《東北日報》、《文學戰線》編輯。1951 年後歷任三江縣副縣長、廣西民族學院民族問題研究室副主任、《紅水河》主編、廣西文聯副主席、廣西作家協會副主席等職。1997 年逝世。出版的詩集有《大苗山交響曲》(1954)、《元宵夜曲》(1960)、《帶刺的玫瑰花》(1989)。

3 月　《吉林文藝》1972 年第 1 期刊出瀋陽部隊于宗信《大慶燈火》、汽車工人房德文《引松工地女焊工》、吉林市郊區革委會張滿隆《春耕戰鼓》、農安黃金公社社員董福山《鐵姑娘打井隊》等詩。

3 月　陳瑞康的敘事長詩《老爐長》由江西人民出版社出版。長詩共 13 章,有作者《後記》。該書《內容說明》說:「這部敘事詩,以山區鋼廠為背景,以澆鑄軍區交給的戰備大型鑄鋼件為線索,展開了鋼鐵戰線上的兩條路線鬥爭故事。作者以熟悉的生活、飽滿的熱情、生動的語言,塑造了老爐長這一鋼鐵工人的英雄典型,同時還刻畫了鋼廠黨委書記黎明、軍區軍械主任田忠良、後勤股長李祖光、青年工人王小剛、青年技術員辛紅等藝術形象。作者對長詩的結構和塑造人物方面,作了一些探討。」

3 月　張相林的敘事詩《朝陽青松》由山東人民出版社出版。長詩共 10 章,有《序詩》和《我們的歌》。該書《內容提要》說:「這是一部敘事詩。作者以深厚的無產階級感情,熱情地歌頌了黨的好女兒畢英蘭,比較成功地塑造了一個在毛澤東思想哺育下,成長起來的優秀女共產黨員的英雄形象。作品充滿著飽滿的政治熱情,有較濃厚的時代氣息。」

3 月　中國人民解放軍工程兵政治部宣傳部編的詩集《工程兵之歌》由天津人民出版社出版。收葉文福《我們在毛主席身邊》、喻曉《工程兵之歌》、

韓作榮《師長到工地》、朱秉龍《野營》等詩 50 首，有編者《後記》。《後記》
說：「爲了迎接偉大領袖毛主席的光輝著作《在延安文藝座談會上的講話》發
表三十週年，我們編選了這本詩集《工程兵之歌》。」「詩集的作者都是戰鬥
在工程兵各條戰線上的戰士和基層幹部，是業餘文藝隊伍中的新兵。」

　　3 月　　吉林省慶祝中國共產黨誕生五十週年徵文小組編的《紅霞萬朵
——慶祝中國共產黨誕生五十週年詩歌選》由吉林人民出版社出版。收駐
軍某部王天瑞《毛主席的聲音天下傳》、汽車工人戚積廣《白玉基石的讚
歌》、曲有源《送糧路上》、駐軍某部胡世宗《戰地黃花》等詩 60 餘首，有
編者《前言》。《前言》說：「在全國人民沿著毛主席的無產階級革命路線團
結戰鬥、勝利前進的凱歌聲中，我們編選的四本書和廣大讀者見面了。這
四本書是：報告文學集《紅日照征途》、小說、散文集《重任在肩》、詩歌
集《紅霞萬朵》、演唱集《馬蹄聲脆》。」「黨的『九大』以來，特別是去年
年初爲了慶祝中國共產黨誕生五十週年開展徵文、文藝會演和美展三項活
動以來，在毛主席無產階級文藝路線的指引下，在大力普及革命樣板戲的
基礎上，我省群眾性的革命文藝創作運動，正在蓬勃興起。僅徵文一項，
就收到各種形式的作品一萬多件，其中百分之九十以上是工農兵、下鄉知
識青年、『五・七』戰士的作品。這四本書就是從這些來稿中選編出來的。」
當時的評論說：「無產階級的詩，是時代的號角。它要唱出我們偉大時代的
時代精神，用火焰般的激情鼓舞我們去爲實現共產主義而鬥爭。由慶祝中
國共產黨五十週年徵文小組編輯、《吉林人民出版社》出版的《紅霞萬朵》，
就是這樣的一本詩歌選集。」「《紅霞萬朵》在表現時代精神方面所取得的
可喜成就，令人歡欣鼓舞。但是也存在一些明顯的缺點。有些作品雖然選
取了重大題材，但主題揭示的深度不夠，還停留在生活的表象上；有的作
品在人物形象塑造上，比較膚淺，顯得粗糙；個別作品雖然抒發了革命感
情，但因較多地使用了現成語彙，不新鮮，不活潑，以致有『標語口號式』
的情形，缺乏藝術感染力。這些問題的出現，主要是由於作者深入生活不
夠，感受不深，沒有把握住生活的本質，沒有捕捉住時代的旋律，往往是
稍有感觸，便倉促落筆，因此不能給人留下深刻的印象。希望我們的業餘
作者和專業作者長期地、無條件地、全心全意地投入到火熱的鬥爭中去，
沿著毛主席的無產階級文藝路線闊步向前，爲發展和繁榮社會主義新文藝
而努力創作，讓無產階級的詩花像萬朵紅霞絢麗地開放！」（吉林師大農場

評論組《萬朵紅霞映朝暉——讀詩集〈紅霞萬朵〉》，1972 年 11 月《吉林文藝》1972 年 11 月號）

　　3 月　　井岡山地區革委會政治部宣傳組編的詩集《井岡山頌》由江西人民出版社出版。收有陳三朵《井岡山上紅日升》、唐山樵《井岡山上女歌手》、徐萬明《歷史的火花》等詩。該書《內容提要》說：「本書共收集新詩歌七十餘首。這些詩歌都是我省廣大工農兵、革命幹部、革命知識分子文化大革命以來創作的。作者們滿懷革命激情歌頌偉大領袖毛主席在井岡山的豐功偉績，歌頌英雄的井岡山人民當年在毛主席領導下，艱苦奮鬥，堅貞不屈的革命精神，以及今天發揚革命傳統，爭取更大光榮，在社會主義革命和建設中的戰鬥英姿和精神面貌。」

　　3 月　　詩集《向陽歌》由黑龍江人民出版社出版。收王書懷《毛主席的光輝照邊疆》、滿銳《衝啊，世界的主人！》、謝文利《黨課》、林萬春《煤海緊連著中南海》、陳景文《公社好比出征的船》、王智《毛主席啊，邊防戰士向您宣誓》等詩 140 首，有編者《序》。《序》說：「我們地處反帝反修前線的黑龍江省廣大工農兵和革命文藝工作者，爲慶祝中國共產黨誕生五十週年，以滿腔的革命激情唱出了《向陽歌》。」「《向陽歌》是在毛澤東思想光輝照耀下，在機床旁、在地頭上、在練兵場上寫成的。儘管它還不像剛車好的工件那樣精緻閃光，不像剛鋤過的田疇那樣清新秀美，但每一行、每一字都飽含著我們對黨對毛主席無比濃厚的感情。」

1972 年 4 月

　　4 月　　《革命文藝》試刊第 2 期刊出陳廣斌《邊疆春色》、王維章《烏蘭額木其》、賈勳《迎春曲》等詩。

　　4 月　　《工農兵文藝》1972 年第 4 期刊出孫揚《架橋工人》、謝克強《夜錘》等詩。

　　4 月　　《吉林文藝》1972 年第 2 期刊出延邊文工團（朝族）韓東吾《萬筏頌歌迎朝霞》、李占學《書記的日記》、駐軍某部宋協龍《夜過鷹嘴峰》等詩。

　　4 月　　李鈞的詩集《軍號聲聲》由天津人民出版社出版。作品分爲《草原哨兵》、《野營路上》等 3 輯，收《站在邊疆唱頌歌》、《聽我唱支行軍歌》、《迎著風雨去打靶》、《寄戰鬥的印度支那》等詩 51 首。

　　　　李鈞，1949 年 4 月生於河北康保。1968 年參軍，歷任戰士、幹

事、文工團創作員，現任北京軍區政治部創作室創作員。1970 年開始發表新詩，出版的詩集還有《山海情懷》（1977）、《細泉集》（散文詩集，1991）、《綠樹與紅鳥》（1996）等。

4 月　李瑛的詩集《棗林村集》由北京人民出版社出版。收《初進棗林村》、《試水》、《鋤地小唱》等詩 54 首。該書《內容提要》說：「這些詩篇，描繪了在毛主席革命路線指引下，當前我國社會主義農村湧現出來的新人新事新氣象。」「作者通過對棗林村的階級鬥爭和棗林村人戰天鬥地、熱火朝天的勞動場面的描寫，生動地刻畫了支農的人民解放軍、老支書、老隊長、保管員、插隊知識青年以及農村人民公社廣大社員中各種先進人物的形象，反映了我國農村廣大貧下中農在社會主義革命和社會主義建設中的英雄氣概和他們豐富多彩的鬥爭生活。」「作品富有農村生活氣息，意境清新，語言簡練、形象。」當時的評論說：「在毛主席『希望有更多好作品出世』的號召下，社會主義文藝的百花園裏新花怒放，作為時代號角的詩歌，也呈現出繁榮的局面。李瑛的詩歌《棗林村集》（北京人民出版社出版）就是近年來詩歌創作的可喜收穫之一，值得向廣大讀者推薦。」「這個集子，共收作者五十四首短詩。這些詩篇描繪了在毛主席革命路線指引下，當前我國社會主義農村湧現出來的新人新事新氣象。經歷了無產階級文化大革命戰鬥洗禮的我國農村發生了翻天覆地的變化。這種變化最根本的標誌，就是廣大幹部和貧下中農階級鬥爭、路線鬥爭和繼續革命覺悟的空前提高，表現出前所未有的『精神振奮，鬥志昂揚，意氣風發』。作者描寫的棗林村，正是我國社會主義新農村的一個縮影。在作者筆下，生動地展示並熱情地歌頌了各種先進人物的形象：支農的人民解放軍、老支書、老隊長、飼養員、保管員，紅小兵、老媽媽以及插隊知識青年等。他們各自的職責不同，但在革命和生產中都表現出了革命的英雄氣概和崇高的精神境界，他們促使社會主義新農村日新月異的變化。」（徐振輝《棗林人歌動地詩——評〈棗林村集〉》，1972 年 12 月《北京新文藝》試刊第 5 期）

李瑛，祖籍河北豐潤，1926 年 12 月 8 日生於遼寧錦州。1943 年開始習作詩文，次年與同學合出詩集《石城底青苗》。1945 年考入北京大學文學院中國語文學系。1949 年參加中國人民解放軍，隨軍南下，任新華社部隊總分社記者。1950 年回北京，到解放軍總政治部工作。1955 年以後，歷任解放軍文藝社編輯、副社長、社長，

總政治部文化部副部長、部長，中國文聯副主席等職。出版的詩集還有《野戰詩集》（1951）、《寄自海防前線的詩》（1959）、《靜靜的哨所》（1963）、《紅花滿山》（1973）、《難忘的一九七六》（1977）、《在燃燒的戰場》（1980）、《江和大地》（1986）、《多夢的西高原》（1991）、《生命是一片葉子》（1995）、《我的中國》（1998）、《出發》（2004）、《北窗集》（2009）等。

4月　綏化地區革命委員會文教局編的詩集《諾敏河畔新歌》由黑龍江人民出版社出版。收有宋歌《書記的辦公桌》、張憲斌《鐵姑娘巧手繪河山》、王野《勝你天公三百合》等詩，有編者《編後》。《編後》說：「隨著無產階級文化大革命鬥、批、改運動的不斷深入，社會主義革命和社會主義建設的飛速發展，綏化地區的群眾性文藝創作正在興起。廣大工農兵群眾以滿腔的革命激情唱出了對黨，對偉大領袖毛主席，對毛主席的無產階級革命路線的無比熱愛。鏗鏘的時代聲音鼓舞人民不斷革命，繼續前進！」「工農兵的詩歌創作，充分展示了經過無產階級文化大革命的戰鬥洗禮後，無產階級文藝創作的嶄新面貌。這個集子僅僅收進了以『農業學大寨』為題材的部分作品。」

4月　徐州市工人寫作組編著的詩集《迎著朝陽唱讚歌》由江蘇人民出版社出版。作品分為《紅太陽頌歌》、《葵花向陽天》等 4 輯，收韓橋煤礦孫友田《礦工想念毛主席》、青山泉煤礦工人寫作組《鐵錘擂得天地紅》、韓橋煤礦工人寫作組《反帝井》等詩46首。

1972 年 5 月

1日　《解放軍文藝》復刊，1972 年 5 月號以《戰士心中的歌》為總題刊出楊德祥《站在大橋望日出》、宋紹明《列車開北京》、時永福《偉大號召照前程》等詩；以《野營千里紅旗飄》為總題刊出陳廣斌《千山萬水煉紅心》、李存葆《野炊》、韓作榮《訪磨刀人》等詩；刊出的詩還有王石祥《塞上鐵騎》、張力生《寫在波山浪谷間》、葉文福《工程兵生活短曲》等。該刊《稿約》說：「本刊為綜合性文藝月刊，貫徹執行毛主席的無產階級文藝路線，堅持為工農兵、為社會主義、為無產階級政治服務的方向，為發展社會主義的文藝創作，為繁榮我軍群眾性的革命文藝創作而努力。」「本刊歡迎下列稿件：」「一、內容革命、形式健康的短篇小說、散文、報告文學、詩歌、戲劇、故事、曲藝等作品。要求：」「1.以濃厚的無產階級感情熱情歌頌偉大領袖毛主席，歌

頌偉大、光榮、正確的中國共產黨，歌頌毛主席的無產階級革命路線的偉大勝利；」「2.以革命樣板戲爲榜樣，努力塑造工農兵英雄人物，特別是戰鬥在各種崗位上的忠於人民、忠於黨、堅決貫徹執行毛主席無產階級革命路線的我軍英雄人物；」「3.以路線爲綱，反映半個世紀以來，在我黨領導下的我國人民的革命鬥爭，特別是無產階級專政下繼續革命的鬥爭，反映我軍沿著毛主席指引的方向，團結戰鬥、勝利前進的鬥爭生活和民兵鬥爭生活。」「二、革命的戰鬥的群眾性文藝評論，如學習馬克思列寧主義文藝理論、毛澤東文藝思想的體會；學習革命樣板戲創作經驗的體會；用馬克思主義理論指導研究社會主義文藝創作問題，深入批判劉少奇一類騙子所散佈的反馬克思主義觀點和修正主義文藝黑線的文章以及作品評論等。」

20 日　《湘江文藝》1972 年第 1 期刊出振揚、石太瑞《沿著毛主席的文藝路線前進》和工人羅子英《我們要做天下的主人》、工人田章夫《加油》等詩。

22 日　《人民日報》刊出新華社通訊員、新華社記者的報導《淀上漁歌——記白洋淀漁民詩人李永鴻》。報導說：「共產黨員李永鴻，是河北省安新縣白洋淀的一位漁民詩人。他堅持業餘創作，寫了許多詩歌，並親自做宣傳鼓動工作。平時，他身上總是帶著一副竹板，一個小喇叭筒。淀上、村頭、房頂都是他的宣傳陣地。社員們在看電影或開會之前，都樂意聽他說上兩段快板。李永鴻說：『我寫的東西，就是給咱漁民聽的。寫好了，自己就用喇叭廣播，或在船頭朗誦，也有的登在隊裏的黑板報上。群眾歡迎，能鼓舞大家的鬥志，我就打心眼裏高興，所以就越寫越上勁！』李永鴻滿懷激情地歌頌偉大領袖毛主席和偉大的中國共產黨，歌頌毛主席的革命路線，歌頌工農兵。他的漁歌在白洋淀上廣爲流傳，人們親切地稱他爲『漁民歌手』。」

　　　　李永鴻，1921 年 5 月 18 日生於河北安新。曾任農村初級社副社長、高級社漁業股長、大隊治保主任、生產隊長等職。1960 年開始發表新詩，出版的詩集有《白洋淀漁歌》(1972)、《紅菱傳》(1977)。2002 年逝世。

30 日　臧克家致鄭曼信：「李季同志明天回京，今晚來話別，談了多時。他告訴我，我的問題，支部昨天開會已做出了結論，看口氣，是內部矛盾。歷史問題可以從中吸取教訓。態度極好。我聽了高興極了。你和蘇伊聽了也一定十分高興吧。這情況先不必外傳。今天寫了將近六千字的檢查，三日內可趕完。交排長提意見，或再加修改，然後和群眾見面，希望能一次通過。

然後上報幹校、省委批准。往返費時，6 月底如不能批下來，但也差不多了。個別小的細節正在調查。我放心了，你們也可以放心了。感謝毛主席！感謝黨！感謝革命群眾！」(《臧克家全集》第 11 卷，時代文藝出版社 2002 年 12 月出版）

5 月　《北京新文藝》試刊第 3 期刊出李學鰲《放歌長城嶺》、房山縣琉璃河中學趙日升《收麥歌》、人民解放軍某部于宗信《邊疆的山》等詩。

5 月　《革命文藝》試刊第 3 期刊出《紀念毛主席〈在延安文藝座談會上的講話〉發表三十週年徵文專輯》，刊有工人黃河《光輝的道路》，內蒙古生產建設部隊旭宇、火華《知識青年戰鬥在邊疆》等詩。

5 月　《工農兵文藝》1972 年第 5 期刊出紅鐵牛《修鐵路》、朱秉龍《雪山頂上把根扎》等詩。

5 月　《廣東文藝》試刊之三以《高歌齊頌紅太陽》為總題刊出王國旺《毛主席恩情與日月同光》等詩，以《大慶紅旗飄粵海》為總題刊出鄭南《鋼城的早晨》等詩，以《大寨紅花處處開》為總題刊出黃火興《山歌出口匯成河》等詩。

5 月　《廣西文藝》1972 年第 3 期刊出施彤《毛主席到我們廣西來》、柳州鋼鐵廠工人黃鍾平《冶煉》、廣西軍區廖維洲《海島哨兵》等詩。

5 月　《吉林文藝》1972 年第 3 期刊出解放軍某部胡世宗《萬里東風鼓征帆》、汽車工人王方武《五月之歌》、工宣隊員韓明《鐵匠指導編教材》等詩。

5 月　武文駒的長詩《邢遠長頌》由湖北人民出版社出版。

5 月　呼和浩特市革命委員會紀念《講話》辦公室編印的詩集《光輝的道路——紀念毛主席〈在延安文藝座談會上的講話〉發表卅週年》印行。

5 月　詩集《隴原新歌——甘肅省紀念毛主席〈在延安文藝座談會上的講話〉發表三十週年詩歌集》由甘肅人民出版社出版。

5 月　李學鰲的詩集《放歌長城嶺》由人民文學出版社出版。收《放歌長城嶺》、《百里礦區一窗口》、《最幸福的是鑽探工》、《湄公河戰歌》等詩 17 首，有作者《後記》。《後記》說：「多年以來，我曾認為：自己一直生活在工農兵的隊伍裏，生活在火熱的鬥爭中，對於我們時代的英雄人物有了較深刻的理解；經歷了偉大的無產階級文化大革命，進一步提高了自己的路線鬥爭覺悟，也進一步認識到，自己雖然生活在工農兵中間，對於我們時代的英雄人物理解得還很不深刻。為了解決這一根本問題，遵照毛主席關於『學習馬

克思主義，不但要從書本上學，主要地還要通過階級鬥爭、工作實踐和接近工農群眾，才能眞正學到』的偉大教導，一九六九年五月，我又背起行裝，來到雄偉的萬里古長城嶺下，來到經過無產階級文化大革命戰鬥洗禮的採礦工人和鋼鐵工人中間。在豐富多彩的鬥爭生活中，我又結識了一批用馬列主義、毛澤東思想武裝起來的新的英雄人物⋯⋯我在同他們一起學習毛主席著作，一起參加階級鬥爭，一起參加採礦、煉鋼和軋鋼勞動的過程中，使我對於『人民，只有人民，才是創造世界歷史的動力』的偉大眞理，有了進一步的理解。他們那種忠於黨、忠於人民、爲了執行和捍衛毛主席革命路線而戰天鬥地、英勇頑強的無產階級革命氣魄，深深地激動著我，教育著我，鼓舞著我。兩、三年來，在沸騰的採礦工地，在鋼花怒放的煉鋼爐旁，在金龍飛竄的軋鋼機前，在運送礦石和鋼材的車廂裏，我一面和英雄們共同戰鬥，一面從他們當中採掘著詩的『礦石』，採集著詩的『鋼花』，又一面把它們寫成詩的草稿，發表在黑板報上或記在筆記本上。選在這個詩集中的主要作品，就是在去年十一月到今年三月間，從那些詩草中整理出來的一部分。」當時的評論說：「詩集《放歌長城嶺》充滿著強烈的時代氣息，蘊含著飽滿的革命激情。詩集中，作者在題材的選擇和開掘方面，在塑造無產階級英雄典型的藝術表現方面，在運用相應的藝術手法表現革命的政治內容方面，都有比較成功的探索，顯現出經過無產階級文化大革命，詩歌創作的一些新特點。」（吳功正《筆蘸濃情譜詩章——評〈放歌長城嶺〉的藝術特色》，1973 年 7 月 10 日《北京文藝》1973 年第 3 期）

　　李學鰲，1933 生於河北靈壽。1947 年在晉察冀邊區銀行印鈔廠當工人。1949 年後在北京人民印刷廠當工人、黨委宣傳部副部長。1952 年發表詩作。1956 年出席全國青年文學創作者會議，並到中央文學講習所學習三個月。1962 年起任中國作協北京分會專業作家。出版的詩集還有《印刷工人之歌》（1956）、《北京的春天》（1959）、《北京晨曲》（1962）、《太行爐火》（1965）、《英雄頌》（1974）、《列車行》（1976）、《鄉音集》（1976）、《李學鰲詩選》（1983）、《李學鰲長詩選》（1985）等。1989 年 9 月 6 日在北京病逝。

　　5 月　安徽大學革命委員會編的《放聲歌唱紅太陽——殷光蘭民歌選集》由安徽人民出版社出版。作品分爲《紅太陽頌歌》、《翻身歌》等 4 輯，收《毛主席送我上講臺》、《是黨給我一枝筆》、《公社花開香萬里》等民歌 70 首，有

編者《前言》和殷光蘭的文章《毛主席光輝的〈講話〉照亮了我前進的道路》。《前言》說：「殷光蘭同志是我省優秀女民歌手，現任我校中文系兼職教員。二十年來，她在毛主席的光輝文藝思想的哺育下成長，在兩個階級、兩條路線的激烈鬥爭中前進。她深深扎根於階級鬥爭、生產鬥爭和科學實驗三大革命實踐，努力學習馬克思主義、列寧主義、毛澤東思想，堅持毛主席指引的文藝為工農兵服務的方向，與廣大工農兵群眾同呼吸，共命運。積極從事業餘文藝創作，她以飽滿的政治熱情，放聲歌唱中國共產黨和毛主席，歌唱毛主席的革命路線，歌唱社會主義革命和社會主義建設的偉大成就；為執行和捍衛毛主席的革命文藝路線作出了出色的成績。」「這本民歌選集是在毛主席革命文藝路線的指引下，由我校中文系師生選編的。共選了殷光蘭同志一九五八年以來發表於各種報刊上的民歌七十首。選編時，由殷光蘭同志作了一些修改。編成後，曾得到郭沫若同志的關懷和支持。郭沫若同志在百忙中親自審閱、修改了這本民歌集，題寫了書名，並復信我校革委會和殷光蘭同志。這是對我們很大的鼓勵。」

　　　　殷光蘭，女，1935年生，安徽肥東人。幼時父母早逝，被迫當童養媳，放牛學會許多民歌。1955年發表第一首民歌，曾參加全國青年創作積極分子會議。

　　5月　湖南省《工農兵文藝》編輯組、湖南人民出版社編輯組編的詩集《長島人歌》由湖南人民出版社出版。收土家族顏家文《讚歌頌黨情滿懷》、解放軍某部曾凡華《政委上山來》、工人田章夫《眼望著祖國的地圖》等詩44首，有編者《編後》。《編後》說：「今年五月，是偉大領袖毛主席的光輝著作《在延安文藝座談會上的講話》發表三十週年。湖南省革命委員會發出了徵文通知，廣大工農兵業餘作者和專業文藝工作者積極響應，創作出了一批較好的作品，一個群眾性的革命文藝創作運動的高潮正在形成。」「詩集《長島人歌》，收集了徵文中和近年來較好的詩作四十多首。」

　　5月　武漢市革命委員會文教局編的《工農兵詩選》由湖北人民出版社出版。收有高魯《鋼鐵工人寫頌詩》、舒茂蘭《黨委書記戰爐前》、李道林《延安精神傳千秋》等詩，有編者《後記》。當時的文章說：「這本詩選收集的四十餘首詩，是工農兵火熱戰鬥生活的畫卷，是我們英雄時代的頌歌。這些詩，有的歌唱『手托千山送高爐』的礦工，有的讚美『喝令河水爬山坡』的公社社員，有的描繪『千里野營大別山』的戰士，有的頌揚走在『五‧七』道路

上『繼續革命不停步』的老幹部等等。這些詩作者，置身於革命的洪流中，觸景生情，浮想聯翩，從多方面抒發了對黨和毛主席的熱愛，刻劃了沿著毛主席革命路線前進的工農兵群眾的精神面貌。」「當然，這本詩集也存在著一些不足之處，如有的詩構思比較一般，藝術形象還不豐滿結實，有的語言欠生動形象。我們相信工農兵業餘詩作者，在毛主席革命文藝路線指引下，努力『學習馬克思列寧主義和學習社會』，一定能寫出思想性與藝術性高度結合的好詩來。」（武大中文系工農兵學員齊林戩《工農兵戰鬥生活的畫卷》，1972年 12 月 17 日《長江日報》）

5 月　太原市徵文組編印的詩歌選集《紅花向陽》印行。收有工人張桂根《萬歲！毛主席》、工人張承信《風雨行》、梁志宏《礦山軍代表》等詩，分為《偉大真理放光芒》、《革命烈焰熊熊燃》等 5 輯，有《編後》。

5 月　重慶市紀念毛主席《在延安文藝座談會上的講話》發表三十週年辦公室編印的詩集《紅巖村頌──紀念毛主席〈在延安文藝座談會上的講話〉發表三十週年》印行。作品分為《紅巖村頌》、《三月的陽光》2 輯，收徐國志《號外聲聲》、任耀庭《戰士的懷念》、彭斯遠《難忘的春天》、雁翼《山城的懷念》等詩 86 首，有編者《前言》。《前言》說：「為了紀念毛主席《在延安文藝座談會上的講話》發表三十週年，在市委和市革委的領導下，我們從去年十一月開始，廣泛發動本市工農兵業餘作者和專業作者創作歌頌毛主席兩次到重慶的偉大革命實踐的詩歌。在發動群眾開展創作活動的過程中，各區、縣和毛主席視察過的重鋼、建設、長航等單位，普遍舉辦了短期創作學習班。廣大工農兵業餘作者和專業作者懷著對毛主席深厚的無產階級感情，結合當前的『批修整風』運動，學習了毛主席《在延安文藝座談會上的講話》和有關重慶談判的光輝著作，搜集了有關資料，進行了社會調查，從而進一步提高了我們編輯、創作人員的路線鬥爭覺悟。開展創作活動的過程，也是我們編輯、創作人員不斷提高路線覺悟的過程。開始創作活動以來，廣大工農兵業餘作者和專業作者，積極投入創作活動，在短短幾個月中，就創作了一千多首詩。我們從中選出了八十餘首，進行加工修改，編成詩集《紅巖村頌》，作為向毛主席《在延安文藝座談會上的講話》發表三十週年的獻禮。」

5 月　南通市創作辦公室編印的《江海春潮──南通市工農兵詩選》印行。收天生港發電廠機修甲班工人創作組《夜讀》、國棉二廠創作組《老驗布工》、苗春《焊槍一揮天地驚》等詩 54 首，有編者《編後》。《編後》說：「為

迎接毛主席的光輝著作《在延安文藝座談會上的講話》發表三十週年，在市委、市革委會的領導下，我市群眾性的寫詩、獻詩活動正沿著毛主席的革命文藝路線更加廣泛地展開。繼去年選編的《心中的歌兒向黨唱》詩集以後，我們又從近一年來工農兵來稿中選編成《江海春潮》這本詩集，以資內部交流。」

5月　《毛主席引來幸福水——安徽詩歌集》由安徽人民出版社出版。收女民歌手姜秀珍《毛主席就是紅太陽》、解放軍某部牛廣進《哨所門前一棵松》、陶保璽《「女礦工」》、劉祖慈《十月的高空，陽光燦爛》等詩42首。

5月　詩集《頌歌獻給毛主席》由遼寧人民出版社出版，收解放軍某部于宗信《戰士在毛主席身邊歌唱》、鞍山鐵路器材廠工人祝樹理《電力工人志氣大》、撫順市李松濤《公社頂梁柱》等詩57首（組），分為《敬祝毛主席萬壽無疆》、《「鞍鋼憲法」放光芒》、《公社新歌》、《戰士緊握手中槍》4輯。

5月　延川縣革命委員會政工組編的詩集《延安山花》由陝西人民出版社出版。收艾歌延《工農兵定弦我歌唱》、聞頻《毛主席當年到咱村》、曹谷溪《「復電」光輝照延安》、陶正《寶塔歌》等詩41首，有《出版說明》。《出版說明》說：「這是一本延川縣工農兵和幹部創作的詩歌集。詩歌以濃鬱的陝北民歌色彩，熱情洋溢地抒發了具有光榮革命傳統的延安人民對偉大領袖毛主席，對偉大、光榮、正確的中國共產黨的深厚的無產階級感情；反映了延安人民在毛主席一九四九年十月二十六日給延安和陝甘寧邊區人民復電的鼓舞下，『發揚革命傳統，爭取更大光榮』，在繼續革命的大道上奮勇前進的精神風貌。」當時的評論說：「在藝術上，《延安山花》以其濃鬱的生活氣息，生動質樸的群眾語言，陝北人民喜愛的民歌色彩吸引我們。值得注意的是，由於作者們大多是延川縣的工農業餘作者，毛主席在陝北的偉大革命鬥爭實踐，光榮的延安革命傳統，對他們教育很深。特別是經過無產階級文化大革命的鍛鍊，他們對黨和毛主席更加熱愛，階級鬥爭和路線鬥爭覺悟不斷提高，因此，他們的詩歌，特別是那些歌頌黨和毛主席的作品，感情非常親切、真摯、深厚，具有較強的藝術感染力。」（劉羽升《陝北人民心裏的歌——讀詩集〈延安山花〉》，1973年9月《陝西文藝》1973年第2期）

5月　《陽光燦爛照征途——工農兵詩選》由人民文學出版社出版。收北京大學工農兵學員徐剛《陽光燦爛照征途》、解放軍某部崔合美《韶山紅日照胸懷》、上海國棉二廠陸萍《紡織廠的女民兵》、葉文福《時代的豐碑》等詩

60 首（組），有人民文學出版社編輯部《編後》。《編後》說：「當前，在毛主席的革命文藝路線指引下，一個以工農兵爲主體的群眾性革命文藝創作運動正在蓬勃興起。」「爲了迎接毛主席的光輝著作《在延安文藝座談會上的講話》發表三十週年，爲了進一步推動工農兵群眾革命文藝創作的發展，我們編選出版了這本工農兵詩歌集。」「這本詩集的作者，都是戰鬥在三大革命鬥爭第一線的廣大工農兵群眾和革命知識青年。他們所寫的這些詩歌，熱情地歌頌了毛主席無產階級革命路線的偉大勝利，反映了我們社會主義祖國到處熱氣騰騰、欣欣向榮的大好形勢」。當時的評論說：「今年以來，各地陸續出版了一些工農兵詩集，顯示出工農兵群眾的詩歌創作，在毛主席無產階級文藝路線指引下正進一步走向繁榮。《陽光燦爛照征途》這部工農兵詩歌選集裏，有許多思想性藝術性都比較高的詩歌，爲進一步發展社會主義詩歌創作提供了許多好的經驗。」「革命詩歌，不論是抒情詩還是敘事詩，都要求包含深刻的革命思想，抒發革命的戰鬥激情，幫助人們從一個方面去具體地認識、感受生活的真理。」「《陽光燦爛照征途》這個集子里許多比較優秀的詩篇，不僅給我們提供了一幅幅工農兵火熱鬥爭生活的生動圖畫，而且蘊含著一股比較深刻的思想力量和革命激情。讀了使我們激動，也引起我們的深思和聯想。」（吳笛《歌唱我們偉大的時代——評工農兵詩選〈陽光燦爛照征途〉》，1972年 10 月 18 日《解放日報》）

　　5 月　　雲南人民出版社編的詩集《雲嶺山茶朵朵開——工農兵文藝作品選》由該出版社出版。收昆明部隊某部喻祖福《幸福泉水流向全人類》、昆明市機床維修站劉吉昌《機修工人心向黨》、玉谿縣北城公社社員何萬德《毛主席著作認真學》、昆明部隊某部高洪波《號兵之歌》等詩 68 首。

　　5 月　　雲南人民出版社編的《雲南各族頌歌一百首》由該出版社出版。收白族《頌歌聲聲飛北京》、瑤族《毛主席的聲音最響亮》、彝族《永遠留住了春天》等詩 100 首，有編者《編後記》。《編後記》說：「今年，是偉大領袖毛主席的光輝著作《在延安文藝座談會上的講話》發表三十週年。我們選輯了《雲南各族頌歌一百首》，作爲慶祝和紀念。」「這些頌歌，大多是從無產階級文化大革命以來報刊上發表的作品中選出來的；同時也從解放以來雲南民歌選的各種版本中，吸取了一部分比較好的民歌。在編選過程中，我們在文字上作了些修改。」

　　5 月　　陝西人民出版社編的詩集《戰鬥的春天》由該出版社出版。收原

軍《祝福毛主席萬萬歲》、西安機床精密零件廠工人張郁《師傅的臂膀》、宋
文傑《豐收序曲》、吳樹民《〈國際歌〉越唱越響亮》等詩 55 首。該書《出版
說明》說：「選編在本集的五十多首詩，是我省工、農、兵、幹部、知識分子
一九七一年內和一九七二年初寫的。這些詩作，以飽滿的無產階級革命激情，
歌頌了偉大領袖毛主席和偉大、光榮、正確的中國共產黨；歌頌了毛主席無
產階級革命路線的偉大勝利；描繪了我省各條戰線上抓革命，促生產，促工
作，促戰備的輝煌圖景。」「本集中有些詩，曾在報紙上發表過，這次選編時
有所修改。」當時的評論說：「閱讀這本詩集，使人精神奮發。以昂揚的革命
激情，歌頌偉大領袖毛主席和共產黨，抒發廣大工農兵群眾沿著毛主席革命
路線勝利前進的壯志豪情，構成了這本詩集的主調。工農兵作者根據自己的
生活感受，運用不同的藝術構思和表現手法，使這一主題得到了富有詩意的
表現。」（武原《工農兵揮筆詩花開——試評詩歌集〈戰鬥的春天〉》，1973 年
2 月 4 日《陝西日報》）

1972 年 6 月

1 日　《解放軍文藝》1972 年 6 月號刊出李瑛的組詩《我們時代的巨流》；
並以《戰鬥的崗位戰鬥的歌》為總題刊出杜志民《團長燈下學馬列》、喻曉《咱
師長》、崔合美《師長拉犁》等詩。

19 日　栗世征（多多）開始新詩寫作。多多講：「6 月 19 日，送友人去北
京站回家路上我得句：『窗戶像眼睛一樣張開了』，自此，我開始動筆，於 1972
年底拿出第一冊詩集。徐浩淵在我完成前聞訊對我說：『聽說你在「攢詩」，
讓我看看。』這不但是她一人所見，在於我一直對思想感興趣。因此，彭剛
的反應是：你寫的詩比你講的好——你講的都太對！依群的反應和岳重差不
多，曖昧和不服氣，但我自大狂式的雄心顯然感染了他。他希望我能把詩寫
得樸素，感情要貨真價實。同時對中國文化的命運表示憂慮——這是依群洗
手不幹的一個解釋。」（《被埋葬的中國詩人》，見廖亦武主編《沉淪的聖殿》，
新疆青少年出版社 1999 年 4 月出版）

栗世征，筆名多多，1951 年 8 月 28 日生於北京。1969 年到河
北白洋淀插隊，後在北京一家報社工作。1988 年出版詩集《行禮：
詩 38 首》。後居國外。2000 年出版詩集《阿姆斯特丹的河流》。

30 日　臧克家致鄭曼、鄭蘇伊信：「我昨下午 2 時半已在全連做了檢查，

坐著念稿子，念得較快，一萬二千字念了一個小時。念完後即散會，各班分頭討論，反映頗好。晚上小川、涂光群同志（我排排長）將討論情況告訴了我：（1）對檢查態度認爲比較好。（2）對下到幹校後的表現認爲基本上可以。（3）對 1957 年放出的毒草思想檢查不夠。（4）對官僚地主家庭影響談得甚少。前天在我排（二排）念了修改稿，排長、三個班長、專案組等七八位同志參加了會，我讀時，曾痛哭不能自己。他們又提了一些意見，又加了修改。全連大會檢查後，就完了，一次算通過了，也沒批判。過一二日，稍鬆弛一下（這幾天太緊張，身體尚可，勿念！），再將檢查稿（或還有其它以前的重要性的交待）謄清（能壓縮到幾千字才好，實在壓不了時也不限制）。現在等著最後宣佈解放了。你們聽了一定十分高興！」（《臧克家全集》第 11 卷，時代文藝出版社 2002 年 12 月出版）

6月　《工農兵文藝》1972 年第 6 期刊出華陰縣文化館創作組創作、魏志良執筆《選場長》等詩。

6月　《吉林文藝》1972 年第 4 期刊出《戰地黃花》專欄，刊有《大柳河工地詩歌選》。編者按：「從本期起我們開闢了《戰地黃花》短詩專欄。希望各地有關部門大力協助，不斷地把工農兵反映三大革命運動第一線火熱鬥爭生活的牆頭詩、板報詩……推薦給我們，共同努力，把它辦好。讓《戰地黃花》開得更茁壯、更芬芳！」該刊 1972 年 11 月號刊出趙得身、郭松的文章《激動人心　鼓舞鬥志──〈大柳河工地詩歌選〉讀後》，文章說：「《大柳河工地詩歌選》（見《吉林文藝》第四期《戰地黃花》）是反映英雄的海龍人民在毛主席『農業學大寨』偉大號召鼓舞下，『自力更生、艱苦奮鬥』根治大柳河的火熱鬥爭生活的組詩。詩歌的作者，以深厚的無產階級感情，生動樸素的語言，從不同的側面，不同的角度，熱情地歌頌了在三大革命運動中湧現出來的先進人物和動人事跡，熱情地歌頌了毛主席無產階級革命路線的偉大勝利。」「這些出自工農兵之手，反映工農兵自己在三大革命運動第一線火熱鬥爭生活的牆頭詩、板報詩，短小精悍，易於爲工農兵所接受，是最能直接爲無產階級政治服務的文藝武器，因而最能發揮革命文藝『團結人民、教育人民、打擊敵人、消滅敵人』的戰鬥作用。」

6月　《遼寧文藝》（試刊）1972 年第 1 期刊出社員張崇謙《王大媽的話》、社員霍滿生《社會主義好》等詩。

6月　內蒙古師範學院中文系編的《工農兵詩選》由內蒙古自治區人民

出版社出版。收有林嘯《獻給偉大的中國共產黨》、工人杜宣新《贊鐵人王進喜》、內蒙古軍區張贊廷《騎兵曲》等詩。

6月　西安鐵路分局政治部編的詩集《千里鐵道唱讚歌》由陝西人民出版社出版。收渭南車站王定華《裝卸工人見到了毛主席》、西鐵分局魏尚清《永做人民的小學生》、西安機務段牛懷東《司爐之歌》等詩44首（組），有《前言》。《前言》說：「爲紀念毛主席《在延安文藝座談會上的講話》發表三十週年，我們把戰鬥在抓革命，促生產第一線上的鐵路工人的詩歌，選編成此集。」「這本詩集，是西安鐵路分局革命職工群眾文藝創作的部分成果。在選編過程中，爲了使文藝作品更好地發揮『團結人民、教育人民、打擊敵人、消滅敵人』的戰鬥作用，並進一步推動群眾性的文藝創作運動，我們不但依靠群眾寫詩，而且依靠群眾選詩，改詩。從這些火熱的詩篇中，我們就可以看到在毛主席無產階級文藝路線指引下，工農兵文藝創作的廣闊前景。」

6月　武漢鋼鐵公司革命委員會政工組編的詩集《手托千山送高爐》由湖北人民出版社出版。收伍亦文《礦山戰鼓》、動力部王維洲《永遠戰鬥在毛主席身旁》、大冶鐵礦盛海源《軍民團結齊奮戰》、工程公司魯天貞《建礦姑娘戰冰雪》等詩52首。當時的評論說：「這些作品從礦山生活的各個角度，用不同的表現手法，熱情地歌頌了毛主席號召『開發礦業』的偉大勝利，批判了劉少奇一類騙子在礦業戰線上大搞『無米之炊』的反革命修正主義路線。通讀詩冊，主題深刻，形象生動，詩情充沛，是一部具有時代精神、英雄風貌的礦工戰鬥詩集。」「詩集證明，三大革命的風口浪尖，正是詩意最濃的地方。只有深入到工農兵鬥爭生活中去，注意觀察一切人、一切階級、一切群眾、一切生動的生活形式和鬥爭形式、一切文學藝術的原始材料，把其中的矛盾和鬥爭典型化，努力創造詩的意境，寫出作者在典型環境中的深切感受，才能使詩歌反映出來的生活『比普通的實際生活更高，更強烈，更有集中性，更典型，更理想，因此就更帶普遍性』。」（黃春庭、張良火、黃治堯《沸騰的礦山戰鬥的詩篇——讀〈手托千山送高爐〉》，1972年12月2日《湖北日報》）

夏　牛漢作詩《夜路上》。此詩初刊《詩刊》1980年5月號；收詩集《溫泉》，上海文藝出版社1984年5月出版。

1972年7月

1日　《解放軍文藝》1972年7月號刊出戰士李鈞《高唱一曲頌黨歌》、

喻曉《訪韶山》、牛廣進《毛主席掌舵我划槳》、廖代謙《戰士上韶山》、戰士韓作榮《延水奔流》等詩。

1 日　《解放日報》刊出杜連義、常江的詩《盧山頌》。

28 日　張光年日記：「全連奮戰幾天，今日早稻收割完畢。」「前半夜在朦朧月下枯坐。閻綱睡不著，陪我聊天，說他（在京期間）聽到中央樂團在趕排《黃河大合唱》，歌詞經過修改。」「有寫詩的念頭，還沒有想清楚。」（《向陽日記》，上海遠東出版社 2004 年 5 月出版）

7 月　牛漢作詩《車前草》。此詩初刊《文匯增刊》1980 年第 7 期；收詩集《溫泉》，上海文藝出版社 1984 年 5 月出版。

7 月　《工農兵文藝》1972 年第 7 期以《信天遊飛向北京城》為總題刊出張宣強《歌唱毛主席歌唱黨》等詩。

7 月　《廣東文藝》試刊之四刊出《紀念毛主席〈在延安文藝座談會上的講話〉發表三十週年徵文作品選》，刊有工人謝作柱《毛主席呵，我們永遠在您身邊！》、解放軍莫少雲《兵歌》、工人紀虹《飛花曲》等詩。

7 月　《廣西文藝》1972 年第 4 期刊出羅城縣橫岸學校業餘寫作小組《呵！時代的畫屏》、宜山公路運輸站黃斌《幸福水》等詩和三江侗族自治縣獨峒公社幹部吳永金的文章《真親假親，階級劃分——批判反動長詩〈元宵夜曲〉》。文章說：「反動長詩《元宵夜曲》大肆宣揚地主資產階級的人性論，胡說什麼『同井飲水同條心，同一寨人親又親』，如此等等。在階級社會中，到底有沒有這種超階級的共同的人性？偉大領袖毛主席指出：『在階級社會裏就是只有帶著階級性的人性，而沒有什麼超階級的人性。』事實正是這樣。就以我個人的親身經歷來說，就是對這種超階級的人性論的一個有力駁斥！」

7 月　《吉林文藝》1972 年第 5 期刊出吳辛《兩代人的誓言》、解放軍某部于宗信《戰士的行軍壺》、龐連玉《架子工之歌》等詩。

7 月　貴州人民出版社編的《工農兵詩選》由該出版社出版。收李發模《毛主席萬歲》、肖忠國《紅軍墓前》、鄭之楚《苗族女民兵》、張顯華《隊長授我一把鋤》等詩 45 首，有編者《編後》。《編後》說：「無產階級文化大革命取得了偉大勝利，毛主席的革命路線深入人心，各條戰線高歌猛進，革命和生產的形勢熱氣騰騰。廣大工農兵群眾在抓革命、促生產的同時，拿起戰鬥的筆，熱情地寫作歌頌黨和毛主席、歌頌社會主義祖國、歌頌我們偉大時代的詩篇。這些詩篇充滿了戰鬥的激情，有濃厚的生活氣息。為紀念毛主席

的光輝著作《在延安文藝座談會上的講話》發表三十週年，我們從『徵文』中挑選了一部分，編成這個集子，今後還將陸續編選出版。」當時的文章說：「讀完貴州人民出版社最近編輯出版的《工農兵詩選》，深爲《詩選》中所表達出來的無產階級思想感情所感染，爲詩篇中充滿了高昂的戰鬥豪情所激動。經過無產階級文化大革命鍛鍊的詩作者，特別是工農兵作者，懷著對我們偉大領袖毛主席的無限熱愛，通過詩篇的題材選擇和藝術構思，從各個方面體現了毛主席的革命路線的輝煌勝利，具有我們時代的鮮明特點。」（金眞《喜讀〈工農兵詩選〉》，1972 年 9 月 17 日《貴州日報》）

　　7 月　敘事詩集《進軍號——甘肅省紀念毛主席〈在延安文藝座談會上的講話〉發表三十週年文學作品選》由甘肅人民出版社出版。收有社員劉志清《紅牧歌》、李雲鵬《進軍號》、師日新《草原紅醫》等詩，有《編者的話》。

　　7 月　詩集《崑崙高歌》由青海人民出版社出版。收有劉建國《毛主席請咱們去觀禮》、汪應瑞《勒令大地來獻礦》、張景振《向陽村架上了廣播線》等詩。當時的評介說：「《崑崙高歌》選收了我省文化大革命以來，特別是近幾年來較優秀的詩歌六十多首。這些詩歌大都出自工農兵業餘作者之手，有許多還是初學寫詩的同志。在毛主席革命文藝路線指引下，近幾年來，我省群眾性的詩歌創作活動日益發展，湧現出了一些工農兵新作者和一批好作品。《崑崙高歌》的出版，代表了幾年來我省詩歌創作的成果，顯示了無產階級佔領詩歌陣地的嶄新風貌。」「當然，這本詩集還存在不少不足之處。有的作品挖掘不深提煉不夠；人物形象和內心世界描寫有點一般化，語言還不夠鮮明生動等等。這些都有待於作者在今後的創作實踐中改進和提高。」（秋元《青海高原的新聲——介紹詩集〈崑崙高歌〉》，1972 年 12 月 5 日《青海日報》）

　　7 月　浙江省紀念毛主席《在延安文藝座談會上的講話》發表三十週年徵文辦公室編的詩集《書記的斗笠——紀念毛主席〈在延安文藝座談會上的講話〉發表三十週年徵文選》由浙江人民出版社出版。收崔銘先《書記的斗笠》、王河《採石歌》、盧祥耀《團結渠》詩 3 首。

　　7 月　《天塹飛虹——南京長江大橋詩選》由江蘇人民出版社出版。收有工人葉慶瑞《大橋，讚美毛澤東思想的詩行》、大橋工人鄭俊權《橋工的兒子來報到》、南京市三河公社社員張文明《咱爲大橋添風光》等詩，有南京市革委會毛澤東思想宣傳站《後記》。當時的評論說：「雄偉壯麗的南京長江大橋，飛越天塹，是毛澤東思想的勝利。江蘇人民出版社的詩集《天塹飛虹》，熱情

地歌頌了這個偉大的勝利。」「打開詩集《天塹飛虹》，風雷激蕩的時代氣息迎面撲來，中國人民沿著毛主席革命路線勝利前進的光輝形象，屹立在我們面前。面對鋼鐵長虹，作者深情地唱道：『呵，新生的大橋！如果祖國大地的萬千氣象，是一首毛澤東思想的偉大頌歌，你呵，就是一句讚美毛澤東思想的詩行！』這些洋溢著革命激情的詩句，使我們想到，正是在毛澤東思想燦爛陽光的照耀下，我們偉大的社會主義祖國才如此欣欣向榮，蒸蒸日上，巍然屹立在世界的東方。」（陸建華《大橋，讚美毛澤東思想的詩行——詩集〈天塹飛虹〉讀後》，1973 年 4 月 8 日《新華日報》）

7 月　原文化部五七幹校政工組編輯的《向陽湖詩選》油印發行。作品分為《幸福不忘毛主席》等 3 輯，收四大隊十四連王笠耘《幸福不忘毛主席》、一大隊一連丁國成《韶山的路——瞻仰韶山抒懷》、四大隊十四連丁羽《田頭合唱〈紅燈記〉》、二大隊二十三連林谷良《雨夜巡田》、四大隊五連楊匡滿《送戰友》等詩 100 首，有編者《前言》。《前言》說：「為紀念毛主席《在延安文藝座談會上的講話》發表三十週年和《五·七指示》發出六週年，我們編了這本詩選。收入的詩詞共計一百首，按內容分為三部分：『幸福不忘毛主席』，『向陽山啊向陽水』，『向陽路越走越寬廣』。第一部分主要是歌頌黨和毛主席，歌頌毛主席革命路線的偉大勝利；第二部分，通過向陽湖圍墾區的巨大變化，反映『五·七』戰士戰天鬥地、刻苦鍛鍊的革命精神；第三部分，從幹校鬥爭生活的各個側面，反映『五·七』戰士精神面貌的變化和無產階級幹部隊伍的成長。」「我校創建三年多以來，全校廣大『五·七』戰士認真讀馬、列的書和毛主席的書，在毛主席無產階級革命路線的指引下，鬥頑敵，戰荒湖，奔豐收，創大業；在三大革命實踐的火熱鬥爭中，不斷提高階級鬥爭、路線鬥爭和無產階級專政下繼續革命的覺悟，思想感情正在發生著深刻的變化。他們在鬥、批、改和批修整風的間隙中，在學習、勞動和工作之餘，寫下了大量的詩篇，歌頌毛主席和毛主席指引的『五·七』道路，記下了幹校鬥爭生活的絢麗畫卷，記下了自己在『五·七』道路上的磨練和成長。這些詩篇，或在牆報、黑板報上發表，或在田頭、地邊和文藝晚會上朗誦，或向全校廣播，在廣大『五·七』戰士中起了鼓舞和教育的作用。這本詩選，就是在這個基礎上編選出來的。」鄭士德說：「1972 年初，我被調到四大隊隊部搞宣傳工作，同校部政工組的聯繫比較多。校部政工組長孟奕原任人民出版社副總編輯。出於職業敏感，他向各大隊發起徵詩活動。全幹校人文薈萃，

藏龍臥虎。不到一個月,各種體裁的詩詞作品如雪片飛來。經詩人葛洛(從
幹校回京後任《詩刊》副主編)精心編選,幹校於 72 年 7 月出了一本《向陽
湖詩選》。」「孟奚這位老幹部堅持勤儉節約的傳統,決定《詩選》的正文用
油印,封面用鉛印,送武漢裝訂成冊。十一連(新華書店總店)的梁天俊,
是傑出的硬筆書法家(九十年代初,他已年近古稀,仍獲全國硬筆書法比賽
第一名)。我推薦他刻寫蠟紙,每首詩另占一頁,這樣,有些頁碼就出現空白。
二十五連(人民美術出版社)的李平凡,是國內外聞名的畫家,日本人特別
喜愛他的版畫。梁天俊請他在空白書頁補畫插圖,來它個『畫配詩』。《詩選》
的封面由著名書籍裝幀家曹辛之設計。梁、李二人合作得很好,花了一個多
月時間精心刻繪,終於使這個油印本成為具有珍貴價值的藝術品。現在看來,
《詩選》的內容儘管帶有『文革』的時代烙印,但佳作多多。韋君宜等著名
作家的詩,非常感人。遺憾的是,《詩選》因受油印的限制僅印 400 本,流傳
稀少。」(《幾度夢迴向陽湖》,見李城外編《向陽情結——文化名人與咸寧
(下)》,人民文學出版社 2001 年 2 月出版)

7 月　1101 修建指揮部政治部編的《築路人之歌——工地詩選》由陝西
人民出版社出版。收有易軒《頌歌唱太陽》、孔浩《太陽照耀紅花開》、顧城
《向帝修反殺》等詩。

1972 年 8 月

1 日　《解放軍文藝》1972 年 8 月號刊出張澄寰《井岡山詩草》、楊星火
《雪山巡邏兵》、紀鵬《海疆軍號》等詩。

8 日　張光年日記:「夜值班中,考慮詩歌問題,特別是毛主席對詩歌問
題的一些指示,想得很多。」(《向陽日記》,上海遠東出版社 2004 年 5 月出
版)

9 日　張光年日記:「連日悶熱,只早上睡三四小時。下午躺在床上,流
汗不止,無法入眠,脊椎隱隱作疼。」「夜裏提前上班,同臧克家、閻綱乘涼
談詩。閻近一時方去。」(《向陽日記》,上海遠東出版社 2004 年 5 月出版)

8 月　《工農兵文藝》1972 年第 8 期刊出一兵《風雨路上遇親人》、紅波
《通訊兵贊》等詩。

8 月　《吉林文藝》1972 年 8 月號《戰地黃花》欄刊出《銅礦詩抄》;以

《戰歌嘹亮軍旗紅》為總題刊出解放軍某部胡世宗《戰士深情唱井岡》、飛行員侯新民《藍天銀燕》等詩。

8月 《遼寧文藝》（試刊）1972年第2期刊出岸岡《填寫入黨志願書》、解放軍某部劉秋群《政委高唱〈國際歌〉》、解放軍某部宋協龍《草鞋贊》等詩。

8月 中國人民解放軍京字801部隊、黑龍江省雙城縣革委會聯合創作組創作，滿銳執筆的長詩《關成富》由天津人民出版社出版。長詩共8章，有《序歌》、《尾歌》。當時的評論說：「關成富同志是北京部隊後勤部某倉庫保管股長。我省雙城縣人，雇農出身。一九四七年參軍，南征北戰，多次立功。一九六九年四月二十日，在石家莊市財貿系統支左，為群眾學習毛主席著作作輔導時，犧牲在講臺上。中國人民解放軍京字八〇一部隊、雙城縣革委會組成聯合創作組，由滿銳同志執筆，寫成長詩《關成富》。」「『藝術地表現了問題的實質』是無產階級革命導師馬克思評價詩歌的一個標準。長詩《關成富》在這方面取得了可喜的成就。要成功地反映關成富戰鬥的一生，必須抓住問題的實質，這就是：毛澤東思想育英雄，英雄為宣傳毛澤東思想、執行毛主席革命路線戰鬥一生。長詩調動各種藝術手段，塑造了在毛澤東思想哺育下成長的光輝的無產階級英雄形象。」「長詩的抒情語言生動活潑，人物對話也具有性格化和詩意的特點。表現了英雄的遠大目標和廣闊胸懷，卻不使人感到概念化，英雄的音容笑貌躍然紙上。」「讀完這首長詩總還感到有些不滿足。當讀第一遍的時候，洋溢於詩中的熱情不時撲面而來，頗有一股激蕩人心的力量。可是當讀完第二遍、第三遍合書回味的時候，就感到有一些地方在頭腦中打的烙印不深。這些地方正是一些只有抒情而缺乏典型事件的地方。」「另一方面，有的地方單純敘述了一些事件，但抒情沒上去，顯得有些平淡，缺乏應有的藝術感染力量。」（任愫《革命英雄的頌歌——讀長詩〈關成富〉》，1973年5月《黑龍江文藝》試刊第3期）

滿銳，原名滿守天，滿族，1935年11月18日生於黑龍江賓縣。五、六十年代曾在林業系統報紙編輯文藝副刊。1972年調至黑龍江人民出版社工作。1952年開始發表新詩，出版的詩集有《歲月的回聲》（1979）、《致大海》（1989）。

8月 王石祥的詩集《兵之歌》由天津人民出版社出版。收《戰士愛讀毛主席的書》、《雪亮的馬刀》、《燕山夜哨》、《誰家住了解放軍》等詩66首，

有作者《後記》。《後記》說：「在歡慶偉大領袖毛主席《在延安文藝座談會上的講話》發表三十週年的大喜日子裏，我把一九六四年出版的詩集《兵之歌》又整理編選了一下，增添了近年來的一些作品，組成了現在這個集子。」「戰友們告訴我，寫戰士詩要有戰士的思想，戰士的語言，戰士的氣魄，戰士的風格。應該像鋼槍、刺刀、手榴彈，短促、有力，鏗鏗鏘鏘，閃閃發亮。」「連長、指導員告訴我，寫戰士詩首先自己要做一個真正的革命戰士，要做戰士的忠實代言人，表達戰士對黨、對毛主席、對偉大的社會主義祖國、對英雄的祖國人民的赤膽忠心。」「當我捧起這些詩稿的時候，感到它的分量實在太輕。離黨的要求，離時代的要求，離首長和同志們的要求，還差得很遠，很遠。」

　　　　王石祥，筆名石祥，1939 年生於河北清河。1958 年參軍，曾任北京軍區戰友歌舞團創作員、北京軍區政治部創作室主任。出版的詩集有《兵之歌》（1964）、《新的長征》（1977）、《駱駝草》（1981）等。

　　8 月　《紅霞萬里——工農兵詩選》由山西人民出版社出版。作品分為《毛主席和咱心連心》、《鐵人精神譜新篇》等 5 輯，收劉世友《毛主席引泉萬里流》、梁志宏《書記領唱〈國際歌〉》、工人馬晉乾《沸騰的車間》、老貧農郭樓《人老雄心在》等詩 100 首。該書《內容提要》說：「這本詩集，主要是從我省工農兵業餘詩歌作者的新作中選出的」。「這些詩篇，題材廣闊，內容豐富。作者滿懷深厚的無產階級感情，從不同角度，熱情歌頌了我們偉大的黨和偉大的領袖毛主席。通過對工礦、農村、連隊等戰鬥生活的描寫，生動地刻畫了一批閃耀著毛澤東思想光輝的工農兵先進人物形象，反映了在毛主席無產階級革命路線指引下，我省工業學大慶和農業學大寨群眾運動蓬勃發展的大好形勢。」「作品立意新穎，語言簡練，風格樸實，富有生活氣息和戰鬥激情。」

1972 年 9 月

　　1 日　《解放軍文藝》1972 年 9 月號刊出《鐵道兵生活短詩》，刊有謝克強《快快攉呀》、戰士李小雨《推土機手》等詩。該刊 11 月號刊出戰士王秀國的文章《戰鬥生活湧新詩——讀〈鐵道兵生活短詩〉》。文章說：這是「一組反映鐵道兵戰鬥生活的好詩。詩寫得樸實有力，看著帶勁，讀著上口，我們

鐵道兵戰士讀起來感到特別親切。」「讀著這些情真意切、動人心弦的詩，使我們想到，只有熱愛這種火熱的戰鬥生活，真正瞭解革命戰士的思想感情，才能從平常的鬥爭生活中發掘出深刻的思想含義，才能使詩具有較高的意境。脫離鬥爭實踐，不熟悉工農兵群眾，靠什麼『靈感』、『思想的閃光』，絕對寫不出這樣的詩來。」

14 日　張光年日記：「下午臧克家來報喜訊，說（他的）歷史問題是維持了一九五六年結論；還準備讓他回京養病。他說很受感動，哭了一場，寫了十幾封信通知親友。」（《向陽日記》，上海遠東出版社 2004 年 5 月出版）

15 日　臧克家致鄭曼信：「郝金錄同志宣佈我的結論如下：」「『臧克家同志，1956 年曾做過結論，文化大革命以來，經調查，無新的發現，維持原結論。』」「我不禁哭泣，做了三分鐘的『表態』發言。」「郝連長報告了中央對幹校分配問題的口頭指示。總精神是：全國幹校一致，時間要遲，要搞好學習、批判、路線教育、勞動生產。看情況，半年之內，不可能分配了。」（《臧克家全集》第 11 卷，時代文藝出版社 2002 年 12 月出版）

17 日　《貴州日報》刊出金真的文章《喜讀〈工農兵詩選〉》。

24 日　黃翔作詩《長城的自白》。此詩收詩集《狂飲不醉的獸形》，1986 年 7 月油印。

9 月　《廣西文藝》1972 年第 5 期刊出澎澍《閃閃發光的二十三年》、黃本升《邊寨和北京緊相連》、王一桃《歸國謠》等詩。

9 月　《吉林文藝》1972 年 9 月號刊出張滿隆《訪大寨》、李占學《生產隊人物》和解放軍某部旭宇、火華《邊疆新歌》等詩。

9 月　《天津文藝》試刊第 1 期刊出劉章《治水歌》、戰士李鈞《漁工的手》等詩和大沽化工廠工人評論組《渤海鹽工譜新篇——評詩集〈春從鹽工心裏來〉》、河北區工人書評組《短小的詩歌　鮮明的形象——評短詩〈老舵工〉》等文。

9 月　賀敬之的詩集《放歌集》由人民文學出版社出版。收《回延安》、《桂林山水歌》、《放聲歌唱》、《雷鋒之歌》等詩 15 首。該書內容提要說：「本書於一九六一年初版。此次重版，由作者作了一些修改，並增編了《又回南泥灣》、《西去列車的窗口》、《偉大的祖國》、《不解放臺灣誓不休》、《回答今日的世界》、《勝利和我們在一起》和長詩《雷鋒之歌》等。」賀敬之講：「一九六九年，我被革命群眾宣佈『解放』。到一九七二年，人民文學出版社要再

版我那本《放歌集》。告訴我這是根據周總理在出版工作會議上指示的精神，由編輯部選定的。主持此事的同志對我說：這是爲解放一大批文藝書目『投石問路』。雖然這時我已經能夠想到，這恐怕是不容易的事，因此我對他苦笑著說：『也許結果會是石沉海底吧！』但我當時總覺得還不至因此又重遭橫禍。哪裡想到，這事很快就驚動了『四人幫』的爪牙。他們把重印這本書和我不願做『四人幫』希望我做的事聯繫起來，作爲我『不肯轉變立場』的表現，通知不許把這本書翻譯成少數民族文字，不許選入語文課本，並下令組織『批判』。後來，進一步又把我作爲『右傾復辟』、『黑線回潮』的重點人物進行了多番追查和圍攻。最後，竟十分『榮幸』地經江青、張春橋、姚文元親自批示對我採取措施：長期下放，監督勞動。」（《賀敬之詩選·自序》，山東人民出版社 1979 年 12 月出版）

9 月　紀鵬的長詩《鐵馬騎士》由天津人民出版社出版。長詩共 12 章，有作者《再版小序》和《後記》。該書 1962 年初版。《再版小序》說：「這部敘事詩已出版十年了，現在天津人民出版社根據讀者的要求，又把它重新再版。」「在這光輝的七十年代，重翻六十年代寫成、反映五十年代中朝人民團結戰鬥的長詩，心情仍然是激動的、興奮的。因爲在這十年裏，中朝兩黨、兩國人民的偉大友誼和戰鬥團結，又有了進一步的鞏固和發展。」「趁長詩的再版，又做了若干補充和修改。願將此書做爲友誼的花束，獻給中朝戰友和人民，祝我們在反對共同敵人的長期鬥爭中用鮮血凝成的偉大友誼萬古常青。」

　　　　紀鵬，原名紀鵬雲，1927 年 5 月 31 日生于吉林九臺。1948 年
　　由長春學院參軍，曾任解放軍文藝編輯組長、解放軍文藝出版社研
　　究員。出版的詩集還有《爲了金色的理想》（1959）、《藍色的海疆》
　　（1973）、《溪流集》（1985）、《山情·水韻》（1997）等。2006 年逝
　　世。

9 月　張永枚的詩集《螺號》由人民文學出版社出版。收《新春》、《騎馬挎槍走天下》、《毛主席在我們中間》、《椰林深處英雄兵》等詩 60 餘首。書前提要說：「本詩集於一九六三年初版。這次再版，又由作者作了一些修改，對原有作品抽掉了一部分，並增補了三十幾首新作品。」

　　　　張永枚，1932 年 11 月 8 日生於四川萬縣。1949 年肄業於萬縣
　　師範學校，參加中國人民解放軍，後畢業於四十二軍軍政幹部學校。

次年參加抗美援朝。歷任副班長，連隊文化幹事，文工團員，廣州軍區政治部創作員。1988 年離休。出版的詩集還有《新春》（1954）、《海邊的詩》（1955）、《騎馬掛槍走天下》（1957）、《椰樹的歌》（1958）、《唱社會主義》（1959）、《雪白的哈達》（1961）、《六連嶺上現彩雲》（1962）、《螺號》（1963）、《人民的兒子》（1973）、《西沙之戰》（1974）、《前進集》（1975）、《孫中山與宋慶齡》（1984）、《畫筆和六弦琴》（1989）、《張永枚詩選》（1991）、《張永枚故事詩選》（1992）等。

9 月　北京大學中文系編印的《詩選》印行。收民歌《歌唱毛澤東》、李季《致北京》、陳輝《爲祖國而歌》、郭小川《甘蔗林—青紗帳》、賀敬之《西去列車的窗口》等詩 44 首，有編者《編後》。《編後》說：「爲了幫助學員學習創作，我們選印一些比較優秀的作品，供學員閱讀，借鑒。」「由於只考慮創作課教學的需要，所選篇目甚少。」「目前選印的主要是我國當代文學作品，包括《詩選》《短篇小說選》《散文特寫選》《戲劇曲藝選》各一本，文化大革命以來發表的作品單印一本。此外，選印一本外國短篇小說。共六本。」謝冕講：「這套作品選由北京大學中文系文學創作教研室編選，由北京大學印刷廠印行，時間是 1972 年 9 月。首印詩、小說、散文特寫、戲劇曲藝四種。這可能是文革中涉及『文藝黑線』並選自受批判和被打倒的『封資修文學』的最早的選本。」（《謝冕編年文集》第 2 卷，北京大學出版社 2012 年 6 月出版）

9 月　《紅日照海河》編輯組編的詩集《紅日照海河》由河北人民出版社出版。收申身《一輪紅日照海河》、王和合《在工地上講家史》、劉小放《激戰海潮》、浪波《軍民治水圖》等詩 83 首，有《編者的話》。《編者的話》說：「一九六三年十一月十七日，偉大領袖毛主席發出了『一定要根治海河』的號令。」「在這場改天換地的鬥爭中，同時也激發了人們的寫作精神。戰鬥在治河第一線的工農兵革命群眾、革命幹部和革命工程技術人員，豪情滿懷，創作了各種形式的文藝作品。此間誕生的一批批戰鬥詩篇，以極大的革命熱情和深厚的無產階級感情，歌頌了我們偉大的黨；歌頌了我們偉大的領袖毛主席；歌頌了毛主席革命路線的輝煌勝利；歌頌了廣大人民群眾團結治水的英雄事跡。這些詩篇，在工地上起到了宣傳群眾、鼓舞鬥志的作用；也有力地批判了劉少奇一類騙子的創作『需要特殊的天才』的謬論。這是毛主席革命文藝路線的勝利。」

9 月　南京部隊政治部宣傳部編的詩集《嘹亮的軍號》由江蘇人民出版

社出版。收有童永泉《一碗苦荼湯》、葉文藝《長安街頌》、馬緒英《「我和新中國同一歲！」》等詩。當時的評論說：「這本短詩集選編的八十五首短詩，以滿腔的激情，清新的筆調，生動地反映了部隊朝氣蓬勃的戰鬥生活，抒發了革命戰士的無產階級的豪情壯志。這些詩篇像戰鬥的號角，使人精神振奮，給人鼓舞的力量。」「《嘹亮的軍號》是無產階級文化大革命以來，南京部隊業餘作者的第一本詩集。雖然有些作品主題思想開掘得不夠深刻，寫作技巧也還有待於進一步提高，但是我們相信，在毛主席無產階級文藝路線的指引下，廣大的業餘作者和文藝工作者們，一定能夠創作出更多更好的文藝作品，把繼續革命的號角吹得更響！」（鄒雨善《激動人心的號聲——喜讀短詩集〈嘹亮的軍號〉》，1973 年 8 月 5 日《新華日報》）

9 月　　中央民族學院編的《頌歌聲聲飛北京——少數民族詩歌選》由人民文學出版社出版。收壯族韋信龍《壯家最愛毛主席》、維吾爾族民歌《毛主席親，解放軍好》、蒙古族松如布《太陽出來暖洋洋》、滿族韓振學《我為祖國把崗站》等詩 94 首。當時的評論說：「少數民族詩歌選《頌歌聲聲飛北京》（中央民族學院選編、人民文學出版社出版），收集了蒙、回、藏、維、苗、彝、壯等三十七個少數民族的作者寫的短詩九十四首。」「這些飛向北京的頌歌，來自祖國的青藏高原，來自北疆的蒙古包，來自長白山麓，來自天山腳下。詩歌的作者有工人、農牧民、解放軍戰士和幹部、教師、學生等。詩歌的格式雖然不一，作者的民族語言儘管不同，但都以熾熱的感情，和諧的韻律，樸素的色調，生動的比喻，表達了各族人民對偉大領袖毛主席和偉大的中國共產黨高度崇敬的心情。」「從這本少數民族詩歌選裏，我們也看到了各族人民大團結，認真貫徹執行毛主席無產階級革命路線的嶄新精神面貌，體會到各族人民經過了無產階級文化大革命的戰鬥洗禮，提高了階級鬥爭和路線鬥爭覺悟。」「這些詩歌主題鮮明，構思精巧，有獨特的民族風味和濃鬱的生活氣息，在藝術創作上也取得了可喜的收穫。詩歌作者們把握住少數民族的生活特點，注意運用形象妥貼的比喻、細膩感人的烘托等藝術手法，使詩既精闢，又別致。」「《頌歌聲聲飛北京》是無產階級文化大革命以來，我國各族人民團結、戰鬥、勝利的頌歌。雖然有的作品還缺乏錘鍊，但總的來說，這本選集體現了少數民族詩歌創作日益繁榮的景象。我們相信，在毛主席革命文藝路線的指引下，在三大革命運動的實踐中，各族歌手一定會創作出更多好的頌歌，激勵全國人民奮勇前進！」（童聞《飛向北京的頌歌——喜讀新出版的少數民族詩歌選》，1972 年 12 月 7 日《人民日報》）

9 月　第一冶金建設公司革命委員會政治部編的詩集《我爲祖國走天下》由湖北人民出版社出版。收張五海《從工地到韶山》、郭才夫《我爲祖國走天下》、湯世澤《女鍛工》、毛詩龍《工人階級一雙手》等詩 46 首。

秋　　流沙河作詩《M 的週年祭》。此詩收《流沙河詩集》，上海文藝出版社 1982 年 12 月出版。

1972 年 10 月

1 日　《解放軍文藝》1972 年 10 月號刊出董耀章《鍛工師傅》、曲有源《來自第一線的電話》、葉文福《山中路》、王維章《草原新民兵》、李瑜《開鐮歌》等詩。

18 日　《解放日報》刊出吳笛的文章《歌唱我們偉大的時代——評工農兵詩選〈陽光燦爛照征途〉》。

10 月　《北京新文藝》試刊第 4 期刊出葉曉山《韶山茶》、北大工農兵學員徐剛《別韶山》、工人張寶申《好代表》、黑龍江生產建設兵團郭小林《林區新景》、郭寶臣《女兒軍墾北大荒》等詩。

10 月　《革命文藝》試刊第 4 期刊出賈動《草原新歌》和旭宇、火華《照相》等詩。

10 月　《廣東文藝》試刊之五刊出鄭南《三大革命的新闖將》、農民黃鶯谷《老戰友》、解放軍瞿琮《可愛的連隊》等詩。

10 月　《吉林文藝》1972 年 10 月號刊出高繼恒《天安門的焰火》、林業工人李廣義《送代表》、泉聲《鐵牛的故事》和蒙族蘇赫巴魯、武昌《草原輕騎》等詩。

10 月　新疆人民出版社編的詩集《一代航線萬代走》由該出版社出版。收有上海建築機械廠張鴻喜《一條航線萬代走》、解放軍某部孫瑞卿《步調一致奪取更大勝利》、劉淅《山區女貨郎》等詩。

10 月　山東省紀念毛主席《在延安文藝座談會上的講話》發表三十週年辦公室編的詩集《幸福泉》由山東人民出版社出版。收有鄒平社員蕭端祥《萬歲萬歲毛澤東》、馬恒祥《建鋼城》、牛明通《杏花三月天》等詩，有編者《前言》。《前言》講：「爲紀念毛主席的光輝著作《在延安文藝座談會上的講話》發表三十週年，我們編選了短篇小說、報告文學、詩歌、戲劇、美術作品、歌曲等六個集子，獻給廣大工農兵群眾。」「黨的『九大』以來，在毛主席革

命文藝路線指引下，在各級黨組織和革命委員會的關懷、領導下，我省文藝戰線和全國一樣，一個以革命樣板戲爲榜樣的群眾性的創作運動正在蓬勃興起。廣大工農兵業餘作者和革命文藝工作者，堅持文藝爲工農兵服務、爲無產階級政治服務的方向，創作了大量的、各種形式的革命文藝作品。這幾個集子，就是從這些作品中選編出來的。」

1972 年 11 月

1 日　《解放軍文藝》1972 年 11 月號刊出李瑛的組詩《紅花滿山》，有《青松》、《海的懷念》、《哨所門前的河》等。

16 日　《光明日報》刊出楊國安的詩《烏江小唱》。

19 日　《文匯報》刊出陳忠幹的詩《在廣交會上》。

11 月　《工農兵文藝》1972 年第 11 期刊出史新宇《聽說咱隊登上報》、山嬰《山裏姑娘志氣大》等詩。

11 月　《廣西文藝》1972 年第 6 期刊出《紅水河畔新歌臺》新民歌 12 首和何津《荔枝熟了》、德保銅礦楊鶴樓《礦工讚歌》等詩。該刊 1973 年第 2 期刊出謝永進的文章《熱情的頌歌　戰鬥的歌謠——喜讀〈紅水河畔新歌臺〉的民歌》，文章說：「《廣西文藝》上《紅水河畔新歌臺》專欄裏的民歌，是一曲曲嘹亮的讚歌，熱情歌頌偉大領袖毛主席，歌頌偉大的中國共產黨，歌頌毛主席革命路線的偉大勝利，歌頌社會主義和工農兵群眾；又是一支支鋒利的匕首和投槍，直刺美帝、蘇修及劉少奇一類騙子的黑心臟。我們工農兵愛看這樣的新民歌。」

11 月　《吉林文藝》1972 年 11 月號刊出工宣隊員韓明《車間速寫》、趙新祿《停車場上》等詩和吉林師大農場評論組《萬朵紅霞映朝暉——讀詩集〈紅霞萬朵〉》，趙得身、郭松《激動人心　鼓舞鬥志——〈大柳河工地詩歌選〉讀後》等文。

11 月　《遼寧文藝》（試刊）1972 年第 3 期刊出張名河《向陽臺畔向陽歌》、李松濤《高歌唱早春》、工人劉世玉《紅色架線工》等詩。

11 月　《天津文藝》試刊第 2 期刊出解放軍某部王金海《廬山松》、柴德森《弔裝隊長》、劉國良《海上漁歌》等詩。

11 月　李永鴻的詩集《白洋淀漁歌》由河北人民出版社出版。

11 月　詩集《南粵新詩——紀念毛主席〈在延安文藝座談會上的講話〉發表三十週年徵文選》由廣東人民出版社出版。

11 月　廣州部隊政治部宣傳部編的詩集《韶山紅日照胸懷》由廣東人民出版社出版。

11 月　紀鵬的長詩《新坦克手進行曲》由北京人民出版社出版。作品共 9 章。該書《內容提要》說：「這是一部反映新坦克手成長的長詩。」「詩中表現了在毛主席建軍路線指引下，戰士的階級鬥爭、路線鬥爭、繼續革命覺悟不斷提高，認真看書學習，發揚革命傳統，苦練殺敵本領，迅速成長爲新一代的革命接班人。」「作者通過富有詩意的情節，抒情的語言，刻畫了李小英、指導員、師長、阿媽等感人形象，描繪了坦克部隊豐富多彩的戰鬥生活。」

11 月　孫友田的詩集《煤海放歌》由江蘇人民出版社出版。收《攤開這張礦產圖》、《徒弟的話》、《走進人民大會堂》、《礦山晨曲》等詩 70 首。該書《內容提要》說：「這本詩集，共收短詩七十首。係作者從先後出版的《煤海短歌》、《礦山鑼鼓》、《煤城春早》、《金色的星》、《石炭歌》等幾本詩集中選擇、修訂重版。」「作者以『我是煤，我要燃燒！』的強烈的無產階級感情，描繪了礦山的呼嘯，煤海的歡騰，煤礦工人劈山探寶的英雄氣概，萬年煤層甦醒翻身的奇跡，給人留下鮮明、生動的印象。」「這些詩富有濃厚的礦山生活氣息，詩句洗煉，勁健。藝術感染力較強。」

　　孫友田，1936 年 1 月 15 日生於安徽蕭縣。1957 年淮南煤礦學校畢業後分配到徐州賈汪煤礦工作，十五年後調至江蘇省文化局從事專業創作。1978 年任《雨花》雜誌編輯，1984 年到江蘇省作家協會工作。1954 年開始發表新詩，出版的詩集還有《煤海短歌》（1958）、《礦山鑼鼓》（1960）、《煤城春早》（1962）、《石炭歌》（1964）、《花雨江南》（1979）、《孫友田煤礦抒情詩選》（1988）等。

11 月　王書懷的長詩《張勇之歌》由黑龍江人民出版社出版。該書 1975 年 8 月第 2 版《內容提要》說：「這是一部敘事長詩。」「作品運用革命現實主義和革命浪漫主義相結合的創作方法，以相當濃重的抒情筆調，熱情歌頌了我國知識青年的好榜樣張勇，在馬列主義、毛澤東思想哺育下，在與工農結合道路上的迅速成長；刻畫了在毛主席革命路線指引下，堅決與剝削階級傳統觀念徹底決裂，誓爲消滅三大差別、實現共產主義偉大理想英勇奮鬥的中國社會主義時期革命青年一代的英雄形象。」「長詩語言樸實、凝煉，風格明快，讀來親切感人。」當時的評論說：「讀了王書懷同志寫的長篇敘事詩《張勇之歌》，內心燃燒起一股熾熱的革命火焰。作者運用熱情而簡潔的語言，淋

漓盡致而又富有特徵地描寫了張勇那短暫但極豐富的鬥爭生活。她那積極向上、朝氣蓬勃的革命精神,認真接受再教育,主動改造世界觀的堅強意志,強烈地激勵著我們這些知識青年讀者,使我們進一步懂得什麼是革命的理想,什麼是真正的前途,怎樣生活才最有意義,從而更加堅定了我們走與工農相結合的道路,在邊疆一輩子扎根的決心。」(何志雲《革命知識青年的光輝榜樣——評長詩〈張勇之歌〉》,1973 年 7 月《黑龍江文藝》試刊第 4 期)

　　王書懷,原名王樹槐,1929 年生,河北撫寧人。1948 年參加革命。1950 年在原松江省巴彥縣農村小學任教,後到縣文教科、文化館做群眾文藝工作。1953 至 1960 年,先後任《松江文藝》、《黑龍江文藝》詩歌編輯,《北方文學》編委,中國作協黑龍江分會理事等。1961 至 1978 年,從事專業創作,到綏化農村安家落戶,擔任縣委宣傳部長。1950 年開始創作,出版的詩集還有《鄉土集》(1957)、《揚帆集》(1958)、《樺林曲》(1959)、《山川集》(1960)、《寶山謠》(1963)、《火熱的鄉村》(1964)、《青紗集》(1964)、《行吟集》(1979)等。1983 年逝世。

　　11 月　浙江省紀念毛主席《在延安文藝座談會上的講話》發表三十週年徵文辦公室編的詩集《我們是開路工》由浙江人民出版社出版。收裘躍顯《一輪紅日韶山升》、解放軍駐浙某部葉文藝《對表》、金華拖拉機修配廠吳曉《農機修理車間放歌》、張德強《大步跟上金訓華》等詩 98 首,有編者《前言》。《前言》說:「今年五月,是偉大領袖毛主席的光輝著作《在延安文藝座談會上的講話》發表三十週年。」「為進一步發展社會主義文藝創作,使文學藝術更好地為工農兵、為無產階級政治、為社會主義服務,為宣傳和捍衛毛主席的無產階級革命路線和鞏固無產階級專政而戰鬥,浙江省革命委員會政治工作組於一九七一年九月發出了關於『舉辦紀念毛主席《在延安文藝座談會上的講話》發表三十週年文藝創作徵文』的通知。自徵文活動開展以來,全省各級領導十分重視,各條戰線的工農兵群眾、革命幹部和革命知識分子熱烈響應,在《講話》精神指引下,積極進行文藝創作。一個以革命樣板戲為榜樣的群眾性的革命文藝創作運動正在興起,一支革命化的業餘和專業相結合的文藝創作隊伍在逐步成長。」「現從這次徵文活動中湧現出來的大量作品裡面,挑選了一部分,按小說、詩歌、報告文學、散文、戲劇、故事曲藝、歌曲、美術、攝影等分類編印成集,陸續出版。」

1972 年 12 月

1 日　《解放軍文藝》1972 年 12 月號以《我們是人民的工程兵》爲總題刊出峭岩《踏遍青山》、喻曉《制服地下水》、韓作榮《戈壁行軍》等詩。

2 日　《湖北日報》刊出黃春庭、張良火、黃治堯的文章《沸騰的礦山戰鬥的詩篇──讀〈手托千山送高爐〉》。

3 日　《光明日報》刊出石犁的詩《草原向陽花──給牧區一位赤腳醫生》。

3 日　《文匯報》刊出奉賢縣奉城公社徐景東《公社的棉田》等詩。

5 日　《青海日報》刊出秋元的文章《青海高原的新聲──介紹詩集〈崑崙高歌〉》。

7 日　《人民日報》刊出童聞的文章《飛向北京的頌歌──喜讀新出版的少數民族詩歌選》。

17 日　《長江日報》刊出武大中文系工農兵學員齊林戴的文章《工農兵戰鬥生活的畫卷》。

17 日　《光明日報》刊出王野《黨支書》等詩。

17 日　《文匯報》刊出錢國梁的詩《船廠大道》。

31 日　《光明日報》刊出王榕樹的詩《繼往開來》。

12 月　郭路生（食指）作詩《吹向母親身邊的海風》。此詩收《食指的詩》，人民文學出版社 2000 年 12 月出版。

12 月　《北京新文藝》試刊第 5 期刊出袖春（郭小川）的詩《秋收歌》和徐振輝的文章《棗林人歌動地詩──評〈棗林村集〉》。

12 月　《工農兵文藝》1972 年第 12 期刊出解放軍某部謝克強《練三伏》、趙熙《南泥灣墾歌》等詩。

12 月　《吉林文藝》1972 年 12 月號刊出趙貴忠《管水員》、張紅雨《鄉郵員》、秋原《火紅火紅的高粱》等詩。

12 月　勉縣文化館編的《巴山新歌》第 2 期刊出「詩專號」，刊有漢鋼工人沈奇《朝暉》、沙陵《放馬高歌》、莊重《豐收之夜》、戰士陳明華《深夜攻讀》等詩。

12 月　黑龍江人民出版社編的詩集《北國春曲》由該出版社出版。收謝文利《火紅的戰旗》、鮑雨冰《夜裝》、宋歌《公社女兒》、郭小林《採伐突擊隊》等詩 102 首，有編者《編後》。《編後》說：「爲紀念偉大領袖毛主席《在延安

文藝座談會上的講話》發表三十週年，我們滿懷喜悅的心情，從全省徵文的詩歌作品中，選編了這本詩集。詩集中，共收抒情短詩一百另一首，小敘事詩一首，絕大多數是戰鬥在革命和生產第一線的工人、貧下中農社員和解放軍戰士創作的。這些詩作，題材比較廣泛，風格比較多樣，語言比較生動，反映了我省工農兵業餘作者和革命文藝工作者在《講話》精神的指引下，經過無產階級文化大革命的戰鬥洗禮，深入三大革命鬥爭實踐，學習革命樣板戲的創作經驗，在文學創作上所取得的可喜收穫，顯示了工農兵群眾無限的創作才能和巨大的創作潛力，同時也展示了我省革命文藝創作進一步繁榮的廣闊前景。」

12月　《風展紅旗——工農兵詩選》由人民文學出版社出版。收青島捲煙廠工人紀宇《井岡山放歌》、北京大學工農兵學員徐剛《講臺》、長航宜昌港務局工人黃聲笑（黃聲孝）《挑山擔海跟黨走》、白洋淀漁民李永鴻《好魚獻給毛主席》等詩 84 首。

12月　《江城春潮——南通市工農兵詩選》由江蘇人民出版社出版。收有通棉一廠關山《葵花向陽金燦燦》、水產局徐加達《漁歌》、天生港發電廠工人孔步餘《「小雞生大蛋」》等詩。

12月　上海人民出版社編的詩集《廬山頌》由該出版社出版。作品分為《頌歌高唱》、《鐵人精神》等 5 輯，收徐剛《天安門前暢想》、朱金晨《建設者的腳印》、石一歌《在魯迅墓前》等詩 50 餘首，有《後記》。《後記》說：「這本詩集，主要編選自去年六月至今年八月發表在《文匯報》和《解放日報》文藝副刊的部分詩歌。這些作品，反映了一年多來廣大工農兵群眾在黨的思想和政治路線教育下、在三大革命運動中激發出來的政治熱情，他們滿懷深厚的無產階級感情，歌頌偉大領袖毛主席，歌頌偉大的中國共產黨，歌頌無產階級革命路線的偉大勝利，抒發工業學大慶、農業學大寨的豪情壯志，反映解放軍戰士忠於黨、忠於人民的深厚感情，歡呼革命知識青年在與工農兵相結合的道路上茁壯成長。」

12月　《挑山擔海跟黨走——工農兵詩選》由湖北人民出版社出版。收黃聲笑（黃聲孝）《挑山擔海跟黨走》、王老黑《毛主席恩情比天大》、李道林《赤腳醫生》、雷子明《站崗站到全球紅》等詩 41 首。

1972年　栗世征（多多）作詩《當人民從乾酪上站起》、《蜜周》、《戰爭》、《再會》、《大宅》、《鐘為誰鳴》。前三首收《里程——多多詩選》，1988年 12 月油印發行；後三首收詩集《行禮：詩 38 首》，灕江出版社 1988 年 3月出版。

　　1972 年　　　流沙河作詩《夢西安》、《鋸的哲學》。詩均收《流沙河詩集》，上海文藝出版社 1982 年 12 月出版。

　　1972 年　　　牛漢作詩《半棵樹》。此詩初刊《文匯月刊》1986 年第 6 期；收《牛漢抒情詩選》，青海人民出版社 1989 年 12 月出版。

　　1972 年　　　岳重（根子）作詩《致生活》。此詩收郝海彥主編《中國知青詩抄》，中國文學出版社 1998 年 2 月出版。

　　1972 年　　　理召（灰娃）作詩《路》。此詩收《山鬼故家》，人民文學出版社 1997 年 7 月出版。灰娃講：「『文革』中的黑暗、荒謬、恐怖和殘暴，是我所從未經歷過的，而且那一切都冠以『革命』和『人民』的名義。看到這個真相，使我的精神大受刺激，原本已患有的輕度精神分裂，便加重升級了，表現為對一切極度不解，對外界極度恐懼。」「我這樣當然不能出門。雖然時而有紅衛兵、造反派隨時可能闖進家門，但相對來說家還是我的安全港灣。因為有家人，有四堵牆，有屋頂。一九七二年，在家裏頭腦就這樣地繼續思緒紛繁，忽然不由地拿起了筆，隨便拿到什麼紙，便亂寫亂畫。一句話，一個詞，一個字，一段文字，隨意地寫下當下紛亂思緒的一些碎片，像採下一片片花冠，零亂而不完整。寫時心緒似乎寧靜了片刻。但好景不長，寫後一看，立時驚恐萬狀。心想這正是社會要滅殺的東西，是反動的東西。肯定已經有人用新式高科技儀器探測到了。這不是反動的證明嗎？於是，趕緊撕碎，裝進衣袋，偷偷走到衛生間，扔入馬桶沖走。就這樣反覆地做著。」「後來，我把我寫的一些文字偷偷裝進口袋，悄悄拿給我幼時的藝術導師張仃看。」「張仃看後，問道：『還有嗎？』我回答說，全扔到馬桶裏沖走了。他沉思片刻，鄭重地說：『這是詩，我們中國人需要這種東西。你回去不要再扔了，應該設法保存起來。』又叮囑我繼續寫下去，還說，你心裏有許多的美，寫詩就是給美一個出口。否則，隨著人的死亡，心中的那些美就隨之消失了。他還順便說了一句：『想不到這丫頭成長為我們民族的詩人了。』這句話，我聽了真有些不好意思，有些害羞。」「回到家，趁夜深人靜，我把所寫的紙條，放在一個扁形鐵盒裏蓋緊了。那時人們已經不敢養花了。我家露臺上閒置著一大擺花盆，土早已乾透。我偷偷地把上面的小花盆取下來，把下面大花盆的乾土刨開，把扁鐵盒埋進土裏。然後再把小花盆一個個放上去。我再寫了，照樣再放在裏面，做得不露痕跡，像什麼也沒發生一樣照常生活。」（《我額頭青枝綠葉──灰娃自述》，人民文學出版社 2010 年 8 月出版）

　　理召，筆名灰娃，1927 年生於陝西臨潼。1939 年到延安，就學
於「兒童藝術學園」。1946 年跟隨部隊轉戰晉冀魯豫地區。兩年多
後身染重病，先後在南京、北京住院治療。50 年代入北京大學俄文
系讀書。1960 年到北京編譯社工作。「文革」之前，罹患精神分裂
症。1972 年開始寫詩。1997 年出版詩集《山鬼故家》。

　　1972 年　　趙振開（北島）作詩《眼睛》、《你好，百花山》、《星光》、《雲
啊，雲》、《我走向雨霧中》、《五色花》、《真的》。《眼睛》、《你好，百花山》、
《星光》初刊 1979 年 2 月 26 日《今天》第 2 期；《雲啊，雲》初刊 1979 年 4
月 1 日《今天》第 3 期；均收詩集《陌生的海灘》，《今天》編輯部 1980 年 4
月油印發行。

　　趙振開，筆名北島，1949 年生於北京。曾做過建築工人、編輯。
1978 年與芒克創辦文學刊物《今天》。1986 年出版詩集《北島詩選》。
1989 年到海外，先後在歐美多所大學任過教職、駐校作家，又出版
詩集《在天涯》（1993）、《午夜歌手》（1995）、《零度以下的風景》
（1996）、《開鎖》（1999）、《守夜》（2009）等。

1973 年

1973 年 1 月

1 日 《文匯報》以《一代新人贊》爲總題刊出劉同毓《山村發行員》、吳永進《工地紅醫兵》等詩。

1 日 《解放軍文藝》1973 年 1 月號刊出程光銳《新春放歌》、馬緒英《開完批判會》、胡世宗《操場上》、胡笳《油海浪花——油田勘探隊生活素描》、泉聲《公社新人》等詩。

7 日 《文匯報》以《一代新人贊》爲總題刊出朱金晨《架線工》、錢國梁《女木工》等詩。

13 日 《文匯報》刊出上海警備區某部朱雪多的文章《努力錘鍊思想　堅持深入生活——工農兵詩歌選集〈廬山頌〉讀後》。

15 日 《河北文藝》1973 年第 1 期刊出堯山壁《渡「江」進行曲》、杜志民《試馬》等詩和申文鍾的文章《無產階級英雄的頌歌——讀長詩〈關成富〉》。

16 日 《山西日報》刊出聞震的文章《戰歌嘹亮紅霞飛——喜讀工農兵詩選〈紅霞萬里〉》。

21 日 《光明日報》刊出北京第一機床廠工人王恩宇的文章《延安山花紅豔豔——讀詩集〈延安山花〉》。

1 月 《廣西文藝》1973 年第 1 期刊出《紅水河畔新歌臺》新民歌 28 首和柳州市《友誼常青》創作組《中阿友誼果園詩抄》、韋其麟《橋墩》、王一桃《向日葵》等詩。

1 月 《黑龍江文藝》試刊第 1 期刊出陸偉然《歷史的豐碑》、苗欣《召喚》、蔣巍《走毛主席指引的路》、郭小林《兵團戰士愛邊疆》等詩。

1月　《吉林文藝》1973年1月號刊出《通鋼工人詩選》和戚積廣《寫在鬥爭中》、王方武《汽車城紀事》、工人朱雷《師徒篇》等詩。

1月　《遼寧文藝》1973年第1期刊出工人楊有方《平爐臺放歌》、劉文玉《遼北戰歌》、社員霍滿生《躍進年頭春來早》、陳進化《理想》等詩。

1月　《群眾藝術》1973年第1期刊出田潤菁《山村紅花》、雪梅《媽媽的來信》、聞頻《春風又送我到南泥灣》等詩。

1月　《四川文藝》創刊號刊出胡笳《油海浪花》、工人柯愈勳《喇叭高唱進行曲》、唐大同《陽光燦爛》等詩。

1月　李瑛的詩集《紅花滿山》由人民文學出版社出版。作品分為《山鷹——在南方》、《青松——在北方》2輯，收《進山第一天》、《高山哨所》、《雪中花》、《哨所門前的河》等詩60首，前有作者題記：「看那滿山滿谷的紅花，是戰士的生命和青春。」謝冕講：「《紅花滿山》在思想、藝術方面有許多可喜的成績，但是給人印象最深的一點是：這是來自火熱鬥爭前線的詩篇。它帶著高山的寒露，帶著泥土的芳香，帶著那朝氣蓬勃的邊防部隊的生活氣息。這是作者在深入斗爭實踐，向戰士們學習，熟悉他們的生活和感情的基礎上，在藝術上精益求精，進行創造性勞動的結果。」「《紅花滿山》的作者在藝術表現方面是有特色的。他善於在日常生活中發現那些激動人心的具有典型意義的人物事件，以抒發無產階級的偉大胸襟，也善於開掘那些看來平凡的事物所蘊含的深邃的意義。一條普通的山間小路，使人想到難忘的崢嶸歲月；在漫空細雨之中，他諦聽到祖國親人深情的叮囑：警惕！這裡有那種壯麗和濃鬱，但又有頗多的蘊藉，二者構成了一種交錯而又和諧的風格。」「在《紅花滿山》裏，我們可以說，作者為政治和藝術的統一、內容和形式的統一，是做出了可貴的努力的。」（《戰鬥前沿的紅花——詩集〈紅花滿山〉讀後》，1973年8月1日《解放軍文藝》1973年8月號）

1973年2月

1日　《光明日報》刊出邱模堂《築路工人之歌》等詩。

1日　《解放軍文藝》1973年2月號刊出閻一強《沂蒙贊》、紀鵬《寫在世界屋脊上》、雷抒雁《沙海練兵抒懷》等詩。

4日　《陝西日報》刊出武原的文章《工農兵揮筆詩花開——試評詩歌集〈戰鬥的春天〉》。

　　5 日　《文匯報》刊出駐滬海軍長江艦徐照瑞《慰問信》、金山縣金曉東《春在社員心窩裏》、徐剛《迎春花》等詩。

　　11 日　《文匯報》刊出李幼容的詩《寄稻曲》。

　　25 日　《光明日報》刊出秦克溫的詩《女教師》。

　　2 月　龔舒婷（舒婷）作詩《致大海》。此詩收詩集《雙桅船》，上海文藝出版社 1982 年 2 月出版。

　　2 月　《吉林文藝》1973 年 2 月號刊出賀敬之的長詩《雷鋒之歌》和曲有源《寫在琿春的大地上》、楊子忱《雪打燈》等詩。

　　2 月　《遼寧文藝》1973 年第 2 期刊出戰士王中朝《海島哨兵》、董俊生《毛主席派我來取礦》、王荊岩《鋼城春早》等詩。

　　2 月　《群眾藝術》1973 年第 2 期刊出陶海粟《我打開〈共產黨宣言〉》、解放軍某部馬士林《山村黎明前》等詩。

　　2 月　《天津文藝》創刊號刊出第四棉紡廠李超元《柳下新歌》、戰士時家翎《形象》等詩和電器控制設備廠魏久環的文章《深入下去　昇華開來——讀詩隨筆》。

　　2 月　楊嘯的長詩《草原上的鷹》由內蒙古人民出版社出版。長詩共 3 部，每部 10 章。該書《內容簡介》說：「《草原上的鷹》是一首長篇敘事詩，寫蒙古族少年莫日根在黨的培養教育下，在戰鬥中成長的故事。」「第一部《雛鷹展翅》：莫日根爸媽慘遭王爺殺害，莫日根爲了報仇，摸進王府刺王爺，被抓住，後越獄逃出參加了游擊隊。第二部《鷹飛千里》：游擊隊派莫日根和巴圖去延安學習。半路上被王爺的兒子陶古斯抓住，巴圖英勇犧牲，莫日根受了重傷，經過艱難曲折，終於到了延安。第三部《鷹擊長空》：三年後，莫日根回到草原，擔任了連長，帶領部隊，化裝打進陶古斯的匪巢，徹底消滅了敵人，解放了草原重鎮烏蘭塔。」「故事生動曲折，語言通俗精鍊，富有濃鬱的草原生活氣息。在運用詩歌的民族形式、民間傳說等方面，作者作了一些新的探索。」

　　　　楊嘯，1936 年生，河北肅寧人。1956 年入內蒙古大學文藝研究班學習，後在內蒙古伊克昭盟文化局文藝創作組從事專業創作，曾任中國作家協會內蒙古分會副主席。出版的詩集還有《柳笛》（1991）。

　　2 月　廣西壯族自治區徵文辦公室編的《紅水河歡歌——廣西詩選》由

廣西人民出版社出版。收自治區文化局創作組《壯族人民歌唱毛主席》、王一桃《歸國謠》、工人周玉林《我裝管道引灕江》、何津《公社荔枝熟了》等詩103 首。該書《內容提要》說：「為了紀念毛主席《在延安文藝座談會上的講話》發表三十週年，我們選編出版我區工農兵作者創作的詩歌一百零三首。」「在毛主席無產階級革命文藝路線的指引下，我區群眾性的文藝創作活動蓬勃發展。在這些詩篇中，作者通過不同的題材、不同的角度、不同的生活畫面、不同的意境、不同的藝術風格和不同的形式，歌頌了偉大領袖毛主席和毛主席無產階級革命路線的偉大勝利，反映了我區社會主義革命和社會主義建設的壯麗圖景，描繪了我區各族人民豐富多采的鬥爭生活和各條戰線上的英雄人物形象。」「這本詩選中部分作品曾在區內外報刊上發表過，此次收編時，又作了某些修改、加工。」當時的評論說：「廣西詩選《紅水河歡歌》，最近由廣西人民出版社出版了！這是我區在無產階級文化大革命以來出版的第一部詩選，是我區群眾性詩歌創作的可喜收穫！」「詩選跳動著路線鬥爭的脈搏，閃耀著時代的精神。」「有些詩，雖然沒有直接描繪兩個階級、兩條路線的鬥爭，但由於作者能站在路線鬥爭的高度來認識和反映生活，也使作品具有時代精神。」「從這個詩選裏，我們得到一個啟示：詩歌要成為時代的號角，作者必須站在階級鬥爭、路線鬥爭和繼續革命的高度，來挖掘主題，概括形象和提煉意境。只有這樣，才能使詩歌具有強烈的時代精神。」（南寧絹紡廠工人評論組《閃耀時代精神的新詩篇——評廣西詩選〈紅水河歡歌〉》，1973 年 3 月《廣西文藝》1973 年第 2 期）

1973 年 3 月

1 日　《解放軍文藝》1973 年 3 月號刊出韓瑞亭《雷鋒在我們行列中》、王石祥《無敵夜老虎》、張雅歌《傘兵的詩》、李幼容《天山春早》、張廓《十朵向陽花》等詩和連隊文化活動簡訊《開展連隊業餘詩歌活動》。簡訊說：「北京部隊某部指揮連在深入進行思想和政治路線教育中，廣泛開展群眾性業餘詩歌活動，通過組織朗誦會、賽詩會，活躍了連隊文化生活，促進了連隊建設。」「在開展群眾性業餘詩歌活動中，他們注意結合形勢、任務，發揮詩歌這種武器的特長，使之成為對指戰員進行路線教育的生動形式，推動戰備、訓練等各項任務的勝利完成。如：在路線教育中，通過調查訪問農村兩個階級、兩條道路、兩條路線鬥爭的狀況，狠批了劉少奇一類騙子的『階級鬥爭

熄滅論』，同志們認識到階級鬥爭是長期、複雜的。戰士吳繼東寫詩說：『階級敵人最兇殘，豺狼本性不會變，要陰謀，放暗箭，搗亂、失敗、再搗亂；基本路線要牢記，頭腦繃緊戰備弦，敵人膽敢瞎搗亂，定砸它一個稀巴爛！』炊事班長朱相迎讀了這首詩以後，很受啓發。他努力克服文化低的困難，認眞看書學習，通讀了《共產黨宣言》、《國家與革命》和毛主席的一些著作。他深有體會地說：打倒了幾個敵人，並不等於剝削階級消滅了，一次路線鬥爭的勝利，並不是鬥爭的最後勝利。階級鬥爭是長期的，任何時候都不能放鬆警惕。」「在組織群眾性業餘詩歌活動中，這個連隊的黨支部還注意加強領導。在創作中，有的同志由於文化較低，寫出的詩不像詩，有的同志單純追求新穎的形式、華麗的詞藻，寫出來的詩叫人看不懂。爲了提高創作水平，促進業餘詩歌活動的健康發展，他們就請有經驗的同志談體會，幫助修改，共同提高。還舉辦夜校，在幫助文化低的同志學文化、學政治的同時，教一些詩歌創作的基本常識。」

4 日　《文匯報》刊出紀雷的詩《千萬個雷鋒在成長——紀念毛主席發出「向雷鋒同志學習」偉大號召十週年》。

5 日　《光明日報》刊出解放軍某部溫德友《沿著雷鋒的車轍》等詩。

10 日　經毛澤東同意，中共中央發出《關於恢復鄧小平同志的黨的組織生活和國務院副總理的職務的決定》。

10 日　《北京新文藝》更名爲《北京文藝》出刊，1973 年第 1 期刊出顧工《雷鋒和我們在一起》、趙日升《春潮澎湃》、葉曉山《深夜鍾聲》、陶嘉善《草鞋歌》等詩。《致讀者》說：「《北京新文藝》（試刊）在毛主席無產階級革命文藝路線的指引下，在各級黨組織、革命委員會和廣大工農兵群眾的指導和支持下，先後出版了五期，廣泛地聽取了工農兵讀者和各有關方面的意見。根據廣大工農兵讀者的要求，經上級同意，從今年三月份開始正式出刊，每兩個月出版一期，逢單月出版，並更名爲《北京文藝》，在北京市正式發行。」「《北京文藝》是北京市綜合性的文藝刊物。它的方針是：貫徹執行毛主席的無產階級革命文藝路線，堅持爲工農兵、爲無產階級政治服務的方向，使刊物成爲宣傳馬列主義、毛澤東思想，對廣大革命群眾進行思想和政治路線教育的武器；通過發表文藝作品和文藝評論，繁榮和推動本市群眾性的文藝創作，發展和壯大本市文藝創作隊伍。」

11 日　《文匯報》刊出黃山茶林場金稼仿的詩《開山鋤》。

15 日　《河北文藝》1973 年第 2 期刊出詩輯《舉手托起半邊天》和興隆社員劉章《公社頌》等詩及艾思《讀詩札記二則》等文。

18 日　《文匯報》刊出程逸汝的詩《誇公社》。

19 日　《解放軍報》刊出元輝的詩《伏擊》。

21 日　詩人蘆甸病逝。

　　　　蘆甸，1920 年生於江西貴溪。抗戰期間在成都從事文化活動，組織「平原詩社」。抗戰勝利前夕去中原解放區，後轉赴晉冀魯豫。1949 年後，任天津市文協秘書長。1955 年受胡風錯案株連。1982 年恢復名譽。1939 年開始寫作，1950 年出版詩集《我們是幸福的》。

25 日　《光明日報》刊出紀鵬《水兵學〈共產黨宣言〉》等詩。

25 日　《人民日報》刊出張永枚的文章《新詩也要學習革命樣板戲——工農兵詩集〈風展紅旗〉、〈陽光燦爛照征途〉讀後》。文章說：「學習了這兩本詩選和其它一些詩歌，感受集中到一點就是：新詩也要學習革命樣板戲的創作經驗。」「革命樣板戲的創作經驗，對繁榮社會主義文藝具有普遍的意義。在新詩的創作中，既可運用這些經驗於抒情，也可運用於敘事。我們應通過鬥爭實踐和藝術實踐，努力掌握馬克思主義、列寧主義、毛澤東思想的世界觀和藝術觀，努力肅清反革命的修正主義文藝路線的種種流毒。學習革命樣板戲成功地運用革命現實主義和革命浪漫主義相結合的創作方法；學習革命樣板戲正確地貫徹執行『百花齊放，推陳出新』、『古爲今用，洋爲中用』的方針；學習革命樣板戲調動一切藝術手段，千方百計地塑造工農兵的高大英雄形象；學習革命樣板戲把敘事和革命抒情完美地結合起來；學習革命樣板戲的精湛語言藝術；學習革命樣板戲千錘百鍊、一絲不苟的創作態度……等等。目前，我們有的詩作還存在著一些問題。如：塑造工農兵英雄典型這個社會主義文藝的根本任務，在敘事詩中還未能引起應有的重視；有的詩的敘事和革命抒情結合得不好；有的言多意少，詩味不濃。這說明學習革命樣板戲的創作經驗，是多麼迫切，多麼重要啊！」「當然，我們說新詩要學習革命樣板戲的創作經驗，決不是說就可以生搬硬套，抹煞新詩本身的特點，而是要把革命樣板戲的創作經驗和新詩的革命實踐結合起來。沿著爲工農兵、爲社會主義服務方向前進的新詩，必然是一條無比絢麗、五彩繽紛的寬廣大道。」

29 日　《廣西日報》刊出黃其星、黃秉生、黃險峰的文章《內容豐富　構思新巧——喜讀詩選〈紅水河歡歌〉》。

3 月　伍立憲（啞默）作詩《春》。此詩收詩文集《鄉野的禮物》，貴州民族出版社 1990 年 12 月出版。

3 月　《廣東文藝》1973 年第 3 期刊出韋丘《崢嶸歲月　浩蕩春風——紀念毛主席「向雷鋒同志學習」題辭發表十週年》、章明《海岸勁松——一位新戰士講的故事》、柯原《像雷鋒同志那樣生活》等詩。

3 月　《廣西文藝》1973 年第 2 期刊出《紅水河畔新歌臺》新民歌 27 首和張化聲《縣委書記在鄉下》、解放軍駐北京某部莫少雲《接力賽》等詩和南寧絹紡廠工人評論組《閃耀時代精神的新詩篇——評廣西詩選〈紅水河歡歌〉》、謝永進《熱情的頌歌　戰鬥的歌謠——喜讀〈紅水河畔新歌臺〉的民歌》等文。

3 月　《黑龍江文藝》試刊第 2 期以《唱不盡的幸福歌》為總題刊出達斯嘎《金燦燦的草原》、郭其柱《幸福全靠共產黨》等詩 11 首。

3 月　《吉林文藝》1973 年 3 月號刊出顧笑言《踏著雷鋒的足跡前進》、張滿隆《歡迎會》、陳玉坤《新人如蓓蕾》等詩。

3 月　《遼寧文藝》1973 年第 3 期刊出解放軍空軍某部戰士林山作《雷鋒讚歌》、工人田永元《火車頭之歌》、劉文玉《種子贊》、東白《夜哨》等詩。

3 月　《群眾藝術》1973 年第 3 期刊出楊軍《同心鬧春耕》等詩。

3 月　福建人民出版社編的詩集《東海放歌》由該出版社出版。

3 月　雲南省文化局編的詩集《金色的瀑布》由雲南人民出版社出版。

3 月　詩集《像雷鋒那樣生活》由廣東人民出版社出版。

3 月　張之濤的敘事詩集《大雁高飛》由內蒙古人民出版社出版。收《大青山喜歌》、《烏蘭托婭歌》、《草原雷雨》等詩 5 首。

張之濤，1936 年 12 月 12 日生於山西娘子關。1954 年任內蒙古歌舞團合唱演員，1958 年調內蒙電影製片廠任文學編輯。1963 年任內蒙藝術劇院專職創作員，1972 年調至內蒙文聯工作。1959 年開始新詩寫作，出版的詩集還有《翠綠的晨星》（1978）、《荒火的高原》（1980）、《青山兒女（上部）》（與楊植霖合著，1982）、《青山欲曉》（與楊植霖合著，1984）以及《王磊 畢力格太 查幹 張之濤詩選》（1987）。

3 月　新疆人民出版社編的詩集《條條金絲線》由該出版社出版。收維吾爾族老貧農依不拉音斯拉木《萬歲，萬歲毛主席！》、戰士游成章《戰士心

向毛主席》、李幼容《訪山村》、新疆軍區生產建設兵團農八師一四三團業餘文藝創作組《咱們的指導員》等詩 77 首。當時的評論說：「這本詩歌集的作者，全是戰鬥在天山南北的各族工農兵和其他方面的業餘作者。他們盡情歌頌各族人民的偉大領袖毛主席，歌唱自己的新生活。許多詩篇從不同的角度，反映了『千古荒原籠春光』的壯麗圖景和各族人民『身在天山想世界』、『緊跟毛主席朝前邁』的英雄氣概。」「縱觀整個集子，思想健康，意境清新，語言生動，具有較濃厚的地方色彩和生活氣息，十分可喜。但同時我覺得，集子裏也明顯地存在一些不足之處，比如有些詩的主題思想還可以開掘的更深一些，詩意太淺露；有些詩表現方法還較一般化；有的詞句還欠錘鍊。這些缺點，隨著創作實踐的不斷深化，是可以克服的。」（新疆大學中文系學員周鴻飛《團結戰鬥的詩篇——讀詩歌集〈條條金絲線〉》，1973 年 12 月 25 日《新疆日報》）

1973 年 4 月

1 日　《文匯報》刊出朝蘭的詩《補炮衣》。

1 日　《解放軍文藝》1973 年 4 月號刊出馬緒英《春耕歸來》、葉文福《戰鬥在深山》、顧工《我們握槍……》、董耀章《塞外春色》、戚積廣《爐前詩草》、姚成友《穿上新軍裝》、韓作榮《第一頁日記》等詩。

8 日　《光明日報》刊出劉章的詩《公社春歌》和解放軍某部符曉的文章《「鐵馬」奔馳——長詩〈新坦克手進行曲〉讀後》。

8 日　《文匯報》以《一代新人贊》為總題刊出劉國屏《山村修理員》等詩。

8 日　《新華日報》刊出陸建華的文章《大橋，讚美毛澤東思想的詩行——詩集〈天塹飛虹〉讀後》。

15 日　《光明日報》刊出肖蒂岩的詩《毛主席呀愛農奴》。

22 日　《光明日報》刊出陳官煊的詩《川江縴工》。

22 日　《文匯報》刊出錢國梁的詩《心紅手巧》。

29 日　《光明日報》刊出北京第一機床廠工人王恩宇《金色瀑布歌》等詩。

4 月　張建中（林莽）作詩《歡迎你，燕子》。此詩收詩集《我流過這片土地》，新華出版社 1994 年 10 月出版。

4 月　《福建文藝》（試刊）1973 年第 1 期刊出莆田縣梧塘公社社員朱谷

忠《公社春歌》、俞兆平《催春曲》、吳萬里《公社人物贊》等詩。該刊《編者的話》說：「為著適應我省無產階級文藝革命發展的需要，我們編印了《福建文藝》試刊。」「我們決心與廣大工農兵群眾和文藝工作者一道，貫徹執行毛主席的無產階級文藝路線，堅持文藝為工農兵、為社會主義、為無產階級政治服務的方向，發展我省群眾性的社會主義文藝創作。」

4 月　《呼和浩特文藝》1973 年第 2 期刊出張志良《雷鋒永遠活在我們心中》、趙俊德《我們在一起戰鬥》等詩。

4 月　《吉林文藝》1973 年 4 月號刊出錢璞《草原集市》、李占學《送苗路上》、泉聲《田野短歌》等詩。

4 月　《遼寧文藝》1973 年第 4 期刊出馬達的敘事詩《阿薩》和社員張占興的詩《頂天立地一個「鬥」》。

4 月　《群眾藝術》1973 年第 4 期刊出李善餘《滿路銀光滿路歌》、寶樹發《重返大娘家》等詩。

4 月　《天津文藝》1973 年第 2 期刊出紅雨《火紅的青春獻祖國》、彭辛卯《風雪歸來打草隊》、孟仁《春滿燕山》等詩。

4 月　王群生的長詩《新兵之歌》由人民文學出版社出版。長詩共 26 章。該書《內容說明》說：「長詩描寫戰士趙向陽，在馬列主義、毛澤東思想的哺育下，學習和繼承革命前輩的光榮傳統，在人民解放軍隊伍裏鍛鍊、成長的過程。作品也刻劃了趙向陽的父母——為革命奮戰犧牲的英雄連長趙虎和不減當年革命本色的杏大娘、農村新青年紅雨、老當益壯的海老伯的形象。」「這本長詩曾於一九六五年出版，這次再版時作者作了修改。」

　　王群生，1935 年 9 月 20 日生於日本東京。抗日戰爭爆發隨父歸國定居重慶。1951 年參軍，開始文學寫作，後從事專業創作。1978年轉業回重慶任專業作家。出版的詩集還有《紅纓》（1958）、《火鳳》（1976）。2006 年逝世。

4 月　旭宇、火華等著的詩集《軍墾新曲》由人民文學出版社出版。收內蒙古生產建設部隊旭宇、火華《軍墾戰士見到毛主席》和蘭州生產建設部隊張岐山《軍墾戰士忠於黨》、浙江生產建設部隊黃亞洲《早晨》、新疆生產建設兵團李瑜《開鐮歌》等詩 51 首。當時的評論說：《軍墾新曲》「是奔赴邊疆的軍墾戰士唱出的一支戰鬥生活進行曲，是祖國年輕一代前進在與工農相結合的光輝道路上的豪邁心聲！」（辛述威《在與工農相結合的道路上前進——讀詩集〈軍墾新曲〉》，1973 年 12 月 12 日《光明日報》）

　　4 月　　陶嘉善、何玉鎖、寇宗鄂合著的敘事長詩《禮花贊》由北京人民出版社出版。長詩共 15 章，有作者《後記》。該書《內容提要》說：「這是三位工人作者創作的反映禮花工人鬥爭生活的敘事長詩。」「作品塑造了甄英華這個青年工人的英雄形象。甄英華攻讀馬列的書、毛主席的書；積極地從事科學試驗；爲保護國家財產和階級兄弟的生命安全，英勇地和階級敵人搏鬥；以頑強的革命意志，戰勝了大面積燒傷。作品展示了無產階級先鋒戰士的崇高精神境界。」《後記》說：「我們是北京的工人業餘作者，在文藝創作的道路上還剛起足邁步。然而，我們每邁出一步，都離不開毛主席革命文藝路線的指引，離不開毛澤東思想的陽光照耀。我們深深感到，作爲工人業餘作者，沒有無產階級文化大革命的偉大勝利，我們不僅沒有可能也沒有勇氣拿起筆寫出這篇長詩。因此，在完成這篇習作時，我們衷心地感激偉大的黨，感激偉大的領袖毛主席把被顚倒的歷史重新顚倒過來，使我們工農兵佔領無產階級文藝陣地，並爲我們工農兵業餘作者開闢了無限廣闊的創作道路。」

　　　　陶嘉善，1934 年 11 月 28 日生於江蘇阜寧。1950 年參軍，曾任政治理論教員、政治指導員、宣傳股長，1963 年任專業文學創作員。轉業後曾任《體育博覽》總編輯、《華聲報》副社長兼副總編。1954 年開始發表新詩，出版的詩集還有《心靈的火花》（1985）。

　　　　何玉鎖，1935 年生，河北棗強人。出版的詩集還有《總是風雲情》（1988）。2005 年逝世。

　　　　寇宗鄂，筆名宗鄂，1941 年 12 月 21 日生於湖北老河口。1962 年北京工藝美術學校畢業，到北京美術紅燈廠設計室工作。1977 年調入詩刊社。1962 年開始新詩寫作，出版的詩集還有《野薔薇》（1983）、《悲劇性格》（1989）、《紅豆》（1990）、《西爿月》（2001）。

　　4 月　　歌謠集《甘山歌謠》由甘肅人民出版社出版。收隊幹部郝懷眞《毛主席和咱心連心》、女社員張根扣《築壩歌》、女社員汪秀秀《文盲揮筆寫詩篇》等歌謠 60 首，有編者《編後》。《編後》說：「禮縣雷壩公社甘山大隊，是隴南一個偏僻的山村。解放前，在封建地主階級的殘酷剝削、壓迫下，廣大勞動人民世世代代都被剝奪了掌握文化的權利，沒有一個識字的人。解放後，廣大貧下中農在政治、經濟上翻了身，同時成爲掌握革命文化的主人。在黨的領導、關懷下，二十多年來，他們一直堅持了業餘文化學習。現在，這個大隊的政治、生產形勢很好，而且有百分之八十五的青壯年摘了文盲帽

子，四分之一以上的青壯年語文程度達到了初中水平。昔日貧窮落後的甘山，變成了隴南山區的文化新村。」「一九五八年以來，廣大貧下中農掌握了社會主義的文藝武器，創作了大量的革命詩歌。」「《甘山歌謠》就是從大量的群眾創作中選編的一小部分作品，它是這種革命心聲的生動寫照。」

4 月　　詩集《塞上新歌》由寧夏人民出版社出版。收社員翟辰恩《韶山日出東方紅》、吳淮生《育我心田革命苗》、工人肖川《頂梁柱歌》、解放軍某部雷抒雁《沙漠練兵組詩》等詩 52 首（組）。該書《出版說明》說：「本集所收錄的五十多首詩歌，都是我區工農兵業餘文藝愛好者創作的。這些詩作，曾在《寧夏日報》上發表過，這次選編時作了個別字句的修改。」

4 月　　詩集《蔗林曲》由江西人民出版社出版。收有鄧丹心《我心中的歌兒獻給黨》、熊光炯《爐臺錘聲》、陳運和《大橋衛士》等詩。

4 月　　河南人民出版社編的詩集《中原新歌》由該出版社出版。收有王懷讓《唱支頌歌》、工人王天奇《爐前的詩》、李洪程《站在棉山望北京》等詩。

1973 年 5 月

1 日　　《文匯報》刊出上海冶煉廠徐懷堂《渾身勁頭如潮漲》、上海鍋爐廠姚鴻恩《夜讀》等詩。

1 日　　《解放軍文藝》1973 年 5 月號刊出王荊岩《耿師傅》、劉國良《太行戰鼓》、鄭南《崑崙山上歌》、泉聲《蹲點的老書記》、匡滿（楊匡滿）《向陽堤》、韓作榮《築路歌》等詩。

3 日　　《雲南日報》刊出鄧耀澤的朗誦詩《青春似火》。當時的評論說：「讀了鄧耀澤同志的朗誦詩《青春似火》，十分喜悅和感奮，覺得這是一個比較好的作品。在這個作品中，作者不僅抓住革命青年應該怎樣度過自己的青春這樣一個重大主題，以詩的語言，鮮明地表達了無產階級的觀點與主張，而且通過展示中國青年一代嶄新的精神面貌和崇高的思想境界，熱情地歌頌了偉大的無產階級文化大革命，歌頌了毛主席革命路線和毛澤東思想的偉大勝利。作品語言質樸，激情飽滿，戰鬥性強。這一切，不僅在思想上，政治上給人們以教育，而且在文藝創作上，也很能給我們以啟示。」（薛平《熱情歌頌無產階級文化大革命——從朗誦詩〈青春似火〉談起》，1973 年 8 月《雲南文藝》創刊號）

6日 《光明日報》刊出時家翎《清泉》、溫德友《紅柳——給一位兵團戰士》詩2首。

10日 《北京文藝》1973年第2期刊出煤礦工人陳建功《歡送》、峭岩《工程兵的自豪》、京棉三廠工人陳滿平《金絲銀線織錦緞》等詩。

13日 《文匯報》刊出徐剛的詩《月夜錘聲》。

15日 《河北文藝》1973年第3期刊出《新民歌一百首》和編者《新民歌贊——百首民歌編後》。編者說：「新民歌是社會主義時代精神在藝術上的集中表現。隨著批修整風運動的深入開展，工農業出現了躍進的大好形勢，廣大工農兵群眾，滿懷激情地歌頌偉大領袖毛主席，歌頌偉大、光榮、正確的中國共產黨。『歌調最高詩最多』。他們滿懷階級仇恨批判劉少奇一類騙子對黨、對社會主義的誣衊：『錘錘砸爛騙子頭，紅色江山咱保衛！』廣大工農兵群眾不僅是建設社會主義的主人翁，也是詩歌的主人。這些新民歌不僅有較高的政治思想性，而且有較高的藝術性，構思巧，立意新。」「新民歌是大躍進的產物。目前，據我們知道的，束鹿、晉縣、饒陽縣五公公社等地，都開展起賽詩活動。我們深信，隨著工農業大躍進的萬馬奔騰的形勢，寫新民歌，賽新民歌的活動，一定更會高漲。」

19日 《解放軍報》刊出紀學的文章《沸騰的生活　鮮明的形象——詩集〈紅花滿山〉讀後》。

22日 《光明日報》刊出新華社通訊員、新華社記者的報導《勞動出詩篇——記吉林省農民詩人宋福森》。

27日 《文匯報》刊出薛家柱《最遠的哨兵》、沈鴻鑫《寫在儀表車間的詩》等詩。

5月 《廣西文藝》1973年第3期刊出《紅水河畔新歌臺》新民歌15首和李榮貞《笙歌陣陣》、解放軍駐我區某部醫院林小玎《踏著雷鋒的足跡走》、樊發稼《火車司機》等詩及德保銅礦楊鶴樓的文章《要做戰鬥員，不做「旁觀者」》。文章說：「我是個詩歌愛好者。參加革命十幾年來，一直在勘探隊和冶金礦山部門工作。過去，我總以為自己對勘探和礦山工人生活是比較熟悉的，描寫他們的生活是有把握的了。可是事實卻不是這樣。比如我開始寫組詩《礦工讚歌》的初稿時，在《冶煉工》這首詩中，我把冶煉時那種五彩繽紛的場面描繪得很細膩。一位工人看了說：『乍看起來還不錯，蠻耀眼的，可仔細一想，吹煉時的火花寫得太多了，幹嘛對這些廢渣那麼感興趣？我們關心的是裏邊的銅呵！』工人同志對另一首寫礦井《炮工》的詩，又提出意見

說：『「導火索」太長了，光見冒煙，半天沒響聲。』意思是說我只注意細微末節的描繪，沒有寫到點子上。」「為什麼對那些廢渣感興趣？為什麼寫不到點子上？工人同志的批評，引起我的深思。當時，我重溫了毛主席的光輝文獻《在延安文藝座談會上的講話》。毛主席教導說：『我們的文藝工作者一定要完成這個任務，一定要把立足點移過來，一定要在深入工農兵群眾、深入實際鬥爭的過程中，在學習馬克思主義和學習社會的過程中，逐漸地移過來，移到工農兵這方面來，移到無產階級這方面來。只有這樣，我們才能有真正為工農兵的文藝，真正無產階級的文藝。』原來，我雖然比較長期地生活在工人群眾中，但立足點並沒有真正移過來，思想感情還不能和工人群眾打成一片，因而不能帶著工人階級的思想感情，從本質上去理解和反映他們的生活。既然同工人群眾還想不到一塊，又怎麼能成為他們的忠實代言人呢？」

5 月　《黑龍江文藝》試刊第 3 期刊出大慶工人李毅《大慶放歌》、兵團某部蔣巍《讀書室一日》、龍彼德《接鞭》等詩和任愫的文章《革命英雄的頌歌——讀長詩〈關成富〉》。

5 月　《吉林文藝》1973 年 5 月號刊出張天民《大慶詩簡》、戚積廣《上「業校」》等詩和王磊的文章《在工農兵的火熱鬥爭中學習寫詩》。

5 月　《遼寧文藝》1973 年第 5 期刊出工人高廣成《火光中的歌》、浦雨田《鐵姑娘》、戚英發《汗水化出新河道》等詩。

5 月　《群眾藝術》1973 年第 5 期刊出王寅明《咱隊有班鐵姑娘》、李增憲《李月華頌歌》等詩。

5 月　《湘江文藝》1973 年第 3 期刊出高正潤《柳娃歌》、楊里昂《向陽人家》、解放軍某部曾凡華《瑤山放映員》等詩。

5 月　紀鵬的詩集《藍色的海疆》由人民文學出版社出版。作品分為《潛艇組歌》、《藍海紅旗》等 5 輯，收《聽說明天要出海》、《甲板上，怒浪掀》、《夜望金門》、《島上「天安門」》等詩 68 首。

5 月　劉章的詩集《映山紅》由河北人民出版社出版。作品分為《字字句句心頭歌》、《高歌一曲公社贊》等 3 輯，收《毛主席登上天安門》、《千頓語言萬頓糧》、《老將和新兵》、《我們是公社年輕人》等詩 49 首，有作者《後記》。《後記》說：「我原是個青年學生，在黨和貧下中農的暖手扶持下，在馬列主義、毛澤東思想的哺育中，學會了種田、治水、牧羊。在三大革命鬥爭中，我和貧下中農心貼在一起，汗流在一起，和山區的一山一石，一草一木

建立了濃厚的感情。在和階級敵人鬥爭中，在改天換地的戰場上，生活衝動著我，毛主席的《講話》給我指方向，我努力克服時間和文字各方面的困難，堅持不懈地努力學習寫作，記錄著山區前進的步音，描繪新人的形象，攝記著鋤光、犁影、炮聲，控訴舊社會罪惡、批判資本主義、歌頌社會主義革命和建設，暢想幸福的未來……我牢記住毛主席的『爲什麼人的問題，是一個根本的問題，原則的問題』的教導，努力改造自己的非無產階級世界觀，力求使作品爲工農兵所喜聞樂見。」當時的評論說：「文藝創作中的激情，來自作者對革命戰鬥生活的火熱感情。只有搏擊在生活激流中的人，才能感受陽光的溫暖，看到飛濺起的浪花，領略那無限的風光。劉章的絕大部分詩歌，正是這種激情的產物。『我是貧農娃，爲黨把筆拿，不寫山間筍，單畫向陽花』。革命的詩歌，是革命的鬥爭生活在作者頭腦中的反映。作者原是個青年學生，回鄉後跟貧下中農在一起，參加了三大革命鬥爭，後來曾擔任過支部書記。他在業餘時間，堅持不懈地學習寫詩，『記錄著山區前進的步音，描繪新人的形象，攝記著鋤光、犁影、炮聲，控訴舊社會的罪惡、批判資本主義，歌頌社會主義革命和建設，暢想幸福的未來……』是的，有什麼能比這些更有『詩意』呢！跟著時代的脈搏，去身體力行地一起跳動：這就是詩集《映山紅》和作者的生活實踐告訴我們的一個眞理。」（賀明廣《「在黨的陽光照耀下生芽，開花……」──喜讀詩集〈映山紅〉》，1974 年 3 月 15 日《河北文藝》1974 年第 2 期）

　　　　劉章，1939 年 1 月 22 日生於河北興隆。1958 年肄業於承德高中，同年參加工作，長期生活在農村，曾任村黨支部書記等職。1975 年任縣文化館副館長，1977 年到河北省歌舞團工作，1982 年調至石家莊市文聯。出版的詩集還有《燕山歌》（1959）、《葵花集》（1962）、《燕山春》（1978）、《楓林曲》（1980）、《北山戀》（1986）、《劉章鄉情詩選》（1993）、《劉章新詩》（1999）等。

　5 月　時永福的詩集《我愛高原》由青海人民出版社出版。作品分爲《高原新貌》、《風雪線上》等 3 輯，收《獻給祖國》、《如畫的草地》、《團長跟車》、《草原鐵騎》等詩 45 首。

　　　　時永福，1945 年生，山西清徐人。1965 年參軍，1976 年轉業，先後在詩刊社、中國社會報、中國社會出版社工作。出版的詩集還有《哨所抒懷》（1973）、《時代的洪流》（1975）、《塞上歌》（1975）、

《志氣歌》（1977）、《毛澤東頌》（1977）、《周恩來頌》（1977）、《在士兵的行列裏》（1982）、《時永福抒情詩》（1990）等。

5月　王鴻的詩集《運河讚歌》由江蘇人民出版社出版。收有《茅屋》、《老貧農》、《鄉音》等詩，分爲《楓林》、《英雄臺》等 4 輯。該書《內容說明》說：「本書共收詩歌三十七首，分四輯，是作者繼《金色的里下河》、《運河邊的歌謠》以後的一本詩集，寫作時間從一九五九年至一九七二年。其中有些詩歌曾在報刊上發表過，這次出版，由作者作了一些修改。」「作者在這些詩裏，將往昔戰火紛飛的歲月與今天社會主義年代的革命鬥爭融爲一體，以明快、清新的筆調給我們展示出一幅幅社會主義新農村的戰鬥圖景，具有一定的藝術感染力量。」

王鴻，1932 年生，江蘇江都人。出版有《金色的里下河》（1958）、《月夜蕩泥船》（1959）、《運河吟》（1988）等詩集。

5月　紀征民、王維章的詩集《廣闊天地進軍歌》由內蒙古人民出版社出版。作品分爲《山村紅花》、《牧笛新曲》2 輯，收有《第一課》、《走出村史館》、《歡迎會上唱的歌》、《剪羊毛小唱》等詩，有《廣闊天地進軍歌——代序》。當時的評論說：「《廣闊天地進軍歌》分『山村紅花』和『牧笛短曲』兩輯，共收集抒情短詩四十八首。詩作者激情洋溢地從各個不同的角度和側面，反映了廣大知識青年遵照偉大領袖毛主席的教導，滿懷革命豪情奔赴祖國邊疆，把青春獻給社會主義祖國農村、牧區建設事業的生活圖景。」「詩集的作者善於從生活中選擇富於典型意義的生活場面和飽含詩意的情景，從一個側面，一個場景，或一個小鏡頭來突出人物的精神面貌，深刻地反映了我們新一代接班人，捍衛無產階級社會主義江山的眞實思想。」「謳歌勞動，讚美新人，《廣闊天地進軍歌》熱情地詩意地『記述』了在這場移風易俗、改造世界、改造人的鬥爭中，我們時代年輕一代豐富多彩的戰鬥生活。詩集裏有不少生動的詩，給人深刻的印象，但也有一些詩存在不足之處，其中有的詩內容單薄，構思雷同；另外有的詩還不夠精鍊。我們希望作者在毛主席革命文藝路線指引下，乘勝前進，寫出更多反映我們偉大時代無產階級英雄人物的讚歌。」（郭超《熱情讚頌新一代——讀詩集〈廣闊天地進軍歌〉》，1973 年 11 月 14 日《內蒙古日報》）

紀征民，1937 年生於遼寧。1959 年出版詩集《鐵花》，出版的詩集還有《駝峰上的雲》（1984）、《戈非　周雨明　紀征民　火葦詩選》（1987）。

王維章，情況不詳。

5月　鶴崗市革命委員會文化局編的詩集《火熱的礦山》由黑龍江人民出版社出版。收有工人祖慶然《北京就在咱心裏》、工人韓學敏《戰士回礦山》、女工包玉香《我為革命焊線忙》等詩，有編者《編後》。

5月　詩集《苗嶺飛頌歌》由貴州人民出版社出版。收陳學書《公社書記》、任啓江《魚水新歌》、漆春生《山鄉汽車隊》、張顯華《公社看水員》等詩 69 首，有編者《編後》。《編後》說：「在毛主席的革命文藝路線的光輝照耀下，我省廣大工農兵群眾和詩作者，以極大熱情，用戰鬥的筆，寫出了大量優秀詩篇，熱烈地歌頌我們偉大領袖毛主席，偉大的黨，社會主義革命和社會主義建設。現在，我們從中挑選了部分詩歌，編成了這本詩集，作為對紀念毛主席《在延安文藝座談會上的講話》發表三十一週年的獻禮。」當時的文章說：「在毛主席無產階級文藝路線的指引下，一個群眾性的革命文藝創作活動正在蓬勃興起。我省廣大工農兵群眾和詩作者，懷著對偉大領袖毛主席和中國共產黨的無比敬愛，滿腔熱情地用戰鬥的筆，寫出了大量的詩篇。貴州人民出版社從中挑選了部分詩歌，先後編印了《工農兵詩選》、《苗嶺飛頌歌》兩本詩集，生動地反映了熱火朝天的三大革命鬥爭生活，受到了工農兵讀者的歡迎。這是社會主義文藝百花園中的一朵新花，從一個側面反映出當前我省群眾性革命文藝創作的新面貌。」（林德冠、王佩雲《頌歌抒革命豪情　彩筆繪時代英雄——評詩集〈工農兵詩選〉、〈苗嶺飛頌歌〉》，1973 年 8 月 5 日《貴州日報》）

5月　內蒙古革委會五七幹校編的《戰地黃花——五七戰士詩歌選》由內蒙古人民出版社出版。收肖業文《大路朝陽》、蘇啓發《五七道路越走心越甜》、楊匡漢《紅旗底下寫青春》、張子春《小梁拿起趕車鞭》等詩 60 首（組），有編者《前言》。《前言》說：「『五・七』幹校，是按照偉大領袖毛主席光輝的《五・七指示》創辦的培養、造就無產階級幹部隊伍的新型幹部學校。」「一年多來，自治區直屬機關廣大幹部在重新學習的道路上，取得了可喜的收穫，精神面貌發生了深刻的變化。他們——送走多少沸騰的夜晚，迎來多少戰鬥的清晨；他們——讀書、勞動、批判資產階級，爐火煉純金；他們——『老繭磨細千鍬把』，贏得『萬頃荒灘展新容』。」當時的評論說：「《戰地黃花》是內蒙古五・七幹校編的五・七戰士詩歌選集。六十首短詩，表達了廣大五・七戰士的雄心壯志；篇篇首首，熱情歌唱毛主席指示的光輝道路；字裏行間，

閃爍著河套平原的絢彩。這些動人的花朵，是五‧七戰士們的心血與汗水的潔晶。它生自沃野泥土，經歷了風霜雨雪，迎著光輝的太陽，顯示出無窮的生命力。這些動人的花朵，有鮮明的政治傾向，飽滿的革命激情，濃厚的勞動生活氣息。它從不同的側面，反映了無產階級文化大革命中產生的新事物——五‧七幹校，以及它欣欣向榮，蒸蒸日上的面貌。」（賈漫《戰地黃花分外香——喜讀五‧七戰士詩歌選〈戰地黃花〉》，1973 年 11 月 14 日《內蒙古日報》）

1973 年 6 月

1 日　《解放軍文藝》1973 年 6 月號刊出房德文《老護青員》、紀學《騎手》、喻曉《大山情深》、雷抒雁《「老虎班」記事》、莫少雲《地道村詩抄》、元輝《歡騰的邊疆》、梁上泉《劍門山的路》等詩。

20 日　《文匯報》刊出上海民族樂器三廠虞偉民的文章《風流人物入詩來——讀「上海文藝叢刊」〈朝霞〉中的兩首敘事詩》。

24 日　《光明日報》刊出張寶申的詩《鍛工之歌》。

24 日　《文匯報》刊出上海矽鋼片廠史玉新《鋼廠大門》等詩。

28 日　《光明日報》刊出工人黃聲孝的詩《腳踩風浪抒豪情》。

6 月　牛漢作詩《華南虎》。此詩初刊《詩刊》1982 年 2 月號；收詩集《溫泉》，上海文藝出版社 1984 年 5 月出版。牛漢講：「1973 年 6 月，我第一次去桂林時，寫了一首《華南虎》，連我自己事先也沒有料到竟然寫了一首大煞桂林風景的老虎詩。」「冷靜地想想，1973 年的當時，我如在另一個地方，遇到老虎，不見得能寫出這首《華南虎》。桂林動物園的這隻虎，給我的靈魂以震驚的是它的那幾隻血淋淋的破碎的爪子，還有牆上帶血的抓痕，一下子把我點爆了起來。當時，我在湖北咸寧文化部幹校，絕大部分學員都已回京或分配到別的城市，我是屬於少數不能入京的『分子』之一。不待說，情緒是異常沉重的。那天，桂林的天氣燠熱難當。我和兩位同伴坐在幾棵夾竹桃樹蔭下一條石凳上休息。——桂林的夾竹桃不是盆栽，它是高大的樹，有三四丈高，滿樹粉紅的花朵，發出了我熟悉的甜甜的氣味，否則真難相信它就是夾竹桃。對面是桂林動物園，由於無聊，我們走進園內。炎炎如火的陽光，蒸烤著一個個鐵籠，裏面大半是蟒、蛇，還有幾隻猴。在最後一排鐵籠裏，我們看到了這隻華南虎。正如我在詩裏寫到的那樣，它四肢伸開，沉沉地

睡著（？）。我看到血淋淋的爪子，破碎的，沒有爪尖，最初我還沒有悟過來，我記得有人告訴過我，動物園的老虎，牙齒、趾爪都要剪掉或鋸掉。這隻虎，就用四隻破碎的趾爪，憤怒地絕望地把水泥牆壁刨出了一道道深深淺淺的血痕，遠遠望去像一幅絕命詩似的版畫。我立在鐵籠外好久好久，我想看看虎的眼睛。人的眼睛是靈魂的窗子；虎的眼睛也應當是靈魂的窗子。但它始終沒有轉過臉來。這四隻虎爪已經足夠使我的靈魂感到慚愧。我想，從遙遠的長江南岸來桂林，原只是想在大自然無邪的懷抱中解脫一下，現在我居然還作爲一個觀眾，有興趣來欣賞被囚禁的老虎。我沒有老虎那派不馴的氣魄，不但自慚形穢，而且覺得心靈卑劣，於是，匆匆離開。」「回到幹校時，當天就急匆匆寫了這首《華南虎》。寫得比較長，大約在一百行上下。」「1979 年，我整理謄清這首詩的時候，我刪去枝枝蔓蔓的東西，剩下不到五十行。」（《我與〈華南虎〉》，1985 年 3 月 10 日《詩刊》1985 年 3 月號）

6 月　《廣東文藝》1973 年第 6 期刊出黃火興、李樹堅、黃鶯谷的詩《筆之歌》和陳紹偉的詩《警鐘長鳴》。

6 月　《吉林文藝》1973 年 6 月號刊出《紅醫村歌謠》，有《「六‧二六」指示開紅花》、《「人民醫院」進山來》等。編者按：「這組寄自伊通縣永新大隊的歌謠，從不同側面歌頌了偉大領袖毛主席的光輝的『六‧二六』指示，它們有的摘自黑板報；有的摘自參觀留言簿或來信；有的摘自展覽館的牆報上；有的則是群眾上山採藥時唱的……」

6 月　《遼寧文藝》1973 年第 6 期刊出高廣成《新歌唱遼中》、工人王明德《我愛鑽頭》等詩。

6 月　《群眾藝術》1973 年第 6 期刊出牧犁《楊柳村歌》、程海《車把式》等詩。

6 月　《天津文藝》1973 年第 3 期刊出紀宇《鋼》、柴德森《萬里征途跨新步》等詩。

6 月　李學鰲的詩集《太行爐火》由上海人民出版社出版。收《初訪西柏坡》、《革命橋》、《太行爐火》、《五月麥田夜》等詩 31 首。該書《內容提要》說：「這本短詩集於一九六五年初版。這次再版，作者作了一些修改、增補和調整。現共收抒情短詩和組詩三十一首。前面大部分作品是作者歌唱革命故鄉太行山的詩篇。這些詩，以深厚的情意，高亢的音調，樸素的語言，抒發

了作者對於紅色故鄉的崇敬，表達了太行山革命人民的戰鬥豪情。後面一部
分作品反映北京郊區貧下中農當家作主、戰天鬥地的革命精神。」

6 月　王磊的詩集《馬背上的歌》由吉林人民出版社出版。收《馬背上
的歌》、《紅星歌》、《查幹芒哈之歌》詩 3 首。當時的評論說：「詩集《馬背上
的歌》（吉林人民出版社一九七三年出版），是一曲無產階級文化大革命的讚
歌。這本詩集，收集了王磊同志一九七二年和一九七三年兩年間創作的三首
敘事詩：《馬背上的歌》、《紅星歌》、《查幹芒哈之歌》。這些詩，都是寫文化
大革命後科爾沁草原火熱的鬥爭生活的。」「《馬背上的歌》和《紅星歌》兩
首詩，以鮮豔的色彩，反映了教育革命、衛生革命的可喜成果；《查幹芒哈之
歌》，則以高亢的曲調，歌唱了草原牧區農業學大寨的嶄新面貌。」「敘事詩
集《馬背上的歌》是一本好書，但也有不足之處。比如，有的作品還沒有完
全擺脫只注重敘事不注重寫人的舊路子，階級鬥爭也表現得不夠深刻。像《紅
星歌》，無論是塑造人物，還是寫階級鬥爭，都顯得不夠得力；達格依瑪做為
一個英雄形象，還不夠完美高大。這些問題，有待於作者在今後的創作實踐
中，通過深入學習『三突出』創作原則，逐步加以解決。」（孫里《無產階級
文化大革命的讚歌──評敘事詩集〈馬背上的歌〉》，1974 年 11 月《吉林文藝》
1974 年 11 月號）

　　　王磊，1930 年生，山東聊城人。1958 年北京大學中文系畢業，
　　　曾任《草原》雜誌與內蒙古人民出版社編輯、吉林省哲里木盟文聯
　　　黨組副書記、哲盟文化處督導員。出版的詩集還有《七月，拒馬河》
　　　（1957）、《大刀歌》（1978）、《王磊　畢力格太　查幹　張之濤詩選》
　　　（1987）。

6 月　鐵道兵政治部編的《大地飛彩虹──鐵道兵詩選》由人民文學出
版社出版。收李武兵《歌兒向著北京唱》、宋紹明《手握風槍作彩筆》、宋順
亭《汽車兵之歌》、李小雨《採藥行》等詩 73 首（組）。

6 月　廣東人民出版社編的《火焰般的年華──上山下鄉知識青年詩歌
集》由該出版社出版。收有廣州部隊生產建設兵團黃子平《昂首闊步上征途》、
臺山縣白沙公社黃英晃《大寨的禮物》、高州縣分界公社陳秀芬《兩代紅哨兵》
等詩。當時的評論說：「這本詩集大部分是抒情詩。這些詩直抒胸臆，感情眞
摯，語言樸實，剛健清新。其中有幾首人物肖像詩（《擺渡老人》、《扎根》等），
通過洗煉的畫面，人物形象躍然紙上，思想性和藝術性結合得很好，具有較

強的感染力。可以看出，作者對生活感受較深，並在此基礎上進行了精心的構思。詩集的不足之處，是對當前農村的階級鬥爭，和對於上山下鄉的兩種思想兩條路線的鬥爭，反映得不夠充分；在藝術上，有些詩也還缺乏提煉。」「這本詩集的作者，都是沿著上山下鄉光輝道路前進的知識青年。他們的生活、鬥爭和由此而產生的詩作，都輝映著『火焰般的年華』。這本新人新作，反映的又大都是新人新事。從它的各方面看，可以說是一本『新生事物集』，又堪稱之爲革命青春的讚歌。我們熱情地歡迎並期望這樣的新生事物多多出現，同時放射出更加燦爛的光華。」（石木《革命青春的讚歌——讀〈火焰般的年華〉》，1974 年 1 月《廣東文藝》1974 年第 1 期）

6月　濟南部隊政治部前衛報社編的詩集《軍號》由山東人民出版社出版。收有陳超《海島戰士想念毛主席》、邢書第《春風打我槍口過》、欒紀曾《新戰士和槍》等詩。

6月　烏蘭察布盟文化局創作組編的詩集《烏蘭察布新歌》由內蒙古人民出版社出版。收有查幹《春從中南海微笑著走來》、曹建林《多造農機爲革命》、趙中琳《哨所窗口》等詩。

6月　山西人民出版社編的《學大寨戰歌——宏道詩選》由該出版社出版。收有宏道公社詩歌創作組《都是毛主席親手栽》、閣街大隊黨支部書記張福根《戰荒灘》、田春圃《「革命大批判專欄」贊》等詩。當時的評論說：「最近，我們以欣喜的心情，讀了詩選《學大寨戰歌》（山西人民出版社出版）。這部詩集共選了三十七首詩，是山西省定襄縣宏道公社的貧下中農、基層幹部、插隊幹部和插隊知識青年在勞動之餘寫的。」「詩選的二十一位作者，都是一些普通的『莊稼漢』。他們歌頌生活，本身就是生活的主人；他們讚揚英雄，自己就是無產階級的優秀戰士。」（永言《戰鬥生活就是詩——讀詩選〈學大寨戰歌〉》，1973 年 12 月 12 日《光明日報》）「這些詩，既緊密地服務於黨的政治任務，又迅速地反映了現實生活；既充滿了優美的詩情畫意，又洋溢著高昂的戰鬥熱情；既散發著濃鬱的鄉土氣息，又體現了廣闊的革命胸懷；既樸實淳厚、自然親切、清新明快，又氣魄宏偉、感情奔放、豪邁挺拔。這些詩，毫不矯揉造作而又不落俗套，別具一格，富有特色。作者運用革命的現實主義和革命的浪漫主義相結合的創作方法，很好地體現了貧下中農的遠大理想和英雄氣質，體現了工農兵的嶄新的審美觀點。」（聞震《戰地黃花分外香——贊〈學大寨戰歌〉》，1973 年 7 月 30 日《山西日報》）

夏　　牛漢作詩《我去的那個地方》。收詩集《溫泉》，上海文藝出版社
1984 年 5 月出版。

1973 年 7 月

1 日　《光明日報》刊出工人黃聲笑（黃聲孝）《千山萬水歌聲壯》、傣族
康朗英《贊哈的歌》、仫佬族包玉堂《老支書》等詩。

1 日　《文匯報》刊出陳龍海《全憑毛主席定路標》、卞永泉《毛主席健
步登廬山》等詩。

1 日　《廣西文藝》1973 年第 4 期刊出《紅水河畔新歌臺》新民歌 15 首
和曾憲瑞《江山如此多嬌》、于力《山村在歡笑》等詩。

1 日　《解放軍文藝》1973 年 7 月號以《千歌萬曲獻給黨》為總題刊出傅
金城《致紅船》、西彤《火炬照征程》、鄒雨林《順著延河走》等詩。

8 日　《光明日報》刊出黨永庵的詩《我們是紅色新一代》。

10 日　《北京文藝》1973 年第 3 期刊出趙成《社會主義礦山生活的頌歌
——讀李學鰲〈放歌長城嶺〉》、吳功正《筆蘸濃情譜詩章——評〈放歌長城
嶺〉的藝術特色》等文和何玉鎖等《七月頌歌》、解放軍某部宋紹明《戰士
上北京》、王懷讓《扎根農村煉紅心》等詩。

15 日　《黑龍江日報》刊出胡上舟的文章《放聲謳歌新一代——讀長詩〈張
勇之歌〉》。

15 日　《文匯報》刊出錢國梁《船廠迎新人》、張衛東《女教師》等詩。

15 日　《河北文藝》1973 年第 4 期刊出唐山四二二水泥廠工人安奎《太陽
的光輝多溫暖》、葛玄《懷念那難忘的時刻》、駐軍某部劉小放《登山歌》等詩。

17 日　《體育報》試刊第 5 期刊出郭小川的詩《萬里長江橫渡》。1977 年
9 月《湖北文藝》1977 年第 5 期重刊此詩並刊出丁國成、趙雲聲的文章《搏
風擊浪反潮流——讀郭小川同志〈萬里長江橫渡〉》。文章說：「這首政治抒情
詩寫於一九七一年七月十六日，即毛主席在文化大革命中暢遊長江五週年。
當時，還在湖北咸寧的文化部五七幹校鍛鍊的詩人小川同志，與廣大工農兵
群眾一起，以偉大領袖毛主席為光輝榜樣，劈波斬浪，橫渡長江。詩人見景
生情，揮筆寫下了這首氣勢磅礴，寓意深遠的動人詩篇，熱情讚揚了偉大領
袖毛主席率領我們搏風擊浪反潮流的革命鬥爭，歌頌了毛主席領導全黨、全
軍、全國人民粉碎林彪反黨集團的偉大勝利，淋漓酣暢地抒發了敢於鬥爭，

繼續革命的壯志豪情。」「這樣一首革命的政治內容和完美的藝術形式達到了較好統一的優秀詩篇，卻被『四人幫』及其親信無端地打成『毒草』。僅僅因爲其初稿『寫於一九七一年林彪一夥加緊策劃反革命政變的時候』，他們就蠻橫地斷定它『是一份反革命宣言書』。只是由於『兩年後』即一九七三年林彪摔死以後發表出來，他們就武斷地硬說它『是爲林彪反黨集團搖幡招魂』的『招魂詩』。」「早在這首詩發表之前，即一九七二年，叛徒江青就指令她在文化部的親信，要搞小川同志的『問題』。一九七三年七月二十八日，江青與姚文元一唱一和，給小川同志扣上一頂『修正主義分子』的大帽子。接著，『四人幫』在文化部的親信與在體委的親信串通一氣，搜集整理了小川同志的『黑材料』，炮製出《修正主義分子郭小川的復辟活動》，於一九七四年六月卅日在文化部的內部刊物上拋出來。而這首長詩就是其中的一條所謂重要『罪狀』。迫害狂江青一見大喜，立即批道：『郭小川此人我不認識』，『從這篇文章看，他是十分猖狂』，勒令中央專案組『要認眞調查』。從此，小川同志便被長期關押起來，遭到殘酷鬥爭，無情打擊。」

20日　《陝西文藝》創刊號刊出徐鎖《請給毛主席捎個信》、聞頻《延河東去的浪花》、李志清《山鄉素描》等詩。

22日　《光明日報》刊出北京大學學員徐剛《七月夜》等詩。

22日　《文匯報》刊出復旦大學學員張叢中的詩《山村女書記》。

30日　《山西日報》刊出聞震的文章《戰地黃花分外香——贊〈學大寨戰歌〉》。

7月　《廣東文藝》1973年第7期刊出譚日超《江山如此多嬌》、西彤《火炬照征程》、梵楊《光榮的黨旗》等詩和廣東師院中文系一年級第三教學班書評小組的文章《戰歌嘹亮抒豪情——喜讀組詩〈兵團戰鼓〉》。

7月　《黑龍江文藝》試刊第4期以《獻給黨的頌歌》爲總題刊出陳國屛《頌歌》、孫侃《延安窰洞》等詩和兵團某部何志雲的文章《革命知識青年的光輝榜樣——評長詩〈張勇之歌〉》。

7月　《吉林文藝》1973年7月號刊出「詩歌專號」，刊有蒙族蘇赫巴魯《七月的頌歌》、朝鮮族韓東吾《金達萊呀向陽開》、王方武《長安街上》、王磊《五星紅旗在聯合國升起》、陳玉坤《老支書開會歸來》、宋協龍《軍長在哨所》、紀鵬《寫在世界屋脊上的詩》、吉林大學中文系學員龐向榮《千仇萬恨聚筆端》等詩和畢及文《革命詩歌是無產階級的宣傳工具——學習列寧〈歐

仁·鮑狄埃〉一文的啓示》、易洪斌《飽滿的激情　熱烈的頌歌——評本期發表的幾首政治抒情詩》等文。

　　7 月　《遼寧文藝》1973 年第 7 期刊出工人高廣成《紅旗飄揚》、社員霍滿生《定給祖國換新裝》、滕英《打靶》等詩。

　　7 月　《群眾藝術》1973 年第 7 期刊出文鏗《紅旗進行曲》、紅鷹《毛主席思想育新苗》等詩。

　　7 月　《四川文藝》1973 年 7 月號刊出解放軍某部里沙《重鋼的鋼》、唐大同《列車馳過大渡河》、工人王永富《鍛工老將》等詩。

　　7 月　《湘江文藝》1973 年第 4 期刊出賀振揚《黨的兒子》、解放軍某部姚成友《第一次爲祖國站崗》、解放軍某部瞿琮《井岡山詩抄》、石太瑞《割呀，快快地割》等詩。

　　7 月　內蒙古生產建設部隊政治部編的詩集《軍墾集》由內蒙古人民出版社出版。

　　7 月　飛雪的敘事詩《水落坡》由山東人民出版社出版。作品共 8 章，有《序歌》。扉頁題：「紀念毛主席『一定要根治海河』題詞十週年！」

　　　　飛雪，原名高兆萱，1932 年 2 月 18 日生於山東無棣。1948 年入渤海師範學習，1950 年在渤海師範附小任教。1953 年入山東省中學教師進修學院學習，1954 年到山東陽信中學教書。1958 年在無棣縣委編輯報紙，1960 年到惠民地區文聯工作。1950 年開始發表新詩，出版的詩集還有《春之歌》（與韓青合著，1978）、《拍著黃河的流水》（與林軍合著，1989）。

　　7 月　宮璽的詩集《銀翼閃閃》由江蘇人民出版社出版。作品分爲《銀色的閃電》、《綠色的陣地》等 6 輯，收有《天空，我們的海洋》、《我愛連隊，我愛家鄉》、《海誓》等詩。書前《內容說明》講：「《銀翼閃閃》，分爲六輯，收有詩歌七十七首，經作者從《我愛連隊，我愛家鄉》、《藍藍的天空》詩集和發表在報刊上的詩作中選擇、修訂再版。」「作者一直生活在部隊裏，從中汲取了豐富的創作營養，他的詩題材廣泛，展示了革命部隊生氣勃勃的鬥爭生活畫面。詩的語言質樸、熱情；革命戰士的感情充沛、眞摯。讀者可以從中受到教育和鼓舞。」

　　　　宮璽，原名宮垂璽，1932 年生於山東即墨。1950 年初中肄業參加軍幹校，歷任解放軍空軍第六航空預科總隊學員，高射炮兵連文

化教員、團俱樂部主任，南京軍區空軍政治部創作組專業創作員、
文化部文化科副科長，上海文藝出版社二編室副主任。出版有《我
愛連隊　我愛家鄉》（1960）、《藍藍的天空》（1965）、《花漫長征路》
（1977）、《冷色與暖色》（2000）等詩集。

　　7月　　姜金城的詩集《海防線上的歌》由上海人民出版社出版。作品分
爲《哨所春訊》、《鋼鐵長城》等 3 輯，收《哨兵的歌》、《軍號聲聲》、《行軍
到渡口》、《山丹丹花》等詩 47 首。該書《內容提要》說：「這本詩集，共收
短詩四十三首，敘事詩四首。」「多數短詩反映海防前線的戰士生活，描繪了
雄偉壯麗的海防景色，表現了海防戰士熱愛黨、熱愛祖國的精神面貌。敘事
詩塑造了宣傳隊員、游擊隊員、支前老艄公等英雄形象。」「這些詩，大都寫
得形象生動，有詩情畫意。」

　　　　姜金城，1936 年 2 月 21 日生於遼寧撫順。1951 年參軍，1974
年轉業到上海文藝出版社工作。1958 年開始發表新詩，出版的詩集
還有《遙遠的秋色》（1987）、《同題三色抒情詩》（與宮璽、黎煥頤
合著，1988）、《昨天的月亮》（1992）。

　　7月　　中共長嶺縣委宣傳部、長嶺縣文化局編印的《金色的太陽永不落
——宋福森詩歌選》印行。作品分爲《金光閃閃照咱心》、《大寨紅花遍地香》
等 5 輯，收《幹部社員學〈毛選〉》、《公社辦起發電站》、《紅管家》等詩 48
首，後附新華社通訊員、新華社記者《勞動出詩篇——記吉林省農民詩人宋
福森》和宋福森《〈講話〉光輝照心田　永爲革命寫詩篇》文 2 篇，有《前言》。
《前言》說：「宋福森同志是我縣腰坨子公社腰坨子大隊第三生產隊的社員。
多年來，他在黨的培養教育下，認眞看書學習，思想覺悟不斷提高。他熱愛
黨，熱愛偉大領袖毛主席，熱愛社會主義，積極參加集體生產勞動。一九六
四年以來，宋福森堅持學習毛主席著作，特別是學習了毛主席《在延安文藝
座談會上的講話》，更加心明眼亮，決心爲革命寫詩歌。十年來，他遵循《講
話》指引的方向，把親身參加階級鬥爭、生產鬥爭和科學實驗三大革命運動
的所感所見，寫成一首首詩歌，滿腔熱情地歌頌偉大領袖毛主席，歌頌偉大
的黨，歌頌毛主席革命路線的偉大勝利；描繪社會主義新農村的巨大變化和
人民公社的一幅幅美好圖景；讚美農村的新人新事，新思想、新風貌。他寫
的詩歌，有很多登在隊裏的黑板報上和牆報上，及時配合了黨的各個時期中
心工作，起到了『團結人民、教育人民、打擊敵人、消滅敵人』的戰鬥作用。

有一部分詩歌還發表在地區和省的報紙和文藝刊物上。他在詩歌創作上取得了可喜的成績。」

　　宋福森，1932 年農曆 3 月 17 日生于吉林長嶺。長嶺縣腰坨子鄉農民。1964 年開始發表新詩，出版的詩集還有《車老板的歌》（1975）。

　　7 月　《彩虹萬里──工程兵詩歌集》由黑龍江人民出版社出版。收喻曉《我們是毛主席的工程兵》、葉文福《我愛祖國萬重山》、韓作榮《海島施工》等詩 50 首，有中國人民解放軍工程兵政治部宣傳部《後記》。《後記》說：「在深入進行批修整風的大好形勢鼓舞下，工程兵部隊為完成國防施工、軍事訓練和各項任務，正日夜奮戰在崇山峻嶺、風雪高原和鋼鐵邊防線上。廣大指戰員，在毛主席革命文藝路線指引下，紛紛拿起筆來，寫下了不少熱情洋溢的詩篇。《彩虹萬里》這本詩集所收入的，就是其中一部分。」「詩集的作者多是工程兵各條戰線上的戰士和基層幹部，是文藝創作隊伍中的新兵。因此，詩集所選的作品，還很不成熟，一定存在著這樣或那樣的缺點，熱切希望廣大讀者批評、指正。」

　　7 月　《高原春笛──工農兵詩集》由青海人民出版社出版。收藏族格桑多傑《迎著朝霞頌太陽》、西寧鋼廠工人劉建華《爐前放歌情滿懷》、社員楊生潛《縣委書記到咱莊》、解放軍某部汪涇洋《巡邏兵之歌》等詩 40 餘首，有《後記》。《後記》說：「這個集子裏的四十六首詩，是我省業餘和專業作者一年來的新作。這些詩中一部分曾在報紙上發表過，入集時有所修改。」當時的文章說：「選取現實生活中意義重大的、思想的『蘊藏量』較為豐富的題材，從中概括、提煉出革命的主題思想，是《高原春笛》的一個突出特點。儘管每首詩反映生活的角度有所不同，藝術造詣有高有低，但它們大都具有鮮明的主題思想和時代精神，熱情地歌頌了毛主席的無產階級革命路線在我國各條戰線上所取得的偉大勝利。」（郭芸《高原春笛奏新曲──讀工農兵詩集〈高原春笛〉》，見《金灘戰歌》，青海人民出版社 1974 年 9 月出版）

1973 年 8 月

　　1 日　《廣西文藝》1973 年第 5 期刊出《紅水河畔新歌臺》新民歌 20 首和鄧家源《高歌上征途》、包玉堂《在天河兩岸歌唱》、解放軍駐廣州某部瞿琮《寫在桂林山水間》等詩。

1 日　《解放軍文藝》1973 年 8 月號刊出韋丘《笛聲》、楊星火《雪山兒女》、宮璽《機場詩頁》、向明《山和海》等詩和謝冕的文章《戰鬥前沿的紅花——詩集〈紅花滿山〉讀後》。

5 日　《貴州日報》刊出林德冠、王佩雲的文章《頌歌抒革命豪情　彩筆繪時代英雄——評詩集〈工農兵詩選〉、〈苗嶺飛頌歌〉》。

5 日　《新華日報》刊出解放軍某部鄒雨善的文章《激動人心的號聲——喜讀短詩集〈嘹亮的軍號〉》。

7 日　根據毛澤東指示,《人民日報》發表廣州中山大學歷史系教授楊榮國的文章《孔子——頑固地維護奴隸制的思想家》。

12 日　《光明日報》刊出劉登翰、孫紹振的詩《指點河山重安家——給公社水利專業隊》。

12 日　《文匯報》刊出黃培德《書記同咱戰高溫》等詩。

17 日　郭小川作詩《向海洋》。此詩初刊《江蘇文藝》1977 年第 3 期。

24～28 日　中國共產黨第十次全國代表大會在北京召開。

26 日　《文匯報》刊出中流《風搖杏樹花又開》等詩。

30 日　《雲南日報》刊出曉雪的詩《光輝的道路——獻給黨的第十次全國代表大會》。

8 月　《福建文藝》1973 年第 2 期刊出福安上山下鄉知識青年藍炯熹《落戶》、肖玲《萬山紅遍》、陳發松《山村文藝兵》等詩。

8 月　《河北文藝》編輯部刊出《詩傳單》,以《團結勝利的黨的第十次全國代表大會萬歲》為總題刊出興隆社員劉章《鮮花朵朵獻「十大」》、石家莊工人肖振榮《請檢閱吧,親愛的黨》、堯山壁《向叛徒、賣國賊林彪開炮》等詩。

8 月　《吉林文藝》1973 年 8 月號刊出《農安縣巴吉壘公社詩選》和宋福森《革命路》、蘇赫巴魯《馴馬圖》等詩。

8 月　《遼寧文藝》1973 年第 8 期刊出解放軍某部戰士王中朝《炮手的歌》、解放軍某部戰士崔武《水兵之歌》、工人李廣澤《架線》等詩。

8 月　《群眾藝術》1973 年第 8 期刊出解放軍某部雷抒雁《軍營裏的批判欄》、解放軍某部謝克強《站好最後一班崗》、沈奇《十萬礦石一把抓》等詩。

8 月　《四川文藝》1973 年 8 月號刊出尹在勤的文章《新詩要努力向革命樣板戲學習》。文章說:「革命樣板戲是無產階級革命文藝的樣板,是貫徹執

行毛主席革命文藝路線和文藝方針的樣板。革命樣板戲的創作原則和經驗，對於一切形式的社會主義文藝都是適用的，新詩也不例外。新詩向革命樣板戲學習，是一個重要的課題。」「新詩如何向革命樣板戲學習呢？」「首先應該學習的，是『三突出』的創作原則。這個原則是江青同志在兩條路線的激烈搏鬥中，培育革命樣板戲，總結出來的一條極其重要的原則，是無產階級文藝必須遵循的根本原則。這個原則運用於詩歌創作，既適用於敘事詩，也適用於抒情詩。」

8 月　《天津文藝》1973 年第 4 期刊出公共汽車一廠工人周永森《獻給火紅的七月》、谷正義《女鞭手》、文武斌《勝利進行曲》、高占祥《銀紙彩墨繪英雄》等詩。

8 月　《雲南文藝》創刊號刊出《頌歌飛向北京城》民歌 7 首和解放軍某部高洪波《重溫入黨志願書》、李鑒堯《大路歌》、張永權《金沙江放歌》等詩和薛平《熱情歌頌無產階級文化大革命——從朗誦詩〈青春似火〉談起》、秦瑞康《一曲無產階級戰鬥青春的讚歌——喜讀朗誦詩〈青春似火〉》等文。

8 月　詩集《頌歌向著北京唱》由吉林人民出版社出版。

8 月　詩集《太陽頌》由廣東人民出版社出版。

8 月　賈漫的詩集《中流擊水》由內蒙古人民出版社出版。收《毛主席住過的地方》、《南京長江大橋》、《巴圖大叔》、《治沙頌歌》等詩 22 首（組）。

　　賈漫，原名賈光宇，1933 年 3 月 15 日生於河北黃驊。1949 年畢業於天津惠青農職學校，同年參加工作到內蒙，一直從事文學創作工作。出版的詩集還有《春風出塞》（1963）、《雲霄壯歌》（與布林貝赫合著，1976）、《賈漫詩選》（1987）等。2012 年 8 月 5 日病逝。

8 月　寧宇的詩集《紅色的道路》由上海人民出版社出版。作品分為《工業之鷹》、《軍墾戰歌》等 4 輯，收《鞍鋼的雲》、《化鐵爐頂上放歌》、《浪中練兵》、《進塔里木》等詩 54 首。該書《內容提要》說：「作者以飽滿的政治熱情，歌頌了我們這個偉大的時代和時代主人。作品生動的反映了工業戰線飛速躍進的沸騰景象，描繪了沙漠變綠洲的壯麗圖畫，刻劃了鋼鐵工人、造船工人、海島漁民、軍墾戰士的形象，抒發了『五・七』戰士的壯志豪情。」「作品反映的生活絢麗多采，語言凝煉、含蓄，寓意較深。」

　　寧宇，原名王寧宇，1935 年 1 月 17 日生於河南開封。1949 年

參加中國人民解放軍，曾任文工團員、文化教員。1955 年復員到上海當工人。1957 年調至上海作家協會，歷任編輯、編輯組長。1986 年任上海文聯研究室主任。出版的詩集還有《竹夢》（1985）、《寧宇詩選》（1993）等。

8 月　王致遠的長詩《胡桃坡》由人民文學出版社出版。長詩共 18 章。該書 1965 年 3 月由作家出版社出版。當時的廣告說：「這部敘事長詩，以兩個對階級敵人有著刻骨仇恨的貧農母女為中心，描寫了關中地區人民在第三次國內革命戰爭時期以及解放後對敵英勇的鬥爭故事。」（1965 年 5 月 10 日《文藝報》1965 年第 4 期）此次重版作者進行了修改。

　　　　王致遠，1925 年生，陝西合陽人。1947 年入北平華北文法學院學習。後在華北局黨校直屬隊、華北局社會部、南下工作團總團部、新華社四野總分社等單位工作。1950 年起，任《新觀察》編輯組長、編輯部主任、編委，作家出版社辦公室主任，人民文學出版社總編室主任、副總編輯、代理總編輯等職。1982 年任文化藝術出版社社長兼總編。1953 年開始發表作品，出版有敘事長詩《胡桃坡》（1965）、《長歌行》（1984）。1989 年 10 月 29 日在北京病逝。1992 年詩文集《黃土高坡未了情》出版。

8 月　福建人民出版社編的詩集《閩山朝霞紅》由該出版社出版。收上杭縣古田公社陳志銘《金色的大路》、建陽縣營口公社齊國興《山村迎新人》、廈門林祁《磨出鐵肩好接班》、霞浦縣俞兆平《赤腳醫生贊》等詩 43 首，有《後記》。《後記》說：「這是一本反映我省上山下鄉知識青年生活、勞動、鬥爭的詩集。共收入四十三首詩作，其中除少數幾首外，都是活躍在各地農村插隊知識青年的作品。」「這些作者，雖然是初露鋒芒，作品大都是習作，但十分可喜的是，這些詩歌充滿濃厚的生活氣息，真摯的勞動感情，閃爍著共產主義理想的火花；意境清新，形象鮮明，語言樸素，生動地反映出我省青年一代的新風貌。」當時的評論說：「詩集《閩山朝霞紅》，反映的是知識青年在廣闊天地裏的戰鬥生活，詩集的作者又絕大多數是上山下鄉的知識青年。讀著這些詩歌，我們很自然地就會聯想到那些戰鬥在農業生產第一線的知識青年們，一手拿鋤，一手拿筆，把青春貢獻給社會主義事業的壯麗圖景，因此感到格外親切。」（陳剛久、師宗平《可喜的收穫——讀詩歌集〈閩山朝霞紅〉》，1973 年 10 月 19 日《福建日報》）

8月　《上杭民歌》編輯小組編的《上杭民歌》由福建人民出版社出版。收《歷史民歌》9 首、《中央蘇區時期民歌》54 首、《全國解放後民歌》95 首等民歌，有編者《前言》。

8月　廣東省文藝創作室、廣東人民出版社編輯部編的詩集《天安門禮讚》由廣東人民出版社出版。收柯原《天安門禮讚》、譚日超《江山如此多嬌》、丁楓《雲嶺之歌》詩 3 首。

1973 年 9 月

1 日　《廣西文藝》1973 年第 6 期刊出《紅水河畔新歌臺》新民歌 8 首和班漢隆《歌唱金色的大路》、徐剛《井岡紅梅》等詩。

1 日　《解放軍文藝》1973 年 9 月號刊出梁冬《迎新會》、黃亞洲《鷹兒看看我是誰》、陳國屏《插隊》、蔡文祥《給爸爸的信》等詩。

3 日　《文匯報》刊出中華造船廠錢國梁《戰歌越唱越激昂》、東海艦隊張秉珏《水兵的心兒向北京》等詩。

6 日　《光明日報》刊出安書金《團結勝利的歌》、土家族向遠寧《千歌萬曲慶十大》、解放軍某部時永福《草原的歌》等詩。

10 日　《文匯報》刊出上鋼一廠谷亨利《十大光輝照爐臺》等詩。

10 日　《北京文藝》1973 年第 4 期以《滿懷豪情頌「十大」》爲總題刊出市政機械公司修配廠陶嘉善、化工設備廠何玉鎖《滿懷豪情頌「十大」》和北京人民印刷廠高占祥《滿懷豪情印〈公報〉》、李學鰲《前進，革命的列車》等詩。

15 日　《河北文藝》1973 年第 5 期刊出趙兵《戰士紅心永向黨》、駐軍某部宏錚《批修戰歌》等詩。

17 日　《山西日報》刊出文武斌的詩《深山戰歌——獻給黨的第十次代表大會》。

20 日　《陝西文藝》1973 年第 2 期以《滿懷激情頌十大》爲總題刊出解放軍某部李欣《放歌延河畔》、徐鎖《我們興旺發達的黨》、解放軍某部廖代謙《凱歌入雲霄》等詩，還刊有劉羽升的文章《陝北人民心裏的歌——讀詩集〈延安山花〉》。

21 日　《寧夏日報》刊出鍾平的文章《讀詩集〈塞上新歌〉》。

23 日　《文匯報》刊出上海市石油煤炭公司袁軍《女司機》等詩。

9月　《廣東文藝》1973 年第 8～9 期刊出鄭南《毛主席登上「十大」主席臺》、沈仁康《井岡山峰》、工人紀虹《「乾打壘」》、李士非《雷州歌》等詩。

9月　《黑龍江文藝》試刊第 5 期刊出陳延寶《林業工人抒情》、何湧泉《書記的日記》、龍彼德《在烏蘇里江上》、李風清《月夜上崗》等詩；是期還刊出增刊，以《沿著黨的「十大」路線奮勇前進》爲總題刊出岳淩雲《紅心飛向北京城》、兵團某部蔣巍《戰鼓聲聲動地來》等詩。

9月　《吉林文藝》1973 年 9 月號刊出解放軍某部孫旭輝《十大代表走進莊嚴的會場》、曲有源《在大幹快變的高潮中》等詩。

9月　《遼寧文藝》1973 年第 9 期刊出社員霍滿生《青枝綠葉花盛開》、王守勳《山裏的道》、閻墨林《出海》等詩。

9月　《群眾藝術》1973 年第 9 期刊出竇樹發《紅色的勘探者》、韓志寬《放排》、黨永庵《歡唱的雲》等詩。

9月　《湘江文藝》刊出「熱烈慶祝中國共產黨第十次全國代表大會勝利閉幕」特刊，刊有未央《團結勝利之歌》、王燕生《請獻給心中的太陽》、振揚《勝利的頌歌》等詩。

9月　《少年朗誦詩集》由上海人民出版社出版。

9月　胡世宗的詩集《北國兵歌》由吉林人民出版社出版。收《滿懷深情唱井岡》、《軍民讀書班》、《吹吧，小號兵》、《守衛在祖國大門口》等詩 42 首。

　　　胡世宗，1943 年生，遼寧營口人。1963 年參軍，現在瀋陽軍區政治部創作室工作。出版的詩集還有《戰爭與和平的詠歎調》（1986）、《胡世宗詩選》（1989）、《永存的雪雕》（1996）等。

9月　黎汝清的詩集《戰馬奔馳》由江蘇人民出版社出版。作品分爲《哨兵篇》、《憶念篇》等 5 輯，收有《韶山頌》、《路之歌》、《青春的腳步》等詩。該書《內容說明》講：「這本詩集，分五輯，共收詩歌（包括散文詩）四十八首。係從作者已出版的《戰鬥集》、《青鳳巖》詩集和報刊發表的作品中選擇、修訂重版。」「這些詩，敘事狀物，情景交融，從不同的生活側面，反映了各個歷史時期的革命戰爭生活以及社會主義革命和建設，抒發了革命戰士的豪情壯志，讀者可以從中受到革命英雄主義和革命傳統教育。」

　　　黎汝清，1928 年生於山東博興。歷任上海警備區宣傳副股長，醫院副政委、黨委秘書、教導員，15 師直工科副科長，江蘇省第六

屆政協委員。出版詩集《戰鬥集》（1958）、《青鳳巖》（1962）。

9月　楊星火的詩集《拉薩的山峰》由西藏人民出版社出版。收有《拉薩的山峰》、《毛主席詩詞到拉薩》、《憶張福林——獻給高原上的革命者》等詩，有作者《編後》。《編後》講：「在毛主席、黨中央的英明領導下，西藏發生了翻天覆地的變化，二十年跨越了幾個世紀，從封建農奴制躍入社會主義。我這些詩裏反映的，僅僅是西藏革命歷史洪流裏的一滴。我把這些詩整理成集，獻給西藏的革命戰友。」

楊星火，原名楊國華，女，1925 年生於四川咸遠。1949 年南京中央大學畢業，參加中國人民解放軍，先後在西藏軍區、成都軍區工作。出版《雪松》（1957）、《月亮姑娘》（1992）、《喜馬拉雅的女兒》（1999）等詩集。2000 年逝世。

9月　詩集《千歌萬曲頌十大》由山東人民出版社出版。收解放軍某部程步濤《獻給你，黨的十大》、孫國章《頌歌獻給偉大的黨》、宋協周《東風，麗日，紅旗飄飄》、社員李通昌《春雷一聲喜訊傳》等詩 49 首。

9月　龍冬花、姜秀珍等著的《山花吐焰——貴池民歌選》由安徽人民出版社出版。收龍冬花《毛澤東思想像太陽》、姜秀珍《石頭縫裏也長糧》、姜五四《對敵鬥爭不放鬆》等民歌 106 首，有徐芳《羅城歌手唱新春》代跋。

9月　安徽人民出版社編的詩集《閃光的路》由該出版社出版。當時的評論說：「最近由省人民出版社編輯出版的《閃光的路》，是反映知識青年在農村戰鬥生活的一本詩歌集，其中部分詩篇，就是下鄉知識青年寫的。」「知識青年上山下鄉，是一場偉大的社會主義革命，是培養無產階級革命事業接班人的一項戰略措施。在毛主席的革命路線指引下，在貧下中農的熱情教育下，廣大知識青年正在農村三大革命鬥爭的風雨中茁壯成長，成為建設社會主義新農村的生力軍。《閃光的路》中大部分篇章，從各個不同的側面謳歌了知識青年在農村發揮的巨大作用，描繪了他們在鬥爭中不斷成長的情景，從而歌頌了知識青年上山下鄉這場偉大的革命運動，熱情讚美和支持這一社會主義新生事物，批判了林彪對上山下鄉運動的惡毒誣衊。這就是《閃光的路》的現實戰鬥意義。」（童本清《一條金光燦爛的革命大道——評詩集〈閃光的路〉》，1973 年 11 月 15 日《安徽日報》）

秋　牛漢作詩《悼念一棵楓樹》。此詩初刊《長安》1981 年第 1 期；收詩集《溫泉》，上海文藝出版社 1984 年 5 月出版。牛漢講：「從 1969 年 9

月末到 1974 年 12 月的最後一天,我在湖北咸寧幹校一直從事最繁重的勞役,特別是頭兩三年,我在連隊充當著『頭號勞力』,經常在泥濘的七上八下的山間小路上弓著腰身拉七八百斤重的板車,渾身的骨頭(特別是背脊)嚴重勞損,睡覺翻身都困難。那幾年,只要有一點屬於自己的時間,我總要到一片沒有路的叢林中去倘佯,一座小山丘的頂端立著一棵高大的楓樹,我常常背靠它久久地坐著。我的疼痛的背脊貼著它結實而挺拔的軀幹,弓形的背脊才得以慢慢地豎直起來。生命得到了支持。」「一天清晨,我聽見一陣『滋拉滋拉』的聲音,一聲轟然倒下來的震響,使附近山野抖動了起來,隨即聞到了一股濃重的楓香味。我直感地覺得我那棵相依為命的楓樹被伐倒了。……我立即飛奔向那片叢林。整個天空變得空蕩蕩的,小山丘向下沉落,垂下了頭顱,楓樹直挺挺地躺在叢莽之中。我頹然地坐在深深的樹坑邊,失聲痛哭了起來。村裏的一個孩子莫名其妙地問我:『你丟了什麼這麼傷心?我替你去找。』我回答不上來。我丟掉的誰也無法找回來,那幾天我幾乎失魂落魄,生命像被連根拔起,過了好些天,我寫下了這首詩。」(《一首詩的故鄉》,見《螢火集》,中國華僑出版社 1994 年版)

1973 年 10 月

1 日 《文匯報》刊出《十大紅旗舞東風——慶祝中華人民共和國成立二十四週年詩歌選》,刊有上海冷軋帶鋼廠張煒《十大東風吹爐臺》、陳晏《車輪滾滾鋪春色》等詩。

1 日 《廣西文藝》1973 年第 7 期刊出《歡唱團結勝利歌》新民歌 21 首和紀宇《國慶燈火贊》、徐聲凱《向荒山野嶺進軍》等詩。

1 日 《解放軍文藝》1973 年 10 月號以《戰士高歌慶十大》為總題刊出廖代謙《十大公報金燦燦》、王石祥《巡邏道上聞喜訊》等詩。

2 日 《光明日報》刊出解放軍某部馬懷金《瑤寨北京緊相連》等詩。

7 日 《文匯報》刊出孫明義《勝利的航程上》、李幼容《軍墾頌》等詩。

15 日 《文匯報》以《我們時刻準備著》為總題刊出解放軍某部宮璽《機場築在咱心上》等詩。

19 日 《福建日報》刊出上山下鄉知識青年陳剛久、師宗平的文章《可喜的收穫——讀詩歌集〈閩山朝霞紅〉》。

　　10 月　　張建中（林莽）作詩《第五個金秋》。此詩收詩集《我流過這片土地》，新華出版社 1994 年 10 月出版。

　　10 月　　《廣東文藝》1973 年第 10 期刊出梵楊的配畫詩《到廣闊的天地去》和解放軍崔合美《從南海唱到北京》、解放軍章明《延安的頌歌》等詩。該刊 1974 年第 1 期刊出《對〈到廣闊的天地去〉一詩的意見》，廣州鋼鐵廠淩菁說：「讀了《到廣闊的天地去》一詩（見《廣東文藝》一九七三年十月號封二）後，覺得這首詩的調子比較低沉，小資產階級的『人情味』頗濃，沒有時代氣息，不能反映我們偉大時代的精神風貌。」中山大學中文系學員杜嗣琨說：「看了《到廣闊的天地去》的配詩，覺得詩裏有一些小資產階級的情調。什麼『淚』呀，『愁』呀等等，用這些來襯托知識青年奔赴廣闊天地的雄心壯志，我覺得不合適。上山下鄉，這是毛主席給我們知識青年指引的光輝道路，是無上光榮的。向這條道路邁進的時候，為什麼要『哭』、要『愁』，『難捨難離難分手』呢？」該刊編輯部按：「一九七三年十月號本刊封二《到廣闊的天地去》一畫的配詩，發表後，收到了一些讀者來信，對這首詩提出批評意見。這些意見是很有道理的。這裡選登的是來稿中有代表性的兩則。」「《到廣闊的天地去》的配詩，有部分句子，格調低沉，語言比較陳舊，作者用意雖企圖批判某些人的錯誤思想和表現，但是過多地渲染這種支流的事物，批判又缺乏足夠的力量，就反而給人一種不健康的情緒的感染，這和革命的戰鬥激情的頌歌是不相稱的。」

　　　　梵楊，原名梁銘綱，1930 年 4 月 6 日生於廣東四會。1948 年到《建國日報》當校對，1949 年在佛山地區任農村幹部，1956 年起先後在廣東作家協會、廣東人民出版社、廣東省文聯從事文學編輯工作。1952 年開始發表新詩，出版的詩集有《婚事》（1952）、《不落的星辰》（1983）。

　　10 月　　《呼和浩特文藝》1973 年第 4 期以《「十大」的光輝照草原》為總題刊出張之濤《勝利的豐碑》、李心如《戰鬥的號角》等詩。

　　10 月　　《遼寧文藝》1973 年第 10 期刊出林嘯《勝利向前》、解放軍某部張旭東《誓言寫在鋼槍裏》、朱文長《喜訊傳山村》等詩。

　　10 月　　《山東文藝》第 1 期刊出詩輯《十大光輝照航程》和李存葆《海疆抒情》、紀鵬《寫在世界屋脊上的詩》、郭廓《高潮激浪》等詩。

　　10 月　　《天津文藝》1973 年第 5 期刊出王福全《獻給中南海書房》、天津警備區李鈞《進軍放歌》、冶金實驗廠馮景元《鋼之歌》等詩。

10月 《湘江文藝》1973年第5期刊出長沙市工人弘征《時代的列車飛奔——歡呼十大勝利召開》、王燕生《指揮長》、株洲市工人聶鑫森《戰鬥的鼓聲》、隆回縣農民胡光曙《雪峰藥農》等詩和范良鈞的文章《我們需要戰鬥的詩篇——喜讀詩歌〈在廣場上〉》。該刊1974年第2期刊出冷水江市禾青公社胡洛的文章《〈雪峰藥農〉是一首壞詩》。文章說:「《湘江文藝》一九七三年第五期刊登的《雪峰藥農》,是一首有毒的壞詩。」「首先是給勞動人民的臉上抹黑。馬克思主義要求革命文藝作品『除了細節的真實以外,還要真實地再現典型環境中的典型性格。』在舊社會,『官府』是勞動人民的死敵,奴隸只有造反,才有自己的活路。『奴隸代代求解放,戰鼓連年起四方』,正是舊社會被壓迫者鬥爭性格的典型概括。《雪峰藥農》卻與此相反,它把勞動人民歪曲成奉行孔孟之道的『順民』。為了尋找『靈藥獻給官府』,『於是多少人千百回磨破了手皮腳掌,又千百回遇到虎豹豺狼,只落得千百回望著群山長歎,把希望拋進雲海霧洋……』這些『順民』,聽命『官府』的擺佈,不顧死活,可謂『忠恕』之至。他們除了『長歎』,沒有任何怨言,更談不上憤怒和反抗;即使『長歎』,也不是歎『官府』的殘暴,而是歎自己未能找到『靈芝仙草』,不能得到『官府』恩賜的佳運。顯然,這種描寫是對奴隸們的莫大侮辱!」「其次,『靈芝仙草』,只存在於神話傳說之中,現實生活中是沒有的(中藥『靈芝草』與詩中所說的『靈芝仙草』無關)。雪峰藥農,在舊社會充當『順民』,妄想以『靈芝仙草』搏取『官府』的歡心;而到了新社會,他竟然『要找一棵真正的靈芝仙草,敬獻到偉大領袖毛主席身旁』。把古代道士採仙藥獻給皇帝的傳說比成勞動人民對偉大領袖的熱愛,這是十分錯誤的。」

胡光曙,1941年5月14日生於湖南隆回。1959年高中畢業長期任鄉村中學教師及報刊編輯。1985年調至隆回縣文化館工作。1954年開始新詩寫作,1986年印行詩集《七水江,我的家鄉》。

10月 《雲南文藝》1973年第2期刊出「慶祝十大專刊」,刊有工人李松波《上北京》、傣族歌手康朗甩《傣家人歡慶「十大」》、白族張長《革命真理放光芒》等詩。

10月 王文緒的詩集《金泉》由山西人民出版社出版。

10月 鐵嶺地區文化局、法庫縣《金玉廷詩選》編選小組編的《金玉廷詩選》由遼寧人民出版社出版。作品分為《您是咱們大救星》、《革命紅旗肩頭扛》等5輯,收《黨是太陽高空照》、《公社是枝幸福花》、《勞動歌聲震天

地》等詩 80 首和作者《為革命而學，為革命而歌》文 1 篇，有編者《前言》。
《前言》說：「金玉廷同志僅僅讀過二年書，但他敢於打破劉少奇、林彪一類
騙子宣揚的反動的『天才論』的束縛，毅然拿起筆來，為革命而歌。在創作
上，堅持毛主席的文藝為工農兵、為社會主義革命和建設、為無產階級政治
服務的方向，把詩歌創作作為宣傳毛澤東思想、捍衛毛主席革命路線、鞏固
無產階級專政的工具。他的詩歌的突出特點，是熱情洋溢地歌頌黨和毛主席、
歌頌毛主席的無產階級革命路線和社會主義革命、社會主義建設的偉大勝
利，滿腔憤怒地控訴地主資產階級統治的舊社會，批判反革命修正主義文藝
路線；樸實地表達了貧下中農的思想感情，生動地反映了革命人民朝氣蓬勃
地建設社會主義新農村的精神面貌。生活氣息是濃鬱的，藝術形式是廣大群
眾所喜聞樂見的。他的詩歌不僅發表在報刊上，更多地是由他親自在田間、
地頭、會場，向群眾朗誦和演唱，受到廣大貧下中農的熱烈歡迎。他的詩歌
是『為工農兵而創作，為工農兵所利用』的，發揮了『團結人民、教育人民、
打擊敵人、消滅敵人』的戰鬥作用。今天，出版他的詩選，對於劉少奇、林
彪一類騙子宣揚的『天才論』、『靈感論』等反革命修正主義文藝觀點，也是
有力的批判。」

　　　金玉廷，1929 年生，遼寧法庫人。曾任遼寧省法庫縣丁家房公
　　社良種場大隊貧協主任、法庫縣人民代表、法庫縣貧協副主任、遼
　　寧省貧協副主任。1956 年開始詩歌寫作，1965 年出版詩集《我是人
　　民宣傳員》。1970 年 1 月 23 日病逝。

　　10 月　　天津人民出版社編的詩集《海河戰歌》由該出版社出版。收津湘
《「題詞」光輝照海河》、嚴農《知識青年在海河》、王洪濤《擎天柱》、楊暢
《老倆口上陣治海河》等詩 68 首，有編者《後記》。《後記》說：「在慶祝偉
大領袖毛主席『一定要根治海河』題詞十週年之際，我們出版了這本詩集。」
「詩集的作者，大都是親身參加根治海河的民工和幹部。他們在毛主席『一
定要根治海河』的偉大號召下，在戰天鬥地的勞動中，拿起筆來進行文藝創
作，寫出了大量歌頌偉大領袖毛主席、歌頌黨、歌頌根治海河的英雄人物和
根治海河十年取得輝煌勝利的作品。這本詩集所收入的詩歌，就是他們的作
品中的一部分。」

　　10 月　　詩集《征途萬里凱歌高——獻給黨的十大》由浙江人民出版社出
版。收梁雄《征途萬里凱歌高》、潘國鈞《煉鋼爐前頌十大》、吳有華《學了
公報情更豪》、田永昌《粉碎林賊復辟夢》等詩 29 首。

10月　北京大學中文系編印的《詩選》（二集）印行。收紅衛兵《祝毛主席萬壽無疆》、徐剛《陽光燦爛照征途》、李學鰲《百里礦區一窗口》、李瑛《想起了一條古老的河》、葉文福《家》等詩45首，有編者《編後》。《編後》說：「爲了幫助學員學習創作，去年，我們編選了若干較好的當代作品，分成《詩選》《短篇小說選》《散文特寫選》《戲劇曲藝選》四冊刊印，供學員閱讀，借鑒。」「現在，我們繼續按照這四類體裁，從無產階級文化大革命後出現的許多具有嶄新面貌的作品中進行編選，分冊陸續付印。」

1973 年 11 月

1日　《廣西文藝》1973 年第 8 期刊出《紅水河畔新歌臺》新民歌 7 首和王一桃《舉起戰鬥的投槍，擲向孔家店！》、陳雨帆《山鷹的琴》、紀鵬《寫在世界屋脊上的詩》等詩。

1日　《解放軍文藝》1973 年 11 月號刊出堯山壁《海河工地短歌》、任海鷹《緊急出航》、張力生《過險峽》、李瑛《獻給火的年代》等詩。

4日　《文匯報》刊出徐剛的詩《北京抒情》。

10日　《北京文藝》1973 年第 5 期刊出牛明通《北京燈火》、永定機械廠工人楊俊青《鋼的性格》、房山縣周口公社孫玉枝《新苗》等詩。

11日　《文匯報》刊出向群中學萍之《時代的畫廊》、羅順富《夜戰荒山崗》等詩。

14日　《內蒙古日報》刊出郭超《熱情讚頌新一代——讀詩集〈廣闊天地進軍歌〉》、賈漫《戰地黃花分外香——喜讀五·七戰士詩歌選〈戰地黃花〉》等文。

15日　《安徽日報》刊出童本清的文章《一條金光燦爛的革命大道——評詩集〈閃光的路〉》。

15日　《河北文藝》1973 年第 6 期刊出郭寶臣《毛主席一聲號令》、武邑社員王雷《海河民工的家》、朱述新《開渠》等詩。

20日　《陝西文藝》1973 年第 3 期刊出小蕾《紅旗頌》、李耕文《中南海頌》、解放軍某部韓作榮《老書記》等詩。

11月　伍立憲（啞默）作詩《哀離》。此詩收詩文集《鄉野的禮物》，貴州民族出版社 1990 年 12 月出版。

11 月　《廣東文藝》1973 年第 11 期刊出殷勤《向廣闊天地進軍》、黃子平《膠林深處》、解放軍王桂榮《山花》等詩。

11 月　《遼寧文藝》1973 年第 11 期刊出齊紅深《紅高粱》、鄒德盛《燈標頌》、雁翎《糧山又起三丈高》等詩。

11 月　《湘江文藝》1973 年第 6 期刊出解放軍某部瞿琮《向韶山》、解放軍某部崔合美《在韶山陳列館的一尊塑像前》、石太瑞《粉碎孔子的幽靈》、未央《田徑短曲》等詩。

11 月　河北省革命委員會出版發行局編的詩集《海河千里戰旗紅》由河北人民出版社出版。

11 月　四川人民出版社編的《哨所的路——戰士詩選》由該出版社出版。

11 月　包玉堂的詩集《在天河兩岸》由廣西人民出版社出版。收《進京前夕》、《北京的鐘聲》、《歌唱我的民族》、《天河船家謠》等詩 46 首。

> 包玉堂，1934 年農曆七月十五日生於廣西羅城。仫佬族。1949 年後曾任小學校長、縣報記者，先後出版詩集《虹》（1956）、《歌唱我的民族》（1958）、《鳳凰山下百花開》（1959）。1963 年到自治區文聯從事專業創作，後曾任自治區文化局副局長。1980 年任中國作家協會廣西分會副主席，又出版詩集《回音壁》（1984）、《清清的泉水》（1987）、《春歌不歇》（1990）、《紅水河畔三月三》（1991）等。

11 月　戚積廣的詩集《爐火集》由吉林人民出版社出版。收《祝福毛主席萬壽無疆》、《紅太陽高照汽車城》、《衝天爐之歌》、《鍛得全球飛紅霞》等詩 32 首。

> 戚積廣，1941 年 4 月 3 日生於山東黃縣。1956 年到長春第一汽車製造廠當工人。1966 年吉林函授學院中文系畢業。1979 年到吉林人民出版社工作。1958 年開始發表新詩，出版的詩集還有《加熱爐之歌》（1965）、《五彩的年華》（1985）、《帆夢》（1987）等。

11 月　時永福的詩集《哨所抒懷》由陝西人民出版社出版。作品分為《頌歌》、《天山松》等 5 輯，收有《讚歌獻給毛主席》、《哈密》、《為祖國站崗》等詩。該書《內容說明》講：「這是一本反映邊防部隊戰鬥生活的詩集。」「作者以飽滿的熱情，清新的語言，描寫了邊防戰士學習、執勤和勞動的一些生活側面；表現了人民戰士對偉大領袖毛主席和對黨對人民的無限熱愛；頌揚了他們在毛主席革命路線指引下，繼承和發揚革命傳統，為保衛社會主義祖

國駐守邊塞海疆，英勇頑強，戰勝各種困難的革命樂觀主義精神。作品具有樸實的戰士感情和生活氣息。」

11月　《鍾聲集——工人詩選》由山西人民出版社出版，收孔祥德《大慶歸來》、何玉清《鍛工好氣派》、文武斌《老兩口》、韓起祥《血鍾》等詩 55 首。當時的評論說：「最近由山西人民出版社出版的詩選《鍾聲集》，是我省文藝領域批林批孔運動深入發展取得的成果之一。這本詩選的作者絕大部分是戰鬥在三大革命運動的第一線。他們既不是什麼高貴的『聖人』，也不是什麼超人的『天才』。可就是這些人，卻抒寫了飽含激情的戰歌。《鍾聲集》的每一首詩像時代的鼓點和號角，似幅幅動人的畫卷。鏗鏘的鍾聲粉碎了林彪、孔老二鼓吹的『上智下愚』的騙人鬼話，顯示了工人階級不但是階級鬥爭、生產鬥爭的主力軍，而且也是文化革命的主力軍。」（晉安化工廠工人業餘評論組郭金玉、孔繁貴、李文傑《時代的鼓點　戰鬥的詩篇——喜讀詩選〈鍾聲集〉》，1974 年 11 月 10 日《山西日報》）

11月　陝西省漢中地區革委會文教局編印的詩集《漢水新歌——漢中地區革命文藝創作選集之一》印行。作品分為《山歌新唱》、《春漫巴山》等 5 輯，收張俊彪《毛主席和咱心連心》、宋文傑《山花向陽開》、沈奇《爐火正紅》等詩 131 首，有編者《編後記》。《編後記》說：「根據偉大領袖毛主席『希望有更多好作品出世』的號召，為了進一步推動和繁榮漢中地區的革命文藝創作，現將我區近年來創作的小說散文、戲劇、詩歌和革命故事等分別彙編成冊，以便內部推廣和交流。」

11月　《江山多嬌——安徽詩歌選》由安徽人民出版社出版。收張萬舒《紅旗頌》、女民歌手姜秀珍《心裏高興要唱歌》、煤礦工人卜照元《我們戰鬥在煤海深處》、孫昌瑞《女突擊隊》等詩 94 首。

11月　上海人民出版社編的《上海民歌選》由該出版社出版。作品分為《頌歌》、《工業大躍進歌謠》等 5 輯，收《聽話要聽黨的話》、《喜報跑在我前頭》、《公社是隻船》等民歌 103 首，有《出版說明》。《出版說明》說：「這本民歌集，是從一九五八年的《上海民歌選》、一九五九年的《上海民歌選》和一九六〇年的上海民歌選集《稻花鋼水譜新歌》中選出來的。」「當年上海人民和全國人民一起，在黨的建設社會主義總路線的光輝照耀下，以衝天的革命幹勁和排山倒海的英雄氣概，在各條戰線上掀起了朝氣蓬勃的大躍進局面。」「這是一個偉大的時代。正如毛主席所指出的：『從來也沒有看見人民

群眾像現在這樣精神振奮，鬥志昂揚，意氣風發。』」「這些民歌，就是這一偉大時代的產物。直到今天，我們讀著這些詩篇，仍然感到偉大時代跳動的脈搏，從中得到極大的鼓舞和力量。」

11 月　黑龍江生產建設部隊政治部編的詩集《沃野朝陽》由黑龍江人民出版社出版。收蔣巍《火紅的國旗舞東風》、別閩生《南泥灣道路越走越寬》、肖復興《雨夜》、郭小林《軍墾戰士愛邊疆》等詩 47 首。當時的評論說：「這本詩集，全部出自年輕的兵團戰士的手筆，他們既是兵團生活的主人，又是詩的主人！他們用自己的筆，歌頌黨和毛主席，歌頌自己的戰鬥生活，使人讀後感到鼓舞，感到親切。詩有鮮明的階級立場，濃鬱的生活氣息，而沒有所謂矯揉、雕琢之感。」（董國柱《新的一代　新的境界——詩集〈沃野朝陽〉讀後》，1974 年 11 月 10 日《黑龍江日報》）

11 月　中國人民解放軍遼寧省軍區政治部編的詩集《戰士歌聲》由遼寧人民出版社出版。收鄭小林《全球響徹〈國際歌〉》、王選慶《刺刀的性格》、劉豐軍《雪裏練兵心中暖》、程力《邊疆軍民肩並肩》等詩 49 首。

1973 年 12 月

1 日　《廣西文藝》1973 年第 9 期刊出覃紹寬《壯族人民的心願》、崔合美《我從海島到韶山》、柯熾《抱負》等詩。

1 日　《解放軍文藝》1973 年 12 月號刊出丁雲鵬《行軍》、邢書第《陣雨過山》、楊牧《葡萄架下一堂課》、向明《我們心中的天安門》、張永枚《井岡新詩》、徐剛《在毛澤東號機車上》、雷抒雁《軍訓號角》等詩。

6 日　《山西日報》刊出該報工農兵通訊員、該報記者的報導《詩滿田園歌滿莊——昔陽縣農村群眾文化活動見聞》。

9 日　《光明日報》刊出覃中華的詩《上征途》。

9 日　《文匯報》刊出上海建築機械廠張鴻喜《煙囱新歌》等詩。

12 日　《光明日報》刊出辛述威《在與工農相結合的道路上前進——讀詩集〈軍墾新曲〉》、永言《戰鬥生活就是詩——讀詩選〈學大寨戰歌〉》等文。

15 日　《人民日報》發表初瀾的文章《要重視文化藝術領域的階級鬥爭》。

16 日　《人民日報》發表方耘的文章《要繼續搞好文藝革命》。

24 日　《文匯報》刊出寧宇《毛主席登過咱船臺》、袁文燕《春風萬里唱韶山》等詩。

25日　《新疆日報》刊出新疆大學中文系學員周鴻飛的文章《團結戰鬥的詩篇——讀詩歌集〈條條金絲線〉》。

30日　《文匯報》刊出上棉二廠陸萍的詩《花布的歌》。

12月　張建中（林莽）作詩《列車紀行》。此詩收詩集《我流過這片土地》，新華出版社1994年10月出版。

12月　《廣東文藝》1973年第12期刊出《星火燎原頌——「毛澤東同志主辦廣州農民運動講習所舊址」詩歌專輯》，刊有易征《東耳房》、韋丘《明燈》、工人陳忠幹《崗亭》、野曼《課堂》等詩。

12月　《遼寧文藝》1973年第12期刊出解放軍空軍某部李克白《工廠的「悶悶」》、王忠傑《山村新歌》等詩。

12月　《群眾藝術》1973年第12期以《鐵道兵之歌》為總題刊出李益德《鐵路工地歌最多》、宋紹明《車廂——我們的家》等詩。

12月　《山東文藝》第2期刊出柴德新《萬里征途跨新步》、李健葆《海島短歌》、桑恒昌《護林隊》等詩。

12月　《天津文藝》1973年第6期刊出天津航務工程局金同悌《快艇，我的戰馬》、解放軍駐津某部顏廷奎《海防線上》、紀鵬《寫在世界屋脊上的詩》等詩。

12月　《雲南文藝》1973年第3期刊出吳仕龍《訪韶山》、梁上泉《邊哨散歌》、曉雪《大年初一》、盧雲生《公社的田野》等詩。

12月　楊本紅的詩集《一代新人在成長》由江蘇人民出版社出版。

12月　張昆華的詩集《在祖國邊疆》由雲南人民出版社出版。

12月　閻一強的詩集《沂蒙贊》由上海人民出版社出版。收《淩空燕》、《抽水站上》、《識字班歌》、《蒙山雨》等詩40首。該書《內容提要》說：「這本詩集，共收短詩三十九首，敘事詩一首。」「短詩大都是作者近年來的新作，反映了沂蒙山區改天換地，水渠縱橫，花果滿山，稻米飄香的新面貌。這些詩，大都寫得形象鮮明，語言生動，風格樸素，形式活潑，有濃厚的生活氣息。敘事詩是作者1964年的作品，這次作了較大的修改。」

　　閻一強，1934年生，山東商河人。1949年參加工作，曾任《山東文藝》、《大眾日報》編輯。1951年開始發表新詩，出版的詩集還有《第一支歌》（與苗得雨合著，1957）、《布穀鳥》（1959）、《報春集》（與孔林合著，1964）等。1974年4月30日病逝。

12月　張永枚的長詩《人民的兒子》由人民文學出版社出版。該書《內容說明》說：「這部敘事長詩通過對中國人民志願軍戰士楊勝濤，在黨的教育和培養下的成長過程的描寫，表現了他的高度階級鬥爭、路線鬥爭覺悟和無產階級國際主義精神，塑造了一代新人的英雄形象。作品也熱情歌頌了中朝兩國人民在共同抗擊美帝國主義侵略的鬥爭中，用鮮血凝成的戰鬥友誼。」「長詩共三十五章，採用韻文和散文相結合的表現形式。結構嚴謹，語言樸素活潑。」

12月　《北京的歌──工農兵詩選》由北京人民出版社出版。收石灣《歡呼十大的歌》、北京第一紡織機械配件廠韓憶萍《鋼鐵的讚歌》、通縣尹莊中學陳寅中《溫榆河上紅霞飛》、工程兵某部葉文福《我愛祖國萬重山》、李學鰲《中南海的燈光》等詩106首，有編者《編後》。《編後》說：「經過無產階級文化大革命，在毛主席革命路線指引下，工農兵革命文藝創作，百花盛開，欣欣向榮。《北京的歌》，正是在這一形勢下編輯出版的。」「詩歌的作者，以他們在三大革命運動第一線的切身感受，滿懷戰鬥的激情，歌頌了我們偉大的領袖毛主席，歌頌了我們偉大的黨，偉大的祖國，偉大的首都；從多方面描繪了工廠、農村、部隊波瀾壯闊的鬥爭生活；反映了首都各條戰線的大好形勢。」「詩集付排，欣逢黨的第十次全國代表大會，我們無比興奮，豪情滿懷。為了熱烈慶祝我們黨所取得的偉大勝利，特地增選了兩首歌頌十大的詩。」

12月　甘肅人民出版社編的詩集《高原大寨歌》由該出版社出版。收社員劉志清《滿懷激情唱讚歌》、伊丹才讓《修梯田》、林染《軍墾戰士續新篇》、師日新《駝鈴新聲》等詩62首。該書《內容提要》說：「這本詩集，共收集工農兵作者和基層幹部、革命知識分子作者近年來創作的短詩六十多首。」「這些詩作，從不同的側面描繪了在毛主席革命路線的指引下，當前我省農村人民公社『農業學大寨』的廣闊畫面，反映了我省廣大貧下中農和社員群眾，在階級鬥爭、生產鬥爭和科學實驗三大革命鬥爭中，戰天鬥地的英雄氣概和豐富多彩的鬥爭生活，刻畫了人民公社的各種先進人物的動人形象，展現了當前我省廣大農村社會主義革命和建設飛速前進的宏偉圖景，歌頌了毛主席革命路線的偉大勝利。」

12月　《韶山頌》編輯小組編的詩集《韶山頌》由湖南人民出版社出版。收羅先明《祝願毛主席萬壽無疆》、未央《擡頭仰望毛主席舊居》、楊里昂《閃光的書案》、王燕生《韶山哨兵》等詩67首，有編者《編後》。《編後》說：「湖

南是偉大領袖毛主席的家鄉，是毛主席早期從事革命活動的地方。廣大人民群眾不斷前來韶山瞻仰、學習，從毛主席的光輝實踐中吸取前進的力量。爲了表達億萬人民對毛主席深厚的無產階級感情，進一步激勵鬥志，堅持無產階級專政下繼續革命，堅持黨的團結勝利的路線，奪取新的勝利，我們組織創作和編輯了這本詩歌集《韶山頌》。」

12月　詩集《新芽集——上山下鄉知識青年創作選（詩歌）》由江蘇人民出版社出版。收馬壩青《高粱讚歌》、楊群山《迎春曲》、張志仁《油燈閃閃》、楊本紅《春風送我到漁家》等詩 50 首，有編者《後記》。《後記》說：「爲了充分反映廣大知識青年在農村這個廣闊天地裏意氣風發，大有作爲的精神面貌，歌頌毛主席關於『知識青年到農村去，接受貧下中農的再教育，很有必要』的偉大指示，徹底批判林彪反黨集團惡毒攻擊知識青年上山下鄉的反動謬論，肅清他們的反革命修正主義路線的流毒，堅持知識青年上山下鄉的正確方向，去年十月，由本社選編出版了我省上山下鄉知識青年創作的短篇小說集《山裏紅梅》，得到了廣大讀者的歡迎，並紛紛來信要求繼續出版這方面的文藝讀物。今年以來，我們根據讀者的要求，在省上山下鄉辦公室的大力支持下，通過進一步發動群眾，由廣大上山下鄉知識青年創作了大批小說、散文、詩歌等文藝作品。並從大量來稿中陸續選出部分較有代表性的作品，分別編成了《終身課題》（小說）、《新芽集》（詩歌）、《東海潮》（散文）等三本上山下鄉知識青年文藝創作選。」當時的評論說：「知識青年上山下鄉，走毛主席指引的與工農相結合的光輝道路，是蓬勃發展的社會主義新生事物。江蘇人民出版社出版的、由我省上山下鄉知識青年業餘作者創作的詩歌選集《新芽集》，熱情歌頌了毛主席關於『知識青年到農村去』的偉大號召，反映了廣大知識青年在廣闊天地裏，在三大革命鬥爭中，經風雨，見世面，接受貧下中農再教育，戰天鬥地的火熱鬥爭生活，是對林彪一夥鼓吹『孔孟之道』，誣衊知識青年上山下鄉是『變相勞改』的有力批判。我們戰鬥在農業第一線的知識青年，讀後感到分外親切，鼓舞很大。」（張理勤《知識青年戰鬥生活的頌歌——喜讀詩集〈新芽集〉》，1974 年 5 月 12 日《新華日報》）

多　　牛漢作詩《巨大的根塊》、《鷹形的風箏》。《巨大的根塊》初刊《文匯增刊》1980 年第 7 期；均收詩集《溫泉》，上海文藝出版社 1984 年 5 月出版。

1973 年　　蔡其矯作詩《落日》、《屠夫》、《候鳥》、《冬夜》、《女聲二重

唱》、《桐花》、《悼念》、《烏桕樹》、《聲音》、《地上的光明》。前三首收詩集《祈求》，江蘇人民出版社 1980 年 11 月出版；第四至八首收詩集《生活的歌》，人民文學出版社 1982 年 7 月出版；最後二首收《蔡其矯詩選》，人民文學出版社 1997 年 7 月出版。

1973 年　　姜世偉（芒克）作詩《天空》、《凍土地》、《太陽落了》、《秋天》、《獻詩：一九七二──一九七三》、《路上的月亮》、《城市》、《白房子的煙》。《天空》、《凍土地》初刊 1978 年 12 月 23 日《今天》第 1 期；《太陽落了》初刊 1979 年 4 月 1 日《今天》第 3 期；《秋天》初刊 1979 年 6 月 20 日《今天》第 4 期；《獻詩：一九七二──一九七三》初刊 1979 年 9 月《今天》第 5 期；《路上的月亮》初刊 1979 年 12 月《今天》第 6 期；《城市》初刊 1980 年 4 月《今天》第 8 期；均收詩集《心事》，《今天》編輯部 1980 年 1 月油印發行。

1973 年　　栗世征（多多）作詩《祝福》、《吉日》、《能夠》、《致青年藝術家彭剛》、《在秋天》、《告別》、《悲哀的瑪琳娜》、《致情敵》、《夢》、《無題》、《少女波爾卡》、《誘惑》、《女人》、《孩子》、《青春》、《詩人》、《黃昏》、《年代》、《解放》、《海》、《致太陽》、《手藝》。前九首均收《行禮：詩 38 首》，灕江出版社 1988 年 3 月出版；後十三首均收《里程──多多詩選》，1988 年 12 月油印發行。

1973 年　　理召（灰娃）作詩《墓銘》。此詩收《山鬼故家》，人民文學出版社 1997 年 7 月出版。

1973 年　　牛漢作詩《根》、《蛇蛋》、《溫泉》、《匯合》。《根》初刊《北方文學》1980 年第 7 期；《匯合》初刊《文匯月刊》1986 年第 5 期；前三首收詩集《溫泉》，上海文藝出版社 1984 年 5 月出版；後一首收《牛漢抒情詩選》，青海人民出版社 1989 年 12 月出版。

1973 年　　趙振開（北島）作詩《微笑・雪花・星星》、《小木房裏的歌》、《無題》、《冷酷的希望》。《微笑・雪花・星星》初刊 1978 年 12 月 23 日《今天》第 1 期；《小木房裏的歌》初刊 1979 年 4 月 1 日《今天》第 3 期；均收詩集《陌生的海灘》，《今天》編輯部 1980 年 4 月油印發行。

1973～1975 年　　郭路生（食指）作詩《紅旗渠組歌》。此詩收《詩探索金庫・食指卷》，作家出版社 1998 年 6 月出版。

1974 年

1974 年 1 月

1 日　《解放軍文藝》1974 年 1 月號以《新民歌選》爲總題刊出沈奇《十萬礦石一把抓》、殷光蘭《迎著太陽上講臺》等民歌；以《工農是我們的好老師》爲總題刊出張蓬雲《光榮榜》、陳官煊《張打鐵》等詩。

5 日　《武漢文藝》創刊號刊出詩輯《頌歌獻給毛主席》和黃聲孝《十大東風送春來》、劉不朽《柳林新苗》、彭仲道《革命媽媽處處有》等詩。

6 日　《文匯報》刊出王荊岩《煉鋼爐前》等詩。

8 日　北京大學革命委員會《新北大》報第 32 期刊出畢業班學員徐剛的詩《永不褪色的紅花》和畢業班學員劉忠貴的詩《這雙草鞋留給你》。

10 日　《北京文藝》1974 年第 1 期刊出市政機械公司修配廠陶嘉善、北京化工設備廠何玉鎖《鐵人之歌》和北京熱電廠顧紹康、北京第一機床廠王恩宇《首都工人民兵贊》等詩。

13 日　《文匯報》刊出呂長河《爐火正旺──記一次批孔會》、上海工程機械廠謝其規《剝削階級那一套，滾開》等詩。

15 日　《河北文藝》1974 年第 1 期刊出陳茂欣《布廠歌聲》、任彥芳《三把大鎬》、楊匡滿《連隊學習室》、孟慶菲《小劉》等詩。該刊 1974 年第 3 期刊出隆堯縣陳村大隊回鄉知識青年米彥周和河南省溫縣招賢公社辛一大隊創作組的來信《革命青年不能當「啞叭」》。米彥周說：《小劉》「這首小詩共四行。頭兩行寫道：『青年小劉外號「啞叭」，沉默寡言喜歡畫畫。』意思是說小劉喜歡埋頭勞動，其他什麼也不說不管了，什麼學習馬列主義、毛澤東思

想呀，宣傳黨的政策呀，什麼階級鬥爭、路線鬥爭呀，等等，似乎都可不聞不問、沉默寡言，因此大家才給他起了個外號『啞叭』。詩中寫的『小劉』這樣的青年，很像我們以前批判過的『中庸』的、『中間』式的人物。如果要廣大青年都向『小劉』學習，像『小劉』一樣，試想我們青年人將成爲什麼樣子，能有什麼作爲，將走向什麼道路，怎樣能夠接好革命班？」河南省溫縣招賢公社辛一大隊創作組說：「這四句短詩歪曲了我們時代革命青年的形象。」「面對著當前國內外一片大好形勢，面對著毛主席革命路線戰勝劉少奇、林彪反革命修正主義路線的偉大勝利，面對著廣大貧下中農以戰天鬥地的英勇姿態掀起『農業學大寨』的群眾運動，每個革命青年都應該感到歡欣鼓舞，高聲歌唱，決不應該『沉默寡言』。在批判林彪反革命修正主義路線極右實質的戰鬥中，在宣傳毛主席革命路線的偉大勝利時，在向階級敵人衝鋒陷陣時，在同錯誤路線進行鬥爭時，每一個革命青年決不應該當『啞叭』。如果在事關路線、事關大局的大是大非面前『沉默寡言』，裝『啞叭』，那就是對無產階級革命事業的背叛！作者說什麼他『爲革命種田愛挑重擔』，一個對政治運動『沉默寡言』的人，在建設社會主義時決不會出大力，流大汗。僅僅因爲他幹活賣力，公社就經常表揚他，這不是『勞動好就是政治好』的謬論的形象化說明嗎？這不是說在農村只要埋頭勞動，不問政治，就可以受到讚揚嗎？」編者編後說：「這裡選發了兩篇讀者意見，對本刊今年第一期發表的《小劉》一詩提出了嚴肅的批評。這首先是對我們編輯部的批評和幫助。現在批林批孔運動正在深入發展，爲了認眞貫徹毛主席的革命文藝路線，希望廣大工農兵讀者繼續對我們提出批評、幫助。」

17～20日　西沙自衛反擊取得勝利。

18日　經毛澤東批准，中共中央轉發由北京大學、清華大學大批判組彙編的《林彪與孔孟之道（材料之一）》。之後，全國展開「批林批孔運動」。

20日　《文匯報》刊出解放軍某部彭齡《我們的哨棚》等詩。

20日　《陝西文藝》1974年第1期刊出聞頻《延安的燈，我心中的燈》、商子秦《要在山區開紅花》、雷抒雁《閃閃的琴弦》等詩。

20日　《朝霞》1974年第1期刊出沙白《征帆萬里》、朱金晨《不銹鋼》、王森《海港新苗》等詩。

23日　《解放日報》刊出上海基礎工程公司朱金晨《建設者的窗口》、東海艦隊某部董培倫《把祖國珍藏在心裏》等詩。

25 日　《黑龍江文藝》1974 年第 1 期刊出蔣巍《祖國讚歌》、鮑雨冰《冬日興安嶺》等詩。

30 日　《人民日報》發表評論員文章《惡毒的用心，卑劣的手法——批判安東尼奧尼拍攝的題爲〈中國〉的反華影片》。

1 月　《福建文藝》1974 年第 1 期刊出季仲《萬里春光》、三明紡織廠電工蔡意達《值班室響起電話鈴》等詩和劉耘之《戰鬥的生活產生詩——談短詩〈值班室裏響起電話鈴〉的創作》、廈門大學中文系學員路戈《廣闊天地任鷹飛——讀〈閩山朝霞紅〉、〈沃土壯苗〉》等文。

1 月　《廣東文藝》1974 年第 1 期刊出解放軍任海鷹《鋼鐵海防》、解放軍姚成友《鋼槍·刺刀·手榴彈》、解放軍莫少雲《拉練戰歌》等詩和石木《革命青春的讚歌——讀〈火焰般的年華〉》及凌菁、杜嗣琨《對〈到廣闊的天地去〉一詩的意見》等文。

1 月　《廣西文藝》1974 年第 1 期刊出彭景宏、施國祖《根深葉茂花正紅》和丁子紅《壯村批判會》、解放軍駐廣州某部蘇方學《海島晨曲》、金彥華《鋼鐵篇》等詩。

1 月　《湖北文藝》1974 年第 1 期刊出中國人民解放軍七四三五工廠工人胡發雲《向前！向前！紅色革命艦》、管用和《江濱抒懷》、王老黑《贊革命的倡議書》等詩。

1 月　《吉林文藝》1974 年 1 月號刊出任彥芳的長詩《鑽塔上的青春》和張福慶的詩《火紅的年華》。

1 月　《江西文藝》1974 年第 1 期刊出楊學貴《紅太陽照亮了藍田阪》、解放軍某部邢書第《躍進新春》、陳良運《我們在前進》等詩。

1 月　《遼寧文藝》1974 年第 1 期刊出鐵路工人田永元《在閃光的軌道上》、養路工人村人《養路工人之歌》、陸偉然《伐木工的豪情》等詩。

1 月　《內蒙古文藝》1974 年第 1 期刊出烏吉斯古冷《銀碗奶酒舉向北京》、巴·布林貝赫《頌歌》、劉章《山丹花》等詩。

1 月　《寧夏文藝》1974 年第 1 期以《山花朵朵獻給黨》爲總題刊出銀川棉紡廠回族工人何克儉《心中歌兒獻給黨》、寧夏大學蒙族工農兵學員納日蘇《貧牧子弟上大學》等詩。

1 月　《四川文藝》1974 年 1 月號刊出《巴山蜀水春來早》民歌 15 首和徐國志的組詩《喧騰的車間》及徐康《豐收短歌》、任耀庭《在長征路上》等

詩。該刊 1974 年 7 月號刊出工人王長富的文章《工人階級的戰鬥形象——讀〈喧騰的車間〉》。文章說：「《四川文藝》今年一月號刊登了工人作者徐國志的詩《喧騰的車間》。讀後，工廠裏熱氣騰騰的學大慶情景，工人階級吃大苦、流大汗，創大業的戰鬥形象，活生生地呈現在眼前。」「這是一組反映工廠生活的好詩，也是對孔老二、林彪宣揚的『上智下愚』及『英雄創造歷史』等唯心史觀的有力批判。」

　　1 月　《天津文藝》1974 年第 1 期以《迎春戰歌》為總題刊出石楊《公社春早》、王中朝《野營到海灣》等詩。

　　1 月　天津人民出版社編的《滿懷豪情賽詩來——天津工農兵〈慶十大迎國慶賽詩會〉詩選》由該出版社出版。

　　1 月　湖北人民出版社編的詩集《獻給十大的歌》由該出版社出版。

　　1 月　農安縣文化局編的詩集《巴吉壘新歌》由吉林人民出版社出版。作品分為《最親不過毛主席》、《雙手繡得山河美》等 5 輯，收社員王振海《毛主席指出幸福路》、知識青年王寶興《燈下批判會》、工人李桂復《支持農業立新功》、女社員王豔琴《公社春來早》等詩 70 首，有編者《後記》。《後記》說：「無產階級文化大革命以來，巴吉壘人民公社的詩歌創作活動，在毛主席《在延安文藝座談會上的講話》的指引下，認真學習革命樣板戲的創作經驗，又有了新的發展。廣大貧下中農在抓革命，促生產的同時，自覺地拿起筆來戰鬥，寫了大量的詩歌。」「這些詩歌充滿著無產階級感情，富有濃厚的生活氣息。有力地配合了黨的中心工作，發揮了革命文藝『團結人民，教育人民，打擊敵人，消滅敵人』的戰鬥作用，受到廣大貧下中農的歡迎。為了進一步推動和繁榮群眾性的詩歌創作活動，在縣委的直接領導和巴吉壘公社黨委的大力支持下，我們編選了《巴吉壘新歌》。」

　　1 月　東海艦隊政治部編的詩集《大海朝陽》由浙江人民出版社出版。收有王伯陽《節日夜航》、董培倫《殺敵先闖風浪關》、田永昌《姑嫂夜練》等詩，有編者《後記》。《後記》講：「為了進一步開展革命文藝創作活動，更好地發揮文藝『團結人民、教育人民、打擊敵人、消滅敵人』的戰鬥作用，我們從艦隊廣大指戰員近年來的部分創作中，選編了這本詩集。」「詩集共編入短詩五十四首，不少作者還是初次寫作，作品還很不成熟。限於我們的思想水平和藝術水平，難免存在這樣那樣的缺點，甚至錯誤。希望廣大讀者提出寶貴意見，幫助我們提高。」

1 月　　詩集《無限春光》由陝西人民出版社出版。收有解放軍某部時永福《心中的延河》、商子秦《宣傳隊進深山》、蘇兆強《巡診的路》等詩，有編者《編後記》。《編後記》講：「在批林整風運動的推動下，我省和全國一樣，工農業生產和各條戰線，出現了一派欣欣向榮的大好形勢。戰鬥在三大革命運動第一線的工農兵群眾、革命幹部和革命知識分子，以飽滿的革命激情，歌頌毛主席無產階級革命路線的偉大勝利，描繪在總路線精神指引下工農業生產熱氣騰騰的景象，讚揚人民子弟兵保衛和建設社會主義祖國的英雄業績。他們的詩歌，反映了『工業學大慶』『農業學大寨』運動中的新思想、新風貌，抒發了廣大革命群眾為了建設社會主義而忘我勞動的熱情和建設社會主義的宏偉理想。」「這個詩集反映的內容比較廣泛，富於生活氣息，感情樸實，語言明快。像號角一樣，吹響了我們時代的強音；像彩筆一樣，繪出了我們時代的無限春光。」

1974 年 2 月

1 日　《解放軍文藝》1974 年 2 月號刊出莫少雲《油田會戰》、董耀章《大寨水稻》、元輝《沸騰的邊疆》、柯原《戰士愛聽衝鋒號》等詩。

3 日　《文匯報》刊出《批林要批孔　刨樹要刨根——本市工農兵批林批孔詩歌選》和《批林批孔擂戰鼓　高炮昂首捲狂飆——「南京路上好八連」戰士的詩》。

10 日　《解放日報》刊出寧宇的朗誦詩《斥「仁義」、「忠恕」》。

10 日　《文匯報》刊出松江縣城西公社宛世照、湯炳生《貧下中農齊上陣》和中華造船廠路鴻《「樓身」是為搞復辟》等詩。

10 日　《山東文藝》1974 年第 1 期刊出詩輯《批林批孔炮聲隆》，刊有鄒平縣社員劉光祿《毛主席給俺照妖鏡》、濟南向陽汽車裝配廠工人劉長海《滿腔怒火燒林賊》、濟南汽車製造廠工人郭廓《風吼雷嘯》等詩。

17 日　《解放日報》以《滿腔仇恨批林彪》為總題刊出嚴良華《貧下中農殺聲高》、東海艦隊某部田永昌《怒火滿胸恨滿懷》等詩，以《億萬工農擂戰鼓　批林批孔鬥志昂》為總題刊出上海鋼銼二廠李連泰《把林彪、孔丘砸個碎》、上鋼一廠谷亨利《轟碎林彪的鬼花招》等詩。

17 日　《文匯報》刊出上棉二廠陸萍、上海鋼銼二廠李連泰的詩《革命洪流不可擋——痛斥反華小丑安東尼奧尼》。

20 日　《朝霞》1974 年第 2 期以《工人階級是批林批孔的主力軍》為總題

刊出輕工業工人黃持一《怒劈孔老二林彪》、儀表工人冰夫《工人階級怒揮鐵掃帚》、機械工人謝其規《千軍萬馬，直搗林彪老巢》等詩。

25日　《黑龍江文藝》1974年第2期刊出「詩歌專號」，刊有黑龍江生產建設兵團某部崔常勇《登上批林批孔臺》、滿銳《所向無敵的隊伍》、龍彼德《讀村史》、李世龍《紅珍》、韓作榮《繪新圖》等詩和吳榮福《讓時代戰鼓擂得更響》、魯戈《邊疆戰士的頌歌》等文。

28日　《人民日報》發表初瀾的文章《評晉劇〈三上桃峰〉》。

2月　《北京文藝》刊出「批林批孔詩畫增頁」，刊有北京市慈雲寺郵局陳文騏《鬥出一個新世界》、北京熱電廠顧紹康《爐前批判會》、北京永定機械廠張寶申《戳穿「仁愛」鬼畫皮》、首都鋼鐵公司王德祥《早春的雷鳴》等詩。

2月　《廣東文藝》1974年第2期刊出兵團戰士洪三泰《寄自黎母山》、蔡宗周《老兵與小將》等詩。

2月　《吉林文藝》1974年2月號刊出《千里雷聲萬里濤——吉林化工公司工人批林批孔詩歌選》和曲有源《傳單詩・牆頭詩》、李占學《上夜校去》、程剛《黨啊，我們向您宣誓》等詩。

2月　《遼寧文藝》1974年第2期刊出李代生《夜夜窗前燈火明》、王宏文《韶山紅燈》、梁臣祥《海島人物》等詩。

2月　《四川文藝》1974年2月號刊出傅仇《迎春曲》、陳犀《擡鋼軌抒情》、張長《邊疆巡邏兵》、熊遠柱《勘探隊詩草》、劉濱《沸騰的工區》等詩。

2月　《湘江文藝》1974年第1期刊出王燕生《在「憶苦窯」裏》、于沙《貧下中農代表贊》等詩和《貧下中農戰歌高——湖南省第三次貧下中農代表大會代表詩歌選》。

2月　《雲南文藝》1974年第1期刊出康平《蘇丹茶》、湯世傑《寫在深山小站》、陳敏金《一個沸騰的雪夜》等詩。

2月　銅陵市革委會文化局創作組編的詩集《金色的礦山》出版。

2月　甘肅人民出版社編的詩集《金色的熔爐》由該出版社出版。

2月　王方武的詩集《錘聲集》由吉林人民出版社出版。收《沿著毛主席視察的路線走》、《毛主席坐上咱「紅旗」》、《沸騰的鍛工廠》、《裝輪工》等詩33首。

王方武，1936年9月生於上海。1956年初中畢業後到長春，在

第一汽車製造廠工作，曾任文藝幹事、黨辦副主任、政工理論研究
室主任等職。1965 年出版詩集《紅色的鉚釘》。

2 月　　包頭市革命委員會文化局創作研究室編的《鋼城飛花——包頭工
人詩選》由內蒙古人民出版社出版。收郭頌今《千歌萬曲獻給黨》、葉文彬《鐵
錘頌》、王維章《馴馬姑娘跨鐵馬》、黃耀生《爬山涉水架銀線》等詩 57 首。
當時的文章說：「包頭工人詩選《鋼城飛花》，最近由內蒙古人民出版社出版
了。這是群眾性詩歌創作活動蓬勃開展的一個可喜收穫。」「這些詩以飽滿的
無產階級革命激情，熱情地歌頌了偉大的黨和毛主席，歌頌了毛主席的無產
階級革命路線，歌唱火熱的鬥爭生活。它充滿濃鬱的戰鬥生活氣息，跳動著
時代的脈搏，形象地描繪了工人階級吃大苦、流大汗、創大業的戰鬥風貌，
和身在工地，胸懷世界，為共產主義奮鬥終身的遠大理想。」「當然，在這本
詩選裏，也難免有一些缺點，比如有的詩開拓不深，反映意識形態鬥爭方面
的生活還不夠豐富多彩。我們完全相信，在毛主席革命文藝路線指引下，只
要我們認真學習革命樣板戲的創作經驗，生動地表現無產階級的共同心聲，
就一定能夠寫出更多更好的詩來。」（二冶機電公司工人業餘創作組《戰鬥的
詩篇——讀包頭工人詩選〈鋼城飛花〉》，1975 年 7 月 25 日《內蒙古日報》）

1974 年 3 月

1 日　　《解放軍文藝》1974 年 3 月號刊出常安《中央首長派人到咱連》、
葉文福《端起刺刀去衝鋒》、任海鷹《西沙螺號》、崔合美《戰鬥的西沙》、曲
有源《給戰友們》等詩。

5 日　　《武漢文藝》1974 年第 2 期以《批林批孔戰鼓擂》為總題刊出沙市
柴油機廠鄭定友《嘗嘗咱的大鐵錘》、洪洋《斬黑旗》等詩，以《大慶紅旗紅
似火》為總題刊出武昌造船廠黃德斌《歡送老代表》、大橋工程局張良火《老
橋工重逢》等詩。

15 日　　《光明日報》刊出張永枚的詩報告《西沙之戰》。作品共分《美麗
富饒的西沙》、《漁民與敵周旋》、《海戰奇觀》、《國旗飄揚在西沙群島》4 章，
前有序詩 1 首。當時的評論說：「《西沙之戰》是一首壯麗的詩篇，是新詩創
作中學習革命樣板戲創作經驗的成功範例。作者運用革命的現實主義和革命
的浪漫主義相結合的創作方法，源於生活又高於生活，塑造了阿沙、鍾海、
李阿春等無產階級英雄形象，字裏行間都洋溢著昂揚的戰鬥激情。作者張永

枚同志是在毛主席的革命文藝路線指引下，在革命樣板戲創作經驗的帶動下進行創作的。他跋涉南海前線，深入戰鬥前沿陣地，對英雄的西沙軍民進行了深入的訪問和學習，所以能用這樣火熱的詩句典型地反映出西沙之戰這一鬥爭過程。《西沙之戰》的創作實踐說明：只有革命戰士的詩才能打動革命戰士的心。只有在革命鬥爭的漩渦裏錘鍊出來的詩句，才有激動人心的感召力和強大的生命力。詩歌作者要寫出無產階級的革命詩歌，必須貫徹執行毛主席的革命文藝路線，認真改造世界觀，深入斗爭生活的第一線，與工農兵同呼吸，共命運。這是一切革命的文藝戰士都應走的正確道路。」（任犢《來自南海前線的戰歌——讀張永枚同志的詩報告〈西沙之戰〉》，1974 年 4 月 17 日《人民日報》）後有文章說：「詩報告《西沙之戰》的出籠，不是孤立的現象，是『四人幫』在一九七四年春，妄圖轉移批林批孔大方向，大搞篡黨奪權活動的一個重要組成部分。那年一月，西貢反動當局派出海空軍，向我西沙永樂群島悍然進犯。在國內，『四人幫』違背毛主席的戰略部署，大搞『三箭齊發』，猖狂向黨進攻。」「正在這個時候，南海前哨我陸、海、空三軍和漁民、民兵，在以毛主席為首的黨中央的號令和指揮下，堅決反擊了南越反動當局的武裝入侵，取得了重大勝利，使甘泉、珊瑚、金銀三島重新回到祖國懷抱。全國齊聲歡呼，舉世為之注目。『四人幫』這夥政治騙子，一貫善於貪天之功為己功，急忙把手伸到西沙搶桃子。江青明明知道國務院和中央軍委一月二十三日頒發了嘉獎令，二十八日她又背著毛主席和黨中央，用個人名義給西沙軍民寫『賀信』。她隻字不提毛主席、黨中央和中央軍委對西沙之戰的領導和關懷，卻把自己吹噓成唯一關懷西沙軍民的領導人，把自己裝扮成批林批孔運動的發動者和主持者。寫信還嫌不夠，江青又派專人『代表』她到西沙『看望』前線軍民。《西沙之戰》的作者就是她派去的一個『代表』。臨行前，江青面授機宜：『你回來要寫作品』，這就是說，僅僅到西沙為江青作宣傳還不行，還要寫出作品向全國宣傳江青。」「這位『代表』回京後，向江青呈上了他的『詩報告』。江青親自召開會議討論，一字一句地進行修改，然後在報紙上用巨大的篇幅和突出的位置發表出來，同發表毛主席詩詞的規格不相上下。對這篇《西沙之戰》，『四人幫』可謂『嘔心瀝血』『精心培養』，光是起名為『詩報告』就挖空了心思。你說它是詩吧，它又是『報告』；你說它是報告吧，它又是『詩』。要只叫詩，怕別人看了以為是虛構；要寫報告，江青的私貨又塞不進去。叫做『詩報告』，合二而一，真真假假，兩全其美，真是妙

不可言！可算是『別具一格』，『獨出心裁』。他們這樣做，說穿了，就是要歪曲事實，以假亂真，以便於他們製造篡黨奪權的反革命輿論罷了。」（海南軍區大批判組、廣州部隊理論組《利用文藝反黨的又一「發明」——揭露江青授意炮製詩報告〈西沙之戰〉的罪惡陰謀》，1977 年 1 月 31 日《解放軍報》）

張永枚講：「江青我當然認識。她管『樣板團』。我被中央軍委借調去這個團工作。」「我沒有單獨跟她接觸過，都是集體見。我去西沙也是她，還有吳德同意的，在釣魚臺傳達的，……是通過軍委的，當時軍委的重要負責人葉劍英元帥，鄧小平副主席是知道的。」「在北京甘家口，我一個人，用了三天三夜，不睡覺了，有時候在床上躺一下又起來了，腦子清醒一下，寫出來了。拿出來就基本通過了。有人說江青親自召開討論會，沒有這回事。只是有幾個同事在一起推敲推敲，改動個別字詞，把一個段落調動一下。沒吃飯，忘了吃飯了。隔壁鄰居教導員軍代表老單同志的太太老畢，東北人，關心我，她說，張同志你怎麼不吃飯啊？沒有吃飯，真的忘了。她給我煮了四個湯圓，送來，就吃了四個湯圓。三天三夜加上第四天一個上午。沒人啊，家裏就我一個人，忘了。」（田炳信訪談錄《張永枚：趕寫〈西沙之戰〉只吃了四個湯圓》，2004 年 12 月 12 日《新快報》）

15 日 《青海日報》刊出江寧的文章《春笛聲聲奏新歌——喜讀工農兵詩集〈高原春笛〉》。

15 日 《河北文藝》1974 年第 2 期刊出《批林批孔戰歌》、《半邊天贊》等詩輯和賀明廣《「在黨的陽光照耀下生芽，開花……」——喜讀詩集〈映山紅〉》、艾思《嘹亮的革命讚歌——讀〈新民歌一百首〉》等文。

16 日 《人民日報》轉載張永枚的詩報告《西沙之戰》。

17 日 《解放日報》轉載張永枚的詩報告《西沙之戰》。

17 日 《文匯報》轉載張永枚的詩報告《西沙之戰》。

20 日 郭小川致王榕樹信：「十五日後，又讀了張永枚同志的《西沙之戰》，曾經想寫點『讀後感』，一動筆，思潮洶湧，興奮得不能睡眠，到昨天才下決心不寫了。組織上沒有給我寫作任務，也就不必寫什麼了。不過，我確實很喜歡這個作品，在現實鬥爭中，它是強有力的；在批林批孔中，它有特殊的作用。張永枚同志本人就是樣板戲創作的參加者，從這部史詩中，可以看到樣板戲的威力，也可以看出毛主席革命文藝路線的威力。看起來，題材是十分重要的，有決定意義，只有重大題材，才能顯示出如此重大的政治

內容。詩中的幾個工農兵英雄形象，也塑造得十分高大，軍民關係、官兵關係、中越關係都處理得很恰當。」(《郭小川全集》第 7 卷，廣西師範大學出版社 2000 年 1 月出版)

20 日　《陝西文藝》1974 年第 2 期刊出徐劍銘、韓貴新《憤怒的吼聲——記一位老工人在批林批孔會上的發言》和黨永庵《練武謠》、工人王慎行《女瓦工》等詩。

20 日　《朝霞》1974 年第 3 期刊出詩輯《批林批孔炮聲隆》，刊有陳祖言《批林批孔鬥爭速寫》、陸萍《酣戰》等詩。

24 日　《文匯報》刊出楊明《春風先暖公社人》、康錚才《春耕晨曲》等詩。

25 日　《黑龍江文藝》1974 年第 3 期刊出胡國斌《讓批林批孔的排炮更猛》、王忠瑜《油海船隊》、宋歌《新渠春水》等詩。

28 日　《遼寧日報》刊出遼寧省軍區某部杜振永的文章《同唱一曲戰歌——〈西沙之戰〉(詩報告)讀後感》。

31 日　《解放日報》刊出長航上海分公司孫明義《女引水員》、東海艦隊某部李雲良《起飛線上》等詩。

3 月　《北京文藝》1974 年第 2 期刊出張永枚《西沙之戰》、解放軍某部周鶴《把批林批孔的鬥爭進行到底》、北京熱電廠顧紹康《女書記帶頭批林批孔》、中共密雲縣委書記何奇珍《偉大號召指征程》、趙日升《金光閃閃的大字》等詩。

3 月　《廣東文藝》1974 年第 3 期刊出兵團戰士周啓光《膠林激浪》、解放軍莫少雲《哨所怒火》、韋丘《「聖人」門下出「高徒」》等詩。

3 月　《廣西文藝》1974 年第 2～3 期刊出《批林批孔民歌選》和施彤《把修正主義的毒根剷除掉》、海代泉《我們的方向》、徐剛《前進在北國山水間》等詩。

3 月　《湖北文藝》1974 年第 2 期刊出《批林批孔戰歌——漢陽縣高廟公社獨山大隊牆報詩選》、武漢製氨廠工人劉文海《仇恨如火出胸來——在批林批孔大會上的發言》、英山縣四顧墩大隊知識青年熊召政《梨溝春早》、松滋縣和平閘公社知識青年田禾《春哥》等詩和華思理《筆捲風浪抒豪情——喜讀黃聲孝同志的詩歌新作》、曉琉《戰鬥的詩篇——評漢陽縣獨山大隊批林批孔組詩》等文。

3 月　《吉林文藝》1974 年 3 月號刊出《工農兵批林批孔詩歌選》，刊有劉雲《工農兵是戰鬥的主力軍》、東豐縣知識青年李廣軍《老隊長揮戈上戰場》等詩；刊出《女作者詩頁》，刊有石丹《我握緊手中槍》、遼源市郊知識青年王淑珍《麥收》等詩。

3 月　《江西文藝》1974 年第 2 期刊出徐萬明《批林批孔戰旗紅》、李春林《批林批孔放重炮》、工人熊光炯《爐臺怒火》等詩。

3 月　《遼寧文藝》1974 年第 3 期刊出瀋陽風動工具廠《工人批林批孔牆報詩選》、戰士楊勝春等《批林批孔戰鬥詩傳單》和工人高德偉《班前戰鬥》、解放軍空軍某部李克白《陣地烈火》等詩。

3 月　《內蒙古文藝》1974 年第 2 期刊出工人星琦《主力軍頌》、工農兵學員李錚《把林彪、孔老二押上審判臺》、火華《戈壁清泉》等詩。

3 月　《四川文藝》1974 年 3 月號刊出《批林批孔詩輯》，刊有工人劉濱《討林賊　批孔丘》、工人王長富《戰鬥之歌》、解放軍任耀庭《萬箭齊放》、陳官煊《老奶奶的批判稿》等詩。

3 月　《天津文藝》1974 年第 2 期刊出《海河兩岸怒潮湧——工農兵批林批孔詩畫選》、詩輯《半邊天贊》和冶金局馮景元《時間的歌》、堯山壁《下鄉來到白洋淀》、解放軍某部時永福《邊塞短笛》等詩。

3 月　張永枚的詩報告《西沙之戰》由新疆人民出版社出版。

3 月　延邊人民出版社編的詩集《紅花向陽》由該出版社出版。

3 月　詩集《批林批孔戰歌》由廣東人民出版社出版。

3 月　黨國棟的長篇敘事詩《青春頌》由吉林人民出版社出版。長詩共 12 章。該書《內容提要》說：「這部敘事長詩，以『優秀的共產主義戰士』楊今月的事跡為基礎，經過適當的藝術概括、集中，創作而成。作品以飽滿的革命激情，較濃的詩意，塑造了一個具有高度階級鬥爭和路線鬥爭覺悟，胸懷廣闊，性格剛毅，全心全意為人民服務的商業工作者英雄形象，讀來親切感人。」

　　黨國棟，1936 年 2 月 24 日生于吉林。1959 年吉林大學畢業後在大學、中專任教。1970 年到吉林進貨站辦公室工作。1978 年調入吉林市文聯。1958 年開始發表新詩，出版的還有詩集《北方情思》（1985）和散文詩集《愛帆》（1990）等。

3 月　李學鰲的詩集《英雄頌》由北京人民出版社出版。收《張思德的

頌歌》、《劉胡蘭的頌歌》、《雷鋒的頌歌》詩 3 首，有作者《前言》。《前言》
說：「這部《英雄頌》歌頌的三個英雄，在他們犧牲的時候，年紀都很輕。劉
胡蘭十四歲，雷鋒二十二歲，張思德也不到三十歲。但是，他們都是高尚的
人，純粹的人。他們的精神不死。他們的年輕生命永遠放射著燦爛的火光。」
「在黨的第十次路線鬥爭的戰場上，我向青年朋友們獻上這部《英雄頌》，是
想跟同志們一起，更好地向英雄們學習，更好地提高階級鬥爭覺悟和路線鬥
爭覺悟，爲鞏固無產階級專政而貢獻自己的力量。」

　　3 月　　束鹿縣文化館編的詩集《公社新曲》由天津人民出版社出版。收
縣文化工作站長弓《紅太陽光輝照千秋》、社員牛力《繭手握筆齊衝殺》、社
員辛農《沙崗綻開大寨花》、社員王和合《縣委書記來俺隊》等詩 67 首，有
編者《後記》。《後記》說：「在毛主席革命文藝路線指引下，束鹿縣各級黨組
織，十分重視群眾業餘文藝創作。以貧下中農爲主體的群眾創作大軍，無產
階級文化大革命運動以來，認眞讀馬列的書和毛主席著作，提高了階級鬥爭
和路線鬥爭覺悟。他們懷著佔領社會主義思想、文化陣地的必勝信心，一手
拿鋤，一手揮筆，批判了林彪一類騙子的修正主義文藝路線和唯心論的先驗
論，反動的『天才論』，創作了大量的文藝作品，熱情地宣傳馬列主義、毛澤
東思想，歌頌無產階級英雄人物和革命生產的大好形勢。編入這本詩集的作
品，就是他們詩歌創作的一部分。」當時的文章說：「整個《公社新曲》充滿
著火藥的氣味，散發著泥土的芬芳，愛憎分明，語言樸實，抒情敘事，生動
感人。」「《小靳莊詩歌選》出版了，《昔陽新歌謠》出版了，《公社新曲》出
版了，這是社會主義新生事物，廣大貧下中農爲之拍手叫好。」（北京紅星公
社文學評論組《公社泥土香——讀束鹿縣詩集〈公社新曲〉》，1975 年 7 月 6
日《光明日報》）

　　春　　牛漢作詩《蘭花》。收詩集《溫泉》，上海文藝出版社 1984 年 5 月
出版。

1974 年 4 月

　　1 日　　《解放軍文藝》1974 年 4 月號刊有張永枚的詩報告《西沙之戰》和
抒雁、詠戈的文章《戰鬥的捷報　英雄的讚歌——喜讀詩報告〈西沙之戰〉》。

　　7 日　　《文匯報》刊出詩歌專輯，刊有謝其規《革命樣板戲贊》、寧宇《鑄
鋼——頌新幹部》、上海鋼窗廠胡明海《工人大學生》等詩。

14 日　《解放日報》刊出寧宇的詩《舞臺高唱進行曲》。

17 日　《人民日報》刊出任犢的文章《來自南海前線的戰歌——讀張永枚同志的詩報告〈西沙之戰〉》和《西沙自衛反擊戰參加者評〈西沙之戰〉》，有二等功榮立者、大隊航海參謀張毓清的文章《革命英雄主義的詩篇》。張毓清說：「《西沙之戰》是無產階級革命英雄主義的詩篇，是毛主席革命路線的頌歌，是討伐膽敢來犯的侵略者的戰鬥檄文。它大長了中國人民的志氣，大滅了侵略者的威風，充分發揮了革命文藝為現實的階級鬥爭服務，為反對帝、修、反的偉大鬥爭服務的戰鬥作用。我們熱烈歡迎這樣的詩歌，希望今後有更多這樣的好作品出世。」

18 日　《光明日報》刊出胡天培、姜連明《無產階級文藝的新收穫》，北京永定機械廠工人楊俊青、張寶申《鼓舞人心的戰鬥號角——談〈西沙之戰〉中英雄人物的塑造》，西沙自衛反擊戰一等功榮立者、海軍某艦炮長劉占雲《無產階級英雄的讚歌——讀詩報告〈西沙之戰〉》，西沙自衛反擊戰三等功榮立者、女話務兵尹景榮《提高警惕　保衛祖國》等文。胡天培、姜連明說：「詩報告學習了革命樣板戲的創作經驗，著力刻劃了老漁民阿沙船長，青年艦長鍾海和黎族新戰士李阿春三個主要英雄人物的形象，其中又突出地描寫了青年指揮員鍾海這個最主要的英雄人物的光輝形象。」「《西沙之戰》的創作成功，再次證明革命樣板戲的經驗是十分正確的。革命的文藝作品，必須調動一切藝術手段，努力塑造高大的無產階級英雄形象，否則，就寫不出富有感染力、戰鬥性的好作品。詩報告《西沙之戰》就是對一小撮階級敵人攻擊污蔑革命樣板戲的叫囂的當頭一棒。」

19 日　《解放日報》刊出任犢《來自南海前線的戰歌——讀張永枚同志的詩報告〈西沙之戰〉》、上海警備區某部霍啓和《滿懷豪情頌英雄》等文。

19 日　《文匯報》刊出任犢《來自南海前線的戰歌——讀張永枚同志的詩報告〈西沙之戰〉》、葉倫《中國人民不可侮！》、寧宇《藍天碧海頌英雄》等文。葉倫說：「《西沙之戰》及時、準確、鮮明、形象地反映了我國軍民取得的西沙大捷，是一首反侵略戰爭的壯麗史詩，是一曲『以小打大』、『以弱敵強』的嘹亮凱歌，是一闋革命英雄主義的熱情頌歌，大長了中國人民和世界革命人民的志氣，大滅了一小撮侵略者的威風。它有力地表明：在毛主席和中國共產黨領導下，站起來了的中國人民，是不可侮的！」寧宇說：「張永枚同志的詩報告《西沙之戰》，是一曲無產階級革命英雄人物的頌歌，一篇慷慨激昂、義

正辭嚴的戰鬥檄文，一顆射向南越西貢傀儡侵略者的炮彈。它以激越的基調，磅礡的氣勢，革命的激情，眞實的描繪，向讀者展開了一幅西沙群島保衛戰的畫面，抒發了我國軍民在偉大領袖毛主席和中國共產黨領導下，堅強團結，同仇敵愾，共同捍衛祖國神聖領土不可動搖的決心和鋼鐵般的意志。」

20日　《新華日報》刊出李志石、陸鳳林《飽蘸春風寫英雄——讀詩報告〈西沙之戰〉有感》和李綿善《中國人民不可侮——讀詩報告〈西沙之戰〉》等文。

20日　《朝霞》1974年第4期刊出瑞甫、晏晨《詩如驚雷捲濤聲——喜讀詩報告〈西沙之戰〉》和陳祖言《萬里狂飆落九天——贊革命大字報》等詩。

22日　《光明日報》刊出該報通訊員的報導《革命豪情滿胸懷——記天津市寶坻縣小靳莊大隊政治夜校的詩會》。

26日　《大眾日報》刊出思義、凌玲、永毅《飽蘸激情寫英雄——讀張永枚同志的詩報告〈西沙之戰〉》和楊樹茂《筆捲驚雷送喜訊——讀〈西沙之戰〉》、工人進元《鼓舞人心的戰鬥詩篇》等文。

27日　《南方日報》刊出工人羅銘恩、鄭世流的文章《人民戰爭的壯麗頌歌》和《革命的詩篇　戰鬥的號角——西沙自衛反擊戰集體二等功榮立者、某部偵察隊幹部戰士座談詩報告〈西沙之戰〉紀要》，有馮爾光（副指導員）、魏土貴（三等功榮立者、排長）、李春成（三等功榮立者、班長）、周仁民（三等功榮立者、老戰士）、占道本（三等功榮立者、新戰士）的發言。馮爾光說：「讀了張永枚同志的詩報告《西沙之戰》，心情十分激動。作者以飽滿的政治熱情，運用革命的現實主義和革命的浪漫主義相結合的創作方法，生動地反映了西沙自衛反擊戰這一矚目世界的『海戰奇觀』，塑造了用馬列主義、毛澤東思想武裝起來的中國人民解放軍和南海漁民的英雄形象，唱出了一曲人民戰爭的壯麗頌歌。詩報告的發表，是文藝戰線的一個新收穫。」「在當前深入批林批孔運動中，《西沙之戰》必將成爲我們進行思想和政治路線方面教育的好教材，幫助人民同心同德地同帝、修、反進行鬥爭，鼓舞人民堅持繼續革命，『批林批孔當闖將，粉碎敵人復辟夢！』」

30日　詩人閻一強病逝。（车崇光《秋雨春風思一強》，《山東文學》2001年第4期）

4月　《福建文藝》1974年第2期以《批林批孔戰歌昂》爲總題刊出南平電線廠工人葉秀英《工人階級鬥志高》、福安范坑大隊陳發松《貧下中農一聲

吼》、解放軍某部黃金懇《海防戰士怒火燃》、俞兆平《林賊與「敲門磚」》等詩以及黃河浪《神州大地捲狂飆》、上杭上山下鄉女知識青年林祁《女石匠》等詩。

4月 《廣東文藝》1974 年第 4 期刊出張永枚《西沙之戰》、解放軍瞿琮《祖國的西沙群島》、黃焰《鬥爭，是最有力的回答》等詩。

4月 《廣西文藝》1974 年第 4 期刊出張永枚《西沙之戰》、解放軍駐廣州某部崔合美《戰鬥在西沙》等詩和王一桃的文章《西沙自衛反擊戰的凱歌——喜讀詩報告〈西沙之戰〉》。文章說：「《西沙之戰》是新詩創作中學習革命樣板戲創作經驗的範例。作者以黨的基本路線爲綱，創造性地運用了『詩報告』這種形式，及時地眞實地反映了當前重大的階級鬥爭，歌頌了毛主席的革命路線及無產階級文化大革命的偉大勝利，讀了使人鬥志昂揚，『叫人力量增添』！作者運用革命的現實主義和革命的浪漫主義相結合的創作方法，『三突出』的創作原則，成功塑造了阿沙、鍾海、李阿春三個無產階級英雄形象，抒發了用毛澤東思想武裝起來的中國人民『頂天立地，志堅膽壯』的豪邁氣概，表達了中國每一寸神聖領土不容侵犯的鋼鐵意志，作者還遵循『百花齊放，推陳出新』的方針，從內容到形式對新詩作了成功的改革，並適應內容的需要，從結構到語言都有了不少創新，使之既具有鮮明的民族特色，又富於強烈的時代精神。」

4月 《河南文藝》1974 年第 1 期刊出張永枚的詩報告《西沙之戰》和青年工人陳愛雲、趙振中等的組詩《時代的讚歌——獻給無產階級文化大革命》及繼槐的文章《爲無產階級文化大革命放聲歌唱——〈時代的讚歌〉讀後》。文章說：「努力反映無產階級文化大革命的戰鬥生活，熱情歌頌無產階級文化大革命的偉大勝利，迎頭痛擊國內外一切反動派對無產階級文化大革命的惡毒攻擊，是我們革命文藝戰士的光榮任務。陳愛雲等七個青年工人的組詩《時代的讚歌》，就是對無產階級文化大革命的熱情頌歌。」

4月 《遼寧文藝》1974 年第 4 期刊出張永枚的詩報告《西沙之戰》和《批林批孔當闖將——撫順石油三廠、瀋陽低壓開關廠牆報詩選》。

4月 《四川文藝》1974 年 4 月號《社會主義新生事物讚歌》欄刊出王長富《新生事物禮讚》、陸棨《婁山關下》、梁上泉《我們的赤腳醫生》等詩。

4月 《湘江文藝》1974 年第 2 期刊出王燕生《爭論》、解放軍某部瞿琮《在祖國的西沙群島》、株洲市工人聶鑫森《樂隊指揮》等詩和冷水江市禾青

公社胡洛的文章《〈雪峰藥農〉是一首壞詩》。是期還刊出「批林批孔增刊」，刊有解放軍某部曾凡華《在同一條壕塹》、陳達光《新的進軍》、長沙市工人弘征《亂葬山》等詩。

4月　《雲南文藝》1974年第2期刊出工人李興仁《咱是批林批孔的主力軍》、張永權《孔老二在莫斯科》、胡平英《痛斥安東尼奧尼》等詩。

4月　張永枚的詩報告《西沙之戰》由吉林人民出版社出版。

4月　淩行正、楊澤明的詩集《高原短歌》由西藏人民出版社出版。收《我們放聲歌唱》、《世界屋脊的哨兵》、《邊疆的小河》、《草地野營歌》等詩38首，有作者《後記》。《後記》說：「這些短詩，是我們戰鬥在祖國西藏高原時的一部分習作。它和邊疆軍民的火熱鬥爭生活相比，顯得很不相稱，使我們感到慚愧和不安。我們決心沿著毛主席的革命文藝路線，深入生活，不斷改造世界觀，為西藏百萬翻身農奴和高原戰士們，繼續放聲歌唱！」

淩行正，1930年8月21日生於河南潢川。1949年參加中國人民解放軍，1963年調到成都軍區任創作員，1980年到解放軍文藝社工作。1954年開始發表新詩，1975年與沈巧耕、梁秉祥、楊星火合著長詩《洛桑單增頌》。

楊澤明，1940年1月12日生於重慶大足。1957年初中畢業後任鄉村小學教師。1959年參軍，歷任戰士、文書、班長、排長、新聞幹事、文化處長、文藝創作專業創作員。1960年開始發表新詩，出版的詩集還有《雪域，那閃光的星座》（1992）、《唐柳》（2002）。

1974年5月

1日　《解放軍文藝》1974年5月號刊出周鶴《夜，繁星滿天》、蔡文祥《山村怒吼》、李武兵《紅軍路標》、戰士李小雨《一副墊肩》、陳敏《該怎樣訓練》、姚成友《鬥風雨》等詩。

5日　《解放日報》刊出上棉二廠陸萍《五月的紗廠》、上海第七印染廠鄭成義《幹校向日葵》等詩。

5日　《人民日報》刊出尹在勤的文章《新詩要向革命樣板戲學習》。文章說：「革命樣板戲是無產階級革命文藝的樣板，是貫徹執行毛主席革命文藝路線和文藝方針的樣板。革命樣板戲的創作原則和經驗，對於一切社會主義文藝都是普遍適用的。新詩向革命樣板戲學習，是一個十分重要的課題，是新詩領

域一場深刻的革命。」「革命樣板戲『三突出』的創作原則，是馬克思主義唯物史觀和無產階級黨性原則在文藝創作中的體現，是毛主席倡導的革命的現實主義和革命的浪漫主義相結合的創作方法在藝術典型問題上的具體運用。這個原則用於詩歌創作，既適用於敘事詩，也適用於抒情詩。」「同革命樣板戲一樣，社會主義的敘事詩的根本任務，是塑造高大的工農兵英雄形象。敘事詩必須學習革命樣板戲，正確地、辯證地處理好英雄人物、正面人物以及反面人物在作品中的關係。敘事詩在提煉生活素材、結構故事情節、塑造人物形象等方面，應該發揮自己的藝術表現特點，但首要的問題是要像革命樣板戲那樣，充分地運用突出、烘托、陪襯等藝術手段，千方百計地為塑造主要英雄人物服務。革命樣板戲中，像楊子榮、李玉和等一系列高大的英雄形象，他們的革命激情、革命理想、革命情操，他們的典型性格的巨大深度，都是敘事詩塑造英雄形象的典範。」「社會主義的抒情詩，必須抒無產階級之情，抒革命人民之情。只有運用『三突出』的創作原則，才能抒寫出偉大階級、偉大人民、偉大時代的最強音，才能把無產階級的願望、理想、情操，最凝煉、最鮮明、最響亮地抒寫出來，才能以昂揚的基調，高亢的主調，表現出奔騰澎湃的革命氣勢。抒情詩完全可以發揮自己的特點，運用它特有的抒情手段，突出地表現無產階級英雄人物的革命激情，展示英雄人物的內心世界，展示英雄人物崇高的共產主義理想。一般來說，抒情詩雖然不具體地描繪人物行動，不可能完整地安排故事情節；但是，卻可以通過抒發主人公的革命激情，突出反映偉大階級、偉大人民、偉大的黨、偉大領袖的光輝形象。」「即以短小的抒情詩而論，『三突出』原則的精神也同樣適用。抒情短詩，並不因為它篇幅的短小而不能突出抒發無產階級之情，突出抒發偉大時代、偉大人民之情。一個英雄人物可以通過一次長篇報告展示他的思想境界，也可以通過幾句豪言壯語迸發出他內心深處的火花。短小的抒情詩，可以在有限的篇幅中，以精煉的語言反映時代精神，反映無產階級的心聲。一些優秀的新民歌，往往是在短小的篇幅中，包含著豐富的革命激情和深刻的政治內容。抒情短詩，應該成為時代的鼓點、階級的琴弦、戰鬥的火花。革命樣板戲中的許多唱段，不正是一首首優秀的抒情詩麼？它們雖然只有短短的若干行，卻突出地展示了英雄人物的內心世界。特別是樣板戲中的重點核心唱段，更是突出地展示了英雄人物思想的閃光之處。我們的抒情詩，尤其是短小抒情詩，正需要這種閃光之筆。」11 日《陝西日報》、《四川日報》重刊此文。

尹在勤，1938 年生，四川蓬安人。1962 年畢業於四川大學中文系，歷任四川大學助教、講師、副教授、教授。出版有《新詩漫談》（1979）、《何其芳評傳》（1980）、《論賀敬之的詩歌創作》（1983）、《詩人心理構架》（1987）等著作。2012 年病逝。

5 日　《文匯報》刊出張叢中《寫在幹校的大地上——一個五・七戰士的日記》等詩。

5 日　《武漢文藝》1974 年第 3 期刊出《批林批孔山歌》6 首和洪源《江城五月紅爛漫》、七四三五工廠胡發雲《廣闊天地訪戰友》等詩及武漢下鄉知識青年徐金海、董宏猷的組詩《在廣闊的天地裏》。

9 日　《內蒙古日報》刊出薛魯青的文章《壯麗的頌歌　英雄的形象——讀張永枚同志的詩報告〈西沙之戰〉》。

10 日　《新疆日報》刊出新疆軍區某部陳志海、李慎明的文章《碧波南海傳號角——喜讀詩報告〈西沙之戰〉》。

10 日　《北京文藝》1974 年第 3 期刊出永定機械廠楊俊青《展覽會上怒火燒》、首鋼王德祥《老師傅批「復禮」》、鋼衛東《大慶紅旗頌》、大慶油田趙銘《油海濤聲》、北京熱電廠顧紹康《油樹贊》等詩。

10 日　《天津文藝》1974 年第 3 期刊出王榕樹《狂飆頌》、柴德森《嘗城土》、何理《紅色女牧工》等詩和陳茂欣《西沙戰歌壯　豪氣貫長虹——喜讀詩報告〈西沙之戰〉》等文。

12 日　《解放日報》刊出《無產階級文化大革命就是好》詩歌專頁，刊有上海汽輪機廠陳忠國《為無產階級譜寫春秋——贊工人記者》、長寧區房管局徐東達《旗手——贊工宣隊員》、國際電影院劉希濤《幹校夜讀》等詩。

12 日　《新華日報》刊出張理勤的文章《知識青年戰鬥生活的頌歌——喜讀詩集〈新芽集〉》。

12 日　《雲南日報》刊出張衡若的文章《英雄的讚歌　壯麗的詩篇》。文章說：「張永枚同志的詩報告《西沙之戰》是一支無產階級英雄的熱情讚歌，是一首充滿革命激情的壯麗詩篇，是新詩創作中學習革命樣板戲的創作原則和經驗的成功範例，是無產階級文藝革命的新收穫。」

15 日　《北京日報》刊出陳滿平、殷之光的文章《壯麗的詩篇　戰鬥的檄文——讀張永枚同志的詩報告〈西沙之戰〉》。

15 日　《河北文藝》1974 年第 3 期刊出張永枚《西沙之戰》、韋野《壯麗

的祖國油港》、于宗信《到農村去！》等詩和詩輯《工農兵是批林批孔的主力軍》、《廣闊天地歌聲高》及駐軍某部千柳《戰鬥豪情化詩篇　文武雙全把國保——記一六○○部隊偵察連一次批林批孔賽詩會》、隆堯縣陳村大隊回鄉知識青年米彥周和河南省溫縣招賢公社辛一大隊創作組《革命青年不能當「啞叭」》等文。

17 日　《廣西日報》刊出南寧市機床廠工人龐然《無產階級的戰歌——讀詩報告〈西沙之戰〉》、合浦縣石康公社大塘大隊插隊知識青年趙紅雁《充滿著戰鬥激情的詩篇》、解放軍駐我區某部戰士張燕輝《鮮明的立場　犀利的筆鋒》等文。

20 日　《光明日報》刊出張志良《工宣隊長的手冊》、宋協龍《咱隊的大學生回來了》等詩。

20 日　《文匯報》刊出上海京劇團金勇勤《明燈照征程》、袁軍《風雨中的舞臺》等詩。

20 日　《陝西文藝》1974 年第 3 期刊出工人沈奇《紅心飛向中南海》、宋紹明《鐵道兵之歌》、葉曉山《寫在青山綠水間》等詩。

20 日　《四川大學學報》1974 年第 1 期刊出尹在勤的文章《新詩學習革命樣板戲的成功範例——評詩報告〈西沙之戰〉》。文章說：「詩報告《西沙之戰》，成功地學習運用了『三突出』的創作原則。這首長詩，源於生活，又高於生活，在西沙之戰現實的戰鬥生活的基礎上，從眾多的英雄人物中，突出地塑造了阿沙、鍾海、阿春三個英雄典型，把他們的英雄創舉有機地交融於一體，從而體現了『兵民是勝利之本』這一人民戰爭思想。《西沙之戰》在這三個英雄人物中，著力突出了主要英雄人物鍾海。從他身上，展示出在革命路線指引下成長起來的我軍年青一代英雄人物的光輝品格。長詩還學習革命樣板戲『三突出』經驗，成功處理了敵我雙方這個對立面。詩作始終讓南越偽軍處於反面的陪襯地位，而讓阿沙、鍾海、阿春始終處於主動地位。在這一點上，詩作沒有簡單化地從外形上醜化敵人，而是充分描寫了敵人的陰險、狡詐，從而反襯出英雄人物的機智、勇敢。」「作者根據表現革命內容的需要，大膽創造了『詩報告』這種嶄新的形式，這是新詩創作中一種敢於反潮流的革命精神。『詩報告』這種新形式，便於及時反映當前的鬥爭生活，使我們社會主義的新詩，真正能夠起到號角和戰鼓的作用；從這個意義上說，張永枚同志的這種創造，對於新詩的發展，無疑是一個功績。」

20日 《朝霞》1974年第5期刊出劉希濤《爲革命樣板戲擂鼓歡呼！》、田浩《春花怒放——贊革命樣板戲》、陳春江《五‧七大道》、寧宇《幹校燈火》等詩。

22日 《光明日報》刊出魯楓、肖釆的文章《革命詩歌創作的新成就——喜讀詩報告〈西沙之戰〉》。文章說：「在黨的親切關懷下，在批林批孔運動中，張永枚同志的詩報告《西沙之戰》發表了。這首長詩熱情澎湃，氣勢磅礴，是一曲海上人民戰爭的壯麗頌歌，是無產階級文化大革命以來，在革命樣板戲帶動下誕生的一首優秀的革命詩歌。它的發表，有力地證明：新詩創作必須堅持毛主席革命文藝路線指引的方向，必須學習和運用革命樣板戲的創作經驗，只有這樣，才能在詩歌創作上作出新的貢獻。」

23日 《湖南日報》刊出工人倪鷹、曾士讓的文章《壯麗詩篇傳捷報——喜讀詩報告〈西沙之戰〉》。

24日 《青海日報》刊出景文《新詩學習革命樣板戲的成功範例——喜讀詩報告〈西沙之戰〉》、樊晉貴《豪情繪壯景 彩筆頌英雄——淺談詩報告〈西沙之戰〉中英雄形象的塑造》等文。

25日 《黑龍江文藝》1974年第4～5期以《工農兵是批林批孔的主力軍》爲總題刊出王忠範《草原怒火》、解放軍某部林柏松《火紅的哨所》等詩。

27日 《浙江日報》刊出江聲的文章《戰鬥的時代需要戰鬥的詩篇——批判詩歌創作中的「田園詩」傾向》。文章說：「在今天，這類『田園詩』是和三大革命鬥爭、和社會主義的時代精神格格不入的。從這些詩中，我們看不到社會主義革命火熱的鬥爭生活，看不到社會主義建設蓬蓬勃勃的大好形勢。這些詩的意境沉寂，閒逸，詩中所反映的農村、工廠、部隊，呈現在人們面前的是一片閒適恬靜的景象。例如，有的把部隊生活寫得那麼閒靜：『深夜裏，我荷槍上崗，海浪送來粗獷的鼻音，多麼甜蜜的夜啊，看一眼都那麼醉人』；有的把飛行員駕戰鷹說成是『嫦娥提燈夜行』；有的以自我欣賞的眼光，把高空作業的女電焊工比喻爲『仙女撒花』，『天仙撒銀珠』。沸騰的社會主義山村，在這些作者中，人們看到的只是輕櫓、柳蔭、白雲、明月、青山、綠水，不見階級鬥爭的風浪，有的甚至出現『繡花裙逗粉蝶，青頭帕浸熱汗』，『白花衣裙逗飛燕』，等等，流露出作者資產階級的思想情緒和旨趣。奇怪的是，這些詩的地名也盡是『桃花』之類，什麼『笑聲灑滿桃花溝』、『桃樹林裏歌聲稠』、『笑語灑落桃花塢』、『桃花塢裏鐵牛歡』，等等。讀著這些詩句，

使人不禁想起陶潛的『採菊東籬下，悠然見南山』的『田園詩』來。社會主義的工廠、農村、部隊，被描繪成了超塵脫俗，沒有階級鬥爭的『世外桃源』。」「當前詩歌創作中反映出來的『田園詩』的傾向，是文藝黑線回潮的一種表現，是『無衝突論』、反『題材決定』論在詩歌創作中的一種反映，從實質上來說，是劉少奇、林彪之流鼓吹的『階級鬥爭熄滅論』在文藝上的反映。其要害就是抹煞和反對黨的基本路線。」

　　5月　《福建文藝》1974年第3期以《批林批孔戰歌昂》為總題刊出耘達《憤怒的山村》、漳平煤礦工人許峰《礦山風雷》等詩；以《社會主義新生事物贊》為總題刊出上杭上山下鄉知識青年陳志銘《造反樓·長工屋·扎根房》、俞兆平《講臺》等詩。

　　5月　《廣東文藝》1974年第5期刊出鍾陶岳《偉大的戰役已在縱深打響》、西彤《敵人不投降，就叫它滅亡》、工人桂漢標《咱和西沙軍民共戰壕》、農民林賢治《石壁詩草》等詩和南哨《高昂的戰歌　熱情的讚歌——讀詩報告〈西沙之戰〉》、曦虹《新詩學習革命樣板戲的優秀成果——詩報告〈西沙之戰〉讀後》等文。

　　5月　《廣西文藝》1974年第5期刊出龍勝各族自治縣社員黃鍾警《呵，嶄新的日曆》、平南縣知識青年曾繼能《舞臺之春》、東興各族自治縣工人蘇虎棠《漁家新醫》等詩。

　　5月　《湖北文藝》1974年第3期刊出詩輯《文化大革命讚歌》、《廣闊天地出詩篇》和工人胡發雲《工人階級的腳步》、工人王維洲《鷹》等詩。

　　5月　《吉林文藝》1974年4～5月號刊出王方武《火線上》、敦化縣工人李廣義《磨斧歌》、張滿隆《我又握起陳永貴的手》、任彥芳《鑽塔上的青春》等詩和李玉銘《戰鬥的詩篇　英雄的頌歌——評〈西沙之戰〉》、李改《青春戰鬥的詩行——讀〈鑽塔上的青春〉一、二、三章》等文。李改文章說：「任彥芳同志的長篇敘事詩《鑽塔上的青春》共有十七章，本期發表的是它的頭三章。」「這部長詩，以東北某油田一九七〇年的一次石油大會戰為背景，通過對一支女子鑽井隊的成長過程的描寫，熱情地歌頌了社會主義的新生事物，歌頌了無產階級文化大革命，寫得很有革命激情。」「今天，作為無產階級進行階級鬥爭的有力武器，革命的文學藝術必須在黨的基本路線的指導下，積極地表現社會主義革命和社會主義建設的火熱鬥爭，熱情地歌頌無產階級文化大革命，大力宣揚社會主義的新生事物，為鞏固社會主義經濟基礎、

鞏固無產階級專政服務。認為文化大革命不好寫而採取迴避態度是不對的。任彥芳同志的這部長詩，接觸到了文化大革命，這是很可貴的。但是還不夠，還只是側面接觸。我們要努力學習馬列主義，學習毛主席著作，特別是要學習毛主席在文化大革命中的一系列指示，提高認識，不斷加深對文化大革命的理解，大膽接觸，正面接觸，以高度的革命責任感，用詩歌、小說、戲劇⋯⋯等各種文藝形式，積極地反映並努力寫好文化大革命及其新生事物。這樣，我們的文藝創作就會具有更強烈的時代精神，就會發揮出更大的戰鬥作用。」

　　任彥芳，1937 年 1 月 12 日生於河北容城。1960 年北京大學中
文系畢業曾在中國文聯曲藝家協會工作。1961 年任長春電影製片廠
編輯，1978 年為吉林省作家協會專業作家。1980 年到河北省歌舞劇
院工作，1984 年任河北省藝術研究所副所長。1989 年調至中國評劇
院任編劇。出版的詩集有《帆》（1964）、《鑽塔上的青春》（1975）、
《心聲》（1984）、《黨魂——焦裕祿之歌》（2001）等。

　　5 月　《江西文藝》1974 年第 3 期刊出《批林批孔戰旗紅》、《社會主義新生事物贊》、《五・七道路放光芒》等詩輯。

　　5 月　《遼寧文藝》1974 年第 5 期刊出工人王立稷等《寫在批林批孔鬥爭中——詩傳單一束》和久來、鍾心的文章《豪情如火　浩氣如虹——讀張永枚同志的詩報告〈西沙之戰〉》。

　　5 月　《內蒙古文藝》1974 年第 3 期刊出張永枚的詩報告《西沙之戰》和旭宇《黃河戰歌》、查幹《熠熠燈火》等詩。

　　5 月　《寧夏文藝》1974 年第 3 期刊出《社會主義新生事物贊》，刊有工人常程《春花贊——頌革命樣板戲》、竹人《新一輩》、甘曉《五・七道路金光閃》等詩。該刊 1974 年第 5 期刊出銀川機床修配廠工人肖峽、寧大中文系工農兵學員張建的文章《社會主義新生事物的熱情頌歌》。文章說：「在批林批孔運動深入發展的大好形勢下，我們懷著喜悅的心情讀了《寧夏文藝》第三期『社會主義新生事物贊』一欄裏刊登的十首新詩。作者們用飽蘸無產階級戰鬥激情的詩筆，以火熱的詩句、鮮明的形象，熱情歌頌了體現偉大時代革命精神的社會主義新生事物，盡情抒寫了無產階級文化大革命的光輝勝利。這組詩生氣勃勃，戰鬥性強，都是對妄圖否定和詆毀新生事物的復辟勢力的有力回擊。我們工農兵就是愛讀這樣的革命新詩！」

　　5 月　《天津文藝》1974 年第 3 期刊出王榕樹《狂飆頌》、何理《紅色女

牧工》等詩和陳茂欣的文章《西沙戰歌壯　豪氣貫長虹——喜讀詩報告〈西沙之戰〉》。文章說：「《西沙之戰》的發表，是在毛主席革命文藝路線指引下，在革命樣板戲的帶動下，在詩歌創作上的一個新碩果。今天，我們正處在一個風起雲湧的偉大時代，全國人民正鬥志昂揚地爲鞏固和發展無產階級文化大革命的偉大勝利而奮鬥，批林批孔運動的革命形勢越來越好。作爲最敏感的文藝形式——革命的詩歌，該如何起到戰鼓號角，投槍匕首的作用？該怎樣才能寫出人民的心聲，給人民以鼓舞力量？又如何以江青同志親自培育的革命樣板戲爲光輝榜樣，在詩歌創作中滿腔熱情地塑造無產階級英雄形象？在這些方面，《西沙之戰》爲我們提供了寶貴的經驗。」

5 月　李志的詩集《邊疆少年之歌》由人民文學出版社出版。

5 月　張永枚的詩報告《西沙之戰》由雲南人民出版社出版。

5 月　《憤怒的火焰——工農兵批林批孔詩歌專輯》由陝西人民出版社出版。

5 月　張贊廷的詩集《軍刀閃閃》由內蒙古人民出版社出版。作品分爲《軍營號聲》、《沙海駝鈴》等 3 輯，收《騎上戰馬去北京》、《牧馬戰士》、《沙棗花開了》、《戰士宣傳隊到牧場》等詩 56 首。該書《內容提要》說：「這本詩集，收作者近年來的作品五十六首。這些詩篇反映了北疆邊防戰士和民兵的鬥爭生活，表現了北疆軍民熱愛黨、熱愛祖國的精神品質和團結戰鬥保邊疆的鋼鐵意志，描繪了萬里江山萬里營的邊疆風貌。作品大都寫的生動流暢，有草原生活氣息。」

張贊廷，1935 年生，天津武清人。1961 年參軍，先後在內蒙古軍區政治部、天津警備區政治部宣傳處工作。1957 年開始發表作品。

5 月　大慶油田工人寫作組編的《大慶戰歌——大慶工人詩選》由人民文學出版社出版。收《鐵人詩抄》和杜鴻賓《鐵人頌》、盧嘉林《篝火夜讀》、孫愛忠《鑽塔贊》、安秉全《油田燈火》等詩 54 首（組）。該書《內容說明》說：「這是一本大慶工人的詩集。收編了自大慶油田會戰以來工人業餘創作的詩歌六十餘首。」「這些詩歌，滿懷革命激情，熱情歌頌了鐵人王進喜爲代表的大慶工人，以『兩論』起家，自力更生、艱苦奮鬥開發油田的英雄事跡，歌頌了毛主席革命路線的偉大勝利；表現了大慶工人戰天鬥地的革命精神和豪情壯志。有強烈的時代氣息。」當時的文章說：「這是一本大慶工人的詩集。這些詩歌，具有強烈的時代氣息，深刻地反映了我國工人階級在石油戰線上

艱苦創業的偉大鬥爭，生動地表現了大慶工人的革命精神和豪情壯志，是無產階級向舊世界宣戰的檄文，是毛主席革命路線偉大勝利的凱歌。」「大慶工人的奪油大戰，首先是一場兩個階級、兩條路線激烈搏鬥的政治仗。伴隨著這場偉大鬥爭產生的《大慶戰歌》，突出地反映了這個重大主題。」（北京市化工局工人理論組《時代的戰歌——贊詩集〈大慶戰歌〉》，1975 年 1 月 13 日《人民日報》）

　　5 月　延安地區編創組編的詩集《我是延安人》由人民文學出版社出版。收松焰《我是延安人》、劉成章《住一輩子土窰洞》、梅紹靜《莊嚴的時刻在今天》、徐鎖《請給毛主席捎個信》等詩 49 首。該書《內容說明》說：「這本詩集的作者主要是在延安地區插隊的北京等地知識青年。在這些詩裏，青年們熱情洋溢地歌頌了毛主席的革命路線和永放光芒的延安精神，批判了劉少奇、林彪一類騙子對知識青年上山下鄉的污蔑，讚頌了延安人民的高貴品質，表現了知識青年在延安的土地上鍛鍊成長的火熱生活和戰鬥歷程，抒發了一代新人扎根農村，永遠和工農相結合，繼承光榮革命傳統，爲建設延安貢獻青春的豪情壯志。詩歌充滿了青春朝氣，感情親切眞摯，語言樸素活潑，具有較強烈的生活氣息和戰鬥精神。」當時的評論說：「這本詩集的作品是從知識青年的大量詩作中編選的。作者在各級黨組織的關懷下，在貧下中農的幫助下，『白天揮鑱戰河山，夜晚揮筆寫詩篇』，表現出極大的革命積極性。許多作者雖然是第一次寫詩，但他們在貧下中農的幫助下，反覆修改，克服了經驗不足的困難，把詩寫了出來。知識青年把這本詩集親切地稱爲『我們的詩』。這說明這些詩歌反映了他們的心聲。」（延青《走延安路抒革命情——詩集〈我是延安人〉讀後》，1974 年 12 月 12 日《光明日報》）

1974 年 6 月

　　1 日　《解放軍文藝》1974 年 6 月號刊出戰士朱萬春《好教材》、喻曉《築路戰歌》、胡忠軍《地主的「仁」》、李武兵《峽谷小站》、程步濤《路上》、李幼容《磨鐮》等詩。

　　5 日　《雲南文藝》1974 年第 3 期刊出解放軍某部鄭江濤《批林批孔的好課堂》、鄧耀澤《烈火熊熊》、喬嘉瑞《舞臺啊！階級鬥爭的戰場》等詩。

　　9 日　《解放日報》刊出季振邦的詩《在沸騰的工地上》。

　　10 日　《山東文藝》1974 年第 2～3 期刊出崔星堯、王穎等《孔家店前怒

火燃》詩 8 首和徐延山、閻閣的文章《戰鬥的號角　英雄的頌歌——喜讀詩報告〈西沙之戰〉》。

15 日　《人民日報》發表初瀾的文章《塑造無產階級英雄典型是社會主義文藝的根本任務》。

16 日　《文匯報》刊出王森的詩《學工第一課》。

25 日　《黑龍江文藝》1974 年第 6 期刊出王湘晨《紅臂章的讚歌》、愛輝縣下鄉知識青年楊松濤《赤腳醫生姑娘》等詩。

30 日　《文化動態》第 17 期刊登《修正主義分子郭小川的復辟活動》，列四條罪狀爲：與林彪集團「關係密切」；《萬里長江橫渡》是「反革命宣言書」，「爲林彪反黨集團搖幡招魂」；「搞起了一個裴多菲俱樂部式的『小團體』」。江青據此批示：「成立專案，進行審查。」（見《郭小川年表》，《郭小川全集》第 12 卷，廣西師範大學出版社 2000 年 1 月出版）

6 月　姜世偉（芒克）作詩《給》。初刊 1980 年 4 月《今天》第 8 期，收詩集《心事》，《今天》編輯部 1980 年 1 月油印發行。

6 月　《廣東文藝》1974 年第 6 期刊出翔宇《批活靶》、趙銘《油香飄萬里》、解放軍向明《我讚美祖國的春天》等詩。

6 月　《廣西文藝》1974 年第 6 期刊出《社會主義新生事物贊》詩 11 首、《紅水河畔新歌臺》新民歌 10 首和于宗信《大慶剪影》、曉雪《水的歌》等詩。

6 月　《河南文藝》1974 年第 2 期刊出《新詩必須向革命樣板戲學習》專欄，刊有張滿飆《學不學樣板戲是個路線問題》、程淬《用黨的基本路線指導新詩創作》、谷曉慶《走革命樣板戲的創作道路》、秦林通《新詩只有向樣板戲學習才有出路》、張建民《新詩要學習革命樣板戲的創作方法》、李玉先《新詩必須塑造無產階級英雄典型》、花天文《抒階級的豪情　抒革命的壯志》、李曉華《以革命的精神學習革命樣板戲》文 8 篇。編者按：「經過無產階級文化大革命，在革命樣板戲的帶動下，各種藝術形式的革命正在深入，新詩創作出現了空前活躍的局面。革命樣板戲的創作原則和經驗，對於一切社會主義文藝，具有普遍的指導意義。詩歌作爲一種很銳敏的文藝武器，應該在學習革命樣板戲方面，把步子邁得更大一些。爲了推動新詩革命，本刊特舉辦《新詩必須向革命樣板戲學習》專題討論。這一期發表了鄭州大學和開封師範學院工農兵學員的一組文章，作爲討論的開始。」

6 月　《吉林文藝》1974 年 6 月號刊出解放軍學員王霆鈞《紅衛兵袖章

頌〉、林嘯《革命大字報贊》、武昌《草原新歌》、蒙族蘇赫巴魯《牧馬的歌》等詩。

6月 《遼寧文藝》1974 年第 6 期刊出旅順玻璃廠工人業餘創作組《紅花朵朵滿園春——贊革命樣板戲牆報詩選》和撫順石油二廠李國章《煉塔巍巍》、解放軍某部戰士關勁潮《紅苗》等詩。

6月 《四川文藝》1974 年 5～6 月號《社會主義新生事物讚歌》欄刊出鄭寶富等《春花爛熳》、沈國凡《山鄉新歌》、熊遠柱《讚歌》等詩。

6月 《湘江文藝》1974 年第 3 期刊出白子超的文章《喜讀詩報告〈西沙之戰〉》和《黨撒溫暖滿人間》民歌 10 首及漢壽縣回鄉知識青年楊成傑《投入偉大的鬥爭》、覃柏林《山村放映〈龍江頌〉》等詩。

6月 《我們都是小闖將——批林批孔兒歌專輯》由人民文學出版社出版。

6月 《批林批孔詩選》三結合編輯小組編的《批林批孔詩選》由上海人民出版社出版。作品分為 3 輯，收胡明海《毛主席親手點火種》、林耀輝《看咱工人開頭炮》、鄭成義《革命人民批「中庸」》、寧宇《舞臺高唱前進曲》等詩 75 首，有編者《寫在編後的詩句》。《寫在編後的詩句》說：「這是一本戰鬥的詩集——／在戰鬥中創作，在戰鬥中編輯。／首首如檄文，揭露了孔丘醜惡的嘴臉，／句句似匕首，剝開了林彪巧偽的畫皮。／從工廠到農村，擺開批林批孔的戰場，／處處齊怒吼：『反對倒退，反對復辟！』／從部隊到學校，吹響勝利進軍的號角，／處處舉鐵拳：『反修防修，戰鬥不息！』／／這是一本工農兵的詩集——／寫工農兵的戰鬥，言工農兵的心意。／鮮明的愛憎如涇渭，／鏗鏘的誓言似雷劈！／一雙雙繭手寫出的磅礡詩篇，／給『上智下愚』的鼓吹者以沉重打擊！／一個個初試鋒芒的年輕戰士，／為保衛文化大革命的成果上陣殺敵！」

6月 湖北人民出版社編輯的《批林批孔戰旗紅——批林批孔詩選》由該出版社出版，收常安《中央首長派人到咱連》、李小雨《殺上第一線》、高伐林《批林批孔戰旗紅》、黃聲孝《清算「仁」字血淚賬》等詩 40 首。

6月 中國人民解放軍總字一○二部隊政治部宣傳部編印的詩與歌曲集《批林批孔戰歌》印行。收施路《奴隸的頌歌》、戰士張樹偉《在批林批孔的戰場上》、戰士張衛東《炕頭批判》等詩 26 首和歌曲 9 首。

6月 青海民族學院中文系首屆工農兵學員編的《工農兵學員詩歌選》

油印發行。收謝穎峰《韶山升起紅太陽》、華旦《工農兵學員歌唱毛主席》、馬英俊《風雷頌》、羅成林《師傅教我寫文章》等詩 140 餘首。

夏　　牛漢作詩《麂子，不要朝這裡跑》。此詩初刊《文匯增刊》1980年第 7 期；收詩集《溫泉》，上海文藝出版社 1984 年 5 月出版，改題《麂子》。

1974 年 7 月

1 日　《紅旗》雜誌第 7 期發表初瀾的文章《京劇革命十年》。

1 日　《光明日報》刊出《天津市寶坻縣小靳莊社員詩歌選》並附《天津日報》編者按。

1 日　《解放日報》刊出詩輯《頌歌萬首向黨唱》和晨音的詩《一塊才出爐的「鋼」——贊一位年輕的新黨員》。

1 日　《文匯報》刊出上海市電影工業公司嚴祥炫的詩《黨啊，燦爛的陽光》和宋歌的詩《入黨申請》。

1 日　《解放軍文藝》1974 年 7 月號刊出吳建國《革命航船破浪開》、向明《明燈頌》、郭華興《班長一雙手》、李小雨《架梁》等詩和吳歡章的文章《革命詩歌的樣板——學習革命樣板戲英雄人物核心唱段札記》。文章說：「風雷激蕩的革命時代，要求在詩歌中得到強有力的回響。革命詩歌要充分地發揮時代號角的作用，必須向無產階級革命文藝的光輝典範——革命樣板戲學習。革命樣板戲所體現的方向路線、創作原則和創作方法，不但對於包括詩歌在內的一切文藝形式都是有普遍指導意義的，而且革命樣板戲中英雄人物的唱段特別是核心唱段，本身就是最新最美的無產階級革命詩篇，直接為詩歌創作提供了學習的榜樣。」

3 日　《人民日報》刊出《天津市寶坻縣小靳莊社員詩歌選》，刊有黨支部書記王作山《為革命永拉上坡車》、社員王樹青《地頭批判會》、一隊副隊長貧農王新民《批判會上一隻斗》等詩。編者按：「當前，以革命樣板戲為標誌的無產階級文藝革命，正在隨著批林批孔運動而不斷深入。群眾性的文藝創作蓬勃發展，工農兵發表在牆報、黑板報和朗誦會上的大量詩歌，無論內容和形式都顯示了嶄新的面貌。這是文藝戰線上的新成果。」「在這裡，我們向廣大讀者推薦天津市寶坻縣小靳莊大隊社員們的詩歌。他們在批林批孔運動中寫了許多革命詩歌，熱情歌頌偉大領袖毛主席，歌頌中國共產黨，歌頌毛主席的革命路線，歌頌無產階級文化大革命和社會主義新生事物，並對林

彪、孔老二進行了深刻、有力的批判。這些革命詩歌，主題鮮明，語言簡練，充滿了強烈的無產階級感情和革命戰鬥精神，發揮了革命文藝『團結人民、教育人民、打擊敵人、消滅敵人』的戰鬥作用。」「我們熱烈讚揚這些農民革命詩歌。希望革命的文藝工作者虛心向他們學習，更好地貫徹執行毛主席的革命文藝路線，爲繁榮社會主義文藝創作，作出積極的貢獻。」王作山說：「我從 1969 年當大隊黨支部書記，正趕上全國學大寨。那可是眞心誠意要大幹一場。小靳莊是平原，沒山可搬，就挖河泥肥田，搞了個『河挖三尺、地長一寸』。苦幹一冬春，第二年糧食大增產，慢慢地在全縣有了名氣，成了學大寨的先進典型。小靳莊人從老輩子起，能吃苦也好樂，愛耍影（皮影）唱戲湊熱鬧，可當時不准唱別的，只好學唱樣板戲。大夥幹活幹累了，常在地頭上唱幾句散心解解悶；有不好唱的就編幾句順口溜，表揚好人好事啥的，來鼓鼓大夥的幹勁兒。」「誰想到，就憑這，江青看上了我們小靳莊，跑到村裏來，還公開宣佈我們村作爲她的『點』。當時我是打心裏興奮，人家不光是中央大首長，還是偉大領袖的夫人，進村來還代表毛主席向大家問好。我和鄉親們都覺著這算小靳莊有福分，可算得上是天大的喜事。眞是上頭叫幹啥都高興，爲偉大領袖爲黨爭光唄！有時也覺得自己有勁使不上，讓咱莊稼人『評法批儒』，眞是丈二金剛——摸不著頭腦。誰知道兩千多年前的什麼儒家法家。不知咋的，評來批去地又拉扯上當時主持中央工作的鄧小平同志，一串串的大帽子大得嚇人。心裏雖然也覺著有點怪，可又一想，咱莊稼人知道個啥，中央有文件，上邊咋說咱咋辦！當時認爲『四人幫』就是黨中央。這一錯開了頭，可就鑄下了大錯，一個莊稼漢，還被請到外地鸚鵡學舌地作『報告』，按著人家定準的調門宣傳所謂小靳莊『抓意識形態領域革命』的新經驗，稀裏糊塗地爲『四人幫』瞎叫喚。」（《我和小靳莊的「這十年」》，1988 年 10 月 10 日《瞭望》周刊 1988 年第 41 期）

5 日　《武漢文藝》1974 年第 4 期刊出葉聖華、李道林等的組詩《明燈照萬代——「毛澤東同志舉辦的中央農民運動講習所舊址」頌歌》和詩輯《人民軍隊向前進》。

10 日　《北京文藝》1974 年第 4 期刊出《天津市寶坻縣小靳莊社員詩歌選》和北京第一機床廠王恩宇《高舉黨旗闊步走》等詩。

14 日　《文匯報》刊出上海冶煉廠徐懷堂《鋼釺新歌》、孫友田《井口》、中華造船廠錢國梁《船臺酣戰》等詩。

15 日　《河北文藝》1974 年第 4 期刊出詩輯《各族戰士歌頌毛主席》、《駐軍某部八連批林批孔詩歌選》、《千軍萬馬戰太行》和王石祥《塞上軍民》、石家莊工人肖振榮《水鄉喜訊》等詩，並刊出增頁《天津市寶坻縣小靳莊社員詩歌選》。

19 日　國務院文化組發出《關於批判〈園丁之歌〉的通知》。8 月 4 日《人民日報》發表初瀾的文章《爲哪條教育路線唱讚歌？——評湘劇〈園丁之歌〉》。

20 日　《陝西文藝》1974 年第 4 期刊出金谷、路遙的長詩《紅衛兵之歌》和谷溪《在鮮紅的黨旗下》、馮福寬《老艄公》等詩。

20 日　《朝霞》1974 年第 7 期刊出謝其規《韶溪贊》、徐懷堂《夜填入黨志願書》、居有松《船廠夜讀》等詩。

21 日　《解放日報》刊出上海汽輪機廠黃世益的詩《工人大學生贊》。

21 日　《文匯報》刊出徐剛《大學校》、上海戲劇學院徐景東《開門辦學到咱村》等詩。

22 日　《光明日報》刊出《天津市寶坻縣小靳莊社員詩歌選》。

25 日　《黑龍江文藝》1974 年第 7 期刊出烏伊嶺下鄉知識青年任秀斌《踏遍青山人未老》、宋歌《公社書記》、李風清《綠野新苗》等詩。

31 日　《光明日報》刊出解放軍戰士金炳連《獻給毛主席的頌歌》等詩。

7 月　《福建文藝》1974 年第 4 期刊出黃河浪《萬里征途黨引路》、解放軍某部韓益昌《海防線上》、上杭上山下鄉知識青年朱曉《耕山隊員》等詩。該刊 1975 年第 2 期刊出孫紹振、劉登翰的文章《在革命樣板戲的光輝啓示下——讀〈福建文藝〉一九七四年的詩歌》，文章說：《萬里征途黨引路》「這首毛主席革命路線的勝利頌歌，用宏大的氣魄，豪壯的語言，突出表現了中國共產黨、毛主席在中國革命史上的偉大功績，抒發了實現共產主義理想的堅定信念。在形式上，它把民歌和古典詩歌不同類型詩行熔於一爐，靈活運用。作者在試圖運用古典形式駕馭現代漢語時，除了大量採用古風和律絕的五七言詩行外，還採用了不少詞曲中常見的三言和四言詩行，同時運用對仗，使這些詩行反覆地有規律地交替，在規範中又有變化，來適應感情的起伏。這種嘗試，對於探索新詩如何在民歌和古典詩詞的基礎上發展是有益的。」

7 月　《廣東文藝》1974 年第 7 期刊出解放軍柯原《獻給火紅的黨旗》、解放軍任海鷹《韶山松籽》、鄧玉貴《批判會後》等詩。

　　7月　《廣西文藝》1974年第7期刊出《頌黨歌聲響四方》新民歌11首和黃壽才《火紅的黨旗下》、堯山壁《風雨淬火》、包玉堂《紅色的戰鬥堡壘》等詩。

　　7月　《河南文藝》1974年第3期刊出工人劉福智《黨旗頌》、洛陽風動工具廠工人陳昌華《新一輩》、匡滿（楊匡滿）《插秧時節》等詩，《新詩必須向革命樣板戲學習》欄刊出工人王劍《沿著革命樣板戲開闢的道路前進》、鄭棉三廠業餘文藝創作組《新詩發展的道路》文2篇。

　　7月　《湖北文藝》1974年第4期刊出詩輯《批林批孔捲狂飆》、《文化大革命讚歌》和圻春縣工人盛廣前《氣象員小傳》、解放軍某部張雅歌《夜航之歌》等詩及欣秋的文章《詩歌創作要學習革命樣板戲》。

　　7月　《吉林文藝》1974年7月號刊出楊匡滿《戰鬥的頌歌——獻給偉大、光榮、正確的黨》、顧笑言《長白山的呼喚》、楊子忱《黨呵，我們來啦》等詩。

　　7月　《江西文藝》1974年第4期刊出李春林《廬山讚歌》、解放軍某部邢書第《嚴泉接水》、公社社員彭霖山《公社批判會》等詩。

　　7月　《內蒙古文藝》1974年第4期刊出解放軍某部張隨丑的文章《詩歌創作必須學習革命樣板戲》和增頁《天津市寶坻縣小靳莊社員詩歌選》。

　　7月　《四川文藝》1974年7月號刊出《萬曲頌歌獻給黨》民歌9首和陸棨《幸福巷》、王昭《致戰友》、徐康《落戶歌》等詩及尹在勤《新詩學習革命樣板戲的成功範例——贊詩報告〈西沙之戰〉》、工人王長富《工人階級的戰鬥形象——讀〈喧騰的車間〉》等文。

　　7月　《天津文藝》1974年第4期刊出《新天新地新時代　天地新春我們開——小靳莊大隊社員詩選》，刊有社員王樹青《幸福全靠毛主席》、老貧農魏文中《社會主義道路我們走定了》、一隊副隊長王新民《批判會上一個斗》等詩。該刊編者按：「天津市寶坻縣小靳莊大隊的廣大社員，批林批孔運動進行得有聲有色，推動了農業生產和各項工作。群眾詩歌運動也蓬蓬勃勃地開展起來了。他們熱氣高，幹勁大，在田間，在地頭，在場院，會前飯後，幹部、群眾一齊『放聲高唱革命歌』，創作了許多革命詩歌，眞是『詩滿田園歌滿莊』。這些詩歌，熱情歌頌偉大領袖毛主席和中國共產黨，歌頌無產階級文化大革命和社會主義的新生事物，歌頌毛主席革命路線的偉大勝利。同時，以詩歌爲武器，對準林彪、孔老二，發出了排排炮彈，狠批他們『克己復禮』

的反革命罪行。這些直接來自廣大群眾的革命詩歌，愛憎分明，語言生動，剛健清新，充滿了強烈的階級感情和高昂的革命戰鬥精神，在批林批孔鬥爭中，在『農業學大寨』運動中，發揮了革命文藝『團結人民、教育人民、打擊敵人、消滅敵人』的戰鬥作用。」「我們熱烈讚揚這些革命的農民詩歌！他們的詩寫得多好啊！現在，我們從這些詩歌中選出一部分作品向讀者推薦。」

7月　張永枚的詩報告《西沙之戰》由人民文學出版社出版。

7月　紀鵬的詩集《荔枝園裏》由天津人民出版社出版。作品分為《向陽花朵》、《新松青翠》等 4 輯，收《我們的校辦工廠》、《墾荒小唱》、《給一位坦克手》、《荔枝園裏》等詩 50 首。

7月　上海汽輪機廠工人業餘創作組等著的敘事詩集《雛鷹》由上海人民出版社出版。收胡永槐《書記小傳》、蔣洪發《風暴之歌》、陳世義《師傅的刮刀》、潘禮和《積糧小曲》等詩 15 首。該書《內容提要》說：「這一本工業題材的敘事詩集，是『三結合』創作的成果。共收閔行地區上海汽輪機廠、上海電機廠、上海鍋爐廠、上海重型機器廠、上海滾動軸承廠工人業餘作者創作的十五篇作品。」「這些作品，主題鮮明、集中，從不同的角度表現了培養千百萬無產階級革命事業接班人這一重大主題，塑造了一批在無產階級文化大革命中鍛鍊成長的青年工人的英雄形象。作品題材內容較豐富，形式較多樣，也有較濃厚的生活氣息。它為如何創作工業題材的敘事詩，作了一次可喜的嘗試。」

7月　天津人民出版社編的詩集《狂飆頌》由該出版社出版。收周永森《革命大批判長廊》、苗緒法《戰鼓在車間擂響》、董式明《公社批林批孔會》、顏廷奎《批林批孔掀高潮》等詩 26 首。

7月　黑龍江人民出版社編的小敘事詩集《汽笛高歌》由該出版社出版。收工人李同都《三訪老支書》、工人李義《一爐新鋼》、徐賀《三戰臥龍潭》、陳國屏《飛奔的駿馬》等詩 7 首。該書《內容提要》說：「本集收入各種題材的小敘事詩七篇。這些作品，運用革命現實主義和革命浪漫主義相結合的創作方法，塑造了各有特點的生動感人的無產階級英雄形象或革命接班人形象；在詩歌向革命樣板戲學習方面，作了一些初步的探索。」

1974 年 8 月

1日　《解放軍文藝》1974 年 8 月號刊出郭九林《中央同志到軍營》、王

建國《批林批孔捷報飛》、辛繼才《讀書班》、姜金城《哨所的夜晚》、劉小放《風浪裏》、謝克強《心願》、李瑛《鋼鐵邊防》等詩。

4日　《解放日報》以《披著朝霞去站崗》爲總題刊出東海艦隊某部田永昌《水下日曆》、解放軍某部楊德祥《海防小島頌》等詩。

4日　《人民日報》刊出新華社通訊員、新華社記者的文章《小靳莊十件新事》。文章說：「『新天新地新時代，公社社員多豪邁。滿手老繭拿起筆，大步登臺賽詩來！』在無產階級文化大革命和批林批孔運動中，小靳莊的貧下中農和社員群眾生氣勃勃地登上了詩壇，全大隊開展起一個有聲有勢的群眾性詩歌創作活動。詩，向來是戰鬥的武器。一九五八年，在黨的建設社會主義總路線指引下，小靳莊的幹部、群眾意氣風發，鬥志昂揚，高舉三面紅旗奮勇前進。那時這裡也出現了一次民歌創作熱潮。可是不久，就遭到劉少奇反革命的修正主義路線的扼殺。現在小靳莊社員又一次拿起筆寫詩了。全村有一百多人經常參加創作，不到一年工夫，就寫出了一千餘首戰鬥的詩歌。幹部寫，社員寫，男女老少都寫，有的社員全家一起寫。社員于哲懷全家七口，人人能詩，經常集在炕頭上，互相修改潤色。勞動人民登上詩壇，一掃舊詩壇的沉悶空氣和靡靡之音，開了一代新詩風。他們有感而發，爲戰鬥而寫，鼓舞人民投入火熱的三大革命運動。『大寨精神震山河，咱們隊裏英雄多。大戰寒冬不覺苦，遍地紅旗遍地歌。』他們滿腔熱情地歌頌人民群眾，而對敵人，詩歌則是射向他們胸膛的子彈。批林批孔運動中，社員們用詩歌作武器，投入了戰鬥。運動開展以來，大隊舉辦了六次大型賽詩會，當場獻詩的有一百七十多人，寫出詩歌六百多首。詩歌的鋒芒直指『克己復禮』這個反動綱領：『筆似五尺鋼槍，墨似子彈上膛，萬彈疾發射靶，齊向林孔開仗！』他們還批判了林彪『克己復禮』的反革命理論綱領『天才論』，高聲宣告：『人民雙手創世界，「天命」「天才」是糞土！』戰鬥的詩歌，成了團結人民，教育人民，打擊敵人的有力武器。群眾讚揚說：『這些詩，字字句句有眞情，聽了心上火熱、渾身是勁。批判會上，一首詩能燒起滿胸怒火。幹活時，一聽那詩，像擂起了戰鼓，咚咚催人！』」

5日　《雲南文藝》1974年第4期刊出張永枚的詩報告《西沙之戰》和鄧德禮《變天賬——〈論語〉》、李霽宇《成昆線上飛馳的列車啊》、解放軍某部高洪波《紅軍的彈殼》等詩及程地超的文章《蔚爲奇觀展新篇——讀詩報告〈西沙之戰〉》。

10 日　《山東文藝》1974 年第 4 期刊出《高唐國棉廠工人新詩選》並編者按和解放軍某部章亞昕《「五七」戰士放筏歌》、紀宇《八‧一八日記》等詩。編者按：「隨著批林批孔運動的不斷深入，一個群眾性的文藝創作高潮正在興起。這裡選發的部分詩歌，是高唐國棉廠工人在批林批孔運動中創作的。這些詩歌，思想鮮明、筆調明快，以革命樣板戲爲榜樣，滿腔熱情地歌頌偉大領袖毛主席和毛主席的革命路線，歌頌無產階級文化大革命和社會主義新生事物；並以強烈的無產階級義憤，對林彪、孔老二進行了批判。這些詩，實際上是在批林批孔運動中，工人同志結合自身鬥爭實踐和經歷所寫的一篇篇發言稿。作品本身，充分地體現了文藝爲社會主義爲無產階級政治服務的方向，我們在這裡特地向讀者推薦。」

11 日　《解放日報》刊出滬東造船廠居有松《船臺鬥風雨》等詩。

11 日　《文匯報》刊出毛炳甫的詩《龍騰虎躍——寫在火熱的工地上》。

20 日　《朝霞》1974 年第 8 期刊出青浦縣西岑公社衛生員戴仁毅《千年紅》、成莫愁《在圖書館》等詩。

24 日　《解放日報》刊出吳歡章的文章《詩貴立革命之意——讀詩集〈紅色的道路〉》。

24 日　《人民日報》刊出張永枚的詩《西沙民兵》。

25 日　《光明日報》刊出《北京市西四北小學紅小兵詩歌選》。

25 日　《黑龍江文藝》1974 年第 8 期刊出趙燎《黨啊，工農武裝的指路明燈》、荊慶軍《致西沙群島》、管志初《鹽的故事》等詩。

8 月　《廣東文藝》1974 年第 8 期刊出《西沙軍民唱戰歌——西沙前哨戰地詩畫選》和西彤《紅花曲》、鄭南《西沙英雄頌》等詩。

8 月　《廣西文藝》1974 年第 8 期刊出符啓文《「紅衛兵日記」續篇》、解放軍某部宮璽《飛行員詩抄》、解放軍某部時永福《戰地快報》、莎紅《走在圍海長堤上》等詩。

8 月　《吉林文藝》1974 年 8 月號刊出解放軍學員張寶明《線路圖》、解放軍某部何友彬《新爆破手》、解放軍學員畢長龍《雷達兵之歌》等詩。

8 月　《遼寧文藝》1974 年第 7～8 期刊出下鄉知識青年蔡華等《朝霞萬朵——社會主義新生事物贊》和社員白清桂《我們隊裏的共產黨員》、戰士劉福林《咱姓「鬥」》等詩。

8 月　《四川文藝》1974 年 8 月號刊出趙長天《爲祖國站崗》、淩行正《女民兵》、熊遠柱《成昆線之歌》、鄭寶富《涼山新姿》等詩。

8月　《湘江文藝》1974 年第 4 期刊出株洲市工人聶鑫森《知青點的燈火》、解放軍某部莫少雲《老礦工》、長沙市工人周實《劇院裏的回憶》等詩。

8月　詩集《彩霞萬朵》由寧夏人民出版社出版。收社員翟承恩《山花獻給毛主席》、工人肖川《火車頭》、吳淮生《紅軍的女兒進山來》、雷抒雁《陽光燦爛照軍營》等詩 51 首（組）。該書《出版說明》說：「本集收錄的詩歌，都是工農兵業餘作者創作的。這些詩作，大部分在《寧夏日報》上發表過，還有少部分是業餘作者的新作。」

8月　詩集《批林批孔戰歌》由人民文學出版社出版。收解放軍駐津某部顏廷奎《批林批孔掀高潮》、北京永定機械廠楊俊青《滿腔仇恨噴出來》、黃聲孝《清算「仁」字血淚賬》、北京第一機床廠王恩宇《揮戈衝鋒》等詩 38 首。該書《內容說明》說：「本詩集收編了工農兵批林批孔的詩歌創作近四十首。反映了廣大工農兵群眾，積極響應黨中央和毛主席的偉大號召，以馬列主義、毛澤東思想爲武器，以黨的基本路線爲綱，狠批林彪、孔老二『克己復禮』的反動綱領，狠批林彪反革命的修正主義路線的極右實質，誓將批林批孔鬥爭進行到底的堅強決心和戰鬥精神。」

8月　《征途號角——工農兵詩選》由山西人民出版社出版。收有工人劉瑞祥《千歌萬曲頌黨恩》、工農兵學員王家金《開門辦學進山寨》、工人范立光《我們戰鬥在礦井裏》、梁志宏《山村舞臺》等詩。該書《內容提要》說：「這是文化大革命以來我社編輯出版的第二本工農兵詩集。」「這本詩集的詩篇，以飽滿的政治激情，豐富的生活圖景，熱情歌頌了我們偉大的黨和敬愛的領袖毛主席，歌頌了毛主席的無產階級革命路線，歌頌了無產階級文化大革命和社會主義的新生事物，歌頌了批林批孔運動，歌頌了在毛主席『工業學大慶』、『農業學大寨』偉大號召指引下我省工農業戰線十年來的巨大變化。詩集中的不少作品，還以黨的基本路線爲綱，反映了尖銳複雜的階級鬥爭和路線鬥爭，塑造了一批爲捍衛無產階級專政而英勇奮鬥的工農兵英雄形象。」「這本詩集中的作者，不少是剛從工農兵各條戰線上新湧現出來的。這些新作者，生活、戰鬥在三大革命第一線，他們的作品，內容健康，語言生動，風格樸實，給人以新的感覺。整個詩集，猶如征途號角，聲音嘹亮，節奏明快，能給人以強烈的戰鬥鼓舞。」當時的評論說：「在全國人民深入學習無產階級專政理論的熱潮中，我們以喜悅的心情，讀了山西人民出版社選編的工農兵詩歌集《征途號角》。它是我省無產階級文化大革命以來，在革命樣板戲

帶動下，從鞏固無產階級專政的需要出發，繼詩集《紅霞萬里》之後，在詩歌創作方面取得的又一個新成果。它的出現，有力地證明了我省一支新興的、朝氣蓬勃的、具有戰鬥力的工農兵詩歌創作隊伍，正在茁壯地成長起來，成爲我省文藝戰線的主力軍。」（定襄縣宏道公社業餘文藝創作組、山西大學中文系七三級赴宏道分隊《繼續革命的戰鼓——評我省工農兵詩選〈征途號角〉》，1975 年 6 月 12 日《山西日報》）

1974 年 9 月

1 日　《解放軍文藝》1974 年 9 月號刊出《小靳莊民兵詩選》，刊有王廷光《基本路線指方向》、王民《想復辟，辦不到》等詩。

5 日　《武漢文藝》1974 年第 5 期以《向著太陽放聲唱》爲總題刊出《千歌萬曲頌黨恩》山歌 4 首和解放軍謝克強《車隊向北京》等詩，以《萬里長江戰歌響》爲總題刊出鄒克《川江行》、耿守仁《舵工新一代》等詩。

10 日　《北京文藝》1974 年第 5 期刊出《批林批孔兒歌選》。

15 日　《解放日報》刊出劉鵬春《心與祖國長相隨》、中華造船廠錢國梁《祖國的燈火》等詩。

15 日　《文匯報》刊出銘鑒的文章《遍地紅旗遍地歌——小靳莊詩歌創作活動隨感》。文章說：「小靳莊的社員把詩歌作爲戰鬥的『武器』，詩歌創作緊密配合政治鬥爭。批林批孔以來，大隊舉辦了六次大型賽詩會，寫出詩歌六百多首。『筆似五尺鋼槍，墨似子彈上膛，萬彈疾發射靶，齊向林孔開仗！』詩歌的戰鬥鋒芒直指『克己復禮』的反動政治綱領。社員讚揚說：『這些詩，字字句句有眞情，聽了心上火熱，渾身是勁。』小靳莊的詩歌創作，體現了無產階級文藝的鮮明的政治傾向和強大的戰鬥力。」

15 日　《河北文藝》1974 年第 5 期刊出張家口工人張春海《「紅袖章」歌》、建設兵團某部旭宇《銀鐮》、何理《貧牧阿媽登講臺》等詩和大名縣上馬頭公社石家寨大隊文藝評論組《爲工農兵創作　爲工農兵利用——讀寶坻縣小靳莊社員詩歌選》、興隆社員劉章《短詩學習「三突出」原則的體會》等文。劉章說：「我覺得，對革命樣板戲的創作原則，不應該從形式上片面理解，而忽視它的精神實質。我想，詩歌創作要運用革命樣板戲的創作原則，決不排斥抒情詩和短詩。無產階級文藝的根本任務是塑造無產階級的英雄人物，在這個原則下，用短詩唱無產階級之志，抒無產階級之情，歌唱新事物、新生活，

為革命造輿論。『三突出』的創作原則對短詩抒情詩是完全適用的。由於在舊學校讀書的影響和舊文藝的影響，我在文化革命前，自覺不自覺地寫過一些輕飄飄、軟綿綿的東西，使作品的思想、語言和工農兵相去甚遠。由於學習革命樣板戲，糾正了那種傾向。一九七二年，我縣遭到空前未有的大旱，面對乾旱的威脅，貧下中農不信天，敢鬥天，擔水抗旱，奮奪豐收。是構思一幅抗旱的圖畫，追求所謂詩情畫意呢？還是抒寫貧下中農戰天鬥地的志氣呢？我選擇了後者，寫了四句民歌：『貧下中農不信天，志在心頭水在肩，擔走東海萬頃浪，敢教燕山變糧山！』這首民歌在報上發表後，許多貧下中農把它寫進他們的決心書，有的大隊還把它作為抗旱奪豐收的戰鬥口號。」

20日 《人民日報》刊出首都鋼鐵公司工人詩歌創作組王金秋的詩《爐前放歌——慶祝中華人民共和國成立二十五週年》。

20日 《陝西文藝》1974年第5期刊出金炎《前進，社會主義祖國》、工人韓志軍《鋼爐噴彩》、解放軍某部謝克強《鋪軌》、小蕾《土窰洞住進咱這一輩》、王恩宇《衝天爐前》等詩。

20日 《朝霞》1974年第9期刊出路鴻《列車飛向北京》、錢國梁《煉鋼頌歌》、陸萍《銀海輕舟——贊巡迴坐車》等詩。

22日 《河南日報》刊出該報通訊員的報導《千詩百歌 批林批孔——南陽市糖煙酒公司的群眾詩歌創作活動》。報導說：「南陽市糖煙酒公司的廣大職工，在批林批孔運動中，人人口誅筆伐、揮戈上陣，寫出了不少批判文章和富有戰鬥性的詩歌，狠批了林彪、孔老二『克己復禮』的反革命罪行。報紙上發表了天津市寶坻縣林亭口公社《小靳莊十件新事》的報導以後，在這個公司引起了強烈反響，大家聯繫前一段的鬥爭情況，深有體會地說：要對資產階級實行全面專政，就要像小靳莊貧下中農那樣，抓好上層建築領域的革命，以『千難萬險無阻擋』的英雄氣概，朝氣蓬勃地向思想文化領域進軍，一面批林批孔，清除剝削階級舊思想、舊文化的污泥濁水，一面努力學習和發揚無產階級的新思想、新文化。職工的革命熱情，得到公司黨總支的大力支持。黨總支的同志還深入糕點、糖果加工廠和各煙酒商店同群眾一起進行創作，全公司迅速掀起一個群眾性的詩歌創作熱潮。」

24日 馬科斯總統夫人在江青陪同下訪問天津小靳莊並參加小靳莊社員舉行的詩歌朗誦會和文藝演出。新華社天津一九七四年九月二十四日電：「菲律賓共和國總統馬科斯的夫人伊梅爾達‧羅穆亞爾德斯‧馬科斯等菲律賓貴

賓，今天下午訪問了天津市寶坻縣林亭口公社小靳莊生產大隊。」「江青同志陪同貴賓們參加了小靳莊社員舉行的詩歌朗誦會和文藝演出。」「小靳莊生產大隊是天津市農業學大寨的先進單位之一。大隊革命委員會副主任王杜、周克周，向貴賓們介紹了無產階級文化大革命特別是批林批孔運動以來，小靳莊大隊的社員們認眞學習馬列和毛主席著作，精神面貌發生的深刻變化。今天，在大隊體育場裏，社員們熱情地爲貴賓們朗誦了他們自己創作的歌頌農村社會主義新人新事的詩歌，演唱了革命樣板戲選段。」「演出結束後，馬科斯總統夫人讚揚社員們既勤勞又多才多藝。她說，我在這裡不僅看到了大隊的好收成，而且瞭解到社員們在毛主席領導下是怎樣自己教育自己的。」(1974年9月25日《人民日報》)

25日　《黑龍江文藝》1974年第9期刊出黑龍江生產建設兵團某部沈祖培《紅衛兵新歌》、王忠範《入學》、程剛《松籽》等詩。

26日　《解放日報》刊出《湘黔鐵路築路工人的詩》。

26日　《文匯報》刊出《湘黔鐵路工人的詩》。

29日　國務院科教組和財政部聯合發出《關於開門辦學的通知》。

30日　詩人呂亮耕在湖南衡陽逝世。「解放後，我父親留在衡陽，在市二中任語文教師，業餘撰稿《詩刊》、《文藝月報》等；一九五七年被劃右派；一九六六年強行要他退職，離開教師隊伍；一九六九年我們下放農村，他一人留衡，過著顛沛流離的生活；一九七四年九月三十日晚含恨離開人世，終年六十歲；當時我們流落異鄉，得到噩耗，他老人家已到黃泉數月……一九七九年，父親的問題糾正。」(呂亮耕之子呂宗林1984年12月16日給劉福春的信)

　　呂亮耕，1914年11月29日生於湖南益陽。1937年在《新詩》等刊物發表新詩。1938年與孫望合編《抗戰日報》副刊，不久去貴陽。1940年出版詩集《金築集》。1942年回湖南，先後在湖南、湖北、江西等地編輯報紙副刊。1950年到衡陽在中學任教。1957年錯劃爲「右派」。1989年《呂亮耕詩選》出版。

30日　《人民日報》刊出張永枚的詩《前進！革命的火車頭——中華人民共和國成立二十五週年頌詩》。

9月　姜世偉(芒克)作詩《街》。此詩收詩集《心事》，《今天》編輯部1980年1月油印發行。

　　9 月　《福建文藝》1974 年第 5 期刊出王者誠《北京頌》、陳志澤《故鄉的廣場》、永安上山下鄉知識青年林茂春《紅衛兵戰旗》等詩。

　　9 月　《廣東文藝》1974 年第 9 期刊出工人梁德智《血跡斑斑〈三字經〉》、工人李潔新《戰船塢》等詩。

　　9 月　《廣西文藝》1974 年第 9 期刊出《掃除孔經反復辟》新民歌 13 首和《批判林彪資產階級軍事路線詩抄》詩 5 首。

　　9 月　《湖北文藝》1974 年第 5 期刊出黃聲孝《大江奔騰頌國慶》、英山縣知識青年熊召政《獻給祖國的歌》、隨縣知識青年李聖強《收工時刻》、解放軍某部雷子明《井岡詩草》等詩。

　　9 月　《吉林文藝》1974 年 9 月號刊出李瑛《春滿林海》、吳辛《校園新歌》、顧聯第《戰鬥的號角》等詩。

　　9 月　《遼寧文藝》1974 年第 9 期刊出工人徐光榮等《工農兵理論隊伍贊》、劉振聲等《戰鬥日曆化捷報——撫順石油二廠工人牆報詩選》、還鄉知識青年關鍵等《上山下鄉知識青年詩選》。

　　9 月　《內蒙古文藝》1974 年第 5 期刊出烏吉斯古冷《旗海紅　歌潮湧》、畢力格太《金色的腳印》、工農兵學員李秋榮《家庭批判會》等詩。

　　9 月　《寧夏文藝》1974 年第 5 期刊出「詩歌專號」，刊有樂岩《六盤兒女迎國慶》、馬士林《軍營戰火紅》、朱體泉《批林批孔增幹勁》、尹旭《紅衛兵贊》、曹塋《步步走的大慶路》、雷抒雁《戈壁演練》等詩和工農兵業餘詩歌作者集體討論，張養科、崔永慶執筆的《樂為時代創新詩——學習詩報告〈西沙之戰〉》等文。

　　9 月　《四川文藝》1974 年 9 月號刊出《抓革命　促生產》民歌 41 首和唐大同《千山萬水》等詩及龔文兵的文章《抒發抓革命促生產的壯志豪情——讀部分工人組詩》。

　　9 月　《天津文藝》1974 年第 5 期刊出《為黨做出大貢獻——天津重型機器廠工人詩選》和縫紉機廠工人唐紹忠《爐火頌》、浪波《崖畔青松》、文苑《春柳》等詩。

　　9 月　《新疆文藝》1974 年第 5～6 期刊出《天山兒女歌唱紅太陽——新疆兄弟民族民歌選》和賽福鼎《敬愛的導師》、東虹《毛主席健步登廬山》、章德益《風雷頌》等詩。

　　9 月　詩集《燦爛的星辰》由廣東人民出版社出版。

9月　遼寧人民出版社編的詩集《黨旗頌》由該出版社出版。

9月　李學鰲的詩集《鳳凰林》由人民文學出版社出版。收敘事詩《鳳凰林》、《塔梅的紅蓮》2篇。

9月　蘇兆強的詩集《巡診的路》由人民文學出版社出版。收《巡診的路》、《嘗藥草》、《帳篷醫院》、《背簍醫生》等詩46首，有編者《前言》。《前言》說：「這部詩集的作者，不是什麼專門詩人，而是一個工作在基層醫院，經常外出參加巡迴醫療隊，為貧下中農防治疾病的青年醫生。他通過自己親身經歷的戰鬥生活，熱情地歌頌了毛主席的革命衛生路線的勝利。詩中描繪了赤腳醫生和農村基層醫藥衛生人員、插隊青年和下鄉醫務工作者們在毛主席革命衛生路線指引下新的精神面貌。有些詩可能在藝術上尚欠完美，但是它展示了這一嶄新的生活面，有革命激情。我們覺得這是應當堅決肯定，並且值得向讀者推薦的。」

9月　葉曉山、彭齡的詩集《戰歌嘹亮》由陝西人民出版社出版。收有葉曉山《中南海的燈火》、《紅軍鞋》和彭齡《鋼鐵的陣地》、《海疆晨號》等詩。臧克家1974年11月14日致彭齡信：「收到《戰歌嘹亮》，把你的詩作讀了一遍，極高興。從初讀你的詩到現在，差不多有十年了。看到你越寫越好，做出了成績，印成了書，作為你創作的最早的一個讀者，快樂的心情可以想見。這些詩，有的我還有印象，有的是新作。你寫得比較細，相當精美。《小島林蔭路》、《潛伏》、《打坑道》、《海岸的炮兵》、《颱風來時》、《土》以及《鋼鐵的陣地》第二節等，我覺得都不錯。希望繼續努力，寫出更多、更雄壯的好詩來。」（《臧克家全集》第11卷，時代文藝出版社2002年12月出版）

　　　葉曉山，原名葉顯谷，1931年生，安徽無為人。1949年參加解放軍，歷任文書、書記、參謀、宣傳幹事、秘書等職。曾在鐵道兵政治部文化部從事專業創作。1958年開始新詩寫作，出版的詩集還有《第一聲汽笛》（1976）、《風笛頌》（1977）、《竹笛》（1986）等。

　　　彭齡，原名曹彭齡，1937年生，河南盧氏人。1961年畢業於北京大學東方語言文學系。1962年參加解放軍，歷任解放軍總參謀部參謀，中國駐敘利亞使館譯員，解放軍南京外國語學院教師，中國駐敘利亞、黎巴嫩、伊拉克、埃及大使館副武官、武官等。

9月　中國人民解放軍瀋陽軍區黑龍江生產建設兵團政治部編印的詩集《北疆新歌》印行，為兵團文藝材料第5期。收陶傑《誓把青春獻給黨》、別

閔生《雷鋒的燈》、蔣巍《第一次支委會》、謳陽《伐運木的歌》等詩67首，有《北疆新歌》編輯組的《編者的話》。《編者的話》說：「這本詩集，是繼《軍墾曲》之後兵團編印的第二本詩歌集。取名《北疆新歌》，是因爲內容主要是反映知識青年在兵團鍛鍊成長的新事。」「自今年三月初我們發出征稿信以來，戰鬥在第一線的同志們，來稿踴躍，給了我們編好這本詩集以大力的支持。初選以後，我們又到部分連隊去徵求意見，廣大幹部、戰士，又給我們以熱情的幫助和寶貴的啓示。使我們看到，兵團經過批林批孔鬥爭，發展了前所未有的大好形勢。廣大知識青年，不僅是兵團三大革命鬥爭的生力軍，也是兵團思想文化戰線上的生力軍。他們把詩當作『團結人民、教育人民、打擊敵人、消滅敵人的有力武器』，在晚會上朗誦，在牆報上刊登，甚至在大批判會上發言也用詩。這就促使我們更要認眞地把《北疆新歌》編好，以適應這種新的形勢。」

　　9月　河南人民出版社編的詩集《紅旗渠之歌》由該出版社出版。收陳有才《毛主席萬歲！萬萬歲！——紅旗渠分水閘放水歌》、王懷讓《紅旗渠頌》、梁金宇《贊農民技術員》、閻豫昌《紅旗渠水奔流向前——怒斥安東尼奧尼》等詩36首（組）。該書《內容提要》說：「這是一本歌頌林縣紅旗渠的詩歌專集。」「這些詩以不同的形式、不同的風格描繪了紅旗渠雄偉、壯麗的氣勢，歌頌了林縣人民敢於反潮流、敢於重新安排河山的英雄氣概和艱苦奮鬥、自力更生的革命精神，反映了修建紅旗渠中兩個階級、兩條路線的鬥爭，歌頌了毛主席革命路線的偉大勝利。對攻擊誣衊紅旗渠的國內外階級敵人給以有力的回擊。」

　　9月　河南人民出版社編的詩集《紅日照桐林》由該出版社出版。收王懷讓《毛主席來過這間屋》、黃同甫《焦書記坐過的籐椅》、崔登雲《飼養室裏滾風雷》等詩30餘首。該書《內容簡介》說：「《紅日照桐林》是一本歌頌蘭考紅旗的詩歌專集。計選編了詩歌三十五首。」「前兩首，歌頌了偉大領袖毛主席視察蘭考，對蘭考人民的深切關懷和給蘭考人民的巨大鼓舞。」「其餘三十多首，通過對蘭考兩個階級、兩條路線鬥爭和蘭考人民戰天鬥地勞動場面的描寫，歌頌了毛主席的好學生——焦裕祿同志的光輝事跡和蘭考人民繼承焦裕祿遺志的革命精神，歌頌了黨和毛主席的英明領導以及毛主席革命路線的偉大勝利。」「作品富有生活氣息，語言樸實，感情眞摯動人。」

　　9月　詩文集《金灘戰歌》由青海人民出版社出版。收郭芸的評論《高

原春笛奏新曲——讀工農兵詩集〈高原春笛〉》和戰士李曉偉《哨位上》、工人王大成《選戰馬》等詩 9 首及小說、散文等。

9 月　詩集《理想之歌》由人民文學出版社出版。收王恩宇《中南海呵，我心中的海》、紀宇《船廠大路》、王懷讓《泡桐歌》、北京大學中文系七二級創作班工農兵學員集體創作《理想之歌》等詩 43 首。黎之說：「同編輯部商量，楊匡滿說他手頭有一批詩稿，寫的不錯，但出一本詩集顯得單薄。大家決定再加一個選題，用『三結合』寫一篇歌頌上山下鄉知青的長詩，……詩集（最後定名為《理想之歌》）由楊匡滿負責，……出版後，反映也很不錯。有人曾想以《理想之歌》為參照拍部影片。有位著名老詩人寫了評介這本詩集的文章。」（《回憶與思考——籌辦刊物、抓創作、批林批孔》，2000 年 5 月 22 日《新文學史料》2000 年第 2 期）高紅十說：「除我以外，《理想之歌》尚有三個作者，他們是：」「陶正，男，去陝北延川縣插隊前係清華附中高二學生。現任北京歌舞團一級編劇，中國作家協會會員，全國優秀短篇小說獲獎者。」「張祥茂，男，去內蒙古豐鎮縣插隊前係北京初中六七屆畢業生。現在國內貿易部辦公廳幹部。」「于卓，女，去北大荒兵團前係北京六九屆初中生。現在《科技日報》記者部任記者，北京作協會員。」「我去延安地區插隊前也是北京初中六七屆畢業生，同張祥茂一樣。」「我們都是 1972 年入學的北大中文系文學專業學員，當時自豪後來鄙薄地被稱為『工農兵學員』。」「《理想之歌》是我們四人創作的，謝冕老師指點過。」「細看全詩，應該說陶正的東西更多些。他是我們中間最年長者，古詩詞讀得多，上大學前，就和後來成名的路遙、谷溪合編過詩集《延安山花》。凡後來公認的佳句幾乎都是他的。」「《理想之歌》的題目最初是由張祥茂起的。」（《〈理想之歌〉問世前後》，《現代人》1994 年第 8 期）

9 月　詩集《西沙戰鼓》由廣東人民出版社出版。收向明《西沙，祖國的閃光珠貝！》、鄭南《西沙日出》、西彤《立功喜報到黎寨》、任海鷹《春滿西沙》等詩 40 首。

9 月　遼寧人民出版社編的《戰鼓驚天動地來》由該出版社出版。收有未凡《戰鼓驚天動地來》、陳秀庭《燒起來了，批林批孔的烈火》、解放軍某部關勁潮《團長上陣》等詩。

9 月　《戰猶酣——工農兵詩選》由人民文學出版社出版。收王懷讓《毛主席來過這茅屋》、毛震郁《批林批孔炮聲隆》、戚積廣《鑄工的語言》、謝其

規《革命樣板戲贊》等詩 140 餘首，有北京市美術紅燈廠、化工設備廠、市政機械公司工人文學評論組的文章《短詩創作也要反映重大題材》。該書《內容說明》說：「這本詩集主要選收近一年多以來發表在全國各地報刊上的部分優秀詩歌。內容包括：歌頌黨的『十大』和毛主席的無產階級革命路線；反映偉大的批林批孔運動；歌頌無產階級文化大革命和社會主義新生事物，如工人階級登上上層建築領域、教育革命、知識青年上山下鄉、五七幹校、赤腳醫生；歌頌工業學大慶，農業學大寨，解放軍備戰練兵和我國與世界各國人民團結反霸的戰鬥友誼等題材的短詩一百多首。作者絕大多數都是戰鬥在三大革命鬥爭第一線的工農兵。」《短詩創作也要反映重大題材》說：「短詩反映重大題材，是工農兵短詩創作的一個顯著的特點。工農兵作者戰鬥在火熱的三大革命鬥爭第一線，看到、想到的首先是階級鬥爭、路線鬥爭的大事，對階級鬥爭、路線鬥爭中的重大事件有切身的感受。他們堅定的無產階級立場和愛憎分明的感情，使他們表現這一重大主題的自覺性最高，願望最強烈，正因爲他們有三大鬥爭的深厚的生活基礎，再加上在藝術實踐上向革命樣板戲學習，努力於精益求精，所以創作的反映重大題材的作品，才具有嶄新的思想內容，強烈的藝術感染力和飽滿的時代精神，因而也才具有強大的生命力。」

秋　　流沙河作詩《貝殼》。此詩收《流沙河詩集》，上海文藝出版社 1982年 12 月出版。

秋　　牛漢作詩《蒲公英》、《野花》。《蒲公英》初刊《北方文學》1980年第 7 期；《野花》初刊《海韻》1982 年第 1 期；均收詩集《溫泉》，上海文藝出版社 1984 年 5 月出版。

1974 年 10 月

1 日　《解放日報》刊出詩輯《毛主席親手繪藍圖》和上海市電影工業公司嚴祥炫的組詩《電影工業的步伐》。

1 日　《文匯報》刊出姜金城的詩《十月的頌歌》。

1 日　《解放軍文藝》1974 年 10 月號刊出石灣的詩《天安門頌》。

5 日　《雲南文藝》1974 年第 5 期刊出雲南省建築工程公司安裝一處《工人詩選》和曉雪《祖國頌》、張永權《戰鬥的回憶》等詩。該刊 1974 年第 6期刊出啓發、興仁的文章《喜讀工人詩選》。文章說：「讀了省建安裝一處工

人同志發表在《雲南文藝》第五期上的《工人詩選》，很受教育、很受鼓舞。這組詩滿懷強烈的政治熱情，歌頌無產階級文化大革命、歌頌社會主義新生事物，結合當前深入開展的批林批孔運動，以詩歌這種文藝形式，批判林彪、孔老二，發揮了革命文藝『團結人民、教育人民、打擊敵人、消滅敵人』的戰鬥作用。」

6 日　《光明日報》刊出大慶油田工人姜榮吉《毛主席革命路線指引我們前進》、解放軍某部劉錦庭《海防戰士愛北京》等詩。

6 日　《解放日報》刊出仇學寶的組詩《千里西沙鋼鐵鑄——西沙紀行》。

10 日　《山東文藝》1974 年第 5 期刊出解放軍某部王耀東《紅崗哨——贊戰士批判家》、姜建國《石山嫚》、解放軍某部李存葆《油城禮讚》等詩。

13 日　《光明日報》刊出凡路的詩《山雨欲來風滿樓》。

13 日　《文匯報》刊出《「風慶」輪牆報詩歌選》和袁軍的朗誦詩《「風慶」輪返航》。

20 日　《光明日報》刊出《油海歌潮——大港油田工人詩選》。

20 日　《朝霞》1974 年第 10 期刊出于宗信《亮閃閃的煤鑽》、徐剛《縣委會上》、錢剛《小夥講大課》等詩。

24 日　《遼寧日報》刊出宋新的文章《可貴的實踐　可喜的收穫——評〈西沙之戰組歌〉》。

25 日　《黑龍江文藝》1974 年第 10 期刊出佳木斯市工人邢世健《飄揚吧！五星紅旗》、李瑛《林海雄鷹》、大慶工人杜顯斌《石油勘探隊員之歌》等詩。

10 月　《廣東文藝》1974 年第 10 期刊出鄭南《心中的頌歌放聲唱》、工人傅金城《錘·尺·砧》和工人李潔新、鄭世流、羅銘恩《我們是歷史的主人》等詩。

10 月　《廣西文藝》1974 年第 10 期刊出《偉大祖國金燦燦》新民歌 22 首和《革命樣板戲永放光芒》詩 14 首。

10 月　《河南文藝》1974 年第 4～5 期刊出《狠批反動〈女兒經〉——蘭考縣農機修造廠賽詩會詩選》和溫縣辛一大隊創作組《公社新歌》等詩；《新詩必須向革命樣板戲學習》欄刊出解放軍某部王向陽、趙建立《景物描寫必須為塑造無產階級英雄形象服務》，河南省軍區〇二一〇部隊陳鐵山、耿正元《從〈西沙之戰〉看「三突出」創作原則在敘事詩中的運用》，張慶明《抒情詩也要塑造工農兵英雄形象》文 3 篇。

10月　《吉林文藝》1974年10月號刊出姚業湧《第一面五星紅旗》、梁謝成《放歌白巖峰上》、解放軍某部張萬晨《我站在祖國地圖前》等詩。

10月　《江西文藝》1974年第5期刊出工人胡平、知識青年巫猛的文章《最新最美的詩篇——贊小靳莊社員的詩》。

10月　《遼寧文藝》1974年第10期刊出陳秀庭《社會主義祖國正年輕》、工人郭廓《鋼城的夜》、朱金晨《蘆笛》等詩。

10月　《四川文藝》1974年10月號刊出傅仇《高峽出平湖》、王長富《鐵人在我們身邊》、柯愈勳《節日高產》等詩。

10月　《湘江文藝》1974年第5期刊出莫瑛《老僑胞的歌》、振揚《大學歸來》、任光椿《祖國的保衛者》等詩。

10月　《進軍的號角——工農兵批林批孔詩選》由安徽人民出版社出版。

10月　霍滿生的《霍滿生詩選》由遼寧人民出版社出版。收有《中南海喜見毛主席》、《打倒新沙皇》、《滿樹紅果滿樹笑》等詩，有《前言》。《前言》講：「我省農民詩人霍滿生同志，海城縣人，今年七十八歲。在舊社會，他受盡了壓迫剝削之苦：『從小就得學拉套』，僅僅讀了兩年書，就被迫輟學，開始給地主放豬放牛，以後便長年扛大活，被地主老財殘酷地剝削了二十九年。」「苦大仇深的霍滿生同志，在舊社會，也曾自發地用詩歌作武器同階級敵人進行過鬥爭。解放以後，他在毛澤東思想的哺育下，在黨的培養下，二十幾年來，他寫了許多熱情歌頌偉大領袖毛主席、歌頌中國共產黨和歌唱社會主義革命和社會主義建設的詩歌。他經常在田間、街頭，會前會後進行宣傳鼓動，緊密地配合黨的政治任務，結合現實生活鬥爭，採用了群眾喜聞樂見的詩歌形式，通俗易懂，受到了群眾的歡迎。一九六〇年他光榮地加入了中國共產黨，同年八月，又幸福地見到了偉大領袖毛主席。」「無產階級文化大革命以來，他更加熱情地為鞏固無產階級專政、為捍衛和發展文化大革命的偉大勝利成果，而積極創作。歌唱毛主席的無產階級革命路線，歌唱社會主義的新生事物，歌唱『農業學大寨』的新高潮。特別是批林批孔運動開展以來，霍滿生同志更積極地投入了鬥爭，在群眾大會上憶苦思甜，朗誦詩歌，狠批了林彪妄圖復辟資本主義的罪行，發揮詩歌的戰鬥作用。」

10月　中國人民解放軍7659部隊政治部編的詩集《彩練當空》由四川人民出版社出版。收有江歌《毛主席矚目成昆線》、宋紹明《兩朵紅花一樣豔》、文碩《紅軍的後代》等詩。該書《內容說明》說：「這本詩歌集，是參加修建

成昆線的鐵道兵部隊——7659 部隊的幹部和戰士創作的。」「這一首首感人的詩歌，是用風槍噴出來的，是用鐵錘砸出來的，像開山的排炮，焊槍閃射的火花。」「這一首首感人的詩歌，以火焰般的時代情感，放聲歌唱毛主席革命路線的偉大勝利，展現出一幅幅無產階級文化大革命的壯麗畫卷，抒發了人民鐵道兵一不怕苦、二不怕死的革命精神，敢叫天塹變通途的英雄氣概。」「這一首首感人的詩歌，奔放樸實，像一簇簇開放在成昆線上的攀枝花。」尹在勤講：「《彩練當空》這本詩集最鮮明的特色，就是學習運用革命樣板戲的創作經驗，比較充分地描寫了鐵道兵戰士的革命樂觀主義和革命英雄主義的豪情壯志。」「值得一提的是，《彩練當空》的作者們自覺地學習運用革命樣板戲創作經驗，對作品認真加工修改。為了加工錘鍊這本集子，部隊領導專門舉辦了一個學習毛主席文藝思想和革命樣板戲創作經驗的學習班。為了把敘事與抒情很好地結合起來，突出抒寫英雄人物光彩照人的內心世界，展示出革命的詩意美，作者們還特地對革命樣板戲的重點核心唱段進行了反覆分析、揣摩。詩集在塑造高大的鐵道兵英雄形象方面取得了一定成就，正是作者們努力學習毛主席文藝思想，努力學習革命樣板戲的結果。」（《誰持彩練當空舞——評鐵道兵詩集〈彩練當空〉》，1975 年 2 月 27 日《光明日報》）

10月　《春笋集——工農兵詩選》由山東人民出版社出版。收錦河《放歌韶山》、紀宇《陣地》、周曉芳《贊開門辦學》、桑恒昌《雪中路》等詩 131 首。

10月　河南人民出版社編的《東風萬里春雷動——批林批孔詩集》由該出版社出版。收有平頂山高壓開關廠朱根發《我們是批林批孔主力軍》、鄭州大學中文系工農兵學員朱增玉《短劍篇》、安陽自行車廠工人張玉清《埋葬「中庸」騙人道》等詩。

10月　黑龍江人民出版社編的《批林批孔詩選》由該出版社出版。收哈爾濱第一工具廠工人李方元《奔騰呵，革命的浪潮！——寫在批林批孔的洪流裏》、黑龍江日報印刷廠工人張華《車間批判會》、綏化縣工人呂良才《母女合寫批判稿》、兵團戰士郭小林《批判會開在烏蘇里江邊》等詩 50 首。

10月　《山西群眾文藝》編輯組編的《山西新民歌選》由山西人民出版社出版。作品分為《頌歌聲聲飛北京》、《文化革命結碩果》、《批林批孔戰旗飄》等 5 輯，收太原橡膠廠工人馬晉乾《中南海書房紅彤彤》、趙政民《我在雲中收稻穀》、山西大學工農兵學員王家金《一路打衝鋒》等民歌 128 首，有《編者的話》。《編者的話》說：「文化大革命以來，在毛主席革命文藝路線指引下，在革命樣板戲的帶動下，我省群眾性的文藝創作活動呈現出一派生氣勃勃的

景象。廣大工農兵業餘文藝工作者寫出了不少優秀民歌，滿腔熱情歌頌毛主席，歌頌共產黨，歌頌無產階級文化大革命，歌頌社會主義新生事物，歌頌工業學大慶、農業學大寨的偉大群眾運動；尤其是在當前批林批孔的偉大鬥爭中，廣大工農兵業餘文藝工作者拿起筆作刀槍，批林批孔當闖將，寫出了大量戰鬥性很強的新民歌。在紀念毛主席《在延安文藝座談會上的講話》光輝著作發表三十二週年之際，我們特選編了這本新民歌選，以表慶賀。」

1974 年 11 月

1 日　《解放軍文藝》1974 年 11 月號刊出《頌歌向著北京唱——各族民歌選》和李今蒲《炮場上》、苗愛雨《反孔烈火照千秋》、韓作榮《深山潛伏》等詩。

3 日　《文匯報》以《豪邁的歌》爲總題刊出上棉十廠唐振新《黨說大幹咱就上》、上海海運局孫禎祥《爭報祖國好春光》等詩。

5 日　《武漢文藝》1974 年第 6 期刊出詩輯《批林批孔促大幹》和張旗《城市民兵之歌》、劉不朽《戰地黃花》等詩。

10 日　《黑龍江日報》刊出董國柱的文章《新的一代　新的境界——詩集〈沃野朝陽〉讀後》。

10 日　《解放日報》刊出解放軍空軍某部宮璽的詩《在向前飛馳的列車上》。

10 日　《山西日報》刊出晉安化工廠工人業餘評論組郭金玉、孔繁貴、李文傑的文章《時代的鼓點　戰鬥的詩篇——喜讀詩選〈錘聲集〉》。

10 日　《北京文藝》1974 年第 6 期刊出北京人民機器廠戚萬忠、劉寶增《故事會》等詩。

11 日　《光明日報》刊出王恩宇《書記跟咱同戰鬥》等詩。

15 日　《河北文藝》1974 年第 6 期刊出詩輯《學習毛主席軍事著作　批判林彪資產階級軍事路線》和王洪濤《洪流》、李瑛《日照草原》、堯山壁《大寨田贊》等詩。

17 日　《文匯報》刊出中華造船廠錢國梁《爐火熊熊》等詩。

20 日　《陝西文藝》1974 年第 6 期刊出工人沈奇《夜巡》、解放軍某部彭齡《海疆詩情》等詩和韓望愈的文章《一代新人的歌——喜讀詩集〈我是延安人〉》。

20 日　《朝霞》1974 年第 11 期刊出寧宇《乘長風，破萬里浪——歡呼「風慶」輪首航勝利歸來》、袁軍《布林的西港的叩門聲——摘自一位水手長的筆記》等詩和吳增炎、周土根的文章《希望能看到更多的好詩——評敘事詩〈千年紅〉》。

24 日　《光明日報》刊出凡路的詩《我們的朋友遍天下》。

24 日　《解放日報》刊出徐洪斌的散文詩《大幹熱潮逐浪高》。

24 日　《人民日報》刊出向明《毛主席派我守西沙》、張永枚《西沙姑娘》等詩。

11 月　《福建文藝》1974 年第 6 期刊出解放軍某部戰士吳雲進《光榮的連史》、俞兆平《紅色巨流》、吳萬里《公社新人贊》等詩。

11 月　《廣東文藝》1974 年第 11 期刊出《勝利全靠毛主席——廣州材料試驗機廠批判林彪資產階級軍事路線詩選》和解放軍王石祥《塞北詩訊》、蘇躍《理髮工人的歌》等詩。

11 月　《湖北文藝》1974 年第 6 期刊出大冶鐵礦工人盛茂柏《鐵山放歌》、解放軍某部姚振起《戰地號聲》、工人胡發雲《我們的紅衛兵戰友》等詩和楊元生、劉漢民的文章《廣闊天地詩篇新——喜讀上山下鄉知識青年的短詩》。

11 月　《吉林文藝》1974 年 11 月號刊出李占學《火紅的歲月》、工人朱雷《紀念碑下》、李廣義《女子運材隊》、蒙族蘇赫巴魯《烏蘭少布》等詩和孫里的文章《無產階級文化大革命的讚歌——評敘事詩集〈馬背上的歌〉》。

11 月　《遼寧文藝》1974 年第 11 期刊出《學習小靳莊　大寨花更紅——五三公社南塔大隊社員詩歌選》和撫順石油二廠工人高照斌《大幹花絮》、吳國有《一把鎬》等詩。

11 月　《內蒙古文藝》1974 年第 6 期刊出工人張樹寬《師傅大步登講臺》、郝有富《批判家》等詩。

11 月　《四川文藝》1974 年 11 月號刊出《歌飛北京傳深情——武勝縣義和公社四大隊社員詩歌選》和工人李可剛《劉大娘登講臺》、工人張新泉《出勤簿》、彭斯遠《農奴的女兒上了大學》等詩。

11 月　《天津文藝》1974 年第 6 期刊出馮景元《爐臺贊》、解放軍某部陳永康《大寨的戰士》、化工局創作組王福全《挑戰》等詩。

11 月　甘肅人民出版社編的詩集《青春似火》由該出版社出版。

11 月　顧工的詩集《火的噴泉》由山東人民出版社出版。作品分為《工

之歌》、《兵之歌》等 4 輯，收《大慶讚歌》、《年青的隊長》、《水下的戰鬥》、《村外站崗》等詩 44 首。

顧工，原名顧菊樓，1928 年 11 月 11 日生於上海。1945 年參加新四軍，在軍部文工團工作。1949 年到第二野戰軍政治部從事專業創作。1951 年隨軍進駐西藏。1955 年出版詩集《喜馬拉雅山下》，同年到北京，在八一電影製片廠任編劇。1958 年調解放軍報社任編輯、記者。先後出版詩集《這是成熟的季節啊》（1957）、《寄遠方》（1958）、《鮮花樂器和酒杯》（1959）等。1974 年到總後勤部政治部從事專業創作。又出版詩集《征戰集》（1978）、《戰神和愛神》（1980）、《愛情交響詩》（1987）。

11 月　王懷讓的詩集《風雷集》由河南人民出版社出版。作品分《革命洪流篇》、《新生事物譜》等 3 輯，收《偉大的創舉——歡呼毛主席檢閱文化革命大軍》、《光彩照人的形象——革命樣板戲英雄人物贊》、《田野風雷——一個生產隊的田頭批判會錄音》等詩，有《後記》。

王懷讓，1942 年生，河南濟源人。1966 年畢業於河南大學中文系。曾任《河南日報》處長、河南省作協副主席。出版詩集《十月的宣言》（1978）、《中國人：不跪的人》（1996）、《1997 備忘錄》（1998）等。2009 年逝世。

11 月　張雅歌的詩集《起飛線之歌》由湖北人民出版社出版。作品分為《機場上》、《女飛行員之歌》等 3 輯，收《起飛線之歌》、《為飛翔的祖國護航》、《我就是愛飛》、《團長來看雷達班》等詩 35 首。

張雅歌，1942 年生，河南洛陽人。1962 年參軍，先後在空軍傘兵、航空兵、高射炮兵部隊工作。1978 年調到武漢空軍政治部創作組從事專業創作。1985 年調入廣州空軍政治部創作室。出版的詩集還有《朱伯儒之歌》（1983）、《把藍色的旗幟升起》（1985）、《張雅歌詩選》（1992）。

11 月　詩集《大寨之歌》由山西人民出版社出版。收郭鳳蓮《緊跟毛主席向前闖》、董耀章《提高警惕反復辟》、羅繼長《堡壘頌》、文武斌《大寨柳傳歌》等詩 102 首。該書《內容提要》說：《大寨之歌》「是為紀念毛主席發出『農業學大寨』號召和歌頌大寨精神而編輯出版的。」「收入這部詩集的作品，其中將近一半是大寨人在戰鬥中親自寫下的。大寨人不僅是階級鬥爭的

闖將，戰天鬥地的英雄，而且是社會主義的歌手和文藝革命的戰士。」「這部詩集以階級鬥爭和路線鬥爭爲綱，比較全面地反映了大寨的戰鬥風貌，刻畫了大寨人的光輝形象，是一部內容豐富，語言樸實，風格清新的詩集。」

11月　張郁等著的詩集《放歌天安門》由陝西人民出版社出版。收工人張郁《放歌天安門》，工農兵學員平凹、和谷《工農兵學員之歌》，工人鋒斌、俊傑、鐵山、心民、鐵林《吳南之歌》、工人徐劍銘《路之歌》詩4首。該書《出版說明》說：「這本詩集，收集了四篇抒情長詩，作者是工人和工農兵學員。作品以飽滿的政治熱情，奔放的筆觸，放聲歌唱我們偉大的黨和偉大領袖毛主席，歌唱社會主義祖國；熱烈歌頌了無產階級文化大革命的輝煌勝利和社會主義新生事物，歌頌了在毛澤東思想哺育下成長的新一代英雄。作品感情濃烈，具有鮮明的戰鬥性。」

11月　天津人民出版社編的詩集《廣闊天地新苗壯》由該出版社出版。收中共天津市委書記、寶坻縣委副書記、寶坻縣大鍾莊公社司家莊大隊黨支部副書記、燕子隊隊長、回鄉知識青年邢燕子《敬祝毛主席萬壽無疆》，黑龍江生產建設兵團某部戰士、天津知識青年劉寶治《鋪開「入黨志願書」》，內蒙古生產建設兵團某部戰士、天津知識青年鄭歡《春耕圖》，河北省威縣小里罕大隊婦聯會委員、天津知識青年周曉英《扎根農村心向黨》等詩45首，有編者《後記》。《後記》說：「這部詩集的作者全部是天津市上山下鄉知識青年，其中有扎根農村十幾年、無產階級文化大革命後，擔任了重要領導職務的知識青年的光輝榜樣邢燕子、侯雋；有『橫眉冷對帝修反』，『笑把青春獻給黨』的革命烈士張勇、孫連華、周春山；有一手拿鋤，一手握槍，胸懷朝陽，屯墾邊疆的生產建設兵團戰士；有遍佈在天津郊區（縣）、河北、山西、內蒙、黑龍江等地，『革命路線記心上』，『治山治水不怕難』的新社員……。他們以滿懷激情，歌頌偉大領袖毛主席和偉大的中國共產黨，歌頌毛主席的無產階級革命路線；他們懷滿腔義憤，狠批林彪效法孔老二，妄圖『克己復禮』，破壞知識青年上山下鄉等反革命罪行；他們朝氣蓬勃，熱情奔放，揮筆抒發了扎根農村、扎根邊疆，胸懷祖國，放眼世界的革命雄心壯志。這部詩集反映了天津知識青年在農村這個廣闊天地裏，在貧下中農（牧）的再教育下，茁壯成長，大有作爲的火熱鬥爭生活，有一定的教育意義。」當時的評介說：「在偉大領袖毛主席《青年運動的方向》、『知識青年到農村去，接受貧下中農的再教育，很有必要』等光輝指示指引下，廣大知識青年滿懷豪情奔赴農村和

邊疆，在三大革命鬥爭實踐中，創作了大量的詩歌。這個詩集，共選收天津市上山下鄉知識青年創作的短詩四十五首。這些詩歌頌了知識青年在廣闊天地裏茁壯成長的英雄事跡，抒發了知識青年扎根農村和邊疆的雄心壯志，具有飽滿的革命激情和濃厚的生活氣息。」（《今朝》文學叢刊第 1 輯，天津人民出版社 1975 年 5 月出版）

11 月　昔陽縣文化館編的《昔陽新歌謠》由人民文學出版社出版。作品分爲《新歌謠》、《新諺語》兩部分，《新歌謠》收大寨大隊黨支部書記郭鳳蓮《毛主席是紅太陽》、大寨大隊宣傳隊《大寨步步不離紅路線》、大寨大隊青年社員賈愛國《虎頭春光汗水描》等歌謠 110 餘首，有出版者《前言》。《前言》說：「現在出版的這本《昔陽新歌謠》，是昔陽縣文化館在中共昔陽縣委的領導和大寨大隊黨支部的支持下，從黑板報、牆報、油印小報和群眾口頭廣泛搜集、編選整理的。全書選入革命歌謠一百一十九首、革命諺語近九十條。從這裡，我們可以看到經過無產階級文化大革命鍛鍊的社會主義新型農民的嶄新精神風貌，可以感到偉大時代脈搏的跳動，可以聽到英雄的大寨和昔陽人民的戰鬥心聲，可以受到階級鬥爭和路線鬥爭的深刻教育。這對於配合當前普及、深入、持久地開展批林批孔鬥爭和農業學大寨運動，是有一定作用的。我們以極大的熱忱向廣大工農兵讀者推薦這本書。」

1974 年 12 月

1 日　《解放軍文藝》1974 年 12 月號刊出王德祥《團結頌歌震長空》、張贊廷《沸騰的貨場》、王笠耘《紅軍的戰歌》、寧宇《闖過好望角》、時永福《牧工的話》等詩。

5 日　《雲南文藝》1974 年第 6 期刊出《保和公社農民詩歌選》和工人李松波《贊農民畫家》、解放軍某部高洪波《理論小組》等詩及啓發、興仁的文章《喜讀工人詩選》。

8 日　《解放日報》刊出詩輯《團結戰鬥凱歌響　躍進潮頭逐浪高》。

10 日　《山東文藝》1974 年第 6 期以《社會主義新生事物贊》爲總題刊出蘇文河《青年舵工贊》、濟南市工人桑恒昌《城灘新歌》、姚煥吉《駿馬圖》等詩。

11 日　郭小川「從咸寧被押送至天津團泊窪文化部靜海幹校，中途在豐

臺轉車，不准進京。」（見《郭小川年表》，《郭小川全集》第 12 卷，廣西師範大學出版社 2000 年 1 月出版）

12 日　《光明日報》刊出延青的文章《走延安路抒革命情——詩集〈我是延安人〉讀後》。

18 日　《人民日報》刊出新華社報導《鄭集大隊學習小靳莊用社會主義佔領農村思想文化陣地積極開展群眾性詩歌創作活動》。報導說：「河南省虞城縣稍崗公社鄭集大隊黨支部，學習小靳莊的經驗，積極開展群眾性的詩歌創作活動。這個大隊已開了三次賽詩會，各生產隊都辦起了賽詩臺，有五百多人參加了詩歌創作活動。」「『誰說作詩實在難，三大革命是源泉。公社田裏盡詩意，詩人就是眾社員。』這是邢莊生產隊女社員曹豔霞寫的一首詩歌，它反映了鄭集大隊的詩歌創作活動，具有廣泛的群眾性。在這裡，不少七、八十歲的老人和七、八歲的兒童都投入了詩歌創作活動。」

20 日　《朝霞》1974 年第 12 期刊出朱金晨《長安街禮讚》、范崢嶸《集體戶的夜》、龍彼德《這小夥，就是倔》等詩。

21～28 日　國務院科教組、農林部和中共遼寧省委聯合召開學習朝陽農學院教育革命經驗現場會。

22 日　《文匯報》刊出上棉二廠陸萍《在毛主席走過的大道上》、普陀區詩歌組《韶山泉》等詩。

25 日　《黑龍江文藝》1974 年第 11～12 期刊出《長勝大隊賽詩會詩抄》和黑龍江生產建設兵團某部莫邦富《老大娘參戰》、宋歌《鐵大嫂》等詩。該刊 1975 年第 3 期刊出工人魯戈的文章《詩歌學習樣板戲的可喜收穫——評三首敘事詩》。文章說：小敘事詩《鐵大嫂》「結構比較單純，但在情景交融，抒發人物的感情方面，卻有其成功之處。作品的主題是歌頌新生事物，塑造了農村青年婦女幹部的典型形象。通過『頂黑潮』、掌權『挑重擔』和『與走資派鬥爭』三個情節，就把鐵大嫂的英雄形象表現出來了，這裡，抒情起了很大的作用。」「有些敘事詩寫得不夠精練，讀來拖沓、沉悶，往往是由於作者忽視了詩歌的藝術特點，不善於發揮詩歌的長處，而避其短處。常常把大量的篇幅用在未經加工的人物和情節上，忙於交待和說明，這樣自然淹沒了作品中革命激情的抒發。《鐵大嫂》在這方面的處理是比較妥當的。在她帶領鄉親們鬥倒階級敵人後，作者並沒有忙於交待他們如何開批判會，如何搞生產。只是通過黨支部選他當支部書記這一事件，就直接抒發了共產黨人樂於鬥爭的大無畏革命精神。」

26日　株洲舉行盛大賽詩會。《湘江文藝》1976年第1期消息：「一九七五年十二月二十六日，株洲市舉行了規模盛大的賽詩會。這次賽詩會是由共青團株洲市委和市文化局聯合舉辦的。賽詩會上，來自全市各條戰線的五千多名團員和青年聚集一堂，滿懷革命豪情，朗誦了他們在三大革命鬥爭中創作出來的詩篇八十多首。這些詩篇，熱情地歌頌偉大領袖毛主席，歌頌無產階級文化大革命和批林批孔的偉大勝利，歌頌社會主義新生事物，暢敘了廣大青年在毛澤東思想哺育下茁壯成長和為普及大寨縣貢獻青春的豪情壯志。」

26日　《人民日報》刊出新華社報導《上園大隊貧下中農創作許多新詩》。報導說：「遼寧省北票縣上園公社上園大隊積極開展群眾性的詩歌創作活動，以革命詩歌為武器，批判林彪反革命的修正主義路線，批判孔孟之道，宣傳社會主義新思想、新風尚。」「現在，來到上園大隊，到處可以看到：黑板報上，牆報上，登著社員們寫的詩歌；夜校裏，地頭上，許多人也經常朗誦自己創作的新詩。這一派景象正像一首詩歌所寫的：『新天新地新時代，大寨田頭擺詩臺，滿手老繭握戰筆，群英上陣賽詩來。』」「上園大隊群眾性的詩歌創作活動是從一九七一年開始的。社員們寫的詩大都密切配合農村現實的階級鬥爭和路線鬥爭。在批林批孔運動中，幹部、社員們把詩歌作為批判林彪反革命的修正主義路線和孔孟之道的戰鬥武器，先後舉辦了七十多次專題賽詩會，創作了幾千首詩歌。」

29日　《解放日報》刊出劉希濤的詩《「北京，我要北京！」——寫在長途電話臺前》。

31日　《光明日報》刊出《批林批孔結碩果，革命生產雙飛躍——小靳莊詩歌選》和榕樹的文章《萬紫千紅新花香》。

12月　《廣東文藝》1974年第12期刊出韋丘、沈仁康、譚朝陽的詩《井岡山歌》和瞿琮的詩《在遵義紅樓裏》。

12月　《廣西文藝》1974年第11～12期刊出桂林地區工人孫如容《勝利的讚歌》、南丹縣插隊知識青年楊克《紅花朵朵》、顏運禎《貧下中農理論隊伍讚》、陳忠幹《非洲在怒吼》等詩。

12月　《河南文藝》1974年第6期刊出《毛主席指揮咱戰鬥——洛陽東方紅拖拉機廠詩選》和賀文的文章《為工人的詩歡呼》、《千詩萬歌贊革命——虞城縣詩選》和虞宣的文章《談虞城縣的民歌創作活動》、《火紅的歲月——鄭州市詩歌創作學習班詩選》和邊平的文章《辦學習班是個好辦法》。

12月　《吉林文藝》1974年12月號刊出程剛《彙報》、金任宏《戰友肖象》、張滿隆《土技術員》等詩。

12月　《江西文藝》1974年第6期刊出公社社員肖萬件等江西新民歌《征途萬里飛戰馬劈風斬浪向前進》和戰士王凱林等的詩輯《社會主義新生事物贊》。

12月　《遼寧文藝》1974年第12期以《韶山頌》為總題刊出岸岡《舊居油燈》、解放軍某部崔合美《從毛主席的窗前走過》、解放軍某部峭岩《韶山青松》等詩。

12月　《四川文藝》1974年12月號刊出《公社大地升彩虹——廣漢縣連山公社詩歌選》和任耀庭《邊防戰歌》、徐康《公社新歌》、胡笳《油海浪花》等詩。

12月　張永枚的詩報告《西沙之戰》由廣東人民出版社出版。

12月　尚宇的詩集《清泉流萬里》由江蘇人民出版社出版。

12月　詩集《北疆頌歌》由內蒙古人民出版社出版。收巴・布林貝赫《頌歌》、工人烏吉斯古冷《林賊休想變天》、安米《大青山上插紅旗》、解放軍張贊廷《歌聲》等詩94首。

12月　《批林批孔詩歌選》由北京人民出版社出版。收解放軍某部楊作雲《批林批孔打頭陣》、北京慈雲寺郵局陳文騏《鬥出一個新世界》、鐵道兵某部葉曉山《工地批判會》、北京永定機械廠蘇敦華《街道婦女上戰場》、石灣《要掃除一切害人蟲》等詩42首。

12月　中國人民解放軍總字一○二部隊政治部宣傳部編印的詩集《春風萬里》印行。收戰士陳學良《北京的喜訊》、戰士馬合省《劈山開路工程兵》、指導員陳慶常《祖國在召喚》等詩89首。

12月　大連港務管理局政治部編印的《碼頭工人詩選》印行。收局黨委副書記曹凱《向貧下中農學習》、燃供連油五號輪老工人陶遵顯《永遠為黨唱讚歌》、電訊站工人孟秋芝《評法批儒主正道》、寺兒溝作業區工人畢惠敏《卸油臺上是戰場》等詩95首，有局黨委書記趙勤謀《贊工人詩》代序和編者《編後記》。《編後記》說：「在批林批孔運動普及、深入、持久向前發展的大好形勢下，我港廣大職工認真學習小靳莊的經驗，廣泛開展了寫詩、賽詩活動，湧現了一大批政治內容和藝術水平都比較高的工人詩歌。」「這些詩歌從不同側面歌頌了黨和毛主席的革命路線；謳歌了當前深入開展的批林批孔運動；

反映了碼頭工人抓革命，促生產的鬥爭實踐。這些詩歌，主題鮮明，感情飽滿，語言生動，富於感染力，一反舊詩壇的文風，頗有特色，讀了使人振奮，受鼓舞。」

12月　石家莊地區革命委員會文化局編的詩集《西柏坡頌》由河北人民出版社出版。收有王洪濤《柏樹贊》、肖振榮《黨的七屆二中全會會址抒懷》、西柏坡大隊黨支書閻民生《十大公報到柏坡》等詩。當時的評論說：「革命聖地西柏坡，是進行革命傳統教育、路線教育、特別是無產階級專政理論教育的好課堂。」「石家莊地區革命委員會文化局編輯、河北人民出版社出版的詩歌集《西柏坡頌》，從各個不同的角度，熱情歌頌了毛主席的英明偉大，歌頌了毛主席革命路線的無比正確，歌頌了毛主席無產階級專政下繼續革命思想的光輝壯麗，對我們今天鞏固和加強無產階級專政，將革命進行到底，有著重大的現實教育意義。」「總觀《西柏坡頌》中的大多數詩篇，在選材、構思和表達方式上，即景抒情，託物寄志是比較突出的特徵。但詠物不在物，寫景不為景。……作者們擷取現實生活中富有特徵性的對象，巧妙的比喻，豐富的聯想，把歷史的回顧與現實的展望結合起來，使珍貴的歷史文物變成了血肉飽滿的藝術形象，充分抒發了『發揚革命傳統，爭取更大光榮』的革命壯志，獲得了動人的藝術效果。」（江向東《無產階級專政的頌歌──讀詩集〈西柏坡頌〉》，1975年5月15日《河北文藝》1975年第5期）

12月　天津人民出版社編的《小靳莊詩歌選》由該出版社出版。作品分為《給毛主席唱支豐收歌》、《鋤掉毒草化肥料》等4輯，收大隊黨支部書記王作山《給毛主席唱支豐收歌》、一隊副隊長王新民《批判會上一隻斗》、政治夜校輔導員王栩《理論家》、大隊婦代會主任周克周《天地新春我們開》等詩107首，有編者《後記》。《後記》說：「我們在向小靳莊貧下中農學習，向小靳莊詩歌學習的過程中，懷著無比喜悅的心情，編輯了這本《小靳莊詩歌選》。」「這些具有鮮明的時代特徵和強烈的戰鬥性的詩歌，正是小靳莊火熱鬥爭生活的真實反映。它再一次證明，勞動人民不僅是社會物質財富的創造者，而且是人類精神財富的創造者。」「這些詩歌在政治上和藝術上都達到了一個新的高度。它是無產階級文化大革命以來，在毛主席無產階級革命文藝路線的光輝照耀下，開放在詩歌園地上的鮮豔的花朵，是我們廣大革命文藝工作者學習的榜樣。這生動的事實，是對林彪、孔老二鼓吹的『上智下愚』、『天才論』的有力批判。」此詩選的線裝本1975年1月由該出版社出版。當

時的評論說：「在批林批孔運動的推動下，《小靳莊詩歌選》出版了。」「這不
是一本普通的詩選。這個集子的一百零八首詩歌，出自社員之手，這是多麼
可喜的新收穫啊！今天，我們的社員既是批林批孔的闖將，又是種莊稼的能
手，也是戰鬥的歌手；我們的公社革命形勢大好，五穀豐收，詩也豐收。」「一
個五百多人的大隊，從十歲上下的紅小兵到六十歲內外的男女社員，許多人
會唱樣板戲，許多人會作革命詩。在批林批孔運動的推動下，不到一年的工
夫，就寫出一千多首充滿革命激情的詩歌，這是一件十分鼓舞人心的事情。」
（榕樹《萬紫千紅新花香》，1974 年 12 月 31 日《光明日報》）後有文章說：「一
九七四年六月二十二日，江青以『去農村看看』為藉口，以抓上層建築領域
的革命為幌子，第一次竄到小靳莊。她抄了幾首吹捧她的詩，非常得意，親
自作了修改，強令在《天津日報》上發表。她抄了幾句社員的詩後，立即叫
嚷：『給我印出來！』隨同前去的黑幹將遲群秉承江青的旨意，當即布置：『要
把他們的詩編個小冊子。』還說什麼：『人民出版社就是不到這裡來，就是不
出這些東西！他們不出，你們天津出。』第二天，天津人民出版社就接到『四
人幫』黑干將遲群轉達的江青的黑『指示』，即要『把小靳莊的批判文章、詩
歌、快板、演唱材料』統統收集起來，迅速『加工』出版。」「在出版《小靳
莊詩歌選》的過程中，『四人幫』在天津的資產階級幫派體系中的那個骨幹分
子、市文教組前主要負責人，大賣力氣，煞費苦心。他親自出馬，飛車趕到
小靳莊，親自主持召開了第一部小靳莊出版物──《小靳莊詩歌選》的編選
定稿工作會議，並由他一手確定方案，圈定選目；對選入的詩歌，字斟句酌，
逐篇修改，直到夜闌更深，才掩卷收場。」「敬愛的周總理逝世後，『四人幫』
加快了篡黨奪權的步伐，『四人幫』在天津的那個死黨又夥同『四人幫』在天
津的幫派體系中的那個骨幹分子、市文教組前主要負責人，秉承江青的旨意，
迫使出版社把《小靳莊詩歌選》『作為急件處理，其他工作一律讓路』。並且
肉麻地吹捧他們『首長』江青抓的這個『點』，是什麼『屹立在世界東方的嶄
新時代的嶄新農村的嶄新典型』。叫嚷：『必須學習好，宣傳好。』」「從一九
七四年到『四人幫』徹底垮臺以前，由江青授意，經『四人幫』在天津的那
個死黨和『四人幫』在天津的幫派體系中那個骨幹分子、市文教組前主要負
責人的直接指揮，先後出版了《小靳莊詩歌選》一、二兩集、小靳莊詩歌譜
曲選──《天地新春我們開》，以及用那個骨幹分子自鳴得意的那篇所謂『詩
評』作書名的小靳莊詩歌評論集──《新型的農民　嶄新的詩篇》等六本專
集，總印數達一百七十萬冊，發行全國，流毒各地，影響極壞，危害極大。

而且，在他們的指令下，《小靳莊詩歌選》第一集，還分平裝、半精裝、精裝、特精裝，版本之繁多，裝幀之講究，都大大超過了同時出版的其他讀物。尤有甚者，江青還授意『四人幫』在天津的那個死黨，指令把《小靳莊詩歌選》（第一集）印成大字線裝本，而且要作爲『壓倒一切的政治任務』，『用最快的速度』印製出來。印製這種版本，耗資費時，造價昂貴。一函大字線裝本的《小靳莊詩歌選》的成本費，相當該書平裝本價格的四十五、六倍。」（鍾賢、鍾華《「四人幫」陰謀篡黨奪權的鐵證──批判叛徒江青授意炮製的〈小靳莊詩歌選〉》，1978 年 3 月 3 日《學習通訊》1978 年第 3 期）

冬　　　牛漢作詩《凍結》。收詩集《溫泉》，上海文藝出版社 1984 年 5 月出版。

1974 年　　蔡其矯作詩《時間的腳步》、《思念》、《也許》、《哀痛》、《桔林》、《木排上》、《致──》。《思念》初刊 1978 年 12 月 23 日《今天》第 1 期。第一首收詩集《祈求》，江蘇人民出版社 1980 年 11 月出版；其餘收詩集《生活的歌》，人民文學出版社 1982 年 7 月出版。

1974 年　　姜世偉（芒克）作詩《十月的獻詩》。此詩初刊 1979 年 2 月 26 日《今天》第 2 期，收詩集《心事》，《今天》編輯部 1980 年 1 月油印發行。

1974 年　　栗世征（多多）作詩《日瓦格醫生》、《詩人之死》、《烏鴉》、《瑪格麗和我的旅行》。前二首收《行禮：詩 38 首》，灕江出版社 1988 年 3 月出版；後二首收《里程──多多詩選》，1988 年 12 月油印發行。

1974 年　　理召（灰娃）作詩《我額頭青枝綠葉……》。此詩收《山鬼故家》，人民文學出版社 1997 年 7 月出版。

1974 年　　牛漢作詩《蚯蚓的血》、《鷹的歸宿》、《把生命化入大地──憶孟超》、《在深夜……》、《傷疤》、《星夜遐想》、《燕子的話》。《蚯蚓的血》初刊《詩刊》1980 年 5 月號；《鷹的歸宿》初刊《雪蓮》1982 年第 1 期；《把生命化入大地──憶孟超》初刊《戰地》1980 年第 4 期；《星夜遐想》初刊《詩林》1989 年第 3 期；《燕子的話》初刊《文匯增刊》1980 年第 7 期；前五首收詩集《溫泉》，上海文藝出版社 1984 年 5 月出版；《星夜遐想》收《牛漢抒情詩選》，青海人民出版社 1989 年 12 月出版；《燕子的話》收《牛漢詩選》，人民文學出版社 1998 年 2 月出版，改題《雨燕的話語》。

1974 年　　于有澤（江河）作詩《歌》、《站》、《冬》。詩初刊 1980 年 12 月《今天文學研究會》內部交流資料之三。

1974 年　　　張建中（林莽）作詩《二十六個音節的回想》。此詩收入詩集《我流過這片土地》，新華出版社 1994 年 10 月出版。詩集代序《心靈的歷程》說：「1969 年，我和一些朋友一同來到河北水鄉白洋淀插隊。」「白洋淀有一批與我相同命運的抗爭者，他們都是自己來到這個地方。他們年輕，他們還沒有被生活和命運所壓垮，還沒有熄滅最後的願望。他們相互刺激，相互啓發，形成了一個小小的文化氛圍。一批活躍在當代文壇上的作家、詩人都曾與白洋淀有過密切的聯繫。那兒交通不便，但朋友們的相互交往卻是經常的。在蜿蜒曲折的大堤上，在堆滿柴草的院落中，在煤油燈昏黃的光影裏，大家傾心相予。也就是那時，我開始接觸了現代主義文化藝術思潮。」「1974 年我開始進入了現代主義的詩歌領域。用大半年的時間寫下了《二十六個音節的回想——獻給逝去的年歲》。這是一首由二十六首短詩組成的長詩。在詩中我總結了自己的生活與思考（此詩最初叫《紀念碑》）。接著又寫下了另一首長詩《悼一九七四年》。從此我找到了自己的詩歌之路。」

1974 年　　　趙振開（北島）作詩《太陽城札記》、《日子》、《候鳥之歌》。《太陽城札記》初刊 1979 年 4 月 1 日《今天》第 3 期；《日子》初刊 1979 年 9 月《今天》第 5 期；《候鳥之歌》初刊 1979 年 12 月《今天》第 6 期；均收詩集《陌生的海灘》，《今天》編輯部 1980 年 4 月油印發行。

1974 年　　　山東人民出版社編輯部編印的詩論集《新詩也要學習革命樣板戲》印行，收張永枚《新詩也要學習革命樣板戲》、尹在勤《新詩要向革命樣板戲學習》、劉章等《學習革命樣板戲的創作經驗》等文章 20 篇（組）和張永枚的詩報告《西沙之戰》及《天津市寶坻縣小靳莊社員詩歌選》，並附錄《音韻的一般知識》。